真相

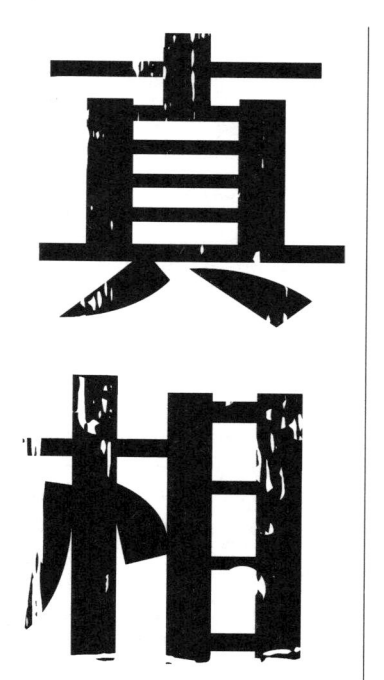

刑事检察官之

海剑 蓝莲 著

中国书籍出版社
China Book Press

图书在版编目（CIP）数据

刑事检察官之真相 / 海剑, 蓝莲著. -- 北京：中国书籍出版社, 2024.7
ISBN 978-7-5068-9890-4

Ⅰ.①刑… Ⅱ.①海…②蓝… Ⅲ.①长篇小说—中国—当代 Ⅳ.①I247.5

中国国家版本馆CIP数据核字(2024)第101132号

刑事检察官之真相

海剑 蓝莲 著

图书策划	孟怡平
责任编辑	成晓春
责任印制	孙马飞　马　芝
封面设计	东方美迪
出版发行	中国书籍出版社
地　　址	北京市丰台区三路居路 97 号（邮编：100073）
电　　话	（010）52257143（总编室）　　（010）52257140（发行部）
电子邮箱	eo@chinabp.com.cn
经　　销	全国新华书店
印　　刷	三河市富华印刷包装有限公司
开　　本	889毫米×1194毫米　1/32
字　　数	372千字
印　　张	16.25
版　　次	2024 年 7 月第 1 版
印　　次	2024 年 7 月第 1 次印刷
书　　号	ISBN 978-7-5068-9890-4
定　　价	69.00元

版权所有　翻印必究

目录

一 雇凶迷局 / 001

二 谁是主犯 / 103

三 股神疑局 / 211

四 孤证 / 311

五 庭审风云 / 403

后 记 / 511

雇凶迷局

这年春天，滨海电视台女制片人钱菲菲在取车时，受到陌生男子枪击，身负重伤，其同事中弹身亡。本案经媒体披露后，引起社会广泛关注。一个月后，枪击案的两个凶手以及幕后黑手陈紫薇相继落网。此案移送滨海市检察院后，检察官郑岩对陈紫薇如此痛快地承认雇凶杀人的经过，产生了怀疑，直觉告诉他，其中定有隐情……

1

滨海市电视台，在离海边不过五分钟车程的新开区一幢十二层建筑里，这里是滨海传媒集团办公所在地。

这天晚上大概九点，电视台地下车库几乎没什么人，只听到车库出口的风吹得呼呼作响。

出口处的岗亭保安老赵打着瞌睡，突然他听到车库里传来砰砰两声脆响。老赵惊醒过来，随后他就看到一辆破烂不堪的白色小轿车冲了出来，把岗亭的车杆都冲断了，那小破车飞一般消失在城市的夜幕之中。老赵一时吓蒙了，好久之后才想到要报警。

第二天下午，新开区公安分局刑侦大队支队长马国斌带领一帮警察急匆匆地来到城中村的一间狭小破旧的出租屋。

他们在前天晚上接到报警，说是市电视台地下车库发生枪击案。于是他们连夜调取监控，又根据收集到的各种信息情报，利用现代技术，最终锁定两名嫌疑人所在的位置。

当他们破门而入时，两名嫌犯正在呼呼大睡。未等他们反应过来，警察们就已经上前将这二人摁倒在地，并分别戴上了手铐。

市电视台制片人钱菲菲清楚地记得，当天晚上九点多，她加完班和同事肖辉一起下到地下车库去取车。

由于肖辉住处跟她顺路，她便说可以捎他。钱菲菲很欣赏肖辉，觉得这小伙子工作能力和待人接物都很不错，她有意栽培他将来接替自己的位置。

真相

两人有说有笑地来到地下车库钱菲菲的黑色奔驰前，钱菲菲从黑色手包里翻出车钥匙，对着车摁了一下，"嘀"一声脆响后，车门开了。她正准备绕到车另一边的驾驶位上，肖辉也打算拉开副驾驶车门，这时突然从钱菲菲车辆所在位置斜对面的水泥墙那儿闪过两个黑影，接着"砰砰"两声清脆的声响，肖辉应声倒下，钱菲菲则被肖辉高大的身体撞倒了。在倒地时她的头猛地磕在了车轱辘上，此后就什么都不知道了。

那两个黑影见二人都倒下了，由于紧张和害怕，他们来不及上前仔细察看，便赶紧驾驶早就停放在那儿的一辆搞来作案的白色小破车飞窜逃去。

新开区公安分局看守所第一讯问室里，马国斌手里拿着钱菲菲的照片，如鹰一般锐利的眼睛盯着嫌疑人曲小毛，厉声问："你认识照片上这个女人吗？"

曲小毛吓坏了，哆哆嗦嗦地说："不……我不认识她！"

马国斌嘴角露出一丝不易察觉的冷笑，曲小毛抬眼偷偷瞥了马国斌一眼，那冷笑让他不寒而栗，他浑身筛糠似的抖得更厉害了。

马国斌嘴巴一努，警察小秦举起桌子上用塑料袋装好的黑色枪支，马国斌冷笑着慢条斯理地道："那，这个你总认识吧？！"说完便紧紧盯着曲小毛的眼睛。曲小毛只瞥了那支枪一眼，就赶紧深深低下头去，压根儿不敢答话，背上全是冷汗，心里害怕得发毛。

不远处的第三讯问室里，另一拨人马正在审讯犯罪嫌疑人朱七宝。

警察汪庆语气严厉地问朱七宝："是谁指使你们的？"

真相 一雇凶迷局

朱七宝眼神躲躲闪闪地，沙哑着嗓子小声说："是一个女的。"

汪庆赶紧追问："那这个女的叫什么名字？住哪儿？怎么联系的？……"

朱七宝用老鼠一样的小眼睛偷偷望了一眼汪庆和另一位一起审讯的警察，半晌不作声。正在他紧张恐惧犹豫时，只听到"啪"的一声巨响，原来是汪庆问了他好些遍问题，见他没反应，便敲了桌子。这一敲吓得他三魂丢了两魂，赶紧竹筒倒豆子一般都招了。

汪庆马上来到第一讯问室对马国斌耳语了几句，马国斌便起身走到讯问室门口对汪庆低声说："马上整理材料，速报分局法制处，提请市检察院批捕！"

新开区一个看上去有些旧的居民区隐隐约约传来女人的哭泣声。

狭窄的水泥楼梯，两边的墙壁上贴满了各式牛皮癣小广告。

哭声来自二楼一户人家。在这个摆设略显陈旧的屋内，最夺目的是墙上贴着的一个大大的、鲜红的"囍"字，客厅的墙上挂着一张大大的结婚照，照片中的新郎把新娘拥在怀里，新娘抬头看着新郎，二人相视而笑，满脸的幸福。

客厅沙发上，六十多岁的老太太捧着一张肖辉的照片呜呜地哭着，一个年轻女子双手抱着老太太的左手，靠在老太太肩上，压抑地耸动着双肩抽泣着。

老太太泪水涟涟地说："辉儿啊，你怎么就这么走了……"

肖辉妻子也痛苦地哭着："妈……妈……"

真相

老太太左手紧紧搂着媳妇："燕儿啊，苦了你啊！你以后可怎么办呀？"

肖辉妻子张燕哭得更加悲痛："妈，妈！肖辉真的不要我们了？他真的把我们扔下不管了？"

老太太放下照片，抱住张燕："闺女，你刚嫁到咱们肖家半个月啊，苦了你了……妈对不住你呀！早知道还不如不给你们办这个婚事呀！"

张燕拿着纸巾给老太太擦眼泪，呜咽着："妈，您别这么说！……以后您就是我的亲妈，我会替肖辉好好孝敬您的……"

一老一少两个女人，悲怆地抱在一起痛哭。

枪击案当晚，钱菲菲就被急救车送到了滨海市第一人民医院的急救室。

她晕晕乎乎地醒来时，发现自己正躺在病床上，四周全是白色的，几个身穿绿色手术服的医生正围绕自己忙活着。

她脸色苍白，嘴唇发紫，麻药使得她只想睡觉。

她无比疲累地喏嚅道："孩子，我的孩子怎样了，保……保住孩子！"

一个护士耳朵紧紧贴近她嘴唇，勉强听到"保住孩子"这几个字，然后就看到钱菲菲又眼皮打架了。

没过几秒钟，钱菲菲好像刚才是在闭眼积蓄精神精力一般，她再次努力睁开眼睛，嘴唇一张一合，但就是发不出声音，她的情绪有些激动。

医生赶紧制止她："不要说话！"

钱菲菲有气无力地点了点头，仿佛是缺了几个世纪的觉一般，带着浓重的黑眼圈，再次瘫软在床上。

此刻是星期天的下午2点半。滨海市检察院301会议室里，检察长许省身和刚中断休假的郑岩、叶文婕以及其他几位工作人员围着圆桌而坐。

许省身环顾一下在座的各位，说："很抱歉，这次又打乱你们的休假了。说正事，两天前，我市发生了一件影响极坏的恶性案件，公安方面已经把涉嫌直接行凶的犯罪嫌疑人抓获归案，但主使者仍在查，相信很快可以抓获。这起案件所造成的社会舆论非常大，网上已经出现各种声音……根据市委政法委的要求，检察机关批捕、审查起诉部门提前进入……"

大家都聚精会神地听着。

2

滨海市第一人民医院住院部十三楼病房里，钱菲菲斜靠在病床上，她发丝纷乱，脸上也毫无血色，头上还缠着一圈白色纱布。

这时她幽幽地睁开了眼睛，带着一点儿焦急和茫然，当目光定格在床头柜旁边的小婴儿车里时，她的嘴角才露出了一丝微笑。她又伸手抚了抚松松软软的肚皮，那儿痛得厉害，以至于她都无法挪动哪怕一丁点儿。

她失落地转头望向窗外，喃喃自语道："我就知道他不会来……"

像是说给自己听，也像是说给小宝宝听。就在她情绪低落时，钱母拎着大包小包跑了进来，后边跟着同样大包小包的钱父。

真相

钱母眼睛红红的，一看就知刚哭过，她来不及放下手里的东西，就赶紧跑上前着急万分地问："我的宝贝啊，菲菲啊，你怎么会遇到这种事情啊？周童呢？他去哪儿了，这个时候他怎么不在你身边？"

钱菲菲被她弄得有点儿着急而又烦，偏偏钱父这个时候又急着问她："闺女啊，你现在怎么样？医生怎么说？"

她只得强装淡定地说："没事，没事，周童他太忙了。爸，妈，你们别担心，我好着呢，放心吧！"

钱母拉着她正输液的手轻抚着，无比慈爱地嗔怪："你这孩子，说的这叫什么话？你都出了这么大的事，爸妈能不担心吗？"

钱父搓着手在那直跺脚："菲菲啊，你说你到底得罪了什么人了，怎能会这样狠心要置你于死地？"

钱母一听钱父这话便不乐意了，又气又急地道："我说老头子，你这是说的什么呢？我们菲菲怎么可能得罪人呢？我们菲菲是多好的一个闺女啊！不许你胡说八道！"

钱父的一只手重重地拍在床尾的挡板上，生气地道："我也只是想知道是谁干的。奶奶的！咱闺女都快生了……"

说到这儿，钱父和钱母似乎才想起来闺女已经怀孕九个月了，即将临盆了。他们俩的目光此刻齐刷刷地望向了钱菲菲的肚子，只见那儿平平的，毫无起伏，这可吓坏两位老人家了。

钱母吓得目瞪口呆，手指着钱菲菲的肚子道："菲菲啊……孩子不会……不会是……"

钱菲菲惨白的脸上露出一丝无奈的笑容，她朝床头柜旁边的婴儿车努了一下嘴："妈，你们的宝贝外孙没事，喏！"

钱母赶忙朝婴儿车奔过去，激动得声音颤抖地说："哎呀，我有外孙子了喂，太好了，大宝贝！"

钱父也赶紧奔过去，激动得老泪纵横："外孙子，我当外公了！"

看着两位老人家像天真的孩童那般笑着乐着，钱菲菲的心却在滴血！

钱母看了好一会儿外孙子后，突然疑惑地问钱菲菲："闺女，你跟妈说实话，周童到底为啥没来？这种时候他做老公、做爸爸的怎么也得来啊！"

钱菲菲不耐烦地说："妈，你们又不是不知道，我们两个都忙，现在都不知道他人在不在滨海，我还没打电话通知他呢……"

钱母颇为愠怒道："唉，这个周童，也太不知道心疼人了！哪有老婆生孩子，做丈夫的还见不到人影的？更何况老婆还遭人暗算，差点连命都没了……"

钱菲菲很怕钱母发作，便赶紧做出一副娇滴滴的样儿嗔怪道："妈，他这不是还不知道嘛！您放心，我一会儿就打电话告诉他，您别急！"

正在这时，门被推开了，马国斌带着汪庆走了进来。钱菲菲神情更加忧郁了，但她还是勉强堆出一丝笑容。

马国斌出示自己的警官证："请问您是钱菲菲女士吗？我是市公安局刑侦支队的马国斌，我们来是对枪击事件做个调查，请您配合一下。"

钱菲菲下意识地往被子里缩了缩，却触碰到了腹部的伤口，她疼得龇牙咧嘴，但又赶紧尴尬地笑笑，略带紧张地说："我是。请问……你们……"

汪庆坐在另一张空着的病床上，掏出笔记本来搁在腿上，准备做记录。

钱母见状，十分着急又愤怒地道："警察同志！你们，你们一定要抓到这个天杀的大坏蛋，而且一定要判他死刑！……"

钱父这时赶忙过来将钱母拉到了门外走廊上。

马国斌问："钱菲菲，请问你当时和肖辉向着哪个方向？"

钱菲菲歪着头努力地思索和回忆着："我们在停车场我停车的位置，应该是……向东。"

马国斌又问："当时你们看到什么可疑的人吗？"

钱菲菲说："我和肖辉当时在专心谈工作，根本没留意其他的。"

马国斌又问："最近，你有得罪过什么人吗？"

钱菲菲虚弱地笑了笑说："没有。做我们这行的，最重要的就是要有好人缘，怎么可能去得罪人呢？"

马国斌点点头，又追问道："那么，肖辉呢？你听他提起过这方面的事情吗？"

钱菲菲摇摇头道："没有。肖辉更不可能得罪人，他是一个很善良的年轻人。"

马国斌说："肖辉死了……这个你知道吗？"

钱菲菲愣住了："什么？肖辉他……"

马国斌惋惜地道："是的，他头部中弹，抢救无效。"

钱菲菲心里"咚"的一下，鼻头发酸。

钱母赶紧跑进病房去扶钱菲菲："菲菲啊，怎么了？"

钱菲菲有气无力地说："我头有点儿晕。"

钱父见状赶紧过来凑近马国斌低声说："警察同志，你们看，能不能过几天再调查？我家菲菲刚受了那么大的惊吓，又刚刚生产，所以……"

马国斌点点头道:"那好吧,我们改天再来。你好好休息,保重身体。"

3

一辆黑色加长林肯停在了靠海边的一幢三层高的白色别墅前。

一个一身蓝色西装的男子打开车门下了车。他的大背头油光发亮,苍蝇站上去估计都要打滑,皮鞋锃亮,可当镜子照,高挺的鼻梁上架着一副金边眼镜,显得斯文而儒雅。他一下车就掏出精致的烟斗抽起来。他望着那白色的独栋别墅,感受它的气派与豪华,脸上浮现出一丝得意的笑容。

他吹着口哨进了装饰得金碧辉煌的客厅,接着从客厅乘坐电梯直达三楼巨大的卧室。他把烟斗、手机、钥匙、手表一一放在梨花木桌上,然后脱下西装外套和领带,张开双臂扑倒在那张铺着天蓝色床笠的豪华大床上,彻底放松自己,然后长长地出了一口气。

发呆了大概四五分钟,他趴着伸出一只手去够床头柜上的座机,一不小心把摆放在那里的一个相框给碰倒了。他爬起来坐在床头,拿起相框看着,照片里的钱菲菲趴在他的膝盖上,她的脸上是甜蜜而幸福的笑容。

他仔细端详着,不由得嘴角露出一丝得意的笑容,然后他舒了一口气,以胜利者的姿态轻佻地弹了一下相框,再把它摆好。

这时手机响了,他拿过手机来靠着床头思忖了几秒,最后还是接了。电话里传出一女子的厉声质问:"周童,你他妈的又和谁在鬼混？"

他脸上露出不悦的神色，但还是强忍着，笑道："宝贝儿，就我一个人，我刚回家……我什么时候骗过你？"

电话里的女人不依不饶："你骗鬼，你肯定又在哪儿跟别人鬼混，我才不相信你，你骗我的话不得好死！"

他强行忍耐着说："小萱，我对你的一片真心，日月可鉴……好了，宝贝儿，别哭了！我这就去找你，行了吧？"

半个小时之后，一辆黑色奔驰停在了海铭国际大酒店门前。一身白衣白裤的周童下了车，吹着口哨轻车熟路地上了八楼。

他一路哼着歌，心情不可谓不好。

来到8201房间门口，周童摁响了门铃，门开了，露出一张娇滴滴、明艳艳的脸蛋来。女人双手一把勾住了周童的脖子，递上自己的红唇，周童迫不及待地来了一阵狂吻。

随后两个人纠缠着倒在了酒店宽大洁白的床单上。

一个多小时后，周童穿着白色浴袍赤着脚来到外厅倒了一杯红酒。他轻轻摇晃着酒杯，笑意盈盈地朝卧室走来。

他站在床边望着乱乱的床单上躺着的那个年轻美丽的女人。她睡眼惺忪，赤裸着背躺在白色被子里，一只白玉般的手臂裸露在被子外面。

周童用脚轻轻踢了踢她的脚，她娇嗔呢喃道："嗯，别闹，人家还没缓过劲呢！"

周童便像孩童一般嬉皮笑脸地端着酒杯坐到床头，一只手掰过她的脸蛋来，笑着说道："我美丽尊贵的莫小萱女王，请您喝了这杯充满爱情味道的葡萄酒吧！"

莫小萱媚眼如丝地望着周童，两只长胳膊像蛇一样缠住了周童的脖子，娇嗔道："讨厌！既然我是女王，我就要我的王子伺候我，你得喂哦，喂我嘛！"

周童被她这番举动勾得欲火难耐，大声笑着说："我的乖乖宝贝儿啊，叫我怎能不爱你呢？"说完他喝了一口红酒，嘴巴凑到了莫小萱的嘴上。

莫小萱满脸娇羞地看着他，眼里冒着火苗，伸出无数小钩子，每一个钩子都带着千吨引力，让周童再也无法抗拒。他赶忙放下杯子，一个翻身将莫小萱压在了身下……

两个人纠缠不休时，床头柜上的手机铃声大作。

莫小萱皱着眉道："谁啊？怎么这么讨厌！"

周童把她的脑袋扳回来，"别管它，随它去！"

可是那手机铃声一直不断地响着，吵闹声让周童火冒三丈，他气急败坏地接起电话："喂，我是周童！"

随即手机掉到了地毯上，周童惊恐地喃喃自语道："怎么会这样？怎么会这样？……"

手机里隐约传来一个女人的声音："喂，喂，周童，周童……"

周童木然地杵在那儿，眼神空洞迷茫地望着窗外金光闪闪的海面。

眼见着周童前后判若两人，莫小萱着急地起身拉了拉他的手臂问道："怎么了，亲爱的？"

周童清醒过来，赶紧捡起手机，带着笑意说："菲菲，是我……生了？儿子！……太好了！你在哪里？我这就过去！"

周童挂了电话，飞速穿好衣服，像是要去救火的消防员一般。

莫小萱觉得他这前后的表现简直莫名其妙，她焦急地大声问:"周童,周童,你要去哪儿啊?"

可是周童什么话都不说,只是推开阻拦他的她,她哪里肯就此罢休。最后,周童很不耐烦甚至是气急了地使劲一推,莫小萱被推倒在床上。

莫小萱绝望地瘫在床上,泪水无声地滑落。

周童出了海铭国际大酒店后,开着车来到了沿海的公路上。车流如织,他一只手握着方向盘,另一只手摁着手机键盘。

电话终于通了,他着急又紧张地说:"是我!……我告诉你啊,你赶紧找个地方躲起来……别给我打电话,我会找你的……今天,马上!"

挂断电话后,他脱口而出一句:"他妈的!全世界都跟老子作对!"

当周童来到病房时,靠在床头输液的钱菲菲朝他翻了一个白眼,然后就望着窗外不再理会他。

周童赔着笑脸道:"菲菲,我也是刚刚出差回来,一回来就接着开董事会。本打算中午打电话和你一块儿吃饭的……"

钱菲菲埋怨道:"你还知道来看看呀?不如等我真的死了再来!"

周童笑道:"好老婆,别生气了,我是真的才回来不久,这不,刚回来就跑来看你了!"

钱菲菲冷笑一声道:"别装了!你以为我是傻子还是聋子啊,听不到电话里那女人的声音啊?"

周童讪讪地笑着说:"你看你,总胡思乱想的,容易得产后抑郁,知道吗?到时候,咱儿子可怎么办哟!"

突然,他像是刚发现钱菲菲头上的纱布一般,惊讶道:

"咦？菲菲，你这头上是咋回事？怎么受伤了？"

钱菲菲冷笑了声，很不屑地说："哼！就算我死了，你也是最后一个知道的。"

周童很紧张关切地说："出什么事了吗，菲菲？快告诉我！"

钱菲菲愤愤地道："你不知道前几天在电视台发生了枪击案吗？被枪打的就是你老婆我！……就你这样，还配做老公和爸爸！"

周童面露惊讶和恐惧地道："什么？枪击案？我刚回来，没人跟我说起呀！谁干的？"

……

在病房没待多久，周童便说公司有急事找他回去处理。

钱菲菲听后不发一言，只是阴沉着脸望着窗外发呆。

周童大步流星地朝住院部大门外走去，这时手机响了，他的微信上发来一个电话号码。

他赶紧抬头四处看，发现医院大门对面不远处有一个公用电话亭。

电话接通了，他警惕地朝电话亭外看去，压低声音说："是我。你在哪儿？安全吗？……好……你呀！我都跟你说过，别这么做，你看你，唉……好了，别哭了！……我当然爱你！这辈子我只爱你，永远爱你！……不多说了，我会跟你联系的，记住别打我电话啊。我是为了你好！"

4

郑岩、叶文婕、林乔生、慕容曦四人在301会议室讨论案情。

真相

林乔生说:"按说钱菲菲与肖辉这样的工作关系与性质,不应该与什么人有深仇大恨啊?"

郑岩的目光落在正在沉思的叶文婕身上:"文婕,你来分析一下。"

叶文婕点点头道:"他们之间是单纯的工作关系,基本上可以排除情杀,而且两人没有遭抢,这说明也不是劫财,那会有什么呢?"

慕容曦抓了抓脑袋,大声脱口而出:"仇杀!"

郑岩点头表示赞同:"有可能。但至于是不是情杀,我觉得目前尚不好定论。至于肖辉……肖辉是刚工作几年的大学生,才结婚没几天,他爱人张燕是高中、大学一直在一起的同班同学,感情很好。据调查,他是一位事业心很重的年轻人,一心扑在工作上。而他的妻子是一名中学老师,一向安分守己,从来没有交过肖辉以外的男朋友,两个人社会关系都很简单。所以,针对肖辉的枪杀可能性不大。相反,钱菲菲是电视台的节目制作人,她爱人周童是滨海商贸集团的老总,两个人的社会交际范围都很广。"

叶文婕用赞赏的眼光看了看郑岩,说道:"这么说,钱菲菲很有可能是真正的袭击目标?"

郑岩点点头:"这只是我的猜测。"

叶文婕接口说:"这样吧!趁现在公安还没把案子全部交接过来,我们先行一步,主任,我和慕容协助公安先把重点放在钱菲菲夫妇身上。"

郑岩点头道:"好!就这么办。"说罢他转向林乔生,"你带着陈志豪盯好预审。"

5

郊区的一栋三层民房的一楼，灯光惨白，一男一女坐在简陋的褐色木质沙发上。

男孩儿皱着眉头很不满也很不解地对女子说："姐，我真不明白你，放着那么好的别墅不住，非得跑这么个旮旯里来？"

女子悠悠地道："健平，有些事情姐也不知道该怎么跟你说，说了你也不懂。"

陈健平从茶几上拿了一根烟点着，说："我确实是不懂，不懂你这唱的是哪一出！"

女子叫陈紫薇，她并不恼，说："一会儿你就走。这段时间没事少来找我。对了，你跟爸妈就说我和周大哥出去旅游了。"

陈健平一根接一根地抽着烟。陈紫薇突然捂住嘴朝厕所跑去，蹲在马桶边干呕起来。

陈健平颇自责起来，赶紧跑过去蹲在姐姐身旁，用手抚着她的背，拿了一条毛巾给她擦嘴巴，着急地问："姐啊，你这是咋了？哪儿不舒服了？"

陈紫薇吐了好一阵儿，有气无力地说："姐没事，可能是屋子里烟味太浓了，我呛着了！"

陈健平赶紧跑回客厅把茶几上剩下的几根烟全扔进垃圾桶里。

这几日，陈紫薇不太敢出门，吃饭都是叫附近的一家江西菜馆的外卖。

她天天都躲在卧室里，守着那部白里泛黄的电话机，痴痴地望着它，连去厕所都不太敢，生怕会错过来电。

真相

可是它老不响,她便渐渐生气,又渐渐绝望起来,转而她又替对方编了很多理由,比如他可能很忙,他可能遇到什么麻烦要处理,等等。到最后她就渐渐不生气了,反而心疼起他来了。

这天晚上九点多,就在陈紫薇累得上下眼皮打架时,突然电话铃声响了起来,陈紫薇还吓了一跳,脑袋里空白了几秒钟才回过神来。她赶忙起身跌跌撞撞地在黑暗中冲到了电话边,摸索着抓起电话,急切又紧张地小声道:"喂,是你吗?是你吗?"

电话另一端是那个男人的声音:"是我!"

陈紫薇听到那个声音,手颤抖着,很激动,还带些生气,夹杂着些害怕说道:"你终于给我打电话了!你知道吗?那两个家伙全进去了。"

男人说:"你别害怕,我会给你想办法的,说什么我都不会让你去坐牢的!"

陈紫薇的泪水无声地滑落,滴在床头柜上斑驳的白漆上,她伸手擦了擦,脸上瞬间是一副心甘情愿、大义凛然的表情说道:"周大哥,我不怕,为了你,我什么都愿意!"

男人的声音显得很是深情、很痛心:"傻丫头,你这么做太不值得了,为了那么一个……女人,你实在……"

陈紫薇又用手背揩了揩眼泪,连连摇头说:"不,不,周大哥,我不是为了她,我是为了你!为了你,哪怕让我去死我都愿意,我只希望在死前能再见你一次!"

男人语气严厉地说道:"不许胡说!你死了,让我怎么活下去?相信我,一定会让你平安无事的。"

陈紫薇拽过一张纸巾来使劲擤鼻涕,哽咽着说:"嗯,我相信你，我当然相信你，周大哥，你是这世上对我最好的人！"

男人说："好了，不能多说了，不安全，以后再联系。"

电话断了，黑暗中电话的"嘟、嘟"声持续了好一阵子。

陈紫薇木然地握着电话听筒，靠着床垫滑坐到地上。望着窗外清冷的夜空，她觉得自己此刻就像深夜茫茫大海上迷航的一艘小船。想到这里，她悲从中来，把头深深埋在膝盖和双臂间，无声地大哭着……

6

靠近海边的一幢高档写字楼里，十五层的一间宽大豪华的办公室敞着门，周童的办公室就在这里。此刻他正瘫在气派的老板椅上陷入沉思，突然有人敲门。

周童回过神来，说："进来！"

女秘书岚琴进来，把一摞文件夹放在他跟前，说："周总，这是您要的资料。还有，今天下午三点，电器公司的张总来拜访您。晚上，乐华物流的庄总，想和您谈谈咱们公司收购乐华的事情。"

男人漫不经心地翻了翻那堆文件夹，微笑了一下，说："好的，我知道了。"

岚琴带着甜美的笑容说："好的，周总，您还有什么吩咐吗？"

周童继续微笑，说："暂时没有，你先出去吧。"

岚琴正欲转身出去，周童突然把她叫住："岚琴，你把刚才的安排都取消了吧。我今天不想见任何人。"

岚琴无意识地张大了嘴巴，要知道从前的周童几乎从来没出现过这种情况,他工作都是很勤勉的,对于外面人士的约见,他从来都是很积极主动地应约和赴约的。

岚琴赶紧调整了下表情,从容地点头道:"是!"然后便退了出去,还轻轻地关上了房门。

叶文婕拎着一个果篮来到滨海市第一人民医院住院部大楼的十二楼,她一边走一边看一个个病房,直到看见钱菲菲的身影,才停了下来。

她舒了口气,走到钱菲菲病房正对着的这边楼道的一排广告宣传栏后面的长椅上坐下,从这个位置她能清楚地观察钱菲菲的一举一动,而钱菲菲却压根儿不可能留意到她。

她看到钱菲菲的父母离开了病房,虚弱憔悴的钱菲菲目送着父母离开。

父母刚出病房,她瞬间就像换了个人似的,先前有多灿烂,此刻就有多暗淡。此时她的眼神迷离而空洞,形容枯槁而沧桑,写满了惆怅和伤感。

叶文婕目不转睛地盯着钱菲菲病房的窗户,脑海里想着枪击案的种种可能。

此时她看到钱菲菲拿起了床头柜上的手机,一个劲地摁电话号码后又放到耳朵边,钱菲菲一次次重复着这几个动作,表情一次比一次痛苦和失落。

最后,钱菲菲生气地把手机砸向了对面的墙上,她发丝纷乱,衣衫不整,活像一头病入膏肓的母狮,失去了最后的荣光。她猛地翻身趴在病床上,双肩胛骨一耸一耸的,叶文婕知道她在痛哭。

叶文婕轻轻叹了一口气,摇了摇头。

此时口袋里的手机响了,她掏出一看那号码,想都不想就摁断了。

7

几天之后的一个深夜,陈紫薇没有再等来周童的电话,却等来了马国斌带领的一队警察。他们根据曲小毛和朱七宝的供述,在滨海市各个郊区民房进行搜索摸排,最终确定了陈紫薇的藏身之处。

在等待周童电话的几天里,她度日如年,脑海中思绪万千,情绪犹如过山车一般。她水米不进,日夜不眠,警察找到她时,原本漂亮的她已经变得形容枯槁,完全失去了往日的神采。

当警察出现时,她只稍微惊愕了一刹那,随后便变得很木然和漠然。对她来说,警察们的到来仿佛也是一种解救一般,至少让她不用再盼星星盼月亮一般盼着那如海底捞针一般希望渺茫的来电。

马国斌找到陈紫薇后第一时间给郑岩打了电话,与他同步了案情进展情况。

得知马国斌他们有新收获,郑岩高兴得一下子从床上跃起,哈哈笑着说:"马队,这回我不得不佩服你们这破案的速度,是不是因为上头给的压力太大了?哈哈哈……放心吧!到我们手上,肯定全力以赴,我可不能白白糟蹋了你的这番苦心呀!"

郑岩又连夜把这个消息告知了叶文婕、林乔生和慕容曦,几个人约定第二天上午就去看守所提审陈紫薇。

讯问室里，陈紫薇脸色苍白，头发凌乱，毫无血色的嘴唇干得爆了皮。她抬头望着天花板出神，眼里是一片茫然，但一脸平静。

审讯已经进行了一个多小时，但收效甚微。

墙上的时钟指针已指向上午十一点。昨晚加班到深夜的林乔生有些疲倦地合上卷宗说："陈紫薇，根据我们目前掌握的证据，足以让你后半辈子待在监狱里。你为什么还这么冥顽不化呢？难道你不想从轻处理？"

陈紫薇扫了一眼林乔生，冷笑了一声，鼻子里轻轻哼出一声："你懂什么！"

林乔生无奈地叹了口气："陈紫薇，就算你不为自己，也该为家人、为爱你的人想想呀！"

陈紫薇冷笑着把头转向一边，不再言语。

慕容曦见状用笔敲敲桌面，有些生气地说："陈紫薇，你这是什么态度？我们是在挽救你！"

陈紫薇扭头看了慕容曦一眼，冷笑道："这位小姐，我不需要你们的挽救。我都已经认罪了，不就是杀了俩人吗？再说了，我也没让他们杀两个，是那两个笨蛋错手把那男的杀了，这跟我没什么关系吧？"说完，陈紫薇忍住干呕，继续冷笑着说："求求你们别摆出一副菩萨脸来行不行？看着让人作呕！"

林乔生嘴角浮现出一丝无奈的神情，严肃地问道："你给那两个杀手的钱哪儿来的？"

陈紫薇朝他翻了一个大白眼，冷笑道："有本事你们自己去查啊！"

林乔生和慕容曦面面相觑。

午饭后，检察院大楼里一片寂静，大家都在各自办公室的简易小床上午休了。

慕容曦蜷缩着睡在小床上，身上盖着她自己和叶文婕的外衣。

叶文婕则聚精会神地在办公桌前忙碌着。她桌面上铺着一张很大的纸，上面是一些看起来很凌乱的分解图：陈紫薇→周童←钱菲菲……↘↙↓↑类似这样的图画得满满的，她在找寻她想要的真相。

慕容曦发出一句梦呓，身体稍微动了一下，身上的衣服滑落到地上，叶文婕赶紧过去捡起，再次给她盖上。

当她再次端坐在办公桌前望着那一串符号各种设想推理时，手机震动了一下，她拿起打开看了一下号码，便摁断了。

她的微信里有刚发来的一条信息："回来吧，让我做什么都行！"

叶文婕回复道："我们都有各自的选择，别再联系了。"

此后她便把手机调成静音状态，又继续埋头进行各种想象和推理。

8

周童家的大花园美丽而静谧。周童与江海欣在花园里散着步。

周童起先都在故作轻松幽默地跟江海欣打嘴仗，这会儿他收起笑意，很认真地道："钱菲菲遭遇枪击的案子,你知道吗？"

江海欣莞尔一笑："当然知道，全滨海的人都知道，不过，凶手已经抓到，你和夫人可以放心了。"

周童站定，为难地摇摇头道："根本不像你想的那样简单！"

江海欣饶有兴趣地看着他："哦？"

周童有点儿尴尬地说："凶手……是……是我认识的女孩儿，她还很年轻，所以……"

江海欣戏谑道："所以，想让我挽救失足少女？"

周童笑着点点头："江律师真是冰雪聪明，一猜就中，不愧是咱滨海的知名大律师。我会安排她弟弟陈健平来联系委托的事宜。有什么要求，尽管开口。"

江海欣浅浅一笑，若有所思。

没过多久，江海欣就带着助理姚瑶去了看守所会见陈紫薇。

见到陈紫薇时，江海欣心里暗暗道："好一个美女，可惜了！"

只见陈紫薇那行动如弱柳扶风，手如柔荑，肤如凝脂，怎不让人"我见犹怜"，难怪周童费尽心思拐弯抹角要找自己搭救这"失足少女"。

陈紫薇的表情一直很平静，嘴角似乎还藏着一丝微笑。未等江海欣开口，她就开门见山道："江律师，我知道是周大哥让你来的，回头替我谢谢他，让他放心吧，我在这里挺好的！"

江海欣微微笑了一下道："陈紫薇，一时的冲动谁都会有，但是……"

不等江海欣说完，陈紫薇就很认真地说："我不是一时冲动，我可是策划了很久的。"

江海欣瞪大了眼睛，问："策划已久，这是什么意思？"

陈紫薇平静地说："这你还不明白？我早想让那个女人死了，可是她却总也不出个车祸什么的，没办法，我只好找人下手了，不过，倒是挺对不起那个被误杀的，我不想乱杀人，可事情已经这样了……"

江海欣皱了皱眉，在心底默默感叹人生造化际遇之玄幻。

江海欣问道："可是钱菲菲怀孕了，你难道不知道吗？这样对她下手，等于杀了两个人。你们之间究竟有多大的仇恨，至于要杀人来解决问题？"

陈紫薇冷笑了一下，道："因为我爱周童，我要让他从那女人那里得到解脱！是我一个人的主意，跟周大哥一点儿关系也没有。你们不会理解，我是多么的爱他，爱他却不能每天和他在一起，我的心有多痛苦！为了他，我可以做任何事，哪怕是让我死……"

陈紫薇开始哭起来。

江海欣走出会见室，长长地叹了一口气，感叹着这世间千般人物，万般情事。

姚瑶发动车辆，转头笑问："欣姐，你说这陈紫薇不会是着魔了吧，这么五迷三道的！"

江海欣无奈地道："问世间情为何物，直叫人生死相许啊！"

姚瑶打趣道："欣姐，你爱你老公，也像陈紫薇这么投入到可以为他付出一切吗？"

江海欣戳了一下她的脑袋，嗔怪道："开你的车，哪来的八卦姑婆！"

9

大家齐聚郑岩办公室召开临时会议，讨论陈紫薇杀人案。

慕容曦率先发言："主任，我看这案子就可以结了。为情所困，冲动杀人，疑犯都认了。"

郑岩听后笑了一下，问叶文婕："文婕，这个案子你是怎么看的？"

叶文婕若有所思，说："我觉得……这个案子好像有点儿太简单了，总觉得不应该是这样的，但是目前也没有别的怀疑的理由。"

郑岩表情严肃起来，点点头说："有道理，我也觉得有点不对劲。咱们不能冤枉一个好人，也不能放过一个坏人呀。"

慕容曦眨巴着两只大眼睛，说道："可是，主任，陈紫薇自己都承认她杀了人，那她就应该是坏人了。"

郑岩点点头，微笑着说道："你说得对。不过，即便是坏人，也不能冤枉。"

叶文婕皱着眉分析道："我觉得陈紫薇现在的心态与一般的嫌犯不一样，别人在这时候一般都是或不认罪，或为自己开脱，而陈紫薇却好像只想快点儿了结这个案子，至于她自己会有什么下场，她好像一点儿都不担心。"

林乔生点头说："是，我也觉得奇怪。这陈紫薇年纪轻轻的，怎么就不怕死呢？"

叶文婕接着说："还有钱菲菲，表现也很不正常，她好像不是很关心案情的进展，似乎这件事与她无关一样。"

慕容曦思忖了一下，说："物以类聚，人以群分，都是怪人！"

郑岩总结道："既然有疑点，我们就要搞明白。这案子因为社会影响太大，上头的意思是让尽快提起公诉，所以，大家要加快调查、审查，争取时间。"

叶文婕在笔记本上写写画画着什么，这时抬起头来，说："那我找钱菲菲的爱人周童来了解一下。"

郑岩点头："好。最好再找机会和当事人钱菲菲深入地谈一次，看她什么想法。"随后他又转过脸来问林乔生："大林，提讯有什么发现？"

林乔生道："第一，陈紫薇雇凶杀人的钱从何而来？第二，两疑犯落网之后，陈紫薇与一男子有过十几次通话，陈紫薇背后是否还有真正的主使？经查，与其通话的男子是物流公司的老总周童，周童与这起案件有什么关系？"

叶文婕对林乔生说："大林，这些都是必须查清的疑点。我要亲自询问周童，提讯陈紫薇。"

滨海市检察院询问室里，周童准时应约前来。慕容曦已经做好记录的准备。

面对叶文婕犀利的目光，见过大世面的周童有点儿绷不住，他心虚地躲避着她的目光。被盯久了，他硬着头皮说："我承认，陈紫薇是很喜欢我。不过，我告诉过她，我有家庭，不可能和她在一起的。"

叶文婕问道："即使这样，她仍死心塌地要和你在一起？"

周童拿出电子烟，看看周围："哦，对不起，我可以抽吗？"

慕容曦望向叶文婕，刚想示意叶文婕阻止，却发现叶文婕点点头。

周童双手在微微颤抖，带着歉意道："抱歉啊！抽烟的习惯恐怕我是戒不掉了。"

他抽了一口烟后停下来继续说道："其实，男人逢场作戏和抽烟喝酒一样，只是一种爱好而已，绝不会为了它毁掉自己的生活的。"

叶文婕皱了皱眉，疑惑不解地问："你的意思是说……"

周童淡淡一笑，此刻的他颇有点得意地道："所有男人都喜欢新鲜感，我也一样。是的，我和陈紫薇交往过，她一直要求我离婚，然后和她结婚，我拒绝了，可能是因为这个缘故吧。但我万万没想到，她会对钱菲菲下狠手。"

叶文婕思索了一阵后，问："事发之前，你没察觉到她有什么不对劲吗？"

周童道："这段时间我很少找她，我爱人快生了，一有时间我都留在家里陪着。"

叶文婕听后微微笑了一下，没出声，她的脑海里浮现出许多问号，心想，光听周童一面之词不行，谁知道他说的是真是假，从他刚才的表现，结合他的地位和人际圈，感觉此人并不简单！

这样想着时，叶文婕便作了个决定。

送走周童后，她马上联系了已经出院的钱菲菲，说想看看她最近的情况。钱菲菲没有推托，约在了秋茗茶馆见。

下午三点，叶文婕和慕容曦准时出现在秋茗茶馆里。钱菲菲出现的时候，叶文婕差点儿认不出她来，此时的她早已不像在医院时那般衣衫不整、头发凌乱、素面朝天，此刻的她风姿绰约，光鲜亮丽，苗条纤细。

慕容曦在叶文婕耳边低声说道："啧啧，这周童还真是艳福不浅！"

钱菲菲来到两人跟前雍容大方地落座。

叶文婕关切地问:"你现在身体恢复得怎么样了?"

钱菲菲捧着茶杯啜饮了几口茶:"谢谢叶检察官关心!我现在挺好的。"

叶文婕说:"今天来找你,是有些情况想向你了解一下。你认识陈紫薇吗?"

钱菲菲迟疑了一下,接着马上摇头道:"不认识。"

叶文婕抿嘴笑了一下,接着问:"那你听你丈夫周童提起过这个名字吗?"

钱菲菲回答说:"没有。我们各有各的朋友圈,互不干涉……怎么了?"

叶文婕道:"没什么,只是各方面详细了解一下。在事发前几天,你爱人周童有什么异常吗?或者你们有没有吵过架?"

钱菲菲浅笑一下,眼神里似乎出现了一丝异样,她的眼睛下意识地逃避着叶文婕的目光,但还是很肯定地说:"没有,我们从不吵架!"

叶文婕疑惑道:"哦?"

钱菲菲摆出一副很认真的架势道:"真的,结婚这么多年了,没吵过。"

说完这话,钱菲菲有点儿心不在焉地看了几眼窗外,天色开始暗下来。

叶文婕又问:"您和周童,感情怎么样?"

钱菲菲拿茶杯的手突然抖了一下,茶水差点儿洒出来,叶文婕不动声色地观察着这一切。

钱菲菲有些底气不足地说:"我们感情很好啊……很好啊。"

真相

叶文婕审视着钱菲菲那妆容精致的脸:"据我们了解,你们好像很少在一起。"

钱菲菲两只手在白色西裤上擦了又擦,故作淡定道:"那当然了,你知道的,我和他都各忙各的,大家都一大摊事,哪有时间天天腻在一起呀。"

叶文婕笑了,盯着她的眼睛道:"难道,你怀孕了他也还那么忙?"

钱菲菲苦笑说:"没办法啊。你们相信吗,最近这次他去欧洲回来,一直忙着公司的事,我们都有半个月没见面了。"

叶文婕用探究的口吻问:"看样子,你很信任你丈夫?"

钱菲菲自信地抬起头来:"我知道他心里有我。你看,"她拉拉身上的衣服,"这衣服还是他从欧洲带回来的。"

正在做记录的慕容曦特意抬起头看了一下钱菲菲的衣服,那质地和手工、设计风格,确实像是欧美范儿。

叶文婕接着说:"这么说,你和周童是在大约八年前认识的?"

钱菲菲点点头说:"是,八年前,那时候我刚开始做节目,根本没有启动资金,是他们公司赞助了我的节目,所以,就认识了。"

叶文婕问:"后来就开始交往?"

钱菲菲摆弄着左手的腕表:"嗯,再后来就结婚,到现在了。"

当钱菲菲再次望向窗外时,不知何时开始飘起小雨了。

下午五点半,结束了对钱菲菲的询问,叶文婕便开车将慕容曦送回了家。

真相

在回叶文婕自己在市区租住的房子时，她特意放慢驾车速度，车前挡风玻璃上的雨刷一下一下快速地摆动着。

她把车上的音响关掉，周童和钱菲菲的一些话纷纷浮现在脑海里，像是吵架一样。

周童说："所有男人都喜欢新鲜感，我也一样。"

钱菲菲笑说："我们感情很好啊。"

周童说："……我爱人快生了，一有时间我都留在家里陪她。"

钱菲菲道："……我们都有半个月没见面了。"

周童说："没想到她会对钱菲菲下狠手。"

钱菲菲说："我知道他心里有我……"

……

叶文婕禁不住甩了甩脑袋，这些思绪太过纷乱，以至于她头都大了。

她皱着眉头喃喃自语道："这钱菲菲是众人皆醉她独醒呢，还是众人皆醒她独醉呢？那男人在外面的风流账都算到她自己头上了，还傻呵呵地自我陶醉。"

回到家门口，叶文婕才发现自己压根儿没带房门钥匙！她长叹一口气，有点儿沮丧地重新回到车上，发动车辆，徐徐驶离小区。她边开着车边想着要不要去打扰一下就住在新开区的表妹雯萍。

走到半路上，她感觉肚子饿得咕咕叫，于是赶紧把车停在一家山西面馆旁边，准备下车去吃个面条。突然，她瞥见面馆对面的高档西餐厅门前站着一个熟悉的身影，定睛一看，是周童！

叶文婕赶紧将打开的车门重新关上，熄了火，摇下车窗。

031

真相

雨已经停了,西餐厅里灯火通明,街道上的路灯也很明亮,因此周童的一举一动都逃不过她的法眼。

只见周童独自站在西餐厅门外的灯光下,正掏出手机接电话。

叶文婕紧紧盯着他的嘴唇,边看边喃喃复述:"我不管……你这两天尽快……把钱给我……账你自己想办法……"

周童说到这里,紧张地望了望四周,确信没什么人关注他,便继续低声讲:"检察院那帮人……好像盯上我了……我有事……大家都不会好过……"

叶文婕把他说的话低声复述了一遍。这得托她原本学习的刑侦专业所赐,让她成为少见的唇语专家,哪怕听不见对方的声音,根据嘴型也能知道人家在讲什么。

正当周童还要对电话讲什么时,一个时髦漂亮的女孩儿从西餐厅里飘了出来。这女孩儿一上前就拉着周童的手,一脸娇羞。周童见到她眼里都放着光,赶紧把电话挂断,顺势搂过女孩儿的纤细腰肢,两人边走边亲。

叶文婕皱皱眉,把车窗摇下,想要看清楚一些,但周童已经拥着女孩儿走向停车场。

叶文婕迅速拿出手机拍了几张两人的合照。

吃了面后,开了十五分钟车,叶文婕来到了雯萍家门口。

雯萍很热情地拉着叶文婕的手臂把她拽到沙发上坐下:"文婕姐,早就听说你到滨海了,上次去找你没找到,还好,你今天自己送上门了!"

叶文婕正想寒暄却突然像是想起了什么似的,问道:"雯萍,你听说过滨海商贸集团吗?"

雯萍答道："你说的那个什么物流公司吧，我知道。"

叶文婕饶有兴趣："哦？说来听听，你都知道些什么？"

雯萍把电视关了，说："我以前给他们做过审计啊。当时他们计划改组上市，我正好在海天审计师事务所。"

叶文婕兴奋地朝雯萍靠了靠："快说说，有什么具体情况？"

雯萍歪着脑袋回忆道："一时也想不太清楚，反正他们公司业务不错，不仅在滨海地区，就是全国的很多大企业也和他们有不少业务往来呢，好像那个……海蓝电器，就和他们一下签了十年的合同呢。……不过，有一点，他们的盈利能力并不和业务量成正比，而且很多资金的风险性很高。"

叶文婕疑惑地问："哦？是吗？……"

10

晚上十二点多，监室的灯早灭了，大家都陆陆续续进入了睡梦中。

陈紫薇此刻像一只虾米一样蜷缩在床上。

毫无睡意的她轻哼着："你知不知道思念一个人的滋味，就像喝了一杯冰冷的水，然后用很长很长的时间，一颗一颗流成热泪……"

睡她旁边的一个女人一骨碌爬起来，很不耐烦地骂道："他奶奶的，天天思念思念的，还嫌不够惨啊！"

陈紫薇不理她，继续低声吟唱着。忽然，她猛地坐起来，剧烈地干呕着。

睡她对面铺位上的一个大婶也爬起来，关切地问："紫薇，你怎么了？我看你这两天脸色不好。要不要紧？"

陈紫薇有气无力地用手抹着嘴上的涎水，对大婶说："没事，没……"

刚才骂她的那个女人恶声恶气地说："他娘的，我说你有病瞧病去，没事别哼哼唧唧的，让别人耳朵根子清静会儿！"

借着窗外漏进来的灯光，陈紫薇看了那女犯一眼，关心她的大婶使劲给她递眼色、摇头，示意她不要跟那个女人闹。

陈紫薇强压下心中的一股怒气。不过，躺下后没多久，她就忘记刚才那女人凶狠狠怼她的事，脑海里依然满是周童以及曾经与周童甜蜜的过往。

她那瘦削的背脊显得那样单薄，那样无力。大婶看着她的背影，摇了摇头。

周童的脑袋也一刻没有停止过思索，不过，他思索的不是跟陈紫薇的感情。

秘书岚琴走进办公室，把手里的文件放在桌面，说："周总，这是上午的一些文件，麻烦您审批。"

周童随手翻了翻那几个文件夹，逐一签了字，然后把这几个文件夹又递给岚琴。

岚琴接过文件夹，却没动，站在那儿一副欲言又止的样子。

周童抬起头看着她："怎么了，岚琴，还有什么事吗？"

岚琴支支吾吾地说："是……是这样，周总，您让我准备的五十万……财务部说，现在的资金有点儿周转不开，而且，按公司的财务制度，您……"

周童盯着岚琴的脸，嘴角露出一丝玩味的笑意来，用有点儿不屑和傲慢的语气说："呵，公司的财务制度？公司的财务制度是谁定的？"

岚琴低着头小声又为难地说："是……是周总……您定的。可是，会计说……要不我去把她叫来！"

周童满脸阴沉地说："不用了。直接让她提五十万出来，然后到人事部结算一下她的遣散费，让她回家！"

岚琴闻言脸色大变，不过，一向聪明伶俐的她强装镇定地答道："好的，周总。"

在她快要走出门口时，周童喊住了她："还有，你跟财务部说明一下，这笔钱从我今年的年薪支出。"

周童把行李袋放到副驾驶位上，驱车往一个旧居民楼而去。

他拎着行李袋上了五楼，敲门。门开了，门边站着的是一张年轻但苍白的脸。

周童带着一丝笑意说："您好，请问这是肖辉家吗？"

年轻女人点头，把他让进了屋子。

墙壁上挂着肖辉的照片，那照片里肖辉笑得很灿烂，周童仔细看了看，心底里居然涌过一丝遗憾，遗憾这个风华正茂的年轻人成了替死鬼。

坐在沙发上的老妇人很惊讶地望着他，脸上还挂着泪痕。她显得如此瘦削和苍老，疲乏和哀恸。

周童带着歉意地朝她点点头，然后坐在沙发上，一副不安和悲伤的样子。他把行李袋放在简陋的玻璃茶几上，说："肖辉妈妈，我是周童，钱菲菲的先生。今天过来是来看看您，这是五十万，我希望你们能过得好一点儿！"

肖母连连摆手说："不行，不行，这怎么能行？"

周童用诚恳的语气说:"肖妈妈,我也为那天的事深感遗憾,肖辉是个很不错的小伙子,哎,如果那天肖辉没有和菲菲在一起,也许就不会……这是我的一点儿心意,想对肖辉和你们做点儿补偿……"

肖母擦着眼泪道:"周总啊,这件事,也不能全怪你们啊。这钱,我们不能收,真的不能……"

周童语气坚决地说:"肖妈妈,你放心,作案的凶手已经被抓到了。我一定代表菲菲要求司法机关将他们依法严惩。您也可以把要求严惩凶手的想法跟司法机关提出来,这样的人,不杀不足以平民愤呀!"

肖母微微点了点头,但她的点头是那样的无力和沉重。

第二天上午,肖母、张燕两人紧张兮兮地把装着五十万人民币的行李袋给拎到了滨海市检察院,交给了郑岩、叶文婕,她们俩这才长舒了一口气。

送走张燕和肖母,叶文婕和郑岩看着这个旅行袋发呆。

这时,慕容曦进来,朝叶文婕挤眉弄眼地道:"门口有人找你。是个帅哥哦!"

叶文婕不相信地指指自己:"找我?不可能吧?是不是搞错了?"但她还是半信半疑地站了起来朝办公室外走去。

隔壁办公室里,林乔生与陈志豪坐在各自的座位上,边敲键盘边时不时聊几句。他们俩已经习惯了这样的相处方式,经常会拿出一些办案中遇到的实务和理论问题来探讨和辩论。

陈志豪说:"大林哥,从目前公安侦查的情况来看,我觉得陈紫薇背后还有人。"

林乔生停下手头的活儿,好奇地问:"嗯,说说看。"

真相 ——雇凶迷局

陈志豪说:"第一,陈紫薇拿不出雇凶杀人的钱。这个从公安方面的走访调查可以看出,陈紫薇只是被包养的'二奶'而已,再省吃俭用也拿不出这么一笔钱。钱谁给的?周童。周童扮演了怎样的角色?第二,钱菲菲等出事之后,几乎陈紫薇打出的所有电话都是给周童。两人有着怎么样的预谋?不清楚。"

林乔生点点头道:"嗯,第一条好调查。第二条嘛,要找出其间的因果关系不是一件容易的事情。"

一辆奔驰轿车停在滨海市检察院的大门外,车旁站着一个三十多岁的高个子男人,他穿着天蓝色衬衣和白色裤子,头发三七分,戴着黑框眼镜,皮肤白净,脸盘英俊,整体给人的感觉很清爽。

叶文婕一见到他,就马上往回走,这男人一把上前拉住她的衣袖,认真而严肃地说:"文婕,我是真的喜欢你!"

叶文婕淡淡地道:"对不起,我没兴趣!"

男子有些难过地道:"我就不相信你对我一点儿感情都没有!"

叶文婕回头盯着他的脸,很认真地道:"对不起,是真的没有。"

男子闻言颇是失落:"感情,我们可以慢慢培养。"

叶文婕挣脱他的手:"对不起,我真的没兴趣。"说完,她扭头就进了检察院的大门。

慕容曦一直在办公室窗前盯着眼前的这一幕,只见那男子满面愁容,痴痴地望着检察院大门好一会儿,才无奈地驾车离去。

真相

叶文婕表情很凝重地走回第一检察部办公区，与正要出门的郑岩差点儿碰了个满怀。

郑岩并未留意到她的情绪异样，问："文婕，上次你不是和陈紫薇的律师接触过了吗，她有什么想法？"

叶文婕平复了一下情绪说："江律师也觉得陈紫薇有点儿不对劲，总是要求她想办法让案子快点儿结束。不过，她说她也很想帮助陈紫薇，但陈紫薇好像并不领情。"

慕容曦正在摘录一桩抢劫案的案卷，她停下手头的活儿扑哧一笑说："陈紫薇这小丫头，很视死如归嘛！"

郑岩道："看来现在的关键是，要想办法打开陈紫薇的内心。"

叶文婕说："主任，还有一个情况，前两天晚上，我看见周童打电话，大概意思是他要求什么人尽快把钱给他，还要挟对方说，检察院已经盯上他了，他有事大家都不好过。"

慕容曦惊讶地望着叶文婕："什么？你看见周童打电话？他让你听他讲这样的电话？"

叶文婕有点儿吞吞吐吐道："哦，不是……我是猜测。"

郑岩也觉得她这番话有些漏洞和不合逻辑，但他没打算深究，赶着去监督一起案件的死刑执行的他只想速速结束这个话题，因为其他部门的同事都开着车在楼下等他了。他只说了一句："猜测不能作为证据。"

叶文婕点点头，并不太在意郑岩和慕容曦审视的眼神，接着说："还有，我表妹在海天审计师事务所工作，她说以前曾给滨海商贸集团做过审计，她认为滨海商贸集团有些业务的确是不太合情理。"

郑岩停下了脚步，说："这周童身上肯定不干净。至于与陈紫薇的案子有没有关系，现在还不好说。大林他们也有类似的怀疑。文婕，你继续跟进你表妹那边的情况。"

然后他又转向慕容曦道："慕容，你和文婕找机会再找陈紫薇的律师谈一下。"

郑岩的脑瓜子在工作闲暇一刻都没有停止过思索。他从自己和同事们接触周童、陈紫薇、钱菲菲的过程来看，总觉得这起案件疑点颇多，并不像它表面上所呈现出来的那样简单。

他思索了一阵，打电话给马国斌，说要请他在新开区的海园饭店吃饭。

海园酒店大厅的一个角落，郑岩和马国斌选了几样家常菜，两人都穿着便装，一边吃，一边聊得热火朝天。

郑岩夹起一片爽脆的猪耳朵放进嘴里嚼，道："老马啊，我总是觉得这个案子，前前后后，有点儿蹊跷。"

马国斌嚼着几颗花生米，疑惑地问："老郑，你想说啥？"

郑岩把筷子放下，端起茶杯喝了一口，说："如果案子就这么结了，前后的逻辑也没什么不通，手续、证据也齐全，可我就是觉得不妥。钱菲菲表现过于平静，不像正常人的反应，周童的陈述与调查取证的事实有较大的出入，而陈紫薇的态度却似乎只求速死。这许许多多实在太让我怀疑，我看还是得麻烦麻烦你们啊！"

马国斌拿起筷子，点点桌上的菜，做出一副恍然大悟的样子，笑道："老郑啊老郑，我就说你是个老狐狸吧，原来你这是又把球给我踢回来了！我还说呢怎么请我吃饭呢！"

郑岩十分诚恳地说："老马，玩笑归玩笑，看来你们还需要再进一步补充侦查，究竟周童事先知不知道陈紫薇要行凶的计划？"

马国斌望着郑岩的眼睛，思索了几秒钟，然后下定决心般的说："如果他事先知道，这事情可就复杂了！这样吧，明天你把材料转到我们支队内勤小李那儿，我会安排的。"

站在大楼前，周童盯着写字楼下大理石墙上嵌着的"滨海商贸集团"几个金灿灿的大字出神，目光里有些许留恋和不舍。

当他走进大堂时，发现四五个员工围在一起叽叽喳喳，一个女员工用神秘的语气说："听说周总给那个受害人的母亲五十万呢！还是他自己的年薪呢！"

另一个女员工眼神里都是小星星，说："哦，是吗？这周总可真够意思，真够意思！"

一个男员工也用钦佩的语气说："就是，平时周总对咱们也不薄啊，跟这样的老总干，心里踏实！"

周童在一旁听得仔细，他内心里有点儿小得意，但又感觉有点儿苦楚，嘴角不自主地冷笑了一下，他觉得胸口憋闷得很。

回到办公室他把门反锁上，窝在沙发里闭上眼睛不想动弹，就这样躺在沙发上迷迷糊糊地睡着了……

11

看守所会见室里，陈紫薇与江海欣及其助理姚瑶面对面坐着。

陈紫薇急切地问："江律师，我爸妈、弟弟怎么样了？身体好不好？"

江海欣忙安慰她道："你家人都很好，就是都惦记你，我去见他们时，你弟弟还告诉你爸妈说你快回来了，他们天天问你啥时候回家！"

陈紫薇闻言泪流满面，颤声哽咽着说："麻烦你回去告诉我爸妈，我在这儿挺好的，让他们不要惦记了。让我弟弟也快点儿和娜娜结婚吧，结了就踏实了。还有，让他跟着他周大哥好好干，周大哥人那么好，肯定不会亏待他的。"

江海欣心里涌起一丝难过，问："紫薇，别总替别人着想！你难道不想减轻自己的罪行吗？"

陈紫薇苦笑了一下，盯着自己的脚尖儿发呆。

江海欣安慰道："你有什么隐情，都可以跟我说。"

陈紫薇急忙接话道："没有什么隐情。我自己做的事自己当，与别人无关！"

江海欣苦笑了一下，真诚地劝慰道："你知不知道，不争取自救的机会，你可能会被判死刑的。我真的很想帮你！"

陈紫薇睁着美丽的大眼睛，泪水盈溢，凄楚又决绝地笑着说："江律师，我知道周大哥要你帮我，请你转告他，我不后悔！"

叶文婕和慕容曦也没有停下奔走调查的脚步。下午三点半，叶文婕和慕容曦出现在郊区的一栋双层别墅里。

接待她们的是一位五六十岁头发花白、后背稍微有点儿佝偻的老妇人。

老人急切地问："是我们家紫薇让你们来的？"

慕容曦连忙说："是的。"

老人焦急地问："紫薇什么时候能回来啊？"

慕容曦有点儿尴尬，支吾道："这个嘛……"

叶文婕赶紧打岔说:"大妈,就你一个人在家,不闷吗?"

老人说:"老头子屋里躺着呢。平时女婿会陪着我们到处玩儿,这些天他忙着处理紫薇的事,没时间回来。"

叶文婕一听说"女婿"二字便更来精神了,她问:"大妈,您觉得您的女婿是个什么样的人?"

老人频频点头:"好人,好人,也特别孝顺。除了岁数比紫薇大点儿,哪儿都好。"

叶文婕、慕容曦对视一眼,没出声,继续跟老人家又扯些家常话题聊了一阵儿便告辞出来。

慕容曦开着车说:"文婕姐,敢情这陈紫薇父母还不知道周童是个有妇之夫呀?"

叶文婕把安全带扣好,然后有些惆怅地说:"还好是不知道!"

滨海商贸集团公司内,宽敞明亮的会议室里,众人齐齐整整地到会,周童站在前方演讲台旁,台下掌声雷动。

他深有感触地分享说:"不瞒大家说,这次欧洲之行,给我最深的印象就是'差距'两个字,什么是差距?就是两个密集之间的差距与较量!我们是什么呢?我们是劳动力密集的企业。而人家,通通的知识密集!我们的行包还要人工分拣,人家的通通实行了计算机统计区域编码、机器打签……"

他的"演说"大概持续了半个小时,正当大家听得入神时,他的发言戛然而止,大家都愣了。

周童赶紧说:"好了,这应该是我最后一次在这里给大家作汇报,我已经向公司的董事会提请了辞职……相信很快就会通过,大家也知道,最近我家里发生了一些事情……"

众人议论纷纷，周童的这个决定对他们来说确实太突然。

岚琴显然是其中最惊讶和最难以接受的一个，她急切地问："周总，您真的要走吗？"

周童从岚琴的眼神里看出了留恋、不舍和疑惑，此刻他心底居然也涌上来一丝丝难过。当着众人的面，他声音低沉地说："抱歉，我觉得，我的妻子和家人，现在是最需要照顾与陪伴的……"

一个也算长期跟随他的部下诚恳地说："周总，等家里的事情处理好以后，您还是回来吧，我们也很需要您啊！"

周童从众人脸上和眼神里都看到了真诚的挽留和惋惜，他内心里除了涌起一点点难过，更多的是自得和自满，心想，至少这帮人是很认可他的。他深情地说："谢谢大家对我的支持与厚爱，但我作为一个男人，对家里尽的责任与义务实在太少了……"

几个女员工感动得热泪盈眶。

周童强颜欢笑，依依惜别道："我走了，还有别的老总上任，相信我们滨海商贸集团一样是蒸蒸日上！"

说完他自己鼓起掌来，底下员工也跟着鼓掌，一时之间，掌声雷动。

12

陈紫薇坐在看守所监舍的角落里，夕阳余晖那血红的光透过监舍的小铁窗照射进来，笼罩在她的脸上、身上，使得此刻的她看起来有一股神圣而又悲凉的感觉。

某些时候，她真觉得自己是为了某个神圣的理由，而走上了这条充满奉献牺牲意味的不归路。她也一直因自己为周童所做的种种而自我感动不已。

此刻,在她那张苍白的脸上,两只原本就大的眼睛里满含着深情和感动,她没有哭泣,没有流泪,嘴角挂着愉悦快乐的微笑,她的表情是那样宁静而平和,她陷入了回忆之中……

那时她刚来滨海市不久。从小家贫的她,在初二时因家庭顶梁柱父亲生病,不得不早早辍学出来闯世界。在广州、深圳等地都漂流过一段时间后,她最终落脚滨海。一无学历、二无技能的她干过很多行当,最终她到了一家五星级大饭店做服务员。

她刚来这儿上班,还算在试用期,因而她表现得很积极认真,整天都面带甜美的微笑,精神饱满,领班和经理对她很满意。

这天她用托盘端着一瓶XO给一桌客人送过去,其中一位肥头大耳的客人对着她不怀好意地笑。陈紫薇不敢得罪他,只得尴尬地也对他笑笑。他拿过酒后,就从裤兜抽出钱包,从里面捻出两张百元大钞,嬉皮笑脸地递到陈紫薇跟前。满面红光、头发油腻的他色迷迷地说:"哟,哪来的漂亮小妞儿,今儿哥几个高兴,要不你给哥儿几个唱一曲?唱得好了,哥就重重有赏,要是唱得不好,哥今儿可是要重重地罚你哟!"

一桌都是油腻中年男人,一个个脸上露出猥琐淫秽的笑意。

陈紫薇还是第一次遇到这种场面,不知该咋办,她觉得很尴尬,又很愤怒,还感到很屈辱,这帮臭男人把她当成"小姐"了。

她尴尬地笑笑,对众人说声:"对不起,我还有别的客人

真相 一桩凶迷局

要招待！"便迅速离开那桌客人。那些男人在她身后哄堂大笑。

那个肥头大耳的客人不死心，他是这里的常客，跟领班很熟。他喝得多了点儿，走路都有点儿七扭八歪的。他揣着钱包，来到前台要了一个房间。领了门卡后，他转过身，冲领班扬了扬钱包，领班笑嘻嘻地上前跟着他来到一个角落里。他在领班耳边叽里咕噜了几句，领班点头哈腰，然后他又从鼓鼓囊囊的钱包里抽出一叠不少的人民币塞到了领班手里，领班笑得眉飞色舞。

随后这客人便跟跄着转身进了电梯上楼去。

陈紫薇随后被领班安排给406房客人送水果。她把水果和水壶放在小推车上，推着小推车来到406房门外，摁响了门铃。门开了，里头是客人那张喷着酒气的紫红色的胖脸，他色迷迷地看着陈紫薇。陈紫薇愣了一下，突然回过神来，意识到不对劲，她立即转身就想跑，却被这客人伸手一把从后背搂住了脖子。别看他喝得有点儿多，但牛高马大的他力气还挺大的，那肥胖的胳膊将陈紫薇纤细的胳膊就这么生生夹住了，任凭她如何挣扎都无济于事。

客人将她就这么老鹰抓小鸡一般拖进了房间，将她一把抱起重重地扔在了乱乱的大床上，然后一脸淫笑地逼近床铺，作势要扑上来，还色眼迷离地乱叫唤道："小心肝儿，小宝贝儿，不要害怕，让哥哥陪你玩玩游戏嘛！"

陈紫薇失魂落魄，一时半会儿不知该怎么办。她急切地环顾左右，突然发现床头角落里摆放着一个落地大台灯，她一把跳下床来，用不知哪来的力气搬起那个台灯，咬牙切齿地冲那客人厉声道："你别过来！你要是敢过来，我就让你脑袋开花！"

那客人瞬间好像被吓得清醒了点儿，他立定了，收住了自己的动作，但嘴里还不放过，嚷嚷道："哟，原来是个这么烈的小野马呀，嘿，哥还就好这一口……"

陈紫薇怒目圆睁，作势要把台灯扔过来，吓得那客人满身肥肉乱颤，不敢再胡言乱语。陈紫薇便迅速丢下那台灯，衣衫不整、头发凌乱地跑了出来，高跟鞋也被她踢丢了。

她逃出门时还被那小推车给狠狠撞到了腰。客人这个时候酒全醒了，他脑海里满是陈紫薇那张漂亮的脸蛋儿，想着他还给了领班一笔不菲的钞票，便觉得无论如何不能让这笔"买卖"落空了！客人便马上在她身后追过来。

陈紫薇慌不择路地往楼梯那儿跑，穿着长筒丝袜的脚底下一滑，就从楼梯上跌了下去。这客人冲下来一把揪住她，又把她往楼上拽。在拉扯的过程中她本能地去抓挠客人的脸，尖利的指甲戳破了客人的脸皮，这客人痛得赶紧松了手，她趁机赶紧往楼下大堂跑。

客人还是不肯放过，且这回他是恨上了陈紫薇，就越发想要把她弄到手！他追上去，两人一直追打到了酒店一楼大堂。陈紫薇突然撞到了领班。领班见她这副模样便知客人事估计是没办成，心想这陈紫薇也太不识抬举了！

领班心里那个恨呀，客人这时也追了上来。陈紫薇哭着哀求道："姚哥，救救我，求求你救救我！"

领班狠狠给她甩了个耳光："不识好歹的臭婊子，你以为你是谁呀，给脸不要脸，还在这撒泼！"

骂完他就一把拉住陈紫薇的胳膊，客人也上前来拉她另一只胳膊。陈紫薇一时不知哪来的蛮力，竟然狠狠甩掉了两个男人拉扯她的手，不过，她用力过猛而导致自己跌坐在了地上。那两个男人也喘着粗气看着她。陈紫薇用手捂着被领班打得通红火辣的左脸颊，难以置信地看着领班，她的脸上挂着泪痕，别着黑色夹子的头发此刻已经全无造型，乱成了鸡窝，制服的扣子全被扯掉了，她喘着粗气，神情绝望地看着眼前这两张脸，觉得他们是那样丑陋和卑鄙。

就在这个当口，一个男人的声音在背后响起："哟，这是唱的哪一出啊，两个大老爷们儿欺负一个小女子？这可太不像话了！"

陈紫薇惊讶地回头一看，是个风度翩翩的中年男人，四十岁出头，身形颀长，戴着金丝眼镜，三七分头，面容白净，一身黑色西装，整个人给人的感觉是很温文儒雅的。

这男子说完便微笑着上前将陈紫薇从地上搀扶起来。陈紫薇本能地想要躲闪他的搀扶，这男子冲她和蔼一笑。那笑容像春风一般，瞬间让她感觉到温暖而亲切，她的眼神便一下子由警戒变得放松，身体也跟着放松了。她依靠着中年男子的搀扶慢慢地站了起来，望着对面那两张同样惊讶的脸，气愤羞愧难当，不再作声。

这男子望着客人与领班，浑身散发出一种无形的力量，一股不怒自威的力量，这力量震慑到了对面的那两个卑劣的男人。

陈紫薇在这男子身旁瑟瑟发抖，男子便把自己的西装外套纽扣解开，然后脱下来给她披上，并为她整理了一下凌乱的头发。他的手顺势搂住她的肩，带着她向大厅正门走去。

客人眼见着半路杀出来这么一个程咬金，让他到手的鸭子就快要飞了，生气极了。他急切地跑上前来想要阻拦，正欲拖拽陈紫薇，却被中年男子反手一拳打倒在地上，嘴角慢慢渗出血丝来。

领班早已躲在前台，远远观望着，不敢再上前。

真相

中年男子伸手从衣袋里掏出一张名片,扔到那客人的身上,轻蔑不屑地说:"有本事,来找我,别他妈的欺负女人!"

说完,他便搂着陈紫薇往外走去,那感觉特别像是港剧里的英雄救美的男主角,自带无限光环。陈紫薇边走边崇拜地望着他的侧脸,像是看到了她心仪的白马王子骑着白马来救她。

陈紫薇缩在中年男子的西服外套里,活像一个受了无限委屈的小媳妇,又像是受了伤害的小猫咪,那般惹人怜爱。她顺从地被他裹带着往前走,两只手紧紧地抓着西服外套的衣领,眼泪止不住地顺着脸颊往下无声流淌。

夜幕低垂,城市的街道上霓虹闪烁。刚下过一场雨,街上湿漉漉的,天气有些寒冷,冷空气使得整个城市显得有点儿寂寥和孤寒。

一辆汽车行驶在苍茫的夜色中,中年男子开车,副驾驶座上的陈紫薇抓紧了裹在身上的西装外套,不时用眼角的余光偷偷地观察着男子。男子转过头看了陈紫薇一眼,她便脸一红,低下头。

男子笑了一下,和蔼可亲地说:"小姑娘,你别怕,我不是坏人。"

说完他播放了一曲车载音乐《思念谁》。

陈紫薇抿了抿嘴,又用手指梳理了一下凌乱的栗色长发,不好意思地小声说:"我知道。"

男子又笑了笑,说:"我叫周童。"

女孩儿也忍不住笑了,接话说:"我叫陈紫薇。"

周童点点头,说:"告诉我,你家在哪里呢?我送你回去。"

陈紫薇脸有点儿红,犹犹豫豫地说:"在……东南小街的巷子里。"

周童皱着眉，沉吟了一下，疑惑地问："你……住那种地方？"

陈紫薇脸红得更厉害了，她轻轻地点点头，难为情地转过脸去望向窗外，她多么不想对他提及自己所住的那个滨海有名的"贫民窟"，她多想给他一个好印象啊。

周童用鼓励的眼神望着她说："刚才在酒店里的事情我都看到了，你是个好女孩儿。"

说着，他拿出一张名片递给她："要是有什么需要，别客气，能做的我一定不遗余力。"

陈紫薇接过名片，紧紧攥在手中，生怕它会飞走似的。她让自己更放松地靠在了座椅后背上，裹紧身上的大衣，把脸深深地埋到衣领里。

13

按照郑岩的吩咐，叶文婕和慕容曦决定利用午休的时间去找钱菲菲好好聊聊。

二人出现在滨海市电视台楼下时，钱菲菲恰好要开车出去办事。她在电视台门口见到二位时，显得有些惊讶，但她马上就明白这是为枪击案而来。她虽然心底里是很抵触再就这个案子接受检方询问调查的，但她是见过大世面的人，交往的人也复杂，什么没见过！

只一瞬间她就调整好了自己。她热情洋溢地邀请二位上车，说要请她们俩喝茶，庆祝自己提前结束产假回来上班。

叶文婕知道她是交际场的高手，便与慕容曦对视一眼，微笑不语地上了车。

钱菲菲把她们俩带到了一个自己常光顾的港式茶餐厅,"二位检察官,你们随便点,我买单,不用跟我客气!"

　　叶文婕笑笑,便随意点了几样茶点。

　　她跟钱菲菲聊了起来:"这么说来,八年前你们电视台改制重组,给了你一个机会?"

　　钱菲菲点点头道:"是的,当时能不能抓住机会,光有能力还不行,还要看实际的东西。"

　　叶文婕点头,表示明白其中的意思。

　　钱菲菲向叶文婕、慕容曦举举杯,接着说:"如果没有这些实际的东西做底牌,机会来了,也只能眼巴巴地看着它溜走……"

　　叶文婕吃了一口小吃,笑了一下,道:"这倒是事实。也就是说,是周童帮助你,抓住了这次机会?"

　　钱菲菲喝了一口茶,说:"是的。他赞助给我必要的启动资金,就是这些钱帮我抓到了这样一个机会,不然哪里有实力证明我的节目是最受欢迎的呢?怎么会有今天滨海电视台的金牌制片人呢?"

　　叶文婕盯着她的眼睛道:"能不能告诉我,他给你的节目赞助了多少钱?"

　　钱菲菲转着眼珠,思索了很久的样子,说:"两千万。"

　　慕容曦听得张大了嘴巴,她看了看叶文婕,然后又看着钱菲菲说:"哇,好大手笔啊,看来周童对你的事挺上心啊!"

　　钱菲菲苦笑了下。

　　叶文婕问:"你知道陈紫薇这个人吗?"

　　钱菲菲闻言眉头下意识地皱了一下,但随即马上调整状态,她嘴角笑了一下道:"我不认识什么陈紫薇。"

叶文婕抱歉地笑笑:"对不起,我没别的意思,工作需要。"

钱菲菲状态有点儿低迷,低声道:"其实你们想知道什么,可以直接问我,不必这样婉转。"

叶文婕点点头道:"你能这么说,我很高兴。我干脆和你直说吧,枪击你的凶手背后主使,是周童的情人,叫陈紫薇。"

钱菲菲大吃一惊,但很快就恢复常态:"哼,那些无耻的女人,什么都做得出来,这一点儿也不吃惊。"

叶文婕疑惑地问:"不吃惊?难道你早就知道周童出轨?"

钱菲菲无奈地冷笑道:"嫁给这样的男人,我早就有这样的思想准备。"说着,她眼里便涌出了泪花,但她还是苦笑着说:"呵呵,你们知道吗?我的孩子一直放在我父母家,为什么,你们能明白吗?为什么我要提前取消产假回台里上班,你们知道吗?就因为我不想依靠他,也依靠不了他!"

叶文婕和慕容曦听到这里都用同情的眼光望着钱菲菲,感受到她此刻的绝望和伤心。

钱菲菲喝了一口茶,继续说:"其实,说不恨,那是假的。但那到底还是个小姑娘,涉世不深呀。"

叶文婕点点头,沉吟半晌,她怕又触及钱菲菲的痛处,于是小心翼翼地问:"那对于周童,你……"

钱菲菲不等她说完,便抢着说道:"对于他,我能怎么样?你们二位还没结婚吧?所以不会了解其中的艰难。我和他吵?和他打?最终不过授人以柄。这是一场……风平浪静的较量。"

叶文婕点点头,这时她的手机响起来,她看了看来电号码,便站起来离开座位走到窗边接听:"主任……好,我知道了!"

等挂上电话,她看见钱菲菲抽出纸巾轻轻地擦了擦眼角。

叶文婕和慕容曦把钱菲菲送上车,目送车子慢慢驶离。

慕容曦叹了一口气道:"唉!这女人,心里其实也挺苦的。"

叶文婕拍了拍她的背,笑道:"好了,别感慨了,等以后你就会明白用情之苦了。"

慕容曦狡黠地笑道:"哟,这么说,你是领略过了?"

叶文婕苦笑一下,不接话。

慕容曦不依不饶地笑问:"上次找你的那个男人就是让你受过苦的人?"

叶文婕不理她,只顾往前走:"小孩子知道那么多干吗!回单位吧,主任等着呢!"

慕容曦在后面一路小跑追着说:"好姐姐,说说嘛!说说嘛!"

二人迅速回到单位,快步走进郑岩办公室里,发现除了郑岩、林乔生、陈志豪之外,马国斌、警察小李也在。

郑岩说:"现在公安机关又把案子给返回来了,的确,事发前的一周,周童去了欧洲,他有不在场的证明。"

叶文婕说:"但是不在场并不能证明与他没有关系。周童的一些证言根本就是假的。"

郑岩疑惑地望着叶文婕:"有这样的事?"

叶文婕点点头:"刚刚我们和钱菲菲谈过,周童和钱菲菲现在的关系已近临界线,并不像他自己所说的那样。"

郑岩听了后皱着眉头沉思起来。

慕容曦说:"我怀疑周童只是利用陈紫薇。"

叶文婕补充道:"不少案子的主谋在背后策划好后就远走高飞,由他人执行,而主谋却到时候坐收渔利。"

林乔生点头表示赞同:"我研究了近年国内类似的案件,

最大的难点是坐实证据。郑主任、马队长、文婕姐，各位想过没有，为什么这个当口周童去了欧洲？去欧洲之前，他和陈紫薇有着怎样的沟通？我倾向于文婕姐的怀疑。但还是得靠证据……"

马国斌轻轻点了点头："我也怀疑是这样，其实，对于陈紫薇这么疯狂又单纯的小女孩儿来说，他只要给一个暗示就够了。"

郑岩突然想起一件事来，忙说道："还有一件事要跟大伙儿说说，前几天市纪委的老姜和我提过一桩举报，你们猜这个被举报的人是谁？"

大家都用询问的眼光看着郑岩。

郑岩笑了一下，道："这个被举报的人，竟然是周童！"

叶文婕联系了表妹雯萍，说就滨海商贸集团的事情要找她再了解一下。当叶文婕来到雯萍所在的写字楼时，发现偌大的办公室就雯萍一个人埋头忙活着。

雯萍见到她来，赶紧拉着她在自己对面的椅子上坐下："姐，你可算来了！再晚点儿，别的同事就该吃完饭回来了。"说着，她急匆匆地从自己桌上的一堆文件底下抽出一摞资料，"你要的东西我找到了，不过，只能在这儿给你看看，可不能带走。"

叶文婕点点头，赶紧翻阅资料，翻了一阵，她说："雯萍，你来一下。你看这是怎么回事？"

雯萍拿起其中的一个小册子看了一眼，解释说："这是他们物流公司的担保凭证。"说着她用手指着其中一项，"就是给这个公司担的保，担保额一共八千万呢！可真不少！"

真相

叶文婕疑惑地道:"兴鑫达商贸有限责任公司?担保八千万?这么大的数字?这公司有还款能力吗?"

雯萍摇摇头:"这我可不清楚,我们只管账目审计。"

叶文婕地自言自语地道:"看来真有问题!"

她匆匆忙忙告别雯萍,迅速赶回单位找郑岩汇报。郑岩当即决定下午就叫周童过来问话。

下午两点半,周童准时出现在滨海市检察院的询问室里。

郑岩开门见山地说:"周总,今天请你来,没别的意思,还是想了解一些陈紫薇案的相关情况。"

周童无奈地笑笑:"郑主任,请不要再叫我周总,我已经离开滨海商贸集团了。"

郑岩有点儿吃惊:"哦?能告诉我为什么吗?"

周童声音低沉地说:"其实原因很简单,我……对以前做过的事需要进行弥补。"

郑岩和叶文婕对视了一下。周童镇静地观察着他们二人,然后真诚而又深情地说:"我以前做的事,对不起菲菲,她现在精神和身体上都十分虚弱,需要人照顾,作为她的丈夫,我责无旁贷!"

叶文婕心里在冷笑,但她又不能马上当面拆穿眼前这个说谎的男人。

郑岩试探着问:"那么,你对陈紫薇是怎么看的?"

周童有点儿歉意地低下头,微笑着说:"这件事情,我已经和菲菲谈过了,只是,她坚持要求你们检方严惩紫薇的刑事责任,另外,她也准备要求陈紫薇给予她民事赔偿。我做不通她的思想工作。"

郑岩若有所思地点点头。

周童有些别扭地说："当然，站在我自己的立场……我希望，能够从轻发落陈紫薇。虽然我也明白，杀人要偿命，你们也不可能对她法外施恩，只是……"

郑岩与叶文婕对视一下，眼中都写满了疑惑不解。

周童继续说："紫薇是个傻孩子，毕竟我们有过一段美好的时光……我实在不希望她……这个心情，我想你们是可以理解的吧？"

郑岩微微笑了笑，不置可否。

周童急忙补充一句："还有，她做的这个事情，事前我可真的是一点儿也不知道啊！要是我知道，就不会……"

这时候周童的手机响起来，他接起："是我……好，我马上过去。"

他挂上电话，有点儿不好意思地说："二位检察官，我有点儿急事。你们看，能不能改天再聊？"

郑岩点点头，微笑道："好，请便。"

等周童走后，郑岩说："嘿，这个周童，咱们该问的还没问，他自己倒是说了一大通。文婕，你怎么看？"

叶文婕说："我看这周童今天的目的无非就是两个，一来是代钱菲菲表达一下要严惩陈紫薇的要求，二来也要说明自己的清白。"

郑岩点点头说："我看这后一点，还是更主要。"

叶文婕笃定地说："说实话，我很怀疑周童与陈紫薇之间的感情。"

郑岩饶有兴致地说："哦，说说看。"

叶文婕说："周童比我们还早就定下陈紫薇的死罪，他好像确信陈紫薇必死无疑一样。这就是最大的疑点。"

慕容曦大步流星地飘了进来,大声道:"哼!他的心根本不在陈紫薇这儿呢!"

说着她把一个大信封放在郑岩桌上,取出其中一些照片说:"喏,头儿,这是上午马队长让我去取的东西,其中就有这些照片。"

郑岩与叶文婕好奇地接过来传看。

叶文婕指着一张周童与梅丽娜的照片说:"这个我见过。"

慕容曦笑说:"这个叫梅丽娜,一个公关小姐。"

郑岩冷笑了一下,说:"嗨,这个周童,也是'时间管理大师'啊!"

慕容曦不满地撇撇嘴说:"哼,什么臭男人!您看看这七八个女的,没一个重样的!我看周童对陈紫薇也不是真心的!这陈紫薇,就是太单纯,周童对她好一点儿,她就爱得死去活来,要感恩,要报答的,最后把自己给搭进来了。"

叶文婕点点头:"陈紫薇出身贫寒,出来打工不容易,有这样的想法也是人之常情。"

慕容曦有点儿得意地说:"而且我断定,陈紫薇肯定以为周童只爱她一个人!"

14

周五,天气晴好,临海的街道上车水马龙。周童开车去了趟滨海商贸集团,岚琴已经用纸箱帮他把一些私人物品打包好,他今天是专门过来取的。

见到岚琴和一些老部下,少不了又说了几句体己话。之后,周童便抱着纸箱走出商贸集团大门，仰望着这栋见证了他十二年时光的大楼，颇有点儿感慨，但之后他就淡淡地笑了一下，然后开车回家。

当他抱着纸箱走进客厅时，发现客厅空空荡荡的，一个人都没有，保姆和钟点工们也不知今天来上班了没有。

他来到二楼卧室，看到沙发上正坐着钱菲菲。只见她一脸木讷，脸色很不好，正望着电话机发呆。他诧异于她大白天上班日没去电视台上班。他在床头坐下，又偷偷瞥了一眼钱菲菲，发现她还是面无表情。就这么僵坐了十几分钟，两个人一言不发，空气里充满了紧张和不安的感觉。

周童清了清嗓子，想要打破沉默："那个……"

钱菲菲不等他说完，马上愤怒地盯着他冷笑道："终于在这个家里看到你这个大忙人了，真不容易啊！"

周童有点儿尴尬，嘴角扯出了一丝笑意，随即就板起了脸来，他心想，可不能让这母老虎在气势上占了上风，一定要打压她的嚣张气焰，就冷冷地道："我很忙，这你知道。"

钱菲菲抬眼挑衅地看着他："是吗？"

说着，她就伸手按下旁边茶几上的电话，里边传来留言声："周童，我是莫小萱，我很想你，咱们都两个月没见面了……"

周童急忙起身扑到电话机那儿，伸手想要按停电话的留言，"只是一个朋友而已。"

钱菲菲一把拦住他的手，把电话机抱在怀里，逼视着他道："既然是朋友，听听怕什么？"

于是她又按下电话机的按键，里面传来女人留言的声音："你没事吧？我在报纸上看到你家里的事情了，你什么时候和你老婆离婚？你答应我的。你一直没接我电话，我是从你秘书那儿要来的你家号码……"

周童脸色大变，又伸手欲要抢过电话机去摁停，钱菲菲哪里肯依他，她死命护住电话机，仿佛那是她的性命一般。

周童见她那样拼命，又气又急又恼，额上青筋鼓起，但他只能极力地控制自己的情绪，他嚷道："钱菲菲，你有完没完？！"

钱菲菲见他这副理直气壮的样子，更是气得七窍生烟，她抱起电话朝周童砸去，电话线把茶几上的红色大花瓶也拽到了地上，"啪"的一声巨响，那个大花瓶碎了一地。

钱菲菲歇斯底里地哭着嚷道："没完！你别以为我不知道你那些风流事，我只是一直忍着。没想到，都当爹了，你还这样！"

周童摸摸被电话机砸到的额角，那儿瘀青了，火辣辣的疼。他看着钱菲菲这般泼妇样，再也不想多说什么了，于是便起身下楼到客厅，抓起椅上的外套，摔门而出。

15

为了进一步搞清楚陈紫薇的作案动机，叶文婕决定带着慕容曦到市公安局看守所再次提审陈紫薇。

这次看到陈紫薇，叶文婕觉得她似乎比先前长胖了些，许是她心态上更放松了些，情绪更稳定了些吧。

待陈紫薇坐下，叶文婕便直奔主题道："陈紫薇，怎么看你都不像那种能下狠手的人！我们希望，你把真正的事实跟我们说清楚，争取宽大处理！"

陈紫薇舒了一口气，嘴角露出一丝淡然的笑，很坚定地说：

"我知道,我说的都是事实啊!"

慕容曦有些无奈又生气地说:"可你也没说啥啊?"

陈紫薇苦笑一下,以过来人的口气道:"你不懂。你真正爱过吗?"

慕容曦叹了一口气说:"就算你爱周童。不过,这爱也太极端、太不值了吧?"

陈紫薇生气了,怒目圆睁道:"你不要胡说,为他我做什么都值得!"

叶文婕摇了摇头,说:"傻孩子!有些话,我真不知道该不该告诉你。"

陈紫薇用疑惑的眼光望着叶文婕,急切地说:"还有什么不能说的?快说吧,我是不知道还有没有明天的人,你现在不说,可能我就永远听不到了!"

叶文婕有些犹疑地说:"你难道不知道……,周童除了你之外,还有别的女人?"

陈紫薇闻言愣住了。

叶文婕诚恳地说:"我们看你年纪轻轻的,家里也不容易,不忍心看着你就这样把命送掉……"

陈紫薇呆若木鸡,脑海里乱成了一锅糨糊,好一会儿才回过神来,勉强地笑着说:"你胡说!那不可能!周大哥说这辈子只爱我,以后再也不会爱上别的女人的……"

叶文婕、慕容曦对视一眼,苦笑无奈地望着冥顽不化的陈紫薇。

回到单位,二人找郑岩汇报提审情况,进一步分析陈紫薇的心路历程。

叶文婕说："我想从女性的角度分析一下。首先，我们都肯定，周童不止陈紫薇一个情人，所以很难说他对陈紫薇究竟是不是认真的？如果不是认真的，那么，他很有可能对陈紫薇进行欺骗或者利用。"

郑岩点点头。

叶文婕翻了一下手边的案卷，继续说道："第二，陈紫薇与周童从相识到后来的雇凶杀人，前后一共不到六个月的时间，我不认为他们之间有什么特别牢固的感情基础。周童的情人很多，为什么他唯独对陈紫薇下那么大的血本，而陈紫薇也心甘情愿为他杀人犯法？"

郑岩若有所思地点点头："说下去。"

叶文婕继续说："据估价，周童送给陈紫薇的豪宅，目前价值人民币一千三百多万元，而且陈紫薇的弟弟陈健平也是周童安排进滨海商贸集团公司的，已经做到了大区经理的位置。其实他是一个农村青年，并没有受过高等教育，根本不符合做这个工作的起码条件。还有陈紫薇的父母，周童也把他们从乡下接来，安排与陈紫薇住在一起。"

慕容曦插话说："我倒是觉得，或许正是由于这些，陈紫薇做那件傻事才没了后顾之忧。"

郑岩想了想，问："你们提审时有没有把那些照片拿给陈紫薇看？"

慕容曦道："我们哪敢啊，陈紫薇一直深陷在她和周童的这段感情中，在她眼里，周童就是她生命中的神，她独自一个人一直在编织这玫瑰色的浪漫幻梦，为了这个男人和这段感情，她甚至不惜付出生命的代价！若是直接把这些照片给她看，我们担心她受不了会寻死觅活啊！"

叶文婕点点头。

郑岩很认真地说："可我们是检察人员，不能说因为担心她得知真相会寻死觅活就不将真相展示给她看。相反，我认为将真相如实展现和告知是我们检察官的责任。陈紫薇很有必要知道这些真相，否则你永远无法叫醒装睡的人！"

叶文婕和慕容曦对视一眼，都轻轻地点了点头，两人决定再去一趟看守所。

这回提审，叶文婕将那一叠照片展示给陈紫薇看。

陈紫薇一张张地看着，表情越来越痛苦，到最后，她全身都在颤抖。

叶文婕同情地看着她，说道："很多事情，我们就算想帮你，也需要你的配合。你是一个聪明的女孩儿，看到这些，应该能够分辨出什么是事实。"

陈紫薇目光从那一叠照片中抽离出来，她强装着镇定，厉声道："你别再说了！你们不用造出这种东西来骗我！"

慕容曦毫不客气地说："陈紫薇，你冷静一点儿，这种东西，我们怎么造得出来？难道我们能拉着周童去照相吗？"

陈紫薇流着泪，突然用手捂住耳朵，拼命摇着头说："我不听，不听，你们这些卑鄙的小人！"

叶文婕终于忍无可忍，很生气地说："是的，你不卑鄙，所以你沦落到今天的地步。为了一个男人，你不惜付出生命的代价，而那个口口声声说爱你的男人呢，现在哪里？他又为你做了什么呢？"

陈紫薇似乎平静下来了，她颓丧地坐在椅子上。

叶文婕极力平复自己情绪，说道："我希望能为你争取最大的机会，前提是你自己首先要清醒过来。"

陈紫薇突然站起来，指着叶文婕的鼻子大骂道："你滚！你们都滚！别再来假惺惺地说什么为我好！为我好就快点儿让我去死！"

两位女管教马上进来把她架走，陈紫薇边走边回头不甘心地大喊："周大哥永远、永远都是我的周大哥，我爱他！"

叶文婕看着陈紫薇离去的背影发呆，夕阳的余晖笼罩着整个看守所，给它镀上一种苍郁的颜色，那感觉是那样的凄凉，正如此刻叶文婕的内心。

慕容曦气得一拍桌子，大骂道："真是不知好歹的东西！冥顽不化！"

叶文婕拍了拍她的肩膀，无奈地叹了一口气。

16

滨海市海园国际大饭店的雅间里，江海欣与周童面对面坐着，桌上摆着的菜肴很是丰盛，周童殷勤地为江海欣夹菜。

江海欣拿碗接过，说："周总，有什么事情，其实完全可以在电话里说啊。干吗弄得这么客气啊？"

周童笑着说："这怎么好意思啊，紫薇的事情全拜托江大律师您了。"

江海欣闻言笑了笑，正色道："我会尽我所能的。"

周童欲言又止地说："当然……当然，我也知道，杀人是要偿命的，只是……唉！这紫薇才二十二岁，太可惜了呀！"

江海欣有点儿疑惑地看了看周童，没接话。

周童颇有点儿尴尬，继续说道："当然，当然，我也知道，二十二岁已经成年了……我想问问，这个案子什么时候才能有结果？"

江海欣脑子里打了无数个问号，心想，这男人究竟想说什么呢？他心里在打什么算盘呢？她摇摇头说："没那么快。检方还在补充一些证据。"

周童闻言紧张起来，嘴角扯出一点儿笑来："江律师，有什么要求，尽管提！"说着他就从怀里拿出来一个酱红色的大盒子，打开后里边是一条镶了翡翠玉坠的金项链。他将它递到江海欣跟前，说："这是点儿小意思……"

江海欣皱了皱眉，随即笑道："周总，您大可不必这样，我会尽我所能帮助陈紫薇的。"

周童尴尬地点点头，讪笑着说："是，是，我知道你会尽力，我只是觉得很过意不去！"

江海欣把项链盒盖上，推回到周童跟前，说："我已经收了你的律师费，这个，绝不能要！"

周童笑笑，又推回来："我知道您是个好人，不过，"他喝了一口茶，有些紧张而又支支吾吾地道，"您看……能不能促使检察院快点儿结案？这对我和钱菲菲的生活，实在是影响太大了……"

江海欣疑惑地看了周童一眼，若有所思地说："好，我尽量争取！"

17

周童告别江海欣后，开车回到家中。

从滨海商贸集团取回最后一些私人物品后，他就辞退了家里所有用人，经济紧张是一方面，另一方面是他觉得自己年纪大了，想过得清静点儿。

他回来发现一楼客厅黑漆漆的，二楼卧室只开了一盏昏黄的壁灯。钱菲菲独自坐在沙发里，捂着脸抽泣。

周童走进房间，冷冷地看了她一眼，什么也没说，只是把外套脱下来挂在衣架上。

钱菲菲起身过来拉住他的手，可怜兮兮地说："童，你终于肯回来了！"

周童皱了皱眉头，有些厌恶地推开她的手："菲菲，其实，我们这是何苦呢？不如好聚好散吧。这样大家都清静。"

钱菲菲一脸惊愕又伤心地道："怎么，你要和我……"话没说完，她的眼泪大颗大颗地滚落。

周童摇摇头，去旁边房间的酒柜里取出一瓶红酒，倒了一杯，然后走回来到沙发边坐下："菲菲，其实我们之间早就没有感情了，这个我想你也很清楚，我们没有必要……"

钱菲菲痛苦地流着泪："不，我不要听，不想听这些……"

周童十分冷静地说："菲菲，难道我们就不能像别人那样好聚好散吗？你放心，我会给你补偿的。"

钱菲菲突然歇斯底里地吼道："周童，你这个大骗子，你从一开始就是利用我！你达到目的以后,就想把我一脚踢开！"

周童冷笑了一下，说："你这么说太难听了吧？你不是也在我身上得到了你想要的？"

钱菲菲一怔，马上平静下来，她坐到周童身边，真诚地望着他："周童，其实我对你，一直是有感情的！"

周童淡然地笑了一下："我对你，曾经也有感情。真的！不过，现在没有了，也是真的。"

说完，他一仰头，把杯里的红酒一饮而光，全身松垮地半靠在沙发上，闭上眼睛，不再言语。

钱菲菲坐在那儿双手捂住脸呜咽着，全身颤抖。

再次提审陈紫薇回来后，叶文婕叫上慕容曦来到郑岩办公室，说："主任，记得上次我跟你说的滨海商贸集团做担保的情况吗？"

她边说边拿出一些资料："这是2013年的时候滨海商贸集团的一些资料。当时滨海商贸集团给一家名叫兴鑫达商贸有限责任公司的提供了八千万元的担保。"

郑岩接过资料认真看起来。

叶文婕说："根据我的调查，周童当时是滨海商贸集团的财务总监，是他一手经办的这项业务，但是这笔贷款从银行贷出来以后，兴鑫达公司却没能够按计划还款，当然，最后只得由滨海商贸集团承担了这笔巨大的债务。"

郑岩点点头："你继续说下去。"

叶文婕便接着说："由于这次的担保给滨海商贸集团带来了巨大的损失，所以当时的总经理只能引咎辞职了。而当时的周童身兼财务与业务总监，于是这个总经理的位置，顺理成章地非他莫属。"

郑岩点头道："没想到，这事情盘根错节，这么复杂啊！"

叶文婕又补充说："值得一提的是，经过我的调查，当时这个兴鑫达商贸公司，根本就是一个皮包公司，注册法人是唐琳，而这个人，正是周童的前妻。"

郑岩惊诧而又疑惑地道："他还有前妻？"

叶文婕点点头："对，唐琳是周童的原配夫人，他们后来因钱菲菲的介入而离婚。我已向唐琳取证,她根本不知道周童用她的名字注册了这个公司。"

郑岩兴奋地拍拍桌子:"干得好,文婕!"

叶文婕继续说:"这个皮包公司没多久就注销了,但是却有多笔巨大的关联方交易,在利润上做了很多手脚。由于事情过去已久,很多当时的资料无处可查,不过,有一点是可以肯定的,那时候钱菲菲节目组的启动资金,就是周童从这笔钱里调拨出来的。"

郑岩回应道:"哦?抽逃资金,还骗取国家贷款,看来性质比较严重了!"

18

深夜,陈紫薇蜷缩在看守所监舍里的硬板床上,嘴里轻轻哼着歌曲《思念谁》,脸上露出凄凉的微笑。

脑海里都是那一堆照片,但她内心里有个声音一直在说,不是的,不是这样的,检察官是骗我的,周大哥不可能那样对我……

那个声音说得多了,她便更加笃定那一堆照片是检察官编造的,绝对不是事实,对她那么好的周大哥,怎么可能是那种人呢?

她哼着《思念谁》,回想起了和周童的甜蜜往事,正是这些无比美好的回忆,使得她能撑过任何艰难困苦,无惧于生命的即将丧失。

她记得,那时候她还住在出租屋里。一天晚上,大概八九点钟,吃过晚饭,她就一直在翘首期盼周童的到来。当敲门声响起时,她简直高兴坏了,鞋都来不及穿就十万火急地跑去开门。

见到周童的那一刻,她眼里全是崇拜和汹涌澎湃的爱意,她甜甜地唤了一声:"周大哥!"

说完便双手勾住了周童的脖子,痴痴地傻笑着,周童双手抱住她的腰,亲昵地吻着她美丽光洁的脸颊。

周童边吻边动情地在她耳边呢喃:"我的好紫薇……"

天雷勾动地火,两人甜蜜地缠绵。

之后,他们并肩躺在简陋的床榻上,陈紫薇小鸟依人一般依偎在周童的怀里,用纤细的手指在他胸前画着圈圈儿,然后趴在他胸口,用期待的眼神望着他说:"周大哥,如果我们能永远在一起,那该多好!"

周童亲了亲她的脸,叹了一口气道:"我何尝不想啊!只是……唉,难啊,我那老婆……唉,比母老虎还厉害!"

陈紫薇疑惑地道:"怎么,难道她不喜欢你,不爱你?"

周童搂住她的肩,摇摇头说:"爱,她当然爱我,不过,她爱的是我的钱。"

陈紫薇用手无比爱怜地抚摸着周童的脸,同情地道:"那样的话,两个人在一起,有什么快乐可言呢?"

周童又深深叹了口气,望着眼前这如羊羔一般温驯的女孩儿诉苦道:"唉,不知道这样的日子什么时候是个头啊!好了,不说她了。"他边说边伸手从旁边的衣服袋子里掏出一把钥匙,在她眼前晃了晃,笑着说道:"紫薇,你猜猜这是什么钥匙?你是好女孩儿,从看到你的第一眼,我就爱上你了。"说着他更紧地搂着她,"我要给你最好的!"

陈紫薇万分惊讶又无比惊喜地举着那枚钥匙,仔细看了一遍又一遍，乐开了花，也感动得流出了眼泪，她动情地勾着他的脖子说："周大哥，我知道，这世界上只有你对我好！"说着她把头深深地埋在周童胸前。

夜深了，监舍外的灯光从小铁窗漏进来，清冷而孤寂。别的犯罪嫌疑人都睡着了，唯独陈紫薇毫无睡意，她瑟缩在角落里，把薄薄的褥子裹紧全身，头靠在墙上，脑海里一遍又一遍地播放着往日那些甜蜜的时光。

记得那天陈紫薇从打工的另一家饭店下班后，周童开着车将她带到郊区的一幢豪华独栋别墅里。看着装饰得那么金碧辉煌的别墅，陈紫薇开心快乐得像只小鸟一般，只差扑棱棱展翅飞翔了。她楼上楼下到处看，四处都觉得新奇。

她不停地发出"哇，哇"的赞叹声，说："好漂亮的房子！……哇！你看这儿，周大哥，这洗手间比我住的整个房子都要大！……"

周童宠溺地望着她，笑容浮现在他眼角眉梢。在一楼的沙发上，他一把拉过陈紫薇，将她紧紧搂在怀里，深情地问："紫薇，喜欢这个房子吗？"

陈紫薇使劲儿地点头："喜欢喜欢！周大哥，这是你朋友家吗？你怎么有人家家里的钥匙呀？"

周童举起手中的钥匙在她眼前晃了晃，笑着说："我的傻宝贝儿，我昨晚给你的那把钥匙呢？"

陈紫薇赶紧翻自己的小坤包，从包里掏出那把钥匙，然后比对着周童手里的那把钥匙，她用一种难以置信的眼光望着他，疑惑地说："不会吧？"

周童不说话，只是笑着看她。

真相 一雇凶迷局

陈紫薇一下子兴奋起来,满眼都是崇拜。陈紫薇之前的声声赞叹和此刻崇拜的眼神,都让周童颇为受用,他从她眼里看到了男人最渴望最需要的那种感觉,这仰望的眼神颇能满足他的虚荣心。

陈紫薇带着无限爱意地伸手搂住他的脖子,他也更紧地搂过陈紫薇,在她耳边轻轻地说:"从今天起,这儿就是你的家了!"

陈紫薇望着周童,目瞪口呆,一言不发。好事来得实在太过突然,突然让她感觉这一切像是做梦。

周童把她的头按在胸前,笑着说道:"傻丫头,你发什么呆?我说这个房子从现在起就是你的了。"

陈紫薇却突然一把推开周童,连连摇头说:"不,不,周大哥,我不想要!"

周童满脸疑惑地看着她:"为什么,难道你嫌它还不够漂亮?"

她低下头,小声地说:"我……我不想花你这么多钱!再说,我也不希望你认为我只是爱你的钱……"

周童用手挑起她的下巴,亲昵地说:"小傻瓜,怎么会呢?这个房子我早就买好了,本来就是想给我最心爱的女孩儿的,我找了很久,本来以为我找不到了呢,没想到你就出现在我眼前……"

她听后,紧紧地搂住周童,闭上眼,靠在他的肩膀上,眼泪止不住地掉落:"周大哥……"

周童搂着她,脸上带着一股异样的笑。

回想到这里,陈紫薇紧紧咬着褥子,压抑地哭着,脑袋不时地撞着墙壁,发出一阵阵闷响。

监舍里的其他犯罪嫌疑人要么打呼噜,要么说梦话,都已经进入梦乡。

陈紫薇越发清醒了,过往那许多甜蜜此刻全变成一根根尖利的刺儿,深深地刺痛着她的每一根神经,让她痛不欲生。

她再次陷入了回忆。

在她入住周童送她的大别墅后不久,一天晚上,大概十点多钟了,周童却突然出现在她跟前,她惊喜又惊讶,问他为什么这么晚还能出来见她。

他说:"你难道不知道吗?我为了不看那个母老虎的脸色,现在几乎都不怎么敢回家,要么住酒店,要么去朋友的空房子那儿睡。这样也好,没人管我!"

陈紫薇听了后,既为周童能自由来去看她而满心高兴,又为他"流离失所"一般的生活而满怀怜爱。

她还想说点儿什么安慰一下他,却被他一个公主抱一把抱起。他抱着她上来二楼的卧室,重重地把她扔在粉红色的大床上,急切地脱下她的衣服。两个人开始温柔缠绵。周童激动地抚摸着她,她在空中挥舞着一只手,想要关掉床头的灯。

周童却猛地按下她的手,呢喃道:"宝贝,不要关,我要看你一辈子!"

回想到这些,她的眼泪把褥子打湿了一大片,褥子像是从水里刚捞出来一般。她擦擦脸上的眼泪,轻轻地坐起来,迎着外面的光亮,她的脸上露出淡淡的凄惨的笑,突然,她奋力将头向墙上撞去……

一声沉闷的巨响过后,她沉沉地闭上了双眼,嘴角还挂着甜蜜的微笑。

对她一贯友好的那个大婶听到响动,一骨碌爬了起来,急急忙忙下地跑过去推她,大惊失色地大喊道:"哎呀妈呀!快来人呀!来人啊,不得了啦!"

其他犯罪嫌疑人全被惊醒了,几个女管教迅速跑来。

大家看到在陈紫薇床铺旁边的墙上,用血书写五个大字:"他是清白的。"

所有在场的人都大惊失色。

那个一贯喜欢欺负陈紫薇的女犯罪嫌疑人摇头叹气道:"啧啧!瞧瞧,这一天天瞎哼哼的人……这是闹的哪一出呢?傻x一个!"

19

海铭国际大饭店的一个雅间里,坐着周童和几个平素来往较多的生意场上的朋友,为了助兴,他还邀请了几位小姐陪酒。

他意气风发地举杯站起环视众人说:"这回我的童菲物流中心能够顺利成立,全仰仗各位同仁的鼎力相助,来,干了这一杯!"

众人纷纷站起来仰脖饮尽,一个个满脸堆笑地望着周童。

在座的一个理着小平头的男人笑得颇有意味,他指着周童摇摇头:"啧啧,周总,您可真不是个简单人物啊!"

周童呵呵笑着:"让李总见笑了!只不过是物流这条道兄弟已经摸清楚了而已。"

李总便凑到他耳朵旁,看着他,笑得别有用意:"可是,那滨海商贸集团的业务资料不是全在你手里吗?"

周童也笑着低声说:"没有的事啊,我走的时候可是和股东大会交代清楚了!当初图的是自由人一个,现在成立这个小公司,那也是机缘凑巧嘛!"

李总打着哈哈,笑着不断点头道:"哈哈,对啊,对啊,那就是机缘凑巧!"

周童又站起来,举杯豪气地说:"来,干杯!今天晚上我们可要不醉不归,大家都尽情地享受啊!"

众人再次碰杯,席间觥筹交错,欢笑声不断。周童颇感自负,他仿佛看到自己像是一代枭雄,站在高山之巅挥斥方遒,指点江山。他的脑海中浮现出童菲物流中心成为汉江省物流业霸主的画面。

在饭店喝了不少酒回到家后,周童昏睡了好几个小时。醒来他看手机,才发现上面有好几通滨海市检察院打来的电话。

他本能地抗拒,正要关机,手机却又响了起来,他只得接起,原来是郑岩打来的,请他再来一趟滨海市检察院。

周童无奈只得依约前往。在检察院询问室里,郑岩和慕容曦与周童面对面坐着。

郑岩说:"周先生,今天请你来,是有些事,还想和你再谈谈。"

周童神情有点儿紧张地说:"我们不是已经谈过两次了吗?"

郑岩点点头,用眼神示意慕容曦给周童倒水:"我们是曾经谈过两次,不过每次都很匆忙嘛。"

周童赔笑连连点头道:"好的,好的,有什么问题,您尽管问,我一定积极配合!"

郑岩很严肃地问:"请问你的童菲物流中心,是什么时候筹划成立的?而你打算离开滨海商贸集团,又是在什么时候?"

周童面露惊讶之色:"怎么,郑主任连这些事情也要过问?"

郑岩严肃认真而又简短有力地回答:"是的。"

周童见郑岩回答得如此肯定,便更加心虚了,感觉这是被郑岩毫不加掩饰的态度给直接架上去了,毫无退路。他尴尬地说:"哦……你是知道的,如果不是钱菲菲被枪击,那我也不可能离开滨海商贸集团。可是,离开之后我发现,离了这行当,自己就是废人一个,除了物流我什么都不会,所以……最近才又成立了童菲。两个决定都是很突然的,没有什么事先策划。"

郑岩若有所思地点点头:"童菲……童菲?看来经过被枪击这一事,你们夫妻的感情反而越来越好呀!"

周童尴尬地笑笑,后背全是汗。

一旁的慕容曦嘴角露出一丝不易察觉的鄙夷的笑,她逼视着周童,默不作声,房间里的氛围变得尴尬起来。

郑岩这时却突然抬起头来,盯着周童说:"你还不知道吧?陈紫薇她,昨天夜里自杀了……"

周童闻言突然猛地站了起来,又突然跌坐在椅子里,眼里满是惊讶:"什么?……自……自杀?"

郑岩和慕容曦严肃地望着失魂落魄的周童。

叶文婕和慕容曦当天晚上便得知了陈紫薇自杀的消息,她们二人也深感震惊。受郑岩的委派,第二天一大早,二人便奔赴滨海市公安医院病房看望陈紫薇。

陈紫薇正躺在床上熟睡,右手手背上正打着点滴,头上用白色纱布缠了一圈儿。只见她脸色煞白,嘴唇发紫,黑眼圈很重,头发凌乱地铺在枕头上,一丝泪痕还残留在她的眼角。

叶文婕用纸巾擦着一个苹果,慕容曦则悲悯地望着病床上昏睡不醒的陈紫薇。

半个小时后，轻轻的一声呻吟吸引了叶文婕、慕容曦的注意力，床上的陈紫薇艰难地挪动了一下身子。

陈紫薇微微地睁开眼睛："叶检察官？你们……"

叶文婕立即竖起一根手指示意她："别说话，你现在太虚弱了。"

可是陈紫薇却急切地挣扎着坐起来，恼怒地说："为什么，为什么要救我……"

叶文婕和慕容曦赶紧一左一右地搀扶着她的胳膊，让她躺下，叶文婕同情地说："因为你根本不该死啊！"

陈紫薇把头转向一边，两手用力揪床单，直把床单揪得变了形，她哭着嚷道："我要死，让我去死啊！"

叶文婕急忙按住陈紫薇的手，似乎看穿了她的心思，叶文婕盯着陈紫薇的眼睛，严肃地说："陈紫薇，你不要这样！就算你死了，也不能证明周童是清白的！"

陈紫薇停住手，怔了一怔，随即又开始挣扎着要去撞墙："不，不！他是清白的！他是清白的！"

情绪激动的陈紫薇对拉扯她的叶文婕连撕带咬，慕容曦紧蹙着眉，上前一把扯开了她。

20

钱菲菲下班后收到一条陌生的短信，内容中对方要求见见她，说有非常重要的事情要告诉她。她问对方是哪位，可是对方就是不肯透露，最后对方来了句："不来的话，你会后悔的！"

钱菲菲什么没见过！她当即回复一个字："见！"

真相

约见的地点在电视台附近的一家茶馆。

钱菲菲落座后,盯着对面那个明艳动人、挺着大概两三个月孕肚的女子冷笑着说:"不用问我都知道你是因为什么事情而来!你以为你真的可以获得他的真心吗?"

那女子笑了一下,用有些得意的语气道:"是的,我相信他对我的感情。我们在一起很久了,周童说这次一定会给我一个名分。"

钱菲菲不置可否,冷笑着说:"你太不了解他了!他是不会爱上任何人的。"

化着大浓妆的莫小萱,细长的眉毛往上一挑,挑衅地说:"哦?是吗?那只不过是你没得到他的爱而已。"

钱菲菲气得浑身颤抖,强忍着愤怒,厉声说:"我的忍耐不是没有理由和限度的。说实话,我和周童只是不想惹麻烦,你开个价吧,想要多少钱才肯拿掉你肚子里的孩子?"

莫小萱冷笑着说:"你觉得我要的是钱吗?你觉得所有女人都像你一样,算计自己的感情吗?"

钱菲菲鄙夷地翻了个白眼,道:"无药可救!天真!"

莫小萱继续得意扬扬而又陶醉地说:"在我眼里,周童是无价的,而且他承诺过会和我结婚的。"

钱菲菲冷笑一声说:"看来你真是傻过我当年了。他外面的女人多了,哭着闹着找上门来的我处理的就不少,他有能耐全娶回家来?"

说完,钱菲菲把一堆照片扔到莫小萱的面前,面露冷笑。

莫小萱翻看着照片,连连摇头说:"这不可能!这不可能……"

放下那一摞周童和其他女人的亲密照片之后,她眼光投向钱菲菲正在把玩着的手指。当发现钱菲菲戴着一枚与她一样的钻戒时,她惊呆了。

钱菲菲也看了一眼她手指上的那枚钻戒,笑着说道:"别看了,没什么稀奇的,这是他常用的把戏。不过,我告诉你,钻石的成色可不一样!"

莫小萱一时间气得浑身发抖,原本明艳的脸此刻越来越黯淡。

钱菲菲则冷冷看着,不时露出冷笑,看戏一般,只顾端着茶杯细细品茶。

江海欣从叶文婕处闻知陈紫薇自杀的事件后,倍感震惊,她赶紧带着助手姚瑶赶去医院探望陈紫薇。

见到陈紫薇时,江海欣看到原本漂亮的姑娘现在变得可憔悴瘦弱了,她蜷缩在病床上,背弓着,活像一只虾米。见到江海欣她们来,她显得有点儿惊讶,但还是缓缓坐了起来,歪歪地靠在床头,脸上毫无血色,像是得了一场大病。她不想跟江海欣打招呼,便低着头用手指划拉着被套上印刷的"公安医院"的字样。

江海欣在旁边的一张简陋的木凳子上坐下,关切地望着陈紫薇,然后从桌子上拿起一袋牛奶递给她。她却转过脸去望着窗外,不肯接,也不理会江海欣。

江海欣无奈地笑笑,摇摇头说:"你可真是个倔强的小姑娘。"

陈紫薇转过脸来,语气冰冷但坚决地说:"抱歉,我可不是什么小姑娘。我做了什么,自己很清楚!"

江海欣又淡淡笑了笑,说:"对了,紫薇,叶检察官通知我,说你怀孕了，你知道吗？"

陈紫薇猛然抬起头来，眼睛瞪得老大，无比惊讶地问："什么？你刚说什么，我……"

江海欣微笑着点点头道："我说你怀孕了……所以如果你爱周童，你就应该保重你自己。"

陈紫薇用难以置信的表情看着自己的腹部，又伸手摸了摸那儿，瞪大眼睛说："我有宝宝了？我做妈妈了？"

江海欣笑着点点头。

陈紫薇沉默了几分钟，突然抬起头来用充满疑惑又仿佛是求救般的眼光望着江海欣："可是，江律师，你说，我还有机会做妈妈吗？"

江海欣笑着坚定而真诚地说："怎么没有！从今天开始，你不仅仅是为了自己而活，还要为了肚子里的宝宝而活，好好地活着！"

陈紫薇突然用双手捂住脸，呜呜地哭了，泪水从她瘦弱的指缝间滑落："江律师，你说，我……我到底该怎么办啊？"

江海欣再次把牛奶递给她，很温和地说："你先把它喝了吧。你现在需要补充营养！"

陈紫薇顺从地接过牛奶，边喝边哭。

回去的路上，姚瑶在驾驶座上边开车边笑着说："欣姐，自从接了陈紫薇这个案，我觉得你好像变了个人似的！"

江海欣转过脸来好奇地望着姚瑶："哦，变成啥样儿了？"

姚瑶说："我觉得欣姐你变得越来越有女人那种柔情的味道了，变得很温和温柔温情，充满了人情味儿！"

江海欣笑着嗔怪道："坏丫头，这么说难道我以前像个男人婆?"

姚瑶边望着前方的道路边抿嘴笑说:"可不是吗?以前我只看到在职场雷厉风行、像男人一样杀伐决断的江海欣大律师,可现在我更多看到的是充满女性柔情,具有包容心、同理心的江海欣律师!"

江海欣脸上浮现出一股娇媚的神情,她感觉自己的脸都红了,俏笑问:"那你说哪样的我你更喜欢啊?"

姚瑶很认真地说:"我更喜欢现在的你!我相信,你家先生也更喜欢现在这样的你!"

江海欣一脸娇羞而甜蜜的笑,说:"说真的,我以前跟我家先生在一起经常会为了鸡毛蒜皮的小事吵架,因为两个人都太倔了,很坚持自我,现在反而不怎么吵了,估计跟我和他都有改变和成长有关吧!"

姚瑶会心地笑了,说:"真是个甜蜜又幸福的沉浸在爱情中的小女人啊,真好!"

叶文婕坐在窗边望着窗外的两棵柚子树出神。

郑岩走进来看到她正发呆,笑着说道:"哟,文婕,想什么呢?"

叶文婕回头笑笑,说:"主任,您说,这个周童,做事可真够老谋深算的!我在想究竟从哪儿找突破口,我总觉得陈紫薇这个案子太蹊跷,周童这人太不简单,怎么着都不像是能置身事外、摆脱一切干系的主儿。"

郑岩笑了笑,说:"所以,我们不能操之过急嘛,他这个茧子都做了七八年了,哪是一朝一夕就能剥开的?"

叶文婕站起来,回到办公桌前说:"主任,据我们调查,他有个女朋友叫莫小萱,现在交往非常密切,说不定……在她那里能找到突破周童的什么线索。"

郑岩说:"好啊,我赞成你们接触一下这个莫小萱,从她那儿摸摸情况,估计会有意想不到的发现。"

这天下午,叶文婕和慕容曦就约莫小萱在滨海市检察院附近的 Sara 咖啡馆见面。

三个人选择了幽静的角落一个拐角的卡座。当叶文婕和慕容曦还未落座时,坐在对面的莫小萱那光洁丰盈的脸庞上就已经挂上了晶莹的泪珠儿,看得人颇是心酸。

莫小萱用桌上的纸巾揩了揩眼泪,抬起头茫然地望向叶文婕、慕容曦,说:"二位检察官,我相信你们。可是,事情怎么会是这样?……"

叶文婕淡淡笑了一下,安抚道:"事实往往差强人意,不过,好在我们及时发现了,不该发生的就可以避免了,这就是不幸中的万幸,对吗?"

莫小萱转脸望了窗外,眼泪又止不住地落下来,她不想在两位女检察人员跟前再落泪了,觉得初次见面就这样给人印象很不好,可是她又实在忍不住伤心。

她又擦了擦眼泪,努力控制着自己的情绪,转过脸来望着叶文婕和慕容曦,说:"说实话,二位检察官,我来这里之前是经过了艰难的思想斗争的。作为我这样一个身份和角色,是很尴尬的,某种程度上也是羞耻的,而且我因此而陷入的状况是挺糟糕的。"

说到这儿,她的眼泪又如断线的珠子一般滚滚落下,并且伤心激动而导致哭得上气不接下气的。叶文婕和慕容曦看得那叫一个心酸和唏嘘。

莫小萱平复了下情绪，接着说道："说实话，我在这段感情里投入的也挺多，寄予的希望也挺大，主要他总是口口声声地跟我说一定会离婚娶我的，我就一直都很相信他的话，等了好几年，结果我怀孕了，等来的却是这样一个结果……我怎么能不伤心呢！"

叶文婕和慕容曦不知该再说点儿啥来安慰她才好，只得静静地倾听着，满脸同情地望着她。

她又缓了缓情绪，说："二位检察官，我想，我现在考虑清楚了，觉得应该配合你们的工作……"

于是她开始回忆起与周童交往的一些细节。

记得那是一个阳光明媚的下午，周童似乎心情很好，吹着口哨来到他们二人经常约会的海铭国际大饭店的房间。由于前一天晚上跟姐妹们去酒吧蹦迪玩儿得太晚，她当时正躺在床上补觉。周童进来后跟她打了声招呼就去洗手间了。大概十几分钟后，他穿着浴袍从洗手间出来，然后过来在床边坐下，亲吻了一下慵懒的她。

她打起精神来，坐在床头梳理乱乱的长发。周童则坐在床边看一张报纸，他好像突然被其中的内容给吸引住了，显得非常认真和投入地盯着报纸。

她一边用手指梳理着散乱的长发，一边斜眼瞟着周童。见到他如此认真投入的样子，她感到很是好奇。她撒娇地搂住他的肩膀，趴在他肩头嘟着嘴问："看什么呢？也不理人家！"周童微微笑了一下，并不回答她，仍然继续专心致志地看着报纸。她便好奇地伸长脖子去看了看，只见那是一篇文章，黑色粗体字的标题赫然写着:"情妇雇凶杀原配?"

她随口问了句:"这事是在哪儿发生的呀?你干吗看得这么投入啊?这文章比我还有趣吗?"

说着她就开始轻轻地咬他的耳朵和下巴,他被她逗得耳根痒痒的,只得放下报纸,开始回应着她的如火热情。

在酒店待了大概两个多小时,周童说带她去他新近发现的一家特别好吃的川菜馆吃饭。她是个吃货,而且很喜欢吃辣的,所以很是开心。两人来到酒店楼下停车场时,莫小萱像往常一样很自然地就坐进了副驾驶位。

但周童却没像以往那么爽快地直接坐进汽车驾驶位,而是有些犹豫和迟疑。他磨磨蹭蹭地上车后,刚把车子发动了,又把车熄了,坐在那儿茫然地望着车窗外发呆。

记得那天走的时候,都到楼下停车场了,他还有些魂不守舍的。

莫小萱觉得他今天挺不对劲儿的。见他这样磨叽,急性子的莫小萱有些不高兴。她嘟着小嘴半真半假地生气道:"我说你今天怎么回事啊,你到底在想什么呢?"

周童回过神来,在她脸颊上温柔地亲了一下,然后说:"你等下我,我上楼去取下那张报纸!"

她真是有点儿生气了,觉得无法理解,"你干吗呢?一张破报纸有那么重要吗?"

他干笑了一下,下了车,说:"那张报纸对于我而言确实挺重要的,可以改变我的命运!宝贝儿,等我一下哈,我马上就下来!"说完他关上车门就迅速朝电梯口走去。

莫小萱是真生气了,心想,这人是有病吧,一张破烂报纸值得这么大费周折的嘛,弄得老娘我都没心思吃那川菜了!接着她就生气地使劲儿拧着车上那些按钮发泄不快。

慕容曦用笔记本快速地记录着莫小萱说的这一切。

叶文婕接着问道:"你再好好回忆下,你跟他交往的过程中还有别的什么对于我们办案有帮助的细节吗?比如你有留意过他交往的人吗?"

莫小萱歪着脑袋,皱着眉头,望着窗外,努力地回忆着。大概两分钟后,她转过脸来说:"他好像……好像是有和一些不明来路的人来往。"

叶文婕眼睛亮了一下,鼓励道:"哦?你说的什么不明来路的人?说下去。"

莫小萱说,周童平素的一个爱好就是唱卡拉OK,他对自己的歌喉颇为自信,读大学时还曾参加过校园十佳歌手竞赛获得过二等奖呢!莫小萱也是个麦霸,最喜欢唱粤语歌,被她的那帮闺蜜们称为"人肉点唱机",意思是只要是有名的粤语歌,就没有她不会的,并且她的唱腔很具特色,颇像梅艳芳。

所以有一天晚上,周童说要带她去KTV唱歌,她高兴坏了。两人一起去到新开区的某创意产业园里的KTV,要了一个不大不小的包间,尽情高歌起来。彼时,周童正拥着莫小萱深情对唱,突然他的手机铃声响起来。莫小萱从茶几上拿起手机递给周童,然后跑去点歌机那儿把音响的音量给关了,再就是专心地点自己喜欢唱的粤语歌。

周童喝了些红酒,满面红光,显得有些醉意,半躺在沙发上接电话。他大声吼道:"你们俩……他妈的不是让你们别给我打电话了吗……我不管……反正,只要陈紫薇叫你们做什么就去做,明白吗?……违法又怎么样了……他妈的,我就干了不少违法的事,现在不还是活得很潇洒……"

说完,他就很生气地把电话挂了,把手机扔到沙发的另一端,又坐起来抓过一瓶红酒咕咚咕咚地喝起来。

喝完,醉眼迷离的他招手让莫小萱过来:"来,来,宝贝儿,还是我的宝贝儿最让我省心呀!"

莫小萱则颇是好奇和不解地问:"谁呀?陈紫薇是谁?"说着她就假装吃醋地嘟着嘴笑问:"是不是新相好?你老实说,是不是瞒着我在外面找妹妹了?……"

周童哈哈大笑,用手刮了一下莫小萱的鼻子。

莫小萱说到这儿,有点儿激动地颤声说:"直至他老婆被枪击的事情被媒体报道之后,我才知道,原来背后指使的人就是那个陈紫薇!"

慕容曦这时忍不住插话道:"既然知道了,你还和他在一起?"

莫小萱无奈地苦笑了一下,说:"我已怀着他的孩子,你说我能怎么办?"

21

晚上十一点多,周童一身酒气地回到家里。一楼客厅照样没有开灯,黑洞洞,冷清清,只二楼卧室亮着灯。

他有点儿踉跄地上了楼,把西装外套胡乱脱了,随手丢在沙发上,然后瘫在那闭目养神。

钱菲菲穿着白色的家居服,坐在他对面的沙发椅上,两手抱臂,仇人一般逼视着他。见他良久不说话,躺在那儿像死尸似的,她就更加气不打一处来。

她厉声喝问道:"死了吗?能不能正常沟通两句?!"

周童缓缓睁开眼,抬起头来,望着她诡异地笑了,然后说:"钱菲菲,你以为我今天醉了是不?其实我告诉你,我根本就没醉……来,想说什么?我脑子清醒得很,你想说什么我都奉陪!"

她看他这副样子就更来气了,气冲冲地说:"好,说就说,我就想问你,你到底想怎么样,我们之间婚姻变成这个样子,我可受不了,你到底想过什么样的生活?"

他冷笑一声,咽了几口口水,然后说:"我想过什么样的生活?我不是早告诉你几百遍了吗?是你老不肯跟我分开……其实我们分开以后,也可以做朋友,你这又是何必呢?别忘了你自己的身份!"

钱菲菲又气又急,听他这样说,气焰矮了几分,她委屈得泪眼婆娑:"我现在能有什么身份?不就是一个即将被男人抛弃的女人吗?怎么了?是不是你那小情妇找你诉苦了?我对她算是很客气的了。"

周童继续冷笑道:"何必呢,钱菲菲?你要知道,问题是在我们两个人身上,与旁人无关。即使没有莫小萱,也会有别的女人。更何况我们本来就不合适!"

钱菲菲眼含着热泪,讥讽地冷笑道:"本来就不合适?!你根本没有对我动过真情?"

周童淡淡地一笑,醉眼迷离:"既然你知道,何必彼此为难?我当初投了大把的银子,赞助了你的节目,成就了今天滨海电视台的金牌制片人……难道你还不满足?"

钱菲菲冷冷笑道:"周童,难道你在滨海电视台做的广告……"

周童鼻孔里喷出一声"哼",随即他冷笑着打断她的话:"你还好意思说你们那些烂广告!再说,你少拿回扣了吗?"

钱菲菲被这突如其来的问话给吓得语无伦次:"你……"

周童趔趄地站起来,去隔壁房间倒了一杯水进来,喝了一口再放下,说:"我早说过,我们只是互惠互利嘛!"

钱菲菲气得发抖,哭着说:"好吧,离!孩子归我!"

周童淡淡一笑,说:"好,归你,反正要给我生孩子的女人排着队呢!"

钱菲菲闻言冲上去狠狠抽了周童一个嘴巴,道:"我真是有眼无珠,嫁给你这么个男人!"

这天,周童再次被请进了滨海市检察院的询问室里。

与之前的几次不同,周童跷着二郎腿,有些无赖地笑着道:"怎么,你们还真行,问来问去的,有完没完?"

郑岩敲敲桌子说:"周童先生,希望你严肃一点儿,配合一下我们的工作。"

周童把腿放下,轻轻抿了抿嘴说:"那是,那是,我老老实实地坐在这里,你们问什么,我就答什么。如果我不会的问题,我请我的律师来回答。"

叶文婕、林乔生和两位女管教民警带着陈紫薇走进一扇门,示意她坐下看着检察院的远程询问,不要出声。

视频那边,郑岩、慕容曦正在询问周童。

郑岩说:"那么按你所说的,陈紫薇这件事之前,你什么也不知道?"

周童干脆地说:"当然不知道,一点儿也不知道。"

真相

郑岩说:"可是据我们了解,你曾经承诺过陈紫薇,让她取代钱菲菲。"

周童有些着急地分辩说:"郑主任,就算我说过这样的话,可我也没让她去杀人啊?再说陈紫薇已经死了,咱们能不能不提她了?我也想让她安静安静。"

郑岩和慕容曦相视一眼,又问周童:"怎么,难道你对她的死,一点儿也不惋惜吗?"

监控室里,陈紫薇瞪大眼睛,出神地听着。

周童说:"过去的事情,我不想再提,对于她的死,我表示遗憾。"

郑岩说:"那么陈紫薇在死前,你知道她杀钱菲菲的想法吗?"

周童急着分辩道:"这我怎么会知道?唉,一个连自己也不爱惜的人,做出什么出格的事来,也不足为奇。"

陈紫薇惊呆了,她瞪大着秀美的眼睛,那黑如深潭一般的眼窝里盈满了泪水,很多泪水溢了出来,淌满了她瘦削的脸庞。她激动得大声哭喊道:"遗憾,遗憾……仅仅只是表示遗憾?……难道,我为你所做的这一切,在你看来全都不足为奇?!苍天啊……"

叶文婕走到她身后,轻拍着她的肩。陈紫薇转过身去,戴着手铐的手无助地拉住叶文婕的手,她的脸贴在叶文婕手上,泪水肆意飞扬,一瞬间就把叶文婕的手全都打湿了。

见到这一幕,林乔生有些惋惜地摇摇头,又深深地叹了一口气,他感慨良多,想起一句诗来,在心里默念道:"问世间情为何物,直教人生死相许!"

等陈紫薇情绪平复些后的第二天，江海欣和助理姚瑶就驱车来到市公安局看守所看望陈紫薇。

江海欣说："紫薇，我来看看你，是要告诉你一件事，你家里人打算回老家去了。"

陈紫薇无比惊讶地瞪大了眼睛，道："为什么？我弟弟说的吗？这里比老家舒服多了，爸妈年纪大了，回老家生活多不方便？"

江海欣迟疑了一下，斟酌着，不知该怎样说才能尽量让这些消息显得平淡平常些，不会令陈紫薇伤心难过以至于无法接受。她缓缓说道："你不知道……那房子住不下去了，银行要收回。我找过银行了，银行说你那房子是贷款的，现在没有按期还款……而且现在你弟弟的工作也没了。"

陈紫薇更加莫名惊诧了，眼睛瞪得铜铃一般大，她十分惊讶不解地说："怎么会？让我弟弟找周大哥去啊，他一定会……"

江海欣几乎有点儿愤怒了，她很是恨铁不成钢地打断她："周大哥、周大哥……你还不知道的是，娜娜和你弟弟吹了，原来，她是周童……"

陈紫薇急切地想要从椅子上站起来抓着江海欣："怎么了？是什么，快说啊？"

江海欣沉静地答："她是周童雇来的。"

陈紫薇大惊失色，颤声问道："什么？"

江海欣说："她是周童雇来的！她是你的周大哥雇来的！你总该明白了吧！"

22

莫小萱坐在医院妇产科手术室外的座位上等叫号。

从前她总是犹豫不决,心绪难安,不知到底要怎么办才好。一会儿想打掉这个孩子,因为孩子爸是一个如此可怖的人物,一会儿她又想着保住这个孩子,毕竟它也是一个小生命。有时候她又想,孩子有什么错呢,自己应该让孩子来到这个世界,大不了自己一辈子不嫁人了,就好好养育着这个孩子。

往往在晚上她打定了主意要留下这个孩子,可是在第二天早上起床时她又开始犹豫了,想着这个孩子来得真不是时候,自己无法保证今后能给它一个幸福美好的人生,若是让它来到这个世间,却尝尽辛酸和白眼,遭受无尽的指指点点与羞辱委屈,那岂不是自己作孽,而害苦了孩子一辈子?

这样想着,她就总是在犹豫来犹豫去,以至于见到叶文婕和慕容曦时孩子都快四个月了。

自从跟叶文婕和慕容曦见面详谈后,她回去心定了很多。左思右想了很久,权衡利弊,征询父母意见,最终她决定还是放弃这个孩子。她扪心自问,自己确实无法给到这个孩子幸福美满的人生和生活。

妇产科等叫号的人真多,她一大早去排队都排到 48 号了。

正当她坐在座位上沉思着跟周童的过往,分析过往自己人生中的得失错对时,前台叫号了:"请 48 号到 5 号病房准备手术!"

叫了好几遍号,她才回过神来,立即毫不犹豫地走进了手术间。

但当她躺在那张并不宽大的病床上,听着医生护士们拿着的工具发出清脆的碰撞声时,她还是瑟缩发抖了,非常非常害怕,也无助到了极点。当她感觉那冰冷的手术器械伸进她的子宫刮削时,她痛哭失声,为了这个逝去的小生命,更为了她过往那有些灰暗的人生经历。

手术持续了大概三十分钟,她苍白着脸,佝偻着腰,像是失去了半条命一般,蹒跚着挪出了手术室。

她来到医院洗手间洗手,看着镜子里那个头发凌乱、衣冠不整、满脸憔悴的女人,她吓了一大跳,后来她才发现这个像鬼一样的女人原来是自己!

她像个七老八十的耄耋老人一样缓缓洗了洗手,又胡乱地整理了一下大波浪长卷发,缓缓地对镜子里的自己露出了一个艰难的微笑。只有她自己明白那微笑的含义,只有她自己明白,她在心里对自己过往那晦涩的三年做了一个了断。随即,两行有些浑浊的泪滴落下来……

在家休整调养了十几天后,莫小萱好像一场大病初愈一般。她洗了头,又洗了澡,换了干净舒适的衣服,把从前那些高跟鞋、吊带、豹纹等衣物鞋子全打包处理了,剩下的全是纯棉的舒适的东西,她想,自己应该好好开始新的生活了。

她选了一个阳光灿烂的日子,发了信息给周童,约他在两人从前常去的咖啡厅见面。周童依约前往,在他心里,妩媚漂亮的莫小萱还是往日那个风情万种的尤物,他从她那儿找寻到青春和激情,与她在一起的时光,他总是感觉到自己更年轻了。所以,对于她的主动邀约,他自然是欣然前往的。

莫小萱的脸色还是有些惨白,一切都还在慢慢恢复中。凤

真相

凰涅槃一般的她此刻平静地望着窗外人来人往的街道,看着那金灿灿的阳光笼罩着对面街上的店铺和人群,嘴角露出一丝笑来,心里感慨,其实人生可以很美好啊!

周童突然降临在她面前,他一如既往地笑着说:"小萱,久等了吧?抱歉,有点儿堵车。"

穿着一身休闲装的莫小萱淡淡一笑,道:"周老板,恭喜你呀!"

周童从来没见过她这副打扮,本来就已经觉得很奇怪了,以往她可都是性感妩媚得很的。现在再听她这话里有话、话中带刺儿,他脸色变了,心里一沉,但随即就装作无事一般笑了笑。

莫小萱戏谑道:"你的童菲物流,恐怕今后的锋芒将要直指滨海商贸集团了吧?"

周童尴尬地笑笑,他想,眼前的莫小萱已经不是往日那个她了,她变了,变成了另一个人,变得如此陌生了。但他装作若无其事地笑道:"就连你也笑话我?"

莫小萱喝了一口咖啡,冷笑道:"看来你和钱菲菲的关系,好像……"

周童依然像往日安抚她那般说:"小萱,你不要操之过急,现在我们只是……"

他心底里还残存着最后一丝希望,毕竟与她相处了三年时光,她把她人生中最美好的时光都给了他,他也的确在她这儿得到了很多欢悦,突然就这么跟她断了,他心里还是有些难过的。所以无论如何,他都要再试试挽留她,哪怕那些用烂了的借口再诓骗她一次,哪怕明知道她再也不会上当受骗了!

莫小萱缓缓地转动着手指上的钻戒,然后轻轻摘了下来,放到他跟前,诡异地一笑,说:"你们是拴在一根绳上的两只蚂蚱，如果往两边蹦的话，是不是太费力气了？"

周童心下一惊，他虽然刚才一进门就已经心里有所准备，但还没做好要跟她彻底了断的准备呢，听她这么一说，他就知道彻底完了，但他仍然问："小萱，你这是什么意思？"

莫小萱轻蔑地冷笑一声："你还是问你自己吧，没有人比你更明白！"

周童抿嘴重重地呼了一口气，空气仿佛瞬间凝固了，剑拔弩张的感觉，他想转移一下话题，缓解一下尴尬，于是挥手叫服务员："小姐，请来两份……"

莫小萱起身说："不必了。"说完她就朝门外走去，中途，她又站定了，回过头来对愣在那儿的周童说："对了，孩子没了，告知你一声。"

说完她头也不回，大步流星地走了。

周童痴痴地望着她的背影发了很久呆，很久之后，他才回味过来，她最后说的那句话是什么意思。他的心感觉到有点儿痛了，然后他痛苦地抱着自己的头，居然流了几滴眼泪出来。这眼泪把他自己都吓了一跳！

23

看守所监室里，深夜里的月色格外清凉，陈紫薇靠在床上，仰头透过小铁窗看着外面皎洁的月色，回想起了从前的许许多多……

那个夜晚，月色如水，柳梢在地面上投下一重重的影子，在别墅的花园里，陈紫薇躺在白色的吊床上，周童站在一旁轻轻地摇着她。

她指着月亮惊喜地说:"周大哥,你看月亮,多漂亮啊!"

周童俯身用食指点了点她的鼻子,笑道:"怎么,你想要月亮?要不,我去给你摘?"

她开心地笑起来,嘟着嘴撒娇说:"人家不要天上的那个,人家要水里的那个!"

正说得高兴,周童的手机却突然不合时宜地响了起来,他看了看屏幕,没接,叹气皱眉道:"唉,这追魂夺命 CALL 又来了!"

她躺在那儿,伸出双手,满脸不舍地说:"周大哥,我不要你走嘛!"

周童顿了一下,突然一把把她抱起来,走进别墅里:"我也不想离开你,可是我必须得走了。那女人已经下了最后通牒,不管我在做什么,接到她的电话,半小时之后,必须出现在她面前,否则……"

她瞪大眼睛,很是担心的样子,问:"否则怎么样?"

周童边叹气边把她放到卧室的床上,满面愁容地看着她,"我担心她找到你,会对你不利。我了解那个女人,什么事情都做得出来。"他温柔地抚着她的长发,"你知道吗,有一次我从你这儿回去晚了一点儿,半夜里她竟然在房间里点着我的衣服,要放火烧死我……"

说完他惊恐地紧紧抱着她的身体,她听得张大了嘴,压根儿不敢相信这世界上居然还有这样的女人!她想着这么好的周大哥真是好可怜,为什么这么好的人要承受这样巨大的痛苦呢?她多心疼他呀!于是她紧紧回抱着他,试图给予他自己所有的力量。

她害怕地说:"真的?她怎么能这样?"

周童深情地说:"那次如果不是我及时醒来,恐怕现在就见不到你了!死,我不怕,我担心的是不能照顾你,你这傻丫头可怎么好呀?"说着说着,他眼眶都有点儿泛红湿润了。

她听了他那样说后,感动得鼻子一酸,用嘴唇在他脸上不停地亲吻着,她说:"不会的,好人有好报,周大哥不会有事的……你说过,要永远和我在一起的……"

周童忍不住激动地回吻她,两个人纠缠在一起,难舍难分。这时候周童的手机又响起来。

他无奈地起身,托起她的下巴说:"唉!真希望我们能够每天都在一起。"说着他就吻了吻她的额头,起身准备离开。

陈紫薇眼泪流了出来,她哭着很不舍地道:"你说还要多久,我们才能名正言顺地在一起?"

周童深深叹了一口气,缓缓摇头道:"唉,我跟她谈过好几次了,她现在正怀着,等孩子生下来,至少要一年,而且她还特别无理地提出,要等到孩子十二岁以后。"

陈紫薇惊讶地张大嘴巴说:"什么?这样就要十三年啊!"

周童坐下来,从后面抱住她的肩膀,把她搂在怀里,说:"是啊,她说怕伤害孩子,说要等孩子长大才行,……这个孩子,真是不该来啊!其实,她就是想多要家产,我说把全部的家产给她,她却说……"

陈紫薇急切地问:"她说什么?"

周童装作很悲伤凄切的样子说:"……她说,说是要把你的青春耗尽,要把我们的感情,也全部耗尽……"

陈紫薇闻言很是愤怒,她咬牙切齿道:"好一个歹毒的女人!"

周童起身跟她告别，望着周童的背影，陈紫薇的眼神里有愤怒、不舍……

这时的看守所监室里，温度有些低了，陈紫薇觉得有些冷，她紧紧抱住了自己个胳膊。其余犯罪嫌疑人均已睡着，只有她安静地坐在角落里，头靠着墙，青白的月亮照在她的脸上，轻轻地哼着《思念谁》。

她记得，那个晚上之后的第八天晚上，周童又来到了她住的别墅。

她像是小孩儿知道出远门的妈妈回来了一般飞奔着去一楼为他开门："周大哥，你终于来了，我可想死你了！"她边说边勾住周童的脖子。

周童无奈地摇摇头，叹气说："宝贝儿，我也想你啊！"

陈紫薇这时惊讶地发现周童脸上有两道长长的伤痕，她十分着急地道："哎呀，你脸上这是怎么回事？出什么事了吗？"

周童苦笑着摇头道："家有恶妻啊！唉……"

陈紫薇惊讶地瞪大了眼睛："怎么？她还会打你？"

周童叹口气，摇摇头，举起手轻轻抚摸着陈紫薇的脸颊："唉，我不想让你知道这些，不想让你担心我……我多么想永远和你在一起啊！"

陈紫薇猛扑起来，紧紧抱住周童的脖子，深情地说："周大哥，我也想，我也想……"

周童随手从衣袋里掏出那张报纸放在茶几上，说："我去洗个澡。"

郁郁寡欢的陈紫薇收拾起茶几上的水果，同时把目光投向那张报纸，她嘴里喃喃念道："情妇雇凶杀原配。"

她一下就被这个标题吸引住了，于是她放下水果，拿起报纸坐在沙发上认真地看了起来。

24

周童跟莫小萱见面后的好几天里，他都神思恍惚的，虽说他从没想过要离婚娶她，但就这么跟她断了，而且她还在未知会他的情况下擅自把孩子给打掉了，这事让他产生了一种挫败感，一种从未有过的挫败感。

自从在莫小萱那儿感受到这种挫败感后，他突然觉得自己在某些方面有了一种失控的感觉，他不再感觉到自己是万能的了，这种意识让他感觉到有些恐慌。于是，他这些天都回家住，这个家尽管冰冷，但至少比在外头住要安全感足些。

他也没去找其他女性。因为他这段时间心里很乱，他需要时间好好整理一下思绪。

他睡在二楼另一间一直空置的房间里。倒是钱菲菲最近很少回家，也不知道她在忙活啥，不过，他没兴趣关心她的这些事情。

某天晚上钱菲菲倒是回来了。她过来他的房间门口，冷冷地说："我们好好谈谈吧！"

周童淡淡笑了一下，平静地说："好啊，你终于肯和我理智地谈谈了。"

钱菲菲冷笑了一声，说："是的……你终于等来这一天了是吧？"

周童又笑了笑，仍然是很冷静地说："此一时，彼一时吧……除了孩子归你以外,你想怎么分这些家产?"

钱菲菲目光锐利、眼神坚定、语气铿锵地说:"我带着孩子,要留够以后培养孩子的费用。所以,全部的家产我要分三分之二!"

周童瞬间瞪圆了眼睛,显然钱菲菲这话让他震惊且愤怒:"你说什么?!"

钱菲菲迎着他的逼视,一字一顿地说:"我说我应该得到三分之二的财产!"

周童冷笑着把烟头一把按在烟灰缸里,咆哮道:"你做梦!"

窗外蜂飞蝶舞,花儿开得绚烂,这是一个好天气。叶文婕和慕容曦来到市公安局看守所提审陈紫薇,她们还带了一些营养品给她补身体。

她把看周童那张报纸的事一五一十地讲给两位女检察人员听。

叶文婕轻轻地点着头道:"啊,原来是这样啊,你接着说!"

陈紫薇点点头,继续讲述道:"那天周童洗澡出来,看到我正在看报纸上那个报道……"

周童彼时披着浴巾从洗手间走出来,好奇地问:"紫薇,你看什么呢?这么认真!"

陈紫薇没抬头,依然看着那报纸,说:"唔,中原市有一个情妇雇人把那个男人的老婆给杀了。"

周童坐过去她身旁,从她手里拿过报纸,装作很认真地说:"紫薇,虽然我们想每天都能在一起,但是……"

陈紫薇一下趴在他肩膀上,搂住他的脖子,打断他说:"是啊,我想每天睡觉的时候,偎在你怀里,每天清晨一睁开眼睛,第一眼就能看到你……"

周童微笑着,深情地吻着陈紫薇的脸,亲昵地在她耳边呢喃:"宝贝儿,我何尝不想啊!但是你也不要那么做。"

陈紫薇停下来,不解地望着周童,问:"嗯?怎么做?"

周童淡然一笑,说:"雇凶杀人啊……那样多危险啊!"

陈紫薇恍然大悟地点点头:"哦……"

随即,她陷入了沉思中,周童偷偷地狞笑了一下。

郑岩的办公室里,办案组的几个同志都聚在一起谈论陈紫薇杀人案。

林乔生说:"陈紫薇与周童在一起的半年里,一直没有工作,没有收入来源。所以她雇凶杀人的资金,全部是周童提供的,就这一点,也可以立案定罪了。"

郑岩点点头说:"是的,教唆……不过,陈紫薇已经成年了。"

叶文婕说:"据陈紫薇说,那两个浙江人本来是周童介绍给她的,说是可以来家里帮着她做些力气活儿,或者出门的时候,可以保护她。"

慕容曦气愤地说:"这样的话,周童暗示陈紫薇雇凶杀人就很明显了!那天莫小萱所说的,也正好与这点大致吻合。"

郑岩用拳头敲了一下桌子,面露喜悦之色:"干得好!我已经建议市纪委监委对周童侵吞国有资产一案,进行立案调查了。"

陈志豪补充说:"还有上次肖妈妈送来的周童给她的

五十万,周童在离开滨海商贸集团之前提前预支了他的年薪。"

叶文婕笑了笑,用严肃的语气说:"周童搞经济犯罪,真是轻车熟路!我看,我们先不要打草惊蛇,别让他提前又做了什么手脚。"

郑岩点点头:"嗯,我们建议市纪委监委加速调查!"

25

对陈紫薇来说,这又是一个不眠之夜。她照样靠着监舍的墙角。

她想到从小含辛茹苦独自拉扯她和弟弟长大的妈妈,想到妈妈那苍苍的白发和过早苍老的面容,她就心疼得紧,再想到自己居然因为太过天真和愚蠢而铸就如此人生大错,从而身陷囹圄,就更加悲痛难抑了。

她泣不成声地在心里默默说:"妈……妈妈啊……我对不起你啊,我真是不孝啊!"

她缓缓地抚摸着肚子,一想到肚子里这个来得很不是时候的小宝宝,她就更加心酸悲痛了。她不知道该如何处置和对待这个小生命。是留?是弃?她跟莫小萱一样,经历着撕心裂肺的心理撕扯和剧痛,却无法爽快地作一个决定。

天知道她有多难过。她觉得自己把一辈子的眼泪都要流干了。心早已破碎,碎成一片一片,再也拼凑不出原来完整的样子。

她独自默默地在心里把过往周童在她面前呈现出来的言行举止细细梳理一遍,终于还原了周童的整个谋划,也终于真正认清了他的真面目!

现在回过头去看,她甚至有一种感觉,那就是很可能从一

真相

开始周童就将她视为猎物和工具,甚至,很可能与她那场戏剧性的相识都是他早已策划好的!

想到这里,她感觉后背发凉,第一次真切地认识到,人性可以多么黑暗,人心可以多么残忍!

她多么后悔啊,后悔遇见那个魔鬼,如果不是他,她原本还是个天真懵懂的小姑娘,就算住在"贫民窟",那又怎样?就算在饭店当服务员拿着微薄的薪水,那又怎样?

无论如何,都要比现在这悲惨的结局好上十万百万倍啊!

她恨他,但她更恨自己,恨自己的愚蠢和无知,恨自己的天真和幼稚。

可是,再怎样,都已经回不到过去了,人生没有彩排啊。

新开区靠海的一幢气派的高楼下,人头攒动,热闹非凡。很多的彩色气球在进门处围成一个拱形,还有好些人扮的卡通动物在舞动以活跃气氛。原来这里正在进行一个开业剪彩活动。

穿着一身绣着金色凤凰的红色连衣裙的女司仪举着话筒激动地大声宣布:"让我们以热烈的掌声有请童菲物流中心董事长、总裁周童先生讲话,有请!"

现场响起一片掌声和喝彩声。

周童意气风发地走上主席台,对着话筒说:"在这个大好时节,与大家欢聚在一起,周某我实在是荣幸至极啊!在场的都是我的老同志、老朋友,我们童菲物流能成立,全仰仗各位过去对我的帮助和支持……"

他正说得起劲儿,人群骚动起来,随后纷纷让开一条道,原来一辆警车开了过来停在不远处,几位警察走了过来。众人不明所以,小声地交头接耳着。

真相

　　周童愣了几秒，显然他没料到这种情况，但随后他马上就明白过来，心下反倒坦然了，他听见心底有个声音响起，"这一天终于来了！"

　　一个高个子的警察对他出示工作证和法律文书，严肃地问道："请问你是周童吗？"

　　周童脸色异常平静地点点头，说："我就是。"

　　高个子警察很威严地说："请跟我们走一趟吧。"说完就把冰冷的手铐铐在他的手腕上，把他带上了警车。

　　等待剪彩的嘉宾们手里都还拿着金剪刀，正准备等他讲完话之后一起开剪的，面对此情此景，大家都蒙了，面面相觑。

　　一阵海风从海上吹来，把摆在大门边的两个喜庆的大花篮给吹倒在地上。人们三三两两地离开了现场，只那么一两分钟后，现场就空无一人，满地都是脚印和礼花碎片，那漂亮的气球拱门和花篮在风里显得格外寥落。

　　一个月后，在监舍的陈紫薇肚子越来越大了，孕吐也越来越频繁。

　　这天放风时，正当她又趴在铁网前干呕不止时，一个新来的女犯人走过来轻轻拍着她的背部。

　　她狼狈地抬头，诧异地望着这素不相识的面孔，虚弱地说："谢谢你！怎么称呼您？"

　　那新来的女犯人说："钱菲菲。以后你可以叫我菲姐。"

　　夕阳西下，郑岩带着办案组成员刚就陈紫薇案开完庭回来。

　　叶文婕颇有感慨地说："一场决绝的付出，没想到面对的是这样一场可耻的骗局！在这个城市里，每天有多少这样那样的悲欢离合啊！"

林乔生点点头，说："是啊，繁华都市里，人们面对诸多的诱惑，也许良知的作用已经减弱到了最底限。错综纷乱的现象，让人看不到事实的本来面目。"

慕容曦说："真相也许出其不意地在人们的认知以外！"

郑岩微笑着总结道："对，揭秘这些真相，就是我们检察人员的责任！"

他们一步步走上检察院正门前高高的台阶。那远天血红的夕阳照耀着他们的身影，给他们镀上了一层金色。台阶两旁的鲜花在微风里飘摇招手，那美丽的笑脸仿佛在欢迎着辛勤操劳的检察官们归来……

一
谁是主犯

"网红"何琳因遭遇抢劫被刀刺伤,失血过多死亡,不久,疑犯滨海市职业技术学院学生朱正道、莫宏杰落网。朱正道的父亲、滨海市富豪朱尚正为救儿子使尽了各种手段。面对重重障碍和困难,郑岩办案组力克各种阻碍,彻查真相……

真相

1

　　滨海市城西区一幢民居出租屋里，突然发出一声尖叫，发出尖叫的是这幢出租屋的房东。他是过来收房租的，却发现房门并没有关紧，他推开一看，惊得大叫一声，吓得面如死灰。只见地上躺着一个浑身血污的胖女人，她身下是一大块黑色的痕迹，房东认出来那是干了多时的血迹。女人面色发黑，显然已死去多时。房间里凌乱不堪，弥漫着一股腐臭味。房东惊慌地跑了出来，第一时间拨打了110。

　　警方迅速行动，封锁了案发现场，随即展开调查，走访了案发地附近的诸多住户，调取了沿线监控，又摸排了好些外来人口，很快就锁定了嫌疑人。

　　首先进入警方视线的是一个红头发小伙子，他叫莫宏杰，滨海市职业技术学院计算机专业一年级学生。警方是在三横镇一个网吧里抓住他的，彼时他正在起劲儿地打网络游戏呢。

　　预审室里，一名男警察问："你说说这个案子是怎么回事？"

　　莫宏杰浑身发抖，如坐针毡，手脚不停晃动，半天不出声。

　　男警察提高了声调："莫宏杰，问你话呢！"

　　莫宏杰被吓到了，一再强调说他跟这案子没啥关系，他只是打酱油的，去主要是给好哥们儿朱正道壮胆的，而杀害那个女人的凶手是于家和，是他在滨海市职业技术学院计算机专业的同班同学。

　　这天早上，朱尚正坐在餐桌边吃着包子，喝着一碗白粥，手里还翻着一份《汉江日报》。

刑事检察官之 | **真相**

楼上传来突突突的枪击声,那是儿子朱正道正在打游戏呢。朱尚正虽然早已习惯这个孽子一贯的做派,但还是不由得皱起了眉头,无可奈何地哀叹一声。

这时别墅大门门铃声响了,朱尚正让保姆过去开门。

保姆一打开门,发现四个身形高大、精壮强干的小伙子一字排开,不等她开口说话,其中一个小伙子便亮了工作证:"警察,执行公务,麻烦配合一下!"

说着几个小伙子便像鹰一样飞进了屋子,并且直奔二楼而去。

朱尚正是什么人物?什么场面没见过?他眼尖,瞥见这几个小伙子腰间都别着枪,他预感事情不妙,但他只慌了那么一小会儿,便镇定下来。只是他现在还搞不清那个孽子闯下了怎样的祸来。

朱正道戴着耳机,对外界的动静一概没听到,警察们好像天兵天将下凡一样,以迅雷不及掩耳之势将朱正道按在了电脑键盘上,并无比利索地给他戴上了手铐。

朱尚正脚下有些打战地赶紧跑上楼,眼前这突如其来的场景,让他后背起了一层冷汗,心想,孽子这回闯下的祸可不一般!

他清了清嗓子,强作镇定地问几个警察:"你们这是干什么?我儿子到底怎么了?"

朱正道这时已经坐正了些,他大口喘着粗气,脸涨得通红,眼里喷火一般仇视着警察们。

一个警察朗声对朱尚正道:"你儿子涉嫌杀人!"

朱尚正听了后,扶着门把手的右手猛地一抖,像是触电一般。他着着实实地被警察小伙的话给吓到了,一脸震惊地问:

"啊？杀人？"说完他趔趄着往后退了几步，大脑瞬间停止了思考。

警察小伙们这时押着朱正道往门外走。

一贯敌视厌恶父亲的朱正道这时却像一只待宰羊羔一般，用乞求的眼光望着一瞬间苍老了二十岁的朱尚正，凄楚哀怜道："爸，救我！爸，救我啊……"

警察们不由分说就将朱正道押出了别墅大门。儿子凄楚的叫唤声直让朱尚正一贯的铁石心肠滴血。

他连滚带爬地扑下楼去，嘴里迭声唤着："正道，正道，正道啊……"

一个警察返回来将一纸刑事拘留证递给朱尚正。不一会儿，停在不远处的几辆轿车一溜烟开走了。

朱尚正看了一眼刑事拘留证，彻底崩溃了，他趴在别墅大门边，就这样痴痴地望着那几辆车绝尘而去，直到消失不见。

2

案件很快被移送到滨海市人民检察院郑岩办案组。

郑岩带着办案组成员林乔生、叶文婕第一时间提审了莫宏杰。与面对警方时的木讷寡言不同的是，莫宏杰面对看着态度温和的郑岩、叶文婕和像邻家大哥哥般的林乔生，倒是挺多话的。

他交代说，他记得有一天傍晚他和朱正道、于家和一起到海边玩儿。

当时朱正道叹了口气说："这女人啊，还真是费钱，我爹给的那几两银子都不够打赏的，哥都不知道接下来咋讨我那妞儿欢心，哎，发愁！"

莫宏杰马上凑拢来，神秘兮兮地问："正道哥，到现在你一共给那妞儿花了多少钱？"

于家和也赶紧凑拢过来竖起耳朵听。

朱正道得意地伸出两根食指，做交叉状，满脸傲娇地说："哥们儿对自己的妞儿咋样？"

莫宏杰震惊地说："正道哥，咱谁都不服，就服你！"

于家和张口结舌，拼命咽口水说："高，实在是高，大方哥非你莫属！"

俩哥们儿的反应让朱正道的虚荣心得到了极大的满足，他轻蔑又得意地笑着说："得嘞，我说你们俩少给我灌迷魂汤，哥可不吃这一套！"说着他便往岸边走去。

俩少年还处于震惊状态，见朱正道走了，便赶紧追上去。

莫宏杰问："正道哥，去哪儿呀？"

朱正道打了个响指，头也不回地说："老地方！"

俩少年相视邪魅一笑，心领神会地说："哟，想他妞儿了！"

三人上了的士，大概二十多分钟后，的士停靠在滨海市职业技术学院门外街上的蓝星网吧前。

朱正道冲网管说："老位置，三个机，包夜！"

网管点头哈腰，赶紧跑过去给他们开机，又殷勤地递上烟，再从前台拿了三瓶可乐来。

三人一坐下，朱正道便迫不及待地进了视频直播网站。

电脑界面出现了一个美若天仙的少女。那是一个聊天网站的跳舞主播，大大的眼睛，锥子脸，穿着超短裙和紧身上衣，身材凹凸有致。只见她正搔首弄姿地跳着性感的舞蹈，那曼妙的舞姿配合着性感的身材，真是把人撩拨得欲罢不能。

真相

二　谁是主犯

一大堆网友打赏的礼物从天而降，连续不断，几乎把屏幕都遮住了，可那女主播似乎还不满足，用甜美娇滴的声音嗲嗲地继续吆喝让大家打赏："各位走过路过的老少爷们儿，大哥大姐，快给主播助力加油哦，你们越给力，花玲儿也会跳得更加带劲儿哦……"

她的表情更加妩媚，动作更加撩人，眼神愈加迷离。朱正道整张脸都涨红了，那是激动和血脉亢奋。只见他两只手疯狂地在电脑键盘上敲击着，一串串礼物持续不断地飞向屏幕，飞向那女主播。

另两个少年看呆了，他们对视一眼，喉头艰涩地吞咽了一把口水。

花玲儿俯身去调整镜头，可这时不知什么原因，屏幕上那张倾国倾城的脸却突然变成了肥头大耳的模样，并且比之前看着二十出头的模样老了至少二十岁！

这一幕吓得三个少年差点儿扔了鼠标，朱正道使劲儿眨巴眼睛，惊得眼珠都鼓出来老多，拳头捏得咔咔作响……

花玲儿起初并不知道她露出了真面目，直到看到满屏脏话和问号，以及聊天室网友锐减，她才知道自己挖了个多大的坑！她吓得赶紧关闭了聊天室。

半晌，朱正道似乎回过神来，他的胸腔还是剧烈起伏着，他跌坐在椅子里，紧咬牙关，闭着眼睛，像死鱼一般。

另外两个少年大气不敢出，目光呆滞地望着屏幕上跳动的各种广告界面。

四十多分钟后，朱正道缓缓睁开了眼睛，重重地一字一句地对莫宏杰说："小杰子，想办法查查这女骗子住哪儿！"

莫宏杰交代到这儿,林乔生赶紧问:"那你查了吗,你们是马上就去找这个女被害人了吗?"

莫宏杰交代说,他花了几天时间,从朱正道与花铃儿以往的微信交往记录、直播打赏记录、IP地址、微博等确定了花铃儿的住址。当他把这信息汇报给朱正道时,朱正道那时正在滨海市职业技术学院的宿舍里,躺在床上郁闷地吞云吐雾。

莫宏杰在朱正道床边坐下,做了一番心理建设后,颇为豪气干云地说:"正道哥,你说吧,接下来要哥们儿咋做?"

于家和进门后一直在整理自己的床铺,但莫宏杰知道他只不过是装样子,他的耳朵绝对竖起在听动静。当他听到莫宏杰对着学校"一哥"朱正道这样表忠心,只得为难地过来朱正道床边,嗫嚅着说:"是啊,正道哥……你放心,你需要哥们儿怎么做,我们都听你的!"

一丝轻蔑而狠毒的笑容浮现在朱正道的嘴角。他缓缓睁开眼睛,咬牙切齿地说:"他娘的,该死的女骗子,居然骗到老子头上来了,也不打听打听老子是谁!"

莫宏杰赶紧笑着连连点头:"就是,就是,这死女骗子,不杀不足以解恨!居然都敢骗到咱正道哥头上来,真是胆大包天!正道哥一声令下,肯定让她吃不了兜着走!"

于家和也赶紧附和说:"就是,正道哥,只要你爸一出手,保准就跟掐死一只蚂蚁似的那么简单!"

朱正道恶狠狠地说:"明天晚上,你们两个,跟我去找这女骗子!我要让她见识见识欺骗本大爷是什么滋味!"说完,他摔门而出。

第二天一早,朱正道像往常一样躺在床上一动不动。

莫宏杰交代说,朱正道对谈恋爱这件事还是很感兴趣的,他猜或许是因父母早年离异而导致朱正道从小极其缺乏母爱，所以更加渴望从女性那里得到关爱。

朱正道找了几个姑娘厮混一阵后，发现她们跟他一样都是极度缺乏安全感，一味索取而不懂得付出爱的，所以谈每个女朋友都是没过两个月就又掰了。

直到偶然有一次进聊天室遇到了正在直播跳舞的花玲儿，朱正道第一眼就被屏幕前妩媚俏笑的她给深深吸引了，从此他便沉迷于看她的直播。为了吸引她的注意，他挥金如土地给她刷礼物。

朱正道的豪气与阔绰也确实引起了花玲儿的注意，他跟她私下加了微信。从聊天中，他得知花铃儿也是滨海的，他更开心了，今后想见面还是有机会的，于是，他在微信上对花玲儿发起了强烈的攻势。花玲儿既不表态，也不拒绝，但接受着他的各种礼物。

他叫她亲爱的，一再问她愿不愿意做他女朋友，她不答应也不拒绝。他约她见面，她始终找各种借口没让他得逞。这些借口没能让他打退堂鼓，反而激起他的征服欲，含着金汤匙出生的他哪里经受过别人这般的拒绝呀。他想到使用金钱攻势，这是他最不缺的东西，也是他最大的优势，他认为这年头应该没有哪个网络主播能扛住金钱的诱惑。很快他就给花玲儿刷了十多万块钱礼物，可花玲儿依然是"有位佳人，在水一方"，丝毫没给他机会接近。

正当他想着砸更多金钱赶紧俘获美人心时，哪晓得会发生花玲儿暴露真面目的事！这可彻底击垮了他，简直是对他智商的无情羞辱。这样狗血的结局他怎么能够接受，这样滑稽的情节让当惯了"一哥""霸王"的他自尊心和面子往哪儿搁？传

真相

出去还让他怎么做人!

万般怨怒心头起,他对花玲儿这个女骗子恨之入骨,大有此仇不报非君子的势头!

叶文婕问:"莫宏杰,按照你的说法,朱正道倒是很有可能是凶手,你说呢?"

莫宏杰怔了一下,两眼瞪得老大,差点儿被自己的口水给呛到了,但随即就把头摇得像拨浪鼓。

他说:"不,不,不,你们误会了,朱正道就是个纸老虎。说时说得多厉害,实际上你让他真去做他就是夙包蛋一个。"

接着他又讲起了他们仨在案发前的一些事情。

他记得,那天朱正道在床上躺了一天。

傍晚时分,朱正道起来问他:"小于子呢?"

莫宏杰说:"不知道,我问问他。"

过了差不多半个小时才收到于家和的语音回复,说是在图书馆。

朱正道听了轻蔑地笑笑:"哟,太阳打西边出来了?平时从不上图书馆的人,这会儿居然去了图书馆!你跟他说,咱们今晚十一点校门口集合,我有重要的事情安排!"

莫宏杰犹犹豫豫地,正要用微信语音转述给于家和时,朱正道用极其强硬的语气说:"你告诉他,如果这次不听我的,以后就别再在学校出现了!"说完他又冷笑着哼了一声,"切,真是没用的胆小鬼!"

莫宏杰点头哈腰,赶紧执行,眼前这位"霸王"可轻易得罪不得。

到了晚上十一点整,朱正道和莫宏杰准时出现在学校门口,夜色中,两个人各点了一根中华吞云吐雾起来。

朱正道掐灭烟头,看了看手表,说:"看来这熊小子是怯场了,估计不会来了!"

说着他就拦了一辆的士,跟莫宏杰正要上车之际,于家和匆忙赶到了,边上车边连连对朱正道解释:"对不起,正道哥,今天有个学妹说要弄个课题,需要找一些资料。她叫我帮忙,我就在图书馆给她找了一天的资料。"

坐在副驾驶位的朱正道冷笑一声:"呵,连自己的学习都搞不定的学渣居然有能耐帮别人查资料,而且一查就是一整天!这助人为乐的精神可是感人得很啊!"

于家和脸上讨好的笑一瞬间僵住了。

莫宏杰跟着讪笑起来。

到了目的地,几个人下了车。这是位于城中村的一幢楼房,有四五层高。周围的楼房不高,且少有灯光,楼下的街道只有三两盏昏黄的街灯闪烁。忙碌了一天的人们开始陆陆续续进入梦乡。

没人关注这几个年轻人。朱正道在楼下抬头看了看,问莫宏杰查到的地址是几楼,莫宏杰说:"二楼。"朱正道一声不吭地抬脚就上了楼梯,另两人只得赶紧跟上。

朱正道来到二楼,这里只有一户人家。朱正道敲了敲门,半晌里面有女声问:"谁呀?"

朱正道清了清嗓子说:"警察,治安检查,麻烦开门配合下!"

里面响起窸窸窣窣的声音,像是在整理衣物。不一会儿,门被打开了一条缝儿,就在这时,朱正道突然用力挤进了门,把眼前姿色极其普通的中年女人一把推开,那女人显然是被吓

113

到了，都忘记了要呼叫救命。

朱正道气呼呼又极轻蔑地冷声问："你就是花玲儿？"

女人被吓傻了，随后她马上意识到这可能是某个打赏特别多的粉丝来算账了！她随即调整了一下情绪，镇定地回答道："我是花玲儿，请问你们是谁？"

朱正道胸膛剧烈起伏，鼻孔喘着粗气，恶狠狠骂道："臭娘儿们，死骗子，我x你十八代祖宗，真他妈该死！"说着他便抡起拳头作势要打过去。

花玲儿可不示弱，出于保护自己的本能，她抬起结实有力的胳膊挥手就给了朱正道一巴掌，咬牙切齿地骂道："哪来的臭流氓，给老娘滚出去！"

朱正道此时已接近于发疯，头发都竖起来了，喷火的眼睛狠狠地瞪着花玲儿。猛然间，他从裤袋里掏出了寒光闪闪的水果刀，但他犹疑一下，并没有捅刺对面这个凶悍肥胖的女人。

听到这儿，林乔生和叶文婕面面相觑，异口同声地问："那是谁捅的？"

莫宏杰眨巴眨巴眼睛，喉头发涩，他调整了一下自己的情绪，接着显得很镇定地说："是于家和！他眼看着朱正道想要捅刺下去的动作停在了那儿，便一把夺过来水果刀，然后一下就捅进了花玲儿的肚子……"

一直在看卷宗材料的郑岩抬起头，威严地说："法医从凶器上只检测出一个人的指纹，就是朱正道的，你说花铃儿是于家和杀的，你自己信吗？"

郑岩、林乔生逼视着莫宏杰。

被这灼热的四只眼睛盯得发怵，莫宏杰只得说："检察官，我……我说实话！"

郑岩和林乔生相视一眼，无语。

莫宏杰说，是朱正道捅的花玲儿，捅完后，花玲儿双手捂着肚子缓缓倒下，肥硕的身躯瞬间在地上摊开，血流了一地。

见此情景，莫宏杰和于家和都惊呆了，望着躺在地上已经不省人事的花玲儿发呆，脑袋一片空白。

大概半分钟后，几个人回过神来，于家和拔腿就想往门外跑。朱正道瞬间死死拽住了于家和的胳膊，轻蔑地冷笑着说："怎么，小于子，看这就怂了？"

于家和使劲儿想要挣脱，可越挣脱却被朱正道拽得越紧。于家和瞪着血红的双眼，哽咽着低声吼道："你们没说要杀人的，你们没说要杀人的！"

朱正道举着滴血的刀子逼近于家和，于家和吓得面如死灰，只得步步后退，被朱正道逼到了墙边。朱正道气呼呼地瞪大眼睛，无比冷酷地说："哥们儿你现在杀人了！你说该怎么办？"

于家和全身瘫软下来，像泄了气的皮球，不再与朱正道对抗，眼泪从他深深的眼窝里前赴后继地奔涌而出。

一分多钟后，朱正道放开了他，他双手捂着脸蹲坐在地上，抱着头不住压抑地呜咽干号起来。

朱正道把刀子非常不屑地甩在花玲儿身上，随后他向站在一旁有点儿犯傻的莫宏杰摆了一下头。莫宏杰犹豫了一下，终究还是跟着他钻进了花玲儿的卧室，两人开始翻箱倒柜。

于家和始终没有站起来，一直蹲在地上哭。

没过多久，朱正道和莫宏杰一前一后地从花玲儿的卧室里走了出来，一个手里拎着红色塑料袋，另一个手里拿着一个女士皮包。看着蹲在墙角瑟缩发抖的于家和,朱正道冷笑着哼了一声,然后飞快地出了门,莫宏杰稍微停了下脚步,也跟着飞跑出去。

只剩下于家和独自泪眼蒙眬地望着早已僵硬的花玲儿的尸体和那一摊发乌的血迹发愣。

听到这里,林乔生问:"那你们回去之后去了哪儿?"

莫宏杰说,"我们当晚没回宿舍,而是去了平时经常包夜打游戏的网吧。"

莫宏杰记得,那时他心里非常忐忑,一想到花玲儿死时的惨状,他便胃里翻滚着想要作呕。但他是这么想的,人是朱正道杀的,他压根儿没动手。说起去花玲儿卧室翻箱倒柜找财物,那也是迫于朱正道的淫威,案发现场这"霸王"可是拿着刀的!识时务者为俊杰,那时谁敢跟这样一个杀红了眼的"霸王"斗狠啊。所以就算警察找他莫宏杰,他也可以说跟他没半毛钱关系,自己顶多就是去打个酱油。这么想着他便心里踏实了些,没过多久便沉浸在电脑游戏的世界里。

叶文婕问:"那你说说案发后朱正道是咋想的?"

莫宏杰眨巴眨巴眼睛,说:"朱正道咋想的?这我可不知道,这得问他呀。"

叶文婕笑了笑,说:"你就结合你平时对他的了解说一说。"

莫宏杰有点儿为难,想了想,说:"朱正道从小可就是小霸王一个。再说他爹在滨海市和汉江省都是一个响当当的大人物。可能这些东西加在一起就让他特别自信。平时相处,会感觉他觉得自己是个特别了不起的人物,像花玲儿这样的小人物在他眼里啥也不是,所以要了她的性命估计跟掐死只蚂蚁没什么两样……不过,话又说回来,这该死的女骗子是咎由自取，谁让她骗了那么多人！朱正道可能还觉得他这是为民除害呢！"

叶文婕微微点点头，思索了一下，又问："当晚朱正道打游戏时状态是怎样的？"

莫宏杰说："我估计他心里还是有些发怵的，毕竟再怎样狂妄也还是知道杀人是非常严重的一件事……我猜他刻意麻痹自己，玩儿电脑游戏时很起劲儿，就好像没发生过这回事一样。"

莫宏杰记得，在网吧打了一个通宵的游戏后，两人面色憔悴地出了网吧，回到宿舍便倒头呼呼大睡起来。

一直睡到下午一点两人才起来。朱正道跑了出去，大概半个小时后，他拎着一个小帆布袋回来。

他把那个小帆布袋扔在莫宏杰面前的桌子上，冷冷地说："给你的，拿着！"

莫宏杰满脸狐疑，拉开拉链，里面全是一沓沓的崭新百元大钞。此刻莫宏杰眼里都是惶恐，手抖着从帆布袋上挪开，好像那钱烫手似的。

朱正道嘴角闪过一丝不易察觉的冷笑，面色无比阴沉，低声但又特别威严地说："你跑吧！"

莫宏杰突地愣住了，望着那堆钱出神。

朱正道知道他是被吓傻了，便说："拿着吧！发什么呆呀？"

莫宏杰脑子恢复了正常，心里瞬间涌起疑惑、悔恨、愤怒、失望等等千百种说不清楚的情绪，面对着眼前这堆钞票不知是接好还是不接好。

朱正道冰冷的声音又在耳边响起："想好了！今后无论发生什么事，把责任推到于家和头上！"

莫宏杰此刻脑海里全是朱正道冷漠而不容置疑的命令——"你跑吧！"他沮丧得很，因为"跑路"从案发后就没在他脑海里出现过，毕竟他认为自己确实跟这件事没太大关系，要跑也是他朱正道跑呀，哪里轮得到自己跑路？

但朱正道两只眼睛像两把利剑一般射出寒冷无比的光来，逼视着他，容不得他对跑路这件事再过多质疑。他只得犹疑地说："可是……小于子他会承认吗？"

朱正道冷笑着，慢条斯理但又特别肯定地说："他会承认的……和你一样，于家和还不到18岁，犯了罪可以保命的。不然，你们大家乱咬起来，说不定咬到你头上，你可就惨了！"

莫宏杰浑身乱抖起来，这时候他才明白他是陷进了怎样一个巨大的漩涡里！

朱正道一改往日对莫宏杰还算友善的面孔，恶狠狠道："给我听好了，你要是到时候乱咬，小心我剥了你的皮，把你全家都杀了！"

莫宏杰无力地拉上帆布袋的拉链，头上冷汗密布……

3

提讯完莫宏杰已经将近中午了。郑岩带着林乔生、叶文婕、慕容曦在市局看守所外的小饭店简单对付了午饭，下午就再次前往看守所提审。

他们走进讯问室时，只见朱正道仰着头闭目养神，一副满不在乎的模样。

不等发问，朱正道就望着他们一字一顿地说："我知道你们想问啥，但我只能告诉你们，人不是我杀的！"

林乔生冷笑了一声："朱正道，你狡辩是没用的，这卷宗说得清清楚楚，你身上的血迹，还有你留在现场的指印、脚印，都说明你是这起入室抢劫杀人案的主犯！"

慕容曦补充说："是呀，我劝你还是从实招了吧，别抱幻想了！"

朱正道很委屈地说："检察官，你们……你们这样，这不是要置我于死地吗？"

郑岩用鹰一样的眼神紧紧地盯着朱正道的眼睛。

朱正道低下了头，嘟嘟囔囔地说："我就不信你们会这么神，凭那些血就说是我杀的人？"

郑岩这时突然厉声发问："朱正道，那你说说，人是谁杀的？"

朱正道显然吓了一跳，他心虚地抬起头，眼神闪烁，但嘴还是很硬地说："是于家和杀的！这小子杀了人，跑了，反而要我们为他顶缸。你说，我们亏不亏？"

对朱正道的审讯进行了大概半个小时，效果不佳，郑岩他们紧接着就再次提审了莫宏杰。

与朱正道的玩世不恭不同的是，莫宏杰瞅着郑岩等时眼神躲躲闪闪的，手脚一直抖着。

郑岩说："莫宏杰，上午提讯你态度很好。你再仔细说一下作案过程。"

莫宏杰吸吸鼻子，说："好的。那天，朱正道找到我，说要我们一块儿去找一个网友……不，不是朱正道，是于家和！于家和找到我，他说花玲儿家很有钱，让我、朱正道和他一块儿去花玲儿家弄点儿钱……"

慕容曦停下做记录的手，用手敲了敲桌子："你说清楚，到底是朱正道还是于家和叫你去的？"

莫宏杰嗫嚅着："是……是于家和。"

郑岩逼视着莫宏杰，严厉地说："莫宏杰，上午你可不是这么说的！是什么就说什么，如实交代问题，才能得到法律的宽大处理！"

一直低着头的莫宏杰好几分钟都没再出声，突然他抬起头显得很真诚地说："咳，检察官，这件事确实是于家和找我去干的，我上午跟你们撒了谎……这个案子其实跟朱正道没有任何关系！"

林乔生脸色铁青，牙关紧咬。他压抑着愤怒说："莫宏杰，照你说的，朱正道没有参加抢劫、杀人吗？"

莫宏杰点了点头说："参加了！"

林乔生厉声道："参加了抢劫，怎么说这事和他没关系？你上午是怎么跟我们说的来着？"

莫宏杰结结巴巴地说："我是说……我是说朱正道不是主谋……这事全是于家和让我们干的！"

林乔生一脸怒气，直觉告诉他眼前这小子的话很不可信，他只得再次厉声强调："莫宏杰，我希望你说实话。不如实交代的后果嘛，我相信警方早已经跟你讲了！"

莫宏杰突然反常地叫喊起来："于家和确实是主谋！是他找到我，让我和他一块儿去花玲儿家搞点儿钱的，朱正道也是于家和叫上的……"

莫宏杰缩着脖子抬眼偷偷看了一眼林乔生，发现林乔生一脸狐疑，忙再次发誓般说："这事真是于家和的主意，人家朱正道是好人。如果你们不相信我的话，这事就是我的主谋……"

听到这小子这样说，疲惫的林乔生转过头去看了郑岩、慕容曦一眼。

郑岩望着林乔生、叶文婕说道:"今天先这样吧。"

结束讯问后,四个人走出讯问室时都长长地叹了口气。

4

朱尚正在儿子被警察带走后,就一直通过各种途径和关系打听儿子怎样了,将会被怎样处理,又通过各种途径想要捞人。最后他从某个途径得知,儿子朱正道涉嫌的是故意杀人罪,就算他手眼通天,也没办法让儿子脱罪。最终有人建议他还是花重金给孩子请个靠谱儿的律师。

在千思万虑之后,朱尚正长叹一口气,想着那就请律师试试吧。

这么想着的同时,他的脑海中突然冒出来一个想法,这个想法把他自己都吓了一跳。他赶紧打电话叫来办公室主任葛文明,对他如此这般那般低声交代了一番。

第二天上午,朱尚正和葛文明出现在滨海市有名的美女律师方星月所在的明日律师事务所。

葛文明把一只银白色的密码箱放在方星月办公桌上,然后打开了密码箱,一叠叠粉红色的百元大钞整整齐齐地码在那儿。

方星月脸上现出一丝玩味的笑意来。

朱尚正说:"方律师,久仰大名,这是100万。实不相瞒,我来是有要事相托,还请方大律师能够赏老夫这点儿脸面!"

方星月微笑道:"朱董事长,看来我方星月身价不菲呀!"

朱尚正脸上此刻显露出一个慈父该有的面容,他很是真诚地说:"方律师,您是咱们滨海市知名的大律师,值这个价。

这100万只是小意思，只要官司能按咱的意愿打，将来，我朱尚正不会亏待您！"

方星月没说话，继续玩味地笑着，等着朱尚正的下文。

朱尚正语气很是坚定地说："方律师，我坚信我儿子不是花玲儿案的主犯。现在警方和检察院这样做，这是要把我儿子往死路上推呀！"

见方星月还是不说话，只是玩味地审视着他，他语气有些发虚，说："是，我承认，这当中就我的儿子朱正道年龄超过了十八岁。但是，检察院也不能因此说我儿子是抢劫杀人案的主犯呀！"

说到这里，朱尚正停顿了一下，想看看方星月对此是什么反应，但方星月双手抱着胳膊，背靠着老板椅，微笑不语。

朱尚正有点儿急了，用恳求的语气说："方律师，无论怎么着，你一定要为我儿子做从犯辩护，也只有从犯辩护成功，他才能保住命呀！"

方星月悠悠道："朱董事长，看来，你这真的是要用重金买你儿子一命了！"

朱尚正见方星月说中了他的心思，情绪异常激动，连连点头说："对，我就是要买我儿子的命！公安局、检察院他们想通过指控我儿子是主犯，断送我儿子的性命！你说，我能无动于衷吗？我能让我的儿子白白地送命吗？如果我儿子的命没有了，我活着还有什么意思？你知道吗？正道是独生子，他们把我儿子送上刑场，就意味着我们朱家从此绝了后。你说，我能甘心吗？"

他端起桌上的纸杯喝了一口水，继续激动地说："现在是市场经济社会，市场经济社会就要体现市场经济的价值。方律师，只要你把我儿子的命给扒出来，我再给你一栋别墅！"

方星月笑了起来，她起身把桌子上的密码箱往朱尚正那边推了一下，语气坚定地说："朱董事长，如果谁要说律师不爱财，那可真是错了。可是，你想过没有，我们所有的交易都要在法律许可的前提下，用法律的手段来保护你儿子的权益。如果，你真的要用钱买你儿子的命，另请高明吧！我，做不来！"

说着方星月就作势要离开办公室，朱尚正忙起身欲拉住方星月，他用乞求的语气说："方律师，我这样做，不仅是要买命，而且还要买个正义！"

方星月停下脚步，一脸狐疑地望着他。

朱尚正急切又诚恳地说："对，我是要买个正义。和公安、检察院打交道，不管我的企业做多大，我是民，我处于弱势。如果我没有委屈，如果我儿子确实是主犯，你说，我会和他们抗衡吗？"

方星月回到了座位上，她想了一下，像是下了个决心似的，笑着说："朱董事长，这案子，我接了！"

朱尚正赶忙起身上前，伸出双手抓住方星月的一只手不停摇着，躬身无比谦恭地说："方律师，这事就拜托你了！"

方星月笑着将他和葛文明送到办公室门口，说："好！朱董事长，我会尽快会见我的当事人，您慢走！"

阿坤启动轿车，车子从律所开了出去。

朱尚正坐在后排座椅上长叹一声，心事重重地闭上了眼睛。

葛文明回头望了望方星月所在的办公大楼，有些狐疑地问："董事长，这个方星月，她行吗？"

朱尚正继续闭着眼睛说："行不行，这个谁也说不好……

为今之计,只能死马当作活马医吧!"

葛文明皱了皱眉,做出一副替主子担忧的样儿来,他欲言又止地说:"可是……"

话没说完,朱尚正突然转过脸来,眼睛直勾勾地盯着葛文明,恶狠狠地问道:"你说,如果检察院的人软硬不吃,非要认定正道是主犯,葛主任,你说我们该怎么办?"

葛文明一时语塞,不知该咋接话,突然他谄媚地笑道:"那,那我们就和他们打一场法律战!"

说完他赶紧偷偷观察朱尚正的脸色,见朱尚正刚才恶狠狠的表情有所放松,显得没那么凶狠了,他心里悬着的一块石头便暂时放了下来。

朱尚正颇有沙场点兵的老将风范,说:"当下在咱们滨海市,除了方星月,恐怕没第二个人能做这件事。对,还有个大律师丁一楠,可听说她跟检察院的人在谈恋爱啊……我们只要做好幕后工作,所有的前台戏都是方星月唱,我相信方星月能打赢这场官司!"

葛文明听了这话也赶紧点头:"对,我们要做好幕后工作,做好幕后工作!"

朱尚正皱了皱眉,问:"那个于家和,怎么样了?"

葛文明可没想到老板突然问起这个问题来。自从朱尚正那晚急召他一番秘密交代后,葛文明连日来就一直忙活,也就是带着朱尚正的心腹阿坤到处找花玲儿案中的另一个人——小于子于家和,只是进展并不顺利,那小子也不知是长了翅膀还是会隐身咋的,怎么找都不见踪迹。

葛文明赶紧回答:"我已经派人去他家打听清楚了,这小子没在家。据说去了昆明。如果从时间上推断,估计正在昆明享受南国风情呢！"

朱尚正闻言脸色突变，厉声说："葛主任，我们不能麻痹大意呀！做什么事都不要凭估计办事，要实打实地来。阿坤，你说是吧！我们公司做成这么大，什么时候凭估计办事了？"

一直专心致志开车的阿坤也点了点头，用低沉的声音回答说："是！"

朱尚正抚了抚胸口，叮嘱道："记住，葛主任，一定要落实，让那小子远走高飞，不能让他落在检察院手中！"

葛文明吓得后背冒出一层冷汗，大气不敢喘，连连点头说是。

5

郑岩进到办案组的大办公室说："咱们探讨下花玲儿案吧！"

一说谈案子，慕容曦来劲儿了，说："主任，您一说这案子我就想起来一个事。我发现这个莫宏杰很有意思，你们看哈，他开头承认是朱正道干的，后来又一个劲儿地替朱正道开脱。现在发展到为了开脱朱正道，竟然主动往自己身上揽罪！还有那个朱正道，他死活不承认是自己干的，把所有的事硬往于家和身上推！你们说说，这里面到底有什么猫儿腻？难道你们就没觉得这样很不合常理吗？"

林乔生敲了一下她脑门儿："我说慕容曦，你用用脑子，考虑一下他们为什么这样做？"

慕容曦摸了摸脑袋瓜，一脸愁闷："这事闹得真复杂，我们在学校时可没学习过……一般情况下，像这种杀人犯罪，死

真相

扛到底不承认的,我还真的没有听说过……大林,你倒是分析分析,这朱正道到底为什么不承认自己是主犯。"

林乔生故作夸张和不屑地翻了个白眼,好似慕容曦是个小白似的说:"你呀,真笨!很简单嘛,你想想朱正道多大了?他敢承认吗?如果他承认自己是主犯,那就有可能是死罪,那他不是找死嘛!"

慕容曦生起朱正道的气来:"哈,这个时候他怕死了,那杀人的时候他干什么去了?!他想推卸责任?没门!连窗户都没有!如果他不是主谋,死者的血迹怎么跑他身上了?还有留在现场的脚印、指纹,刀子上的指纹,哪一项都能指证就是他亲手杀害了死者!莫宏杰、于家和他俩不过是协助犯罪。朱正道想抵赖?那是万万不可能的!就算是零口供,我们照样能把他送上法庭!"

一直在一旁微笑不语的郑岩说话了:"慕容,我提醒你,很多事不是一句话能说清楚的。你想一想,朱正道不承认,是他个人的原因。那么,莫宏杰为什么要为朱正道辩解呢?他没这个必要呀!"

慕容曦点了点头:"是呀,我也觉得这里面一定有问题,但我就是想不出来到底为什么他们要这样。"

林乔生说:"你们注意到了吗?案发好几天之后,朱正道、莫宏杰才归案!"

慕容曦狐疑地望着林乔生:"什么意思?"

郑岩发话了:"大林的意思是,朱正道、莫宏杰逃亡期间串供了。"

林乔生非常笃定地说:"这俩小子一定是作案后就商量好了,把事都栽赃到于家和头上!"

郑岩沉思了半响，说道："或许，不仅是串供这么简单！"

6

雕刻时光咖啡馆内，方星月带着助手约了丁一楠、章文颖聊事。方星月与丁一楠都是杰出的青年律师，虽然两人属于不同的律所，却也惺惺相惜，算是可以直接交流的朋友。

方星月将代理朱正道一案的事宜和盘托出，想听听丁一楠的意见、建议。丁一楠自然了解郑岩及其团队，她提醒方星月，郑岩表面上态度温和，骨子里却是一位极为较真儿的人。要想在这起案件中取得什么胜算，务必把证据做扎实。

而在咖啡馆外，有人鬼鬼祟祟偷拍方星月等人，原来是葛文明奉朱尚正的命令盯紧方星月等人的行踪。

想来朱尚正对于这几人的行踪也是调查得清清楚楚的了，他就想看看自己出的这一百万会有多少胜算，这方星月跟郑岩之间的抗衡到底谁输谁赢，这可直接关系到他儿子的性命！

正当葛文明专心偷拍时，朱尚正的电话打来了："你给我盯紧点儿这帮人，我要看看他们想玩儿什么花样！"

葛文明点头哈腰连连说是。

朱尚正又问："那个于家和现在怎么样？"

葛文明吞吞吐吐地道："我……"

朱尚正一听他这没底气的回应就气不打一处来，厉声喝问道："葛主任，你什么你？！不会又是什么'估计'吧？"

葛文明额上冷汗淋淋，只得硬着头皮喉头发紧地说："董事长，对……对不起，有人看到于家和还在滨海。"

朱尚正闻言勃然大怒，脸红脖子粗，差点儿把手机都砸了。

他在电话里大喝道:"你们……你们是干什么吃的?"

葛文明期期艾艾道:"董事长,是这样的,据说这小子在滨海有个女朋友,正……正腻着呢!"

朱尚正腆着大肚子在屋子里来回踱,气呼呼的,但稍过几分钟他冷静了下来,因为他知道生气于事无补:"女朋友?……你马上回来,带人去找于家和,他在滨海一天,正道就危险一天,我们必须找到他,让他速速离开滨海!"

葛文明只得硬着头皮带着阿坤再次满世界找于家和。这次他们又来到了位于滨海城西区的一个郊区。

于家和家是一个特别普通的农家小院,一看就很贫困。这小院子坐落在公路边。

葛文明和阿坤从奥迪 A8 上走了下来。两个人贼头贼脑地左顾右盼,发现周边住户都关着门,公路上也没人。

葛文明对阿坤低声说:"敲门!"

阿坤上前啪啪啪拍门,一边拍一边问:"有人吗?有人吗?"

这已经是葛文明和阿坤第三次来敲于家和家的门了,只是这大门紧闭,墙又很高,周围还有好些其他住户,葛文明和阿坤害怕爬墙会被其他住户发现,所以也只能束手无策。

于家和的父母是靠捡废品为生的,这个破落的小院落里堆满了他们捡来的各种废旧物品,堆得像小山一样高,散发出难闻的味道。

其实于家和自从案发后就一直没出滨海,他不知道能去哪儿,也没钱跑路。他每天都活得提心吊胆,担心警察会找上门来。

他知道葛文明和阿坤来敲过好几次门,这回又听到哐哐哐的敲门声，于是他就蹑手蹑脚地走到铁门边听了一下，又趴在门缝中向外观望。

透过门缝，他看到了葛文明和阿坤，吓得心怦怦跳个不停。他转过身来赶紧蹑手蹑脚地向屋内走去……

那阿坤还在啪啪啪敲打铁门。

就在这时，一车标有"检察"字样的警车开了过来，林乔生和慕容曦从车上下来了。

葛文明听到车辆的动静，赶紧转过身来，当他看到是两位身着检察制服的人，而且这两个人还跟他那天在雕刻时光咖啡馆偷拍的人那么像，他便想着这肯定就是林乔生了。他吓得赶忙伸手拉了一下阿坤的胳膊。

两个人转身就想跑，林乔生赶忙上前一步拦住了他们的去路："嘿，我说二位，请问这是于家和家吗？"

葛文明脸涨红起来，支支吾吾道："是……不是……是。"

林乔生见这两人鬼鬼祟祟的样子，便满脸狐疑地打量着他们，葛文明被他盯得心里发虚，只得低着头垂首站在门边。

林乔生走到铁门边，先趴在门缝中向里观看了一阵，然后和慕容曦一起拍打铁门。

葛文明和阿坤瞅准时机再次想开溜，身手敏捷的林乔生一下又闪到了他们跟前，严厉地问："我说，你们两个是干什么的？"

葛文明吞吞吐吐："我们……我们也是找人的。"

林乔生咄咄逼人："找人？你们找谁？"

葛文明急中生智，赶忙回答说："找二秃子，对，找二秃子，他是我们单位一个保安！"

说完葛文明赶紧低着头，大气不敢喘。

林乔生满脸疑云，又把这两个可疑的人打量个遍。

葛文明这回不知哪来的勇气，他拽了一把阿坤，两人趁林乔生不注意迅速跑上了车，一溜烟开走了。

林乔生和慕容曦望着那飞扬的尘土发了一阵愣，然后继续回头拍打大门。

拍了好一会儿，慕容曦累得抡了抡胳膊，叹了口气说："哎，大林，我看啊，这家压根儿就没人！"

说着她就靠着门坐了下来，也不管地下灰扑扑的。

林乔生拉她起来，两人一起往车那儿走去。林乔生边走边满脸疑惑地说："慕容，你说，刚才那两个男的是干什么的？"

慕容曦不假思索地说："那还能干啥，敲于家和家的门，那就肯定是找于家和的呗！"

林乔生挠挠头："可他们看到我们为什么急着走呢？"

慕容曦这会儿才皱着眉头仔细回想了一下那俩人的表现："也是啊，大林，你看他们眼神躲躲闪闪的，你说这两个人是不是很可疑？"

林乔生抿着嘴巴点点头："嗯，我琢磨着这两个人有点儿不对劲儿！还有那车，奥迪 A8。于家和才 17 岁，看他家这样子也很穷，可是两个开奥迪 A8 的男人找他会有什么事呢？"

说到这里，林乔生猛然警觉，急促地拉开车门迅速坐上车，再赶紧发动车子沿着那奥迪 A8 的车轮痕迹而去。

黑色奥迪 A8 旋风似的开进了滨海尚正实业发展集团，停在办公楼前。这会儿葛文明总算是松了口气，好似他刚经历了一场大追杀似的。他朝车后面看了一会儿，确定没被人跟踪，才闭上眼睛靠在车靠背上，抚了抚胸口。坐了好几分钟，情绪平静了，他才下车跟早已站在车门外的阿坤一起朝办公楼上朱尚正的办公室而去。

朱尚正正在办公室焦急地来回踱步，手里两只核桃被他转得哗哗哗作响。他在等葛文明和阿坤，不知道这两人会带回怎样的消息。

葛文明急急忙忙推开朱尚正办公室大门。朱尚正的耳朵很灵敏，一听到门响动赶紧问："找到于家和啦？"

葛文明急得一脸汗，尴尬而又讨好地笑着说："没有……董事长，你猜，我在于家和家遇到谁了？"

朱尚正阴沉着脸，非常不悦地背过身去："说吧，我没这闲心跟你玩儿猜谜游戏！"

葛文明邀功似的说："我遇到检察院的那帮人了！"

朱尚正忽地转过身来，非常惊讶地看了葛文明一眼。葛文明吓得赶忙后退一步，但朱尚正什么也没说，而是又转过身去，隔着玻璃幕墙向楼下院子里看去。

葛文明上前一步，脸上露出巴结谄媚的笑来，一双金鱼眼不住地眨巴眨巴，眼珠滴溜溜地在朱尚正脸上转着，说："我和阿坤敲了半天门，也没敲开于家和家的门，检察院的那帮人没过多久就来了，还问我们是干什么的？我赶紧说是找别人。然后，趁他们不注意，我和阿坤就赶紧上车跑回来了。"

朱尚正还是没说话，突然他凑近玻璃幕墙，看到一辆警车开进了滨海尚正实业发展集团，就停在办公楼外，旁边就停着葛文明和阿坤开回来的那辆奥迪A8！

林乔生和慕容曦没过多久就追上了葛文明的车，但为了不被葛文明他们发现，所以刻意地跟奥迪A8保持了一段距离。

真相

等到葛文明他们的车开进了滨海尚正实业发展集团有十几分钟了，林乔生才把车开了进来。

林乔生指着就停在旁边的奥迪 A8 对慕容曦说："慕容，你仔细看，就是这辆！"

慕容曦左看看右瞧瞧，非常确定地点了一下头，然后恍然大悟似的道："哎呀，看来，朱尚正的人也在找于家和呀！"

说着她就想推开车门下去，林乔生赶紧制止了她，说："咱们走吧！回检察院！"

慕容曦刚触碰车门的手又不情愿地缩了回来，迟疑地点了点头。林乔生发动了车，警车倏地驶离了滨海尚正实业发展集团办公楼。

朱尚正目送警车离去，忽地转过身来，望着杵在他身后的葛文明，恶狠狠地说："葛文明呀葛文明，我看你脑子里是不是都是屎？！你是成心想把我朱尚正卖给检察院的这帮人是吧？！"

葛文明吓得呆若木鸡，语无伦次地说："我……我……"

朱尚正大声训斥："你什么你？你这样把车开了回来，他们就跟了过来，你呀你……葛文明，你是想害死我呀！"

说着朱尚正气狠狠地把那两颗核桃砸到地上，葛文明吓得后退直跌坐在沙发上。

满脸通红、胸膛起伏剧烈的朱尚正压低声音怒吼道："于家和是什么人？在逃的犯罪嫌疑人！你葛文明为什么去找于家和？想干什么？"

葛文明这时稍微坐正了点儿，他满脸委屈和不解地道："董事长，找于家和，是你让我去的呀……"

朱尚正气得牙根咬得咔咔响，手都止不住抖了起来，他指着葛文明的鼻子恶狠狠骂道："哎，你……你是猪呀！我是让你去找于家和了，可我没让你把检察院的人引到我这儿呀！……人们常说，知道下雨往家里跑就不傻。你不傻，不下雨也往家里跑，把鬼都引过来了！"

葛文明这会儿才明白朱尚正为啥发这么大火，他这下真的蒙了，脑袋一片空白，腿脚直发软。过了好几分钟，他才回过神来，满脸惊慌："董事长……你说，现在，该……该怎么办？"

朱尚正一只手叉着腰，一只手重重拍在厚实的办公桌上，狠狠地说："你说怎么办？继续找于家和呀！……不论死活，一定要找到他，绝对不能让他落到公安局、检察院手里，不然，到时候一切都完了！不仅我儿子保不住，你我都得因为包庇罪蹲监狱！"

葛文明赶忙从沙发上站了起来，上前几步凑近朱尚正，一副戴罪立功的模样，表决心说："董事长，你放心，这一回，就是挖地三尺，我也得把于家和给找出来！"

朱尚正回头鄙夷地看了葛文明一眼，阴鸷的眼神中满含着不信任。葛文明被这阴森森的眼神盯得赶紧低下了头，朱尚正朝他很不耐烦地挥了挥手。

葛文明像是被暂时赦免了罪责一般，赶紧唯唯诺诺地退出了朱尚正的办公室。

7

林乔生和慕容曦回到单位后，第一时间就跟郑岩汇报了寻找于家和时的所见所闻。

郑岩沉思了一会儿，说："从你们说的种种情况来看，这

真相

个于家和对于我们办好这个案件非常重要！赶紧督促警方尽快将其缉拿归案！越快越好，不能耽搁！"

林乔生赶紧跑到电话机旁边拿起电话听筒说："是，我马上联系公安方面！"

在林乔生拨打电话的当儿，慕容曦对郑岩说："主任，我赞成您的观点。正是因为于家和在这个案子中非常重要，所以滨海尚正实业发展集团的人也在找于家和。"

林乔生这时已跟警方沟通结束，他接着慕容曦的话头说："对！我们都知道，朱正道的父亲是朱尚正，就是这个朱尚正聘请了方星月担任朱正道的辩护律师。现在，他们又派人找于家和，看来，这次真的有台大戏要唱了！"

林乔生此刻变得有些顾虑重重："我相信这个方星月不会拿法律开玩笑，但是听人说她的脾气很倔，从来不愿放弃自己认定的事，不弄出个结果来，誓不罢休。我怕她一旦认定朱正道是从犯，就会想尽办法为朱正道进行从犯辩护！"

慕容曦听了这话不高兴了："那敢情可好，这方星月的风格不跟你家丁一楠一个路数吗？看来我们跟这方星月注定是对手了！"

林乔生本能地不喜欢慕容曦挤对自己的未婚妻，他还是想维护一下丁一楠和方星月，但又确实出于公心，他说："从理论上说，在庭审时，每个称职的律师团队和检察院每个合格的办案组，都是对手的关系。只不过，这两个对手的目的是共同的，那就是为了彻查真相，维护法律的尊严。"

郑岩微笑着点了点头，继续埋头写案件分析报告。而林乔生则陷入沉思，坐在办公桌前一言不发。

慕容曦上前用手捅了捅林乔生的肩膀："嘿，我说你在想啥呢，这么出神？"

林乔生一副冥思苦想状："我在想，如果方星月认定朱正道是从犯，她会从哪个方面着手辩护。"

慕容曦眨巴眨巴了几下大眼睛，眼珠滴溜溜转了几圈儿，突然像是一休哥开窍一般眉开眼笑地说："哪个方面？这可被我这颗特别聪明有智慧的脑袋瓜给猜着了，一定是供词！你想啊，朱正道不承认自己是主谋主犯，莫宏杰也不指证朱正道是主谋主犯，于家和又负案在逃……"

慕容曦话还没说完，林乔生突然从座椅上站起来，兴奋得两眼放光，他摇晃着慕容曦的肩膀说："对，慕容，你可是提醒我了，你这脑袋瓜也有开窍的一天啊！"

说着他放开慕容曦，激动地转来转去："对，一定是供词！方星月一定会从供词方面着手！那么现在我们必须找到于家和，拿到于家和的供词……朱正道和莫宏杰串了供，就没有机会和外逃的于家和串供。朱和莫两个人的供词可以雷同，只要是作弊，他们的供词一定会有漏洞可寻！"

郑岩抬起头，欣慰地望着林乔生和慕容曦微笑着，好像在说"孺子可教也"。他语气坚定地对林乔生、慕容曦说："现在，我们一定要先于朱尚正找到于家和！对了，我已经安排叶文婕带着陈志豪去滨海职业技术学院了解情况了。"

8

第二天一大早，林乔生和慕容曦便驱车再次来到了于家和家门口。

本以为于家和家会像之前一样大门紧闭，可让他们感到意外的是，这回倒是大门敞开着，林乔生和慕容曦对视一眼便走进了大门。

他们边走边问"有人吗"，可是并没有得到回应。院子里各种废旧物品散发出难闻的气味，慕容曦不由得用手掩了掩鼻子。

林乔生踏进了房门。那是一间看上去特别破旧简陋的屋子，里面没一件像样的家具，木床的一个脚是缺的，用砖头垫起来。床上躺着一个四五十岁的黑瘦男人，一看就病得不轻，只见他瘦得皮包骨，脸色发黑。

看到有人进来，那中年男子勉强挪了挪枯瘦如柴的腿脚，努力想要用手支撑自己的上身坐起来，但他试了几次都失败了，只得气喘吁吁地躺在那儿。林乔生赶紧跑到床头，他猜测这个男人是于家和的父亲于文革。

于文革喘着气说："你们，请坐！"

林乔生便在于文革床边一张满是污渍的堆满各种破旧衣物的椅子上坐了下来。

慕容曦没坐，而是到处张望，观察着屋子里的情况，又透过那扇破旧的有着一些蛛网的窗户警惕地观察着院子里的动静。

林乔生说："我没猜错的话，您是于文革吧？"

于文革微微点了点头，又歇了几口气，说："是呀！我是于文革……同志，对不起，家和这小子总惹事，我也拿他没办法！"说完，他便虚弱地叹了一口气。

慕容曦走上前看了看于文革的脸色，很关切地问道："您这身体是怎么了？"

于文革摇了摇头，又叹了口气："咳，我家真是晦气呀！

这不，警察天天上门，每天都来好几拨，我听警察说我家这臭小子犯事了……我呢，更晦气，几个月前去拆迁房捡破烂，一个不小心从房上摔了下来，摔伤了腰，躺在床上成了废人，嗨，再加上我本身还患有肺气肿和肾病。"说着，他深陷的眼窝流下两行浑浊的泪来。

林乔生和慕容曦不由得动了恻隐之心。林乔生说："我们是市检察院的，我叫林乔生，她叫慕容曦。上次我们就来过，还拍了好一阵门，都没见屋子里有动静。"

于文革艰难而缓慢地抬起右手擦了擦眼泪，喘着粗气道："其实每回有人来敲门，我都听到了，可是我没力气答应，答应了你们也听不见，我也下不了床呀！"

慕容曦很是同情地看着于文革："于家和犯事了，不敢待在家。你一个人躺在家，生活怎么办？"

于文革说："没事……他妈出去捡破烂了，很快就回来了！平时都是他妈照顾我。"

林乔生和慕容曦听说还是有人照顾他的，紧蹙的眉头便放松了很多。林乔生从钱包里拿出一些现金放在于文革床头，说："于叔……我叫您于叔吧。你知道吗？你儿子的事很严重。我相信警方已经给您讲得很清楚。于家和如果回来了，你一定要劝他主动投案自首。像你们家这种情况，我们一定考虑给他个改过自新的机会。这是我们的一点儿小心意，你老伴回来，让她给你买点儿东西补补身子！"

于文革指着那叠钞票有些激动地说："同志，不行，这钱我不能要，你们拿回去……"

林乔生站起身，真诚地说："于叔，您拿着吧！你们挣点儿钱不容易，记住呀，一定要吃点儿好的，注意保养身体！"

真相

于文革非常感激地望着林乔生，欲言又止似的，最终他还是问出了那个他一开始就想问的问题："检察官，你说我们家这臭小子会判死刑吗？"

林乔生说："从目前来说，应该不会。他还不满 18 岁，只要好好交代问题，还是有出路的。"

于文革长长地舒了一口气，紧绷的脸一瞬间放松了，原本忧心忡忡，现在心上的一块巨石放了下来。

快人快语的慕容曦不假思索地说："可是，于家和的两个同伙咬定了他，说于家和是这件案子的主谋主犯。如果真的是主谋主犯，这事就有点儿不好说了！"

林乔生听了直翻白眼和叹气，然后狠狠地瞪了慕容曦一眼。慕容曦这才意识到自己嘴巴太快，她迅速捂住嘴，窘得在心里一个劲儿埋怨责备自己。

于文革听了慕容曦这话吓得差点儿坐了起来，只是他的努力又失败了，喘着粗气再次无奈地躺了下去，调整了半天呼吸，才急切地问："那，那该怎么办才好？"

林乔生赶紧凑近于文革，非常温和而又严肃地说："于叔，趁着案子还没进入法院审理阶段，让于家和主动投案自首，把事说清楚。如果不说清楚……到时候，于家和再想说清楚，可要费大劲儿了！"

于文革想了一下，眼睛眨了又眨，看得出来他在权衡着什么。过了两分钟，他说："那我告诉你们……刚才，那臭小子在家，他从家里走的时候，说要到他女朋友家取点儿钱，然后说他要去昆明。"

说到这儿于文革剧烈地咳嗽起来。那咳嗽声让林乔生和慕容曦满脸怜悯，等他止住咳，慕容曦忙问："您刚才说于家和女朋友家？那是在哪儿？"

于文革望着满是蛛网的天花板眨巴着眼睛，没有说话，似乎还是有点儿后悔不该说出刚才那些话来。

林乔生知道他的心思，赶紧趁热打铁鼓励说："于叔，你不要有顾虑，只要他能投案自首，把事儿说清楚，我们检察机关保证会给他一个改过自新的机会！"

听了林乔生的话，于文革终于下定决心，他长舒一口气说："他女朋友家，在孙家屯。"

林乔生眼里露出欣喜的光芒，赶紧上前追问："那他女朋友叫什么名字？"

于文革想了一小会儿说："好像是叫……孙梅，对，就是叫孙梅。"

9

自从出事后，于家和一直像热锅上的蚂蚁，但他不知能往哪里去，也没钱逃跑。警察和一些不认识的人隔三岔五来敲门找人，他只能东躲西藏，要么跑到烂尾楼里过夜，要么藏身废旧厂房。

父母也苦口婆心劝说他去投案自首，但他想着自己并没杀人，去自首可就说不清了。再说他从前看过不少刑事侦探小说或案件案例，当中提到一些被冤枉的人，他可不想变成这样的人。同时，他也很舍不得女朋友孙梅。这孙梅自从认识他以来，便一直对他不离不弃，知道他没钱，不光不让他花钱，还在他没钱时时常接济他。对于这点他一直非常感动，也在心底想着要好好珍惜孙梅。

真相

虽说孙梅是父母的掌上明珠，平时娇滴滴的，但一点儿也不嫌弃他家境贫寒，反而很黏他。他猜可能是因为孙梅从小娇生惯养，没吃过什么苦，涉世未深，又是个恋爱脑，在她眼里爱情大过天，于是根本不考虑未来，不考虑现实状况。哪怕他带她见识过自己满是破烂的家，哪怕他告诉她自己家一贫如洗，可是这天真单纯的孙梅还是愿意跟着他。她那单纯得很的脑袋瓜可是根本想不了太长远。

再说孙梅长相甜美，温柔可人，像只小白兔一样人畜无害，很是讨他欢心。这种种因素叠加便成为他留在滨海的理由。

可是这样惶惶不可终日的生活终归也是实在熬不下去了。他便想着忍痛割爱，要想办法离开滨海，但在离开前他想着一定要跟孙梅告个别，不能让她这样替他担心。于是，他趁父母不注意，也趁着那些找他的人没来敲门之际，偷偷跑出了门。

于家和骑上一辆破自行车大约一个小时后就到了孙梅家。孙梅打开门看到灰头土脸的他站在门外，先是惊讶得眼珠子都要蹦出来，然后马上就变成欣喜了，毕竟她有一段时间没见着男朋友了。

于家和从前也来过孙梅家，但孙梅的妈妈非常反感厌恶他，尽管他长得清秀，个子也不矮，但在孙梅妈妈眼里没钱还死死黏着她的宝贝女儿就是一种莫大的罪过！尽管他从前也在孙梅妈妈面前表态说以后一定会为了孙梅好好努力，一定要让孙梅过上幸福的生活，可孙梅妈妈哪里会相信他这嘴上无毛的小伙子的话，只当他是小年轻图新鲜谈恋爱玩一玩。

孙梅妈妈想着等他对女儿的新鲜劲儿一过，这两人自然就会分手。可她哪里想到女儿粘这小伙子比小伙子粘女儿还更紧！这一谈就是两年！这两年可没让她少操心，多少个不眠之夜她都忧心忡忡，多少个午夜梦回她都被吓醒，梦里尽是女儿嫁给这穷小子后受苦受累的画面。

这回从卧室门缝里看着这个一身邋遢、衣冠不整的穷小子鬼头鬼脑地跑上门，她不由得又是一阵厌恶和反感，心里直骂道："真是个十足倒霉的破烂王！"她还以为于家和是去捡破烂经过自家门口呢。

女儿孙梅可毫不在意于家和浑身脏兮兮的，赶紧把他拉进门来，让他在沙发上坐下。然后孙梅迅速跑进厨房端出来一碟猪耳朵、一碟花生米、一碟拍黄瓜、两碗绿豆粥，这都是妈妈上午准备好的下酒菜，本来准备中午两母女喝点儿饮料啤酒消消暑的。

于家和有点儿腼腆，但孙梅撬开一瓶啤酒塞到他手里。他见孙梅妈妈在房间没出来，便冲孙梅笑了笑，赶紧举起那瓶啤酒，咕嘟、咕嘟地往肚子中灌着；又放下酒瓶，赶紧拿起筷子夹了一筷子猪耳朵贪婪地放进了嘴里大嚼特嚼起来，边嚼边赞不绝口："梅子，好吃，真好吃！"

一旁的孙梅一直笑意盈盈地望着男友，满心满眼里都是爱意："阿和，我看你是饿坏了吧，是不是好久没吃到这么好吃的了？放心吧，等以后咱俩结婚了，我天天给你做好吃的！"

一听孙梅说"以后"，还说要跟自己结婚，于家和心头猛地一颤，原本舞动不停的筷子瞬间停在了半空中，眼泪差点儿夺眶而出。

孙梅忙推了推他胳膊，柔声问："怎么了？"

他自知失态，赶紧伸出手搂住孙梅，在她光洁的脸蛋儿上亲了一下，说："没什么，刚刚有灰进了眼睛而已！"

他亲吻孙梅的这一幕刚好被孙梅妈妈从门缝看见了，她厌恶得很，满脸不屑和鄙夷。

孙梅和于家和可是完全没注意到孙梅妈妈。孙梅也赶紧亲了于家和脸蛋儿一下，然后又不停夹菜劝菜，还摸着于家和的脑袋说："赶紧多吃点儿，看你现在瘦成什么样儿了！"

正当孙梅想问问于家和最近都忙啥了，为什么这么久不跟她联系，也不来家里找她，家门却突然被推开了，一个金鱼眼的中等个子中年男人和一个身形高大修长的年轻男子闪现在他们跟前。

陌生人闯进门，孙梅吓了一跳，她赶紧站起来大声问："嘿，干什么？你们是干什么的？怎么跑到我家里来了？"

说着她就上前想要去推开葛文明。可葛文明压根儿不理会她，不费力气就把她推开了，径直走到于家和面前，冷笑了一声，淡淡而又颇威严地说："于家和，跟我们走一趟吧！"

葛文明压根儿都没想到自己表现得这么好，这么淡定有气场！倒也是，除了在朱尚正面前他怂得像条狗，其余面对任何人时他可都是狐假虎威的，一贯打着朱尚正的牌子耀武扬威。

于家和筛糠一般的站起来，眼里满是惊恐，他虽然从这两个人一进门就预估到一定是跟花玲儿案子有关，但他还是搞不清这两人是什么人，便战战兢兢地问："你们是干什么的？"

葛文明冷笑着，脸上满是狡猾和虚伪。他反问于家和："我们是做什么的，你不会不知道吧！"

说到这里，葛文明用下巴朝孙梅努了一下，皮笑肉不笑地问于家和："要不要给她把这事说道说道？"

于家和眼神里闪过恐惧和担忧，他迅速吸了一下鼻子，慢慢放下了手中的筷子，又慢慢挪着脚步朝门口走去，边走边像是下了很大决心地说："好吧……我跟你们走！"

如坠云里雾里的孙梅飞速奔过来,她拉住于家和的胳膊,心急如焚地问:"阿和,快告诉我,这是怎么回事?!"

于家和轻轻扒开孙梅的手,转过身来扶住她的双肩,定定地看着她的眼睛,然后把她拉到自己怀里紧紧抱了一下,又在她额头上吻了一下,安慰她说:"没事,宝贝,我有点儿事去处理一下就回来。"说完,于家和头也不回地走了,身后紧紧跟着葛文明和阿坤。

孙梅见状疯一般跟着追了出去,目睹这一切的孙母也火急火燎地飞跑出来拉住孙梅。孙梅在屋外马路上看着于家和上了黑色奥迪 A8,那车开得越来越远,直到消失不见,她的眼泪汹涌而出。

10

上了车,于家和感觉自己像个犯人一样被葛文明和阿坤控制着,他感到愤怒和委屈,还夹杂着恐惧害怕和其他一些说不清道不明的情绪。

半晌,他开口问:"你们这是要带我去哪儿?"

葛文明又开始装大佬摆谱儿了,他跷起二郎腿,右手在大腿上用力拍了拍,像个黑社会老大一般,说:"小伙子,别害怕,我们老板想见见你而已!"

于家和脑子里隐隐约约感觉得到这两个人是谁的人,但他又不敢确定,只得问:"你们老板是谁?"

葛文明扯了扯西服下摆,又扯了一下领带,慢条斯理地说:"我说小伙子,你急什么?等下到了你自然就知道了!"

说完他斜着眼看了一眼于家和,玩味地笑了,那笑让于家和感到摸不着头脑，甚至有一丝毛骨悚然之感。葛文明意味深长地道："一定会有你的好处！"

于家和前脚刚走，林乔生和慕容曦就驱车风尘仆仆地赶到了孙家屯。

他们进门时，孙梅正坐在客厅沙发上发呆，脸上满是干了的泪痕，只见她发丝纷乱，眼神呆滞，孙梅妈妈则坐在一旁生闷气，满脸不高兴。

刚见两个黑社会一样的人带走于家和，这回又来两个穿检察制服的人上门，孙梅妈妈一时傻眼了，但随即她就意识到这俩检察官上门也一定跟于家和那小子有关，想到此她就越加生气了，觉得这于家和简直是狗皮膏药和瘟神，女儿认识这种人简直倒了八辈子血霉。

慕容曦见孙梅妈妈气鼓鼓地坐在那不理会她和林乔生，便赶紧出示工作证，对她和孙梅解释自己和林乔生的身份以及此行的目的。

孙梅见上门的检察人员是来了解男朋友的事，原本呆滞的眼珠动了动，里面闪过关切，但更多的是逃避，毕竟她想着莫名其妙的人和检察人员都找上门了，于家和一定犯下了大事！

慕容曦见这年轻美丽的小姑娘低着头像是想刻意躲避着什么，便在沙发上坐下来冲孙梅说："你是孙梅吧，我们现在依法对你进行调查，希望你配合！"

孙梅睁着无辜的大眼睛，眼窝里还旋着一丝泪滴，见这位看上去也大不了多少的漂亮女检察人员这样严肃地跟她谈话，没怎么见过世面经过事情的她紧张起来，像只受惊的小兔子一般，眼神躲闪地说："调，调查？我……我又没有犯法。"说着她转过脸去，低着头，不想面对慕容曦。

林乔生见状，也赶紧在她旁边坐下来，温和地安抚道："孙梅，你别紧张，我们只是问你一些问题，希望你能如实回答。"

孙梅还是低着头，一声不吭。慕容曦拿过放在一旁的公文包，掏出于家和的相片递到孙梅眼前问："这个人，你认识吗？"

孙梅微微抬眼瞥了一下，便迅速将视线拉回，又勾着头，但她的微表情出卖了她，她看到相片时明显眼里闪过惊恐和担忧，她马上摇头说："我不……不认识……"

林乔生看了一眼孙梅，微微笑了，露出两个可爱的酒窝，他和气地对孙梅说："孙梅，如果我们不清楚你和他的关系，就不会来找你了……你还是说实话吧，不然，我们现在就只能传讯你到检察院接受调查了。"

孙梅一听这话就皱了眉头，她那两只原本搭在腿上的手这会儿紧攥着。她紧紧抿着嘴唇，艰难地做着思想斗争。也难怪，面对自己那么深爱的人，自然是有一番艰难的心理斗争的。

慕容曦赶紧帮腔："孙梅，你可想好了！于家和涉嫌杀人，你还要包庇他吗？"

坐在沙发上的孙梅妈妈这时突然站起来，走到孙梅对面，非常激动而又愤怒地指着孙梅说："我的姑奶奶啊，我早就说过于家和这小子不是好东西，不让你和他交朋友，你偏说你爱他，这下可好，他杀人了，是个杀人犯！"

孙梅依旧低着头没说话，眼泪大颗大颗地砸在她白净瘦削的手背上，她的肩膀开始耸动起来。

孙梅妈妈越说越激动气愤，好似跟于家和有着不共戴天之仇一般，她咬牙切齿又恨铁不成钢地说："我的小祖宗，于家和可是杀了人,这可是死罪呀！你可不能包庇他呀！……说吧，给这两位同志把事都说清楚,咱们家可不能为于家和顶缸呀！"

慕容曦看孙梅妈妈愿意说，便赶紧站起来对孙梅妈妈说："阿姨，据我们所知，刚才于家和来你们家了。"

孙梅妈妈连连点头："是，是的，于家和刚来我们家了，他刚走！"

孙梅抬起头，泪眼蒙眬地望着妈妈，眼里满含幽怨，转而她再也控制不住自己，趴在一个大抱枕上痛哭失声，看得出她认为妈妈出卖了她的爱人，这下她的爱人更加前途未卜了！

林乔生急急地问："他什么时候走的？"

孙梅妈妈这会儿顾不上孙梅了，她只想赶紧把关于于家和的一切都像垃圾一样甩掉，越远越好，所以她迅速看了一下墙上的挂钟说："大约在半个小时前，是被两个男人带走的！"

林乔生满脸狐疑："两个男人？他们穿的什么衣服？"

孙梅妈妈竹筒倒豆子一般说："西装！一个胖子，个子不高。没有说话的那一个是瘦高个儿，也是穿了一身黑西装。"

慕容曦站起来眼里放着光一般，赶紧追问道："他们坐的是什么车，是警车吗？"

孙梅妈妈这下犯难了，说："我没看到，我出去的时候他们已经走了。"

说完她就望着孙梅，林乔生和慕容曦顺着孙梅妈妈的眼光赶紧也盯着孙梅。在几双如炬般目光的逼视下，孙梅低着头啜嚅着说："不是警车，是辆黑色的轿车。"

林乔生赶忙问："哦，黑色？那你有没有看清楚是什么牌子的轿车？"

孙梅微微抬头小声地说："好像是奥迪！"

林乔生、慕容曦眼前一亮。

11

于家和此刻坐在洁白的床单上,他苦闷地叹了一口气,抬头望望四周,这个房间装修还算不错,挺像是宾馆里才有的装饰,家具摆设简单但结实耐用。

他心里惴惴不安,前路茫茫,不知自己将何去何从,更何况自己现在何方他都不清楚。因为来的路上葛文明和阿坤给他头上套了个黑袋子。

此刻他百无聊赖地翻起了床头的一本旧杂志,但翻了没几页他就把杂志扔到了一边,继续皱眉叹气。

出事之后,因为怕警方监控、定位,于家和就再也不使用手机了,他的时间概念也变得模糊起来。这个房间里也没有钟表,他估摸着被关进这房间大概有三个小时了。实在被憋坏了,他便起身去开门,想要出去看看究竟。

刚拉开门就见那个押自己来这房间的瘦高个儿男子阿坤站在房门外。阿坤见他要出去,一伸手便拦住了他,冷冷地说:"你不能出去!"

于家和气不过,大声嚷嚷道:"为什么?你们这样做是犯法的,我可以告你们非法拘禁!"

可是阿坤不为所动,强壮有力的胳膊一直拦在他跟前:"麻烦你别再大喊大叫,再这样的话,就别怪我不客气了!"

说完趁着于家和不备,阿坤像拎小鸡一样把高却瘦的于家和给拽进了房间,顺带用脚猛踹了一下房门,"啪"的一声巨响,房门重重地关上了。

于家和张大嘴还想嚷着什么,却被阿坤一把推倒在床上。阿坤的大手一把捂住了他的嘴巴,另一只手死死掐住他的脖子。

真相

他双腿还在挣扎着,来回蹭着洁白的床单被套,阿坤见状捂掐得越来越紧。

于家和因为愤怒、生气和挣扎而满脸通红,太阳穴突突地跳。冷峻惯了的阿坤此刻都有些愤怒了,他恶狠狠地对于家和说:"小子,警告你,别敬酒不吃吃罚酒。给我个面子,我也给你面子!"

他说完这话,于家和便安静下来,眼里涌出了泪水。阿坤放开了手,喘着粗气下了床,于家和则躺在那儿非常痛苦无助地呜咽号哭起来,泪水不住地顺着他的太阳穴滑落在洁白的床单上,很快床单便湿了一大片。

阿坤则面无表情地出了门,继续在门外守着。

走廊的尽头有一只很不起眼的摄像头,摄像头上面红色的指示灯发出闪闪的亮光。

正当阿坤无聊地活动着脖子时,走廊一端的电梯门开了,出来的正是葛文明。只见他腆着大肚子有点儿蹒跚费劲儿地走过来,一只手里还拎着一个黑色旅行袋。

葛文明朝阿坤使了个眼色,阿坤便上前打开房门,葛文明进了房间后,阿坤也紧紧地跟了进来。

此刻于家和勾着头坐在床边发愣,见葛文明和阿坤进来,他只微微抬头看了他们一眼,眼里全是冷漠、不屑、愤恨。

葛文明把那个鼓鼓囊囊的黑色旅行袋放在电视下的桌面上,然后在于家和对面床边坐了下来,玩味地看着于家和,胖脸上现出一丝莫名的笑意,同时他又扯了床头柜上纸巾盒里的几张纸巾揩着额头上的汗。

于家和见这胖子这样阴阳怪气地笑却不说话,便也沉不住气了,他有些着急而气愤地问:"你们……你们到底什么时候放我出去？"

葛文明没有说话，冷冷笑着，又定定地看着于家和的眼睛，盯得于家和毛骨悚然。

这下于家和算是害怕了，不知道这胖子葫芦里卖的啥药。他浑身无力地靠在了床头，痛苦地闭上了双眼，脸上还挂着泪痕。

葛文明倒是悠悠开口了："我说小子，你这脑袋瓜想什么呢？这种时候你还想着出去？"

于家和突然坐起来，睁开眼睛像铜铃一样瞪着葛文明，像发怒的狮子一般咆哮道："你们这是非法拘禁，我要告你们！"

葛文明站起来，个子并不高的他此刻觉得自己是个顶天立地的大人物。在朱尚正跟前一直活得像一条狗的他此刻觉得自己特男人，特有力量，特威风，此刻的于家和在他眼中不过是一只蝼蚁，他想怎么玩儿就怎么玩儿，他可以主宰这臭小子的生与死！这感觉太好了，简直让他扬眉吐气呀，曾经失却的男人的自尊此刻在于家和这里找补回来了。

他走近一步，边笑边鼓掌说："好！于家和，算你有种！竟敢说要告我们非法拘禁！"

他指着房门冲于家和嬉笑着说："于家和，你要是真有种，真的不怕死，你现在就出去举报我们！"

于家和见葛文明这般言行便蔫菜了，张口结舌半天"我……我……我"，便再无下文，低头不断叹着气。

葛文明见状便知拿捏到这小子的七寸了，他得意扬扬的，胖脸上又现出无比油腻浮夸的笑容来："怕了吧？臭小子，我就知道你不敢出去！也是，换作我是你，作为杀害花玲儿的主谋，我也不敢出去，这要是出去了，公安抓住了还不得立刻崩

真相

了头！"

说完他用手做出手枪状，朝于家和射击，嘴里还模拟发出一声"嘭"，然后发出一阵得意的狂笑。

于家和被他折磨得接近崩溃的边缘，他急切地站起来，生气地嚷着辩解道："不，花玲儿不是我杀的，是朱正道杀的……"

葛文明鼓着金鱼眼，眼神寒光闪闪，像是两把利剑一般，直让于家和发怵。他一手叉着腰，一手指着比他高一个头的于家和的鼻子，无比凶狠地说："你，就是主犯！"

于家和跌坐在床上，头摇得像是拨浪鼓，极力辩解说："不，朱正道才是主犯，他让我跟着他干的。他说，如果我不干，他就和莫宏杰杀了我。"

葛文明听到这里可不乐意了，他赶紧向阿坤招了一下手，阿坤上前就是一个耳光，打得于家和重重倒在床上。

阿坤也眼露凶光，恶狠狠地道："于家和，怎么了？杀了人想不承认？谁干的？再说一遍，谁干的？告诉你，别再诬蔑朱正道，更不要把责任推到朱正道身上，听明白没有？"

于家和紧紧捂住火辣辣痛的脸，侧躺在床上呜呜地哭着，泪水汹涌澎湃，他嗫嚅着道："真的是朱正道领着我们干的……我以为只是去给他助威壮胆，可哪知道他杀人！……真不是我干的，老天爷可以作证……"

葛文明见这小子油盐不进，便气得跳脚，简直不知道要怎样才能泄愤解恨。他再次向阿坤使眼色，阿坤便走上前来，一把抓起于家和，像抓小鸡似的，对着于家和的脸左右开弓，打得于家和眼冒金星。

葛文明等阿坤打爽了，便再次趾高气扬地走上前问："于家和，我再问你一次，谁干的？"

于家和这回捂着脸趴在床上，再也不说话了，只是痛苦地嘤嘤着……

12

林乔生和慕容曦从孙梅家出来后，很想找到带走于家和的那辆黑色奥迪 A8。他们第一时间自然是想到去尚正实业集团，毕竟上次他们跟踪到尚正实业集团时就发现了这辆车。

当他们向郑岩汇报想要去尚正实业集团找人时，被郑岩制止了，郑岩说这样过去是打草惊蛇。上次他们俩因跟踪而闯进尚正实业集团就已经被郑岩严厉批评过了。

林乔生急得不行，他感觉于家和一定就待在尚正实业集团周边。要是再这样拖下去，那于家和可能就很难再找到了。

一筹莫展之时，有警方的熟人告诉林乔生于家和的踪迹，说是有人在尚正宾馆看到了于家和！

林乔生得知这个消息高兴得蹦起来，赶紧跟郑岩汇报，郑岩说要他联系公安一道前往尚正宾馆。

尚正宾馆客房里，于家和趴在床上，他已经没了眼泪，也没了力气，只是像一摊烂泥一样趴在那儿。

葛文明双手撑在床上，凑近于家和，他此刻换了一副脸孔，脸上露出亲切的笑容，像是一个大哥哥跟小弟弟拉家常一般说："小子，这就是你的不对了。你为什么要说朱正道是主犯呢？骗我们？朱正道是什么样的家庭？要钱有钱，要势有势。如果不是你们挑唆，他会去抢劫吗？男子汉，要敢作敢当，别什么都往正道身上推！懂不懂？"

真相

于家和不理会，微睁着疲惫的眼睛斜了葛文明一眼，又厌恶地闭上了眼。此刻的他像一只瞌睡的猫，连日来的精神与肉体折磨早已让他身心俱疲，此刻他什么也不愿去想了，他横下一条心来，想着要杀要剐随便吧！

葛文明笑了，拍了拍于家和的肩膀，继续做思想工作，他似乎颇有自信能做通于家和的思想工作："小子，让你不要往朱正道身上推，并不是要害你。你想呀，你还不到18岁，就是警察抓住了你，也不会判你死刑，最多不过判几年，过几年后出来，还是一条好汉！"

于家和嘴角露出了一丝无奈和轻蔑的笑意，他还是闭着眼，不出声。

葛文明慈祥和蔼地笑着，那笑容会让不明就里的人觉得这是多可亲的一个长辈在对不懂事的晚辈循循善诱啊。他又拍了拍于家和的手背笑着道："你放心，我已经给你准备好你所需要的一切了！"

说完，葛文明起身向阿坤伸出手，阿坤忙从电视机旁的桌子上拿起那个黑色旅行袋递给葛文明。

葛文明拍了拍手中的袋子，然后把袋子放到于家和跟前的床铺上，以关心关切的语气说："这是一张新身份证和50万！我们送你到高铁站，你先到昆明，从昆明可以过去越南转一圈儿。你先躲一阵子，等案子宣判了，所有的一切都抹平了，风平浪静了，再从昆明回来，和你的小情人长相厮守！"

于家和一听说50万，他心里咯噔了一下，很是惊讶，骨头缝里冒出一丝丝兴奋。脑海里过电影一般闪过一幕幕画面，那是满屋子散发臭味的破烂、那是简陋得让人无法直视的家徒四壁、那是躺在床上瘦得皮包骨头的重病老父、那是眼窝深陷骨瘦如柴的老母、那是一心爱慕自己的温柔女友、那是一贯嫌弃自己是死穷鬼垃圾的女友妈妈……这一切的一切不都急需要用钱去解决吗？他一直以来面临的最大问题不就是极度缺钱吗？再说这可是50万呀，他从前可是根本不敢想象自己这辈子能拥有50万的呀！

　　一想到这里，他睁开眼睛，直勾勾地盯着那黑色旅行袋，袋口拉链早已被葛文明拉开，一沓沓崭新的码得整整齐齐的粉红色钞票多么可人呀，那钱仿佛射出一个个小钩子死死把他视线勾住了，他忍不住狂咽着口水，脑海里疯狂下着粉红色的钞票雨，他和孙梅身着结婚礼服在漫天钞票雨里拜堂成亲。他眼睛发直，忍不住伸出手去触碰着那一沓沓在他看来特别可亲的钞票。

　　葛文明心中有了数儿，他再次拍了拍于家和的肩膀："怎么样？还满意吧？像你这个年龄的人，主犯和从犯的区别就是多坐两年牢。即使被公安抓住了，也不过是多坐两年牢的事。可是，多坐两年牢，你就可以得到50万，划算吧？"

　　于家和还沉浸在拥有了这50万后的美好想象中，但似乎也听清了葛文明的话，他没点头，也没摇头，更没出声，只是趴在那袋钱上，双手紧紧地抱住袋子，生怕谁会抢走那些钱似的。

　　葛文明和阿坤相视一笑。阿坤上前把于家和拉了起来，他一贯冷酷的脸此刻居然出现了淡淡的笑容："这就对了！告诉你，这钱可不是白拿的，你要是敢中途反悔，你妈，你爹，还有你女朋友，我们统统都不会放过，你听清楚了！"

　　于家和木然地点了点头："好，你们放心，打死我，我也不会说朱正道是主谋。"

葛文明笑了，拉了一把于家和，示意他站起来。

葛文明又拍了拍于家和的肩膀，说："走吧！我们这就送你去昆明！"

于家和抱着那袋钱，眼泪一下涌出来。他赶忙用衣袖蹭了蹭眼睛，生怕葛文明和阿坤看了他流泪会产生别的想法，从而反悔和把钱收回去。

他把包紧紧地抱在怀中，双脚有些裹足不前，阿坤见状便用力推了他一把，低声喝道："走吧，磨蹭什么呢！"

于家和闭上眼睛，轻轻张嘴叹了口气，然后咬紧牙关，拎着那袋钱走出了房门。

三个人下楼来到宾馆大堂的前台。

葛文明问前台一个皮肤白净的女服务员说："帮忙查查，我们804房订的一张去昆明的车票来了吗？"

服务员低着头查看了一下登记簿，拿出一张火车票递给葛文明："早就来了！我还想着你们是不是不要了呢。快走吧！火车很快就要开了！"

于家和抱着黑色旅行袋很有些紧张而瑟缩地站在前台不远处的沙发旁，阿坤则像个保镖似的站在他身后。

服务员无意间瞥了一眼于家和，于家和在视线跟她交汇的那一刹那赶忙转过脸。每天跟不同人打交道的她感觉于家和有点儿异样，但又说不上到底哪里不对劲儿。不过，她认为这跟她的工作也没啥关系，所以也没往心里去。

葛文明拿到票后走到于家和与阿坤身边，见于家和发愣，便推了一把于家和，低声道："我说你这个时候还发什么呆呢！快走吧，快发车了！"

说完，便和阿坤一左一右架着于家和的胳膊往宾馆外面走去。

13

林乔生和慕容曦匆匆忙忙地从警车上下来，两个人风风火火地直朝尚正宾馆前台奔去。

还没到达前台，慕容曦就亮出早就准备好的一张打印相片给前台服务员："我们是滨海市检察院的，请问你们见过这个人吗？"

林乔生不等那服务员答话，亮出工作证，紧跟问："他在哪个房间？"

那服务员把林乔生的工作证接了过去，看了又看，一脸疑惑："你们检察院的怎么跑到我们宾馆来了？"

林乔生内心着急得很，他一脸严肃地说："现在，我们怀疑有一个特别重要的犯罪嫌疑人在你们宾馆。这是公务活动，请你配合。"

服务员一听这话便不敢再怠慢，她仔细看了看慕容曦手中的相片，说："这个人呀！他刚退房走了！"

林乔生听后急得直转圈儿，追问道："那他什么时候走的？"

服务员说："刚才，还没10分钟呢！"

林乔生不等她话音落，赶紧转身往门外跑去，边跑边对慕容曦说："走，我们追！"

于是，两个人像旋风一样朝宾馆旋转门飞奔而去。

这时身后响起了服务员的大声喊话："我说你们追不上了！他去昆明了！"

刑事检察官之 真相

林乔生脚下来了个急刹车，一个趔趄差点儿滑倒，他赶忙转过身来跑回前台，气喘吁吁地问："你怎么知道他去昆明了？"

服务员用白皙而细长的手指指着登记簿说："你看，他们在我们这儿订的火车票，是去昆明的。"说到这里，服务员回头看了一眼墙上的挂钟，很认真地说，"你们追不上了，离开车时间只剩不到二十分钟了！"

林乔生鼻孔重重地出了一口气，然后迅速掏出手机拍下了服务员指着的那页——张帅，804房间，昆明。他又扭头看了一眼墙上的挂钟，什么话也没有说，迅速转过身，又向宾馆门外飞奔，慕容曦紧紧跟了上去。

葛文明和阿坤把于家和送进了滨海高铁站候车室。葛文明坐在座位上眉飞色舞地说着啥，阿坤则坐在他们对面静静地观察着周围的动静，于家和紧紧抱着黑色旅行袋，眼睛望着前方的地面不说话。

葛文明满面春风地笑着说："小兄弟，祝贺你呀，你这一走哇，可就是常言说的龙归大海去无踪，凤归林巢再难还了，让公安、检察院的这帮人找去吧！他们怎么也想不到你去了昆明！"

说完他呵呵地乐着，脑海里闪现出朱尚正对于他圆满完成任务后的表扬与高度肯定的画面。想到这里他越发情绪高涨，还伸手要跟于家和握手。于家和不理他，他倒也不介意，直接拉过于家和的手摇了几下。最后，还像黑社会大哥那般豪气地重重地拍着于家和的肩膀道："兄弟，多保重！"

葛文明用眼神示意阿坤把一个蓝色小袋拿给于家和，于家和不解地接过，打开一看，这是一张身份证，姓名栏写着"张帅"，还别说，这张身份证上的照片乍一看跟于家和还挺像的！

于家和翻来覆去地看了好几遍这张身份证，迟疑地问："这身份证不会有问题吧？"

阿坤听了这话可不高兴了，要知道这身份证可是他去弄的，他赶紧低声说："绝对没问题，我可是花了大价钱找人买的！"

葛文明干咳了一声，又朝阿坤狠狠瞪了一眼。阿坤平时仗着朱尚正撑腰，不怎么喜欢葛文明，但此刻他也自知多嘴失言了，所以只得尴尬地干咳了一声站开去。

葛文明又恢复了他那副皮笑肉不笑的嘴脸，看上去很是热情洋溢："小兄弟，快点儿走吧，此地不宜久留，以免夜长梦多呀！记住，这段时间，你叫张帅，不叫于家和，于家和的名字已经上了警方通缉名单了。"

于家和像个木偶一样，什么也没说，紧紧地搂着自己怀中的旅行袋，朝进站口走去。葛文明和阿坤一左一右紧紧跟着他，阿坤警惕地环顾着四周。

到了进站口，检票员看于家和慢吞吞的，还不停回头张望着什么，好似留恋着什么，检票员有些不耐烦地对于家和他们几个说："你们走不走呀！还有五分钟，现在就要停止检票了！"

葛文明这时也极不耐烦地推了于家和一把，直把于家和推到了检票员身边，又帮他递上火车票，检票员看了一眼票就放行了。于家和过了检票口又回头恋恋不舍地看了看，然后匆匆地下楼梯往站台而去。

站在检票口外的葛文明和阿坤相视一笑，葛文明还得意扬扬地打了一个响指，冲阿坤摆了一下头，两个人便大步朝候车

真相

室外走去。

不一会儿,火车就轰隆隆地开进了站。人潮汹涌,没过两分钟站台上又变得空空荡荡,火车像箭一般冲了出去。

林乔生和慕容曦赶到站台时,正好目送着火车远去,最后那火车变成一条线,一个点,再消失不见。

林乔生和慕容曦气喘如牛,汗流浃背,望着延伸向远方的铁轨徒然叹气。

这时站台上有一辆卖食品的小推车推了过来,一个穿蓝色牛仔上衣黑色裤子的男青年正埋头在那选购食物,不过,没有谁会注意这些。

林乔生和慕容曦对视一眼,两人都耸耸肩膀,又吐吐舌头,表示对刚发生的这一切深感无奈。两个人无精打采地往出站口走。

突然,林乔生灵机一动,他赶紧打电话给市公安局刑侦支队,请他们协调车站公安,争取在火车上把于家和(张帅)捉拿归案!

听了林乔生跟警方的对话,慕容曦突然欢欣雀跃起来,眼睛闪闪发亮,她高兴地对林乔生说:"太棒了,大林,还是你聪明!对!咱们就让火车乘警来个瓮中捉鳖,看他还能往哪儿逃?"

说着两个人就朝出站口走了。

买食物的那个青年买完东西,站在站台上东张西望了一下,又犹疑了一小会儿,然后坚定地往另一个出站口走了。

14

郑岩在办公室埋头研究着朱正道和莫宏杰的供述。慕容曦把那一摞装订有被害人花玲儿大量尸检照片、案发现场照片的卷宗拿过来放在郑岩桌上。她顺手翻了翻，没翻两下就跑到门口抱着垃圾桶干呕去了。

郑岩瞅着她，皱着眉说："慕容啊，都参加工作多久了，这个时候看这种照片还这么大反应？啥叫职业素养，好好想想啊！"

慕容曦擦着嘴角，直起身来，委屈巴巴地说："郑主任，您可不能这样说，再怎样，我也是个女生。我首先是个女人，其次我才是个检察人员！"

听她这番理直气壮的辩词，郑岩无奈地笑了，摇摇头，继续埋头研究手头的案卷。

这时林乔生突然闯进门来，气喘吁吁地说："主任，于家和没在火车上。公安，哦，不，是乘警在车上没有找到一个叫张帅或于家和的人！"

郑岩听了这消息一时也蒙了，不过，他马上回过神来，赶紧盼咐林乔生："这说明于家和应该还在滨海，赶紧联系公安继续搜捕他！"

林乔生说"是"，说完就马上往外走。慕容曦赶紧跟上去说："我也要去！"

郑岩立即起身制止她："赶紧给我坐下，这马上快要开庭了，还有很多准备工作要做呢！"

慕容曦只得噘着嘴无奈地坐下，继续埋头整理花玲儿案的卷宗。

开庭的日子到了。方星月带着助理李梦琪早早就到了法庭。郑岩带着林乔生、叶文婕和慕容曦也在开庭前十分钟来到了法庭。

早上9点30分，庭审正式开始。法庭内，郑岩、林乔生、叶文婕、慕容曦列坐公诉席上，辩护席上坐定方星月和李梦琪。旁听席上则坐着十几位被告人的近亲属。

审判长是一个卷发的中年男人，大概四十来岁，他带着两位审判员从法庭后面走了出来，在庄严的审判席坐定。

审判长举起法槌敲击了一下审判桌："肃静，现在，我宣布本次审判开庭！带被告人朱正道出庭！"

法庭的侧门徐徐打开，两个法警押解着朱正道走上庭来。只见他面色苍白，原本瘦削的面颊现在更是瘦成了尖嘴猴腮。他被剃了光头，穿着黄色的囚服，脚上穿着一双有些脏的白色拖鞋，囚服裤子软塌塌地卷起，一边卷得高，露出苍白的小腿，一边卷得矮些，露出嶙峋的脚踝。他的出现让被告席上一阵骚动。

审判长继续用威严的语气说道："带被告人莫宏杰出庭！"

莫宏杰被两位法警押解着从法庭的另一道侧门慢慢走了进来。莫宏杰也瘦了不少，许是少见阳光的缘故，他比从前白净了很多，也剃着光头，原本大眼睛的他因为瘦了的缘故，眼窝深陷，眼睛显得更大更圆了，原本肉乎乎的脸蛋儿现在也变尖了，两颊也干瘪下去。

朱正道、莫宏杰两个人在法庭上见了面，莫宏杰目光有点儿躲闪，似乎并不想跟朱正道有过多交流。

必经的一些程序过后，法庭审判进入高潮。

真相

二 谁是主犯

审判长环顾法庭一圈儿，用铿锵有力的声音宣布："下面，进入法庭质证、辩论阶段，首先请本案的辩护人方星月律师发言。"

穿着一身奶白色职业套装的方星月清了清嗓子，面对法庭开始侃侃而谈："审判长，作为被告人朱正道的辩护人，我提请法庭注意，公安部门移送的起诉建议中，没有对朱正道进行主犯起诉的建议。可是，在公诉人的起诉意见书中，却一再强调朱正道是本案的主犯，应予以严惩。我认为这是不恰当的。在开庭前，通过调阅卷宗，我发现我的当事人朱正道，以及被告人莫宏杰皆没有做主犯供述。为什么呢？大家知道，他们是团伙犯罪，其中一位主要的犯罪嫌疑人在逃。莫宏杰、朱正道的供述可以互相印证，本案的主犯就是在逃的犯罪嫌疑人于家和！"

旁听席上一阵窸窸窣窣，众人交头接耳。方星月扫视了一下被告席上的两位年轻人，他们脸上露出放松和舒心的神色，显然方星月刚才这番话正是他们一直渴望听到的。

方星月又扫视了一下旁听席，众人很快安静下来，方星月接着慷慨陈词："大家知道，在这起案件中，作为主犯，无疑会受到法律的严惩，为了打击犯罪，维护法律的尊严，我们也必须对本案的主犯进行严惩。可是，如果轻易地把朱正道定为本案的主犯，真正的主犯必然得不到应有的惩罚，甚至有可能逍遥法外。因此，我认为对朱正道的主犯指控是不严肃的，更是不确切的，不仅会造成冤假错案，还会让法律蒙羞。所以，我建议审判机关对公诉机关对朱正道的主犯指控不予采纳！"

方星月话音刚落，被告席上的朱正道便激动得连连点头，眼里放出期盼的光来："对，法官大人，她说得对，我不是主犯！"他那神态活像是一个溺水的人好不容易抓着了一根救命稻草。在看守所这些日子，他唯一想的就是怎么才能早点儿出去，一个从小娇生惯养的贵公子哪里受过囚禁之苦，他是吃不好睡不好，行不安坐不宁，巴不得能赶紧离开这个被他在心里骂了千万遍的"鬼地方"才好。而父亲朱尚正给他找的这个漂亮女律师说话正中他下怀，此刻他觉得这个世界上再也没有比这女律师更懂他心里那些弯弯绕的人了。

审判长手持法槌擂了一下审判桌，厉声道："被告人朱正道，请注意法庭纪律！"

朱正道听了审判长的话，只得仰起脸望着天花板发呆，还微微叹了口气，接着他就开始闭目养神了。

郑岩看了一眼方星月，眼神里流露出赞赏。叶文婕冷冷地观察着庭审，林乔生和慕容曦则坐在一旁气鼓鼓的，恨不得立即跑过去用手封住方星月的伶牙俐齿才好。

轮到郑岩发言了，他环顾一圈儿，眼神盯在审判席上，朗声道："审判长，确实如辩护人所述，在警方移送的起诉建议书中，没有对朱正道主犯起诉的建议。但是，这并不能否定朱正道是本案的主犯。下面，我向法庭解释起诉朱正道为主谋的原因！"

说着他拿起公诉席上的一组刀子的照片向法庭介绍道："这张照片显示的是一把警方从犯罪现场提取的刀子。这把刀子上面沾有被害人何琳，也就是花玲儿的血迹，可以认定就是这把刀子杀害了被害人何琳。这在警方的审讯过程已经得到了犯罪嫌疑人朱正道、莫宏杰的指证。"

说到这里，郑岩示意法警拿着刀子照片送到朱正道跟前去，他冲朱正道说："朱正道，你看，是不是这把刀子？"

朱正道故作认真地盯着那照片眯着眼睛看了一阵，然后轻轻点了点头："是，是这把刀子！"

郑岩又让法警将照片送到莫宏杰跟前，然后问："莫宏杰，你再辨认一下，是不是这把刀子？"

莫宏杰瞪大眼睛看了看，点了点头："是的，是这把刀子。"

郑岩这时转过身来，让慕容曦出示法医鉴定照片，他对法庭说："通过法医和技术部门鉴定，现在可以确认，在这把刀子上只有一个人的指纹，那就是朱正道的！"

旁听席上又是一阵骚动，众人议论纷纷，各种声响嘈杂，审判长只得再次敲击法槌："肃静！肃静！"

郑岩指着朱正道对旁听席上众人说："大家知道，犯罪行为的所谓主犯，就是犯罪行为的主要谋划者、实施者。而本案中的被告人朱正道，不仅事先策划了抢劫何琳家的行动，而且还亲手杀害了受害人何琳。杀人凶器上的一人指纹，可以排除他人杀害何琳的可能。这个人，就是朱正道。所以，公诉人请求法庭依法对本案的主犯朱正道予以严惩。"

15

那边法庭辩论如火如荼，另一边滨海尚正实业发展集团台球室里朱尚正正挥汗如雨，他没忙别的，而是在忙活他最喜欢的消遣运动——台球。

此刻，他放下了台球杆，左手用力撸起右手的袖子，一直站在身后亦步亦趋的葛文明赶紧递上一条洁白的毛巾，脸上都是讨好巴结的笑容。

朱尚正边用毛巾擦额头和脖颈的汗，边围着台球桌踱步，颇为感慨地说：“年轻的时候，我最大的梦想就是能拿到斯诺克台球大赛的名次，可是阴差阳错呀，我却走上了搞企业这条路！”

说到这里，朱尚正无奈地笑着摇了摇头，接着他又很是遗憾地说：“现在，手生了！”

葛文明跟在他屁股后面一直转，听到董事长这样说，他鼓鼓的金鱼眼眼珠飞快地转了起来，他在搜肠刮肚，此时要说点儿啥才能讨董事长欢心，只听他说：“董事长，您太自谦了，比起我们来，您各方面都是魁首！”

朱尚正不动声色地轻蔑一笑，但心情确实好了点儿。他拿球杆比画着一个球与球洞的距离，接着说：“本来嘛，我早已经想好了，等正道长大，我就把企业交给他打理。我呢，就组织个老年台球中心，好好地颐养天年！可是，谁能想到正道这逆子竟会闹出个这样大的乱子来！”说着他重重地叹口气，重又俯下身去瞄准远处的一个球，用球杆不断试探比画着。

葛文明手里捏着朱尚正擦过汗的毛巾，脸上一直尴尬而又讨好地干笑着：“年轻人嘛，犯点儿错误，这不可避免。作为从犯也就是几年的事，到时候我们再想办法给他弄个保外就医！”说完他内心可是很得意，得意于自己的智慧，居然能想到这么专业的好法子来替主子分忧，还能在董事长面前表现出他的精明强干和忠心耿耿。

听了葛文明这番话，朱尚正慨叹道：“是呀！我也是这样想的。方星月的辩护不会有什么问题的。这个女人总是不服输，认定的事一定会做到底。”

说到这儿朱尚正突然转过身来盯着葛文明的金鱼眼，眼神有些不信任和咄咄逼人：“我最担心的还是那个于家和，他在火车上会不会出问题？"

葛文明没想到这个时候董事长会突然这样逼视着自己，他心里着实吓了一跳，但他想着那天他和阿坤亲眼看到于家和进站，于家和坐火车去了昆明这事绝不可能有假，他几乎要拍胸脯打包票了，信心满满地说："这事儿我们做得很周密，您放心，不会出问题的！"

朱尚正还是盯着他的眼睛，他被盯得招架不住，只得很不自然地低着头看着自己的脚尖儿，朱尚正有些意味深长地问道："是吗？"

朱尚正向台球室外走去，边走边说："好吧！我就要你这句话，如果没有特殊情况出现，我们今晚就等着喝庆功酒吧！"

葛文明愣了一下，似乎才回过神来，他赶紧跟上朱尚正，表功道："董事长，酒席我已经订好了，就在香榭丽舍俱乐部！"

朱尚正回头用手指着他点了点，哈哈地笑着走出了台球室。

16

法庭上依旧火药味颇浓。郑岩与方星月势均力敌，谁也不让谁，你来我往，唇枪舌剑，旁听席上听众听着颇为过瘾，都在想着到底鹿死谁手，到底谁能获得最终的胜利！

朱正道全程只对这位漂亮的懂得他心思的女律师感兴趣，其余的庭审环节他都是心不在焉，在那儿闭目养神。他想着只要有这个方星月做自己的代言人，自己脱罪的概率就很大！

当方星月转过身来面向朱正道，并喊了他的名字时，他立刻打了一个激灵，像是从梦游状态突然清醒过来一般。他从之

真相

前半靠在座椅上闭眼朝着天花板的状态立马恢复成坐得笔直端正，两只耳朵都要竖起来专心听着美女律师发问，眼睛格外明亮有神，那神情让慕容曦心里极其鄙视又觉得好笑。

方星月问："朱正道，我想知道，你、于家和、莫宏杰谁先走出案发现场的？"

朱正道满脸都是严肃认真的不容置疑的表情，他大声而坚定地回答说："我！"

方星月微微点了点头，望了一眼朱正道，又看了一下莫宏杰，问道："谁第二个走出的？"

朱正道伸手指了一下莫宏杰说："他！"

方星月赶紧转过身去朝着莫宏杰，一脸严肃地盯着莫宏杰问："朱正道说得对吗？"

莫宏杰被她这眼神盯得有点儿受不了，仿佛怕她洞穿自己内心一般，他低下了头，然后微微点头说："是，是这样！"

方星月嘴角露出一丝难以察觉的笑，又扫视了一眼这两位被告人，问："那么，谁最后离开的呢？"

朱正道赶紧说："是于家和，我们走的时候，他还在现场！"

方星月又盯着莫宏杰，问道："莫宏杰，是这样的吗？"

莫宏杰抬了抬眼，然后微微低着头看着审判桌的桌角，用有些发虚的声音说："是，是这样的！"

方星月脸上露出满意而胜利的微笑，用春风得意来形容她此刻的心境毫不为过，她转过身来面向审判席，自信满满地说："审判长，你们听到了，我的当事人案发后第一个走出了案发现场，而在逃的犯罪嫌疑人于家和最后一个离开。所以，我不能排除于家和在离开前对刀子进行了证据毁损，擦去了他的指纹，单单留下了我的当事人的指纹。"

真相

慕容曦一边听着方星月的辩护，一边皱着眉头做着记录，她心底里在说，看你这个方星月还能辩出花儿来！

叶文婕默默观察着方星月，她觉得这个女律师真不简单，有些问题的确抓得很准。

林乔生呢，他则全程黑着脸。

正当郑岩要发言时，法庭侧门悄悄走进来一个穿检察制服的人员，正是陈志豪，他将一张字条递给郑岩，然后就出了法庭。郑岩打开字条迅速看了一眼，脸上瞬间露出喜悦神情，林乔生和慕容曦瞧着郑岩这表情都蒙了。

方星月心下一颤，心想，这郑岩葫芦里卖的啥药？但她决定还是按兵不动，在敌我情势未明的情况下，不能自乱阵脚，她想着还是得按既定的方案来辩护。于是她朗声继续发表辩护意见："警方的起诉建议书中并没有起诉我的当事人为主谋，说明警方对谁是主谋也没有确立。而我的当事人与莫宏杰所作供述可以相互印证，说明在逃的犯罪嫌疑人于家和是本案的主谋。所以，我认为公诉方仅凭这把刀子指认我的当事人为主谋，不能成立。"说完，方星月赶紧瞄瞄郑岩的表情，看看他这会儿到底想玩儿什么把戏！

只见郑岩不慌不忙地转向朱正道，再从桌上拿起一张打印出来的照片问："朱正道，这个人你认识吗？"

朱正道瞪大了眼睛仔细看了看，点点头说："认识，这是于家和。"

郑岩仍然举着那张照片，大声说："好！"然后他转向审判席有些激动地说："审判长，各位陪审员，你们看，就是这样一个人，跑了。现在，我可以告诉大家，这个人已经落网，公安方面正在审讯！"

这下旁听席上炸了锅，慕容曦和林乔生、方星月和李梦琪都傻眼了！

他们几个面面相觑，脑子似乎一下转不过弯儿来。

只听郑岩朗声说："审判长，由于案情发生了变化，我提请法庭暂时休庭！"

审判长毫不犹豫地擂了法槌并宣布说："好，休庭！"

17

朱尚正回转身来就给了站在他身后的葛文明一记特别响亮的耳光，这记耳光用掉了朱尚正几乎全部的力量，打得葛文明嘴角流血。葛文明赶紧双手捂住嘴巴，双腿如筛糠一般，金鱼眼鼓起老大，他心里一个劲儿默念："死了，死了，这回死惨了……"

朱尚正打完葛文明后就双手撑在那张宽大厚重的紫檀木办公桌沿儿，他气得满脸通红，像是刚下锅的虾。由于太过生气，不一会儿他就只得用一只手抚着胸口位置，那儿特别痛。他抚了好一阵儿，终于转过身来指着站在他身后捂住嘴角面如死灰的葛文明，却半天说不出话来："葛文明，你，你……"

葛文明疼得龇牙咧嘴，浑身颤抖，上下牙不停打架，咯咯咯地响。他声音抖得厉害，说："董事长，我，我，我真的不知道于家和这小子从哪儿冒出来的！"

朱尚正指着葛文明咬牙切齿地说："你告诉我说，他去昆明了，这是不是你说的？可是他怎么突然在滨海冒出来了？"

葛文明眼珠都快要蹦出来，只差指天发誓了，特别委屈又格外不解地说："是呀！他确实是去昆明了！还是我和阿坤亲自把他送进火车站的！"说着他又像是自言自语道："真是奇了怪了，到底是怎么回事呢？！"

朱尚正抚了抚胸口，朝他缓缓摆了摆手，特别无奈又无比悲伤地说："好了！你不用解释了。我之前是怎么安排的，我说让你派人送他去昆明，可你怎么就是不听呢？这下好了，你打乱了我一盘好棋！检察院手里有了于家和，于家和交代是迟早的事，你说，现在我们该怎么办？该怎么办？！"

葛文明被逼问得连连后退，最后直接跌坐在靠墙角的沙发上，瘫在那儿像一只死狗一般直发愣，半天没了声响。

这日太阳很大，郑岩、叶文婕、林乔生和慕容曦热得后背全都汗湿了，但他们顾不得这许多，直奔看守所。讯问室还算阴凉，这让一向特别怕热的慕容曦感觉到舒服了点儿。

于家和在审讯椅上坐了下来，他抬头看了一眼审讯桌后的郑岩、叶文婕、林乔生和慕容曦，然后又迅速低着头，微微蹙着眉，但又显得似乎比较沉静。

郑岩一上来就问："于家和，这是第几次提审了？"

于家和平静地回答："第三次！"

郑岩微笑了下，又问道："那你这两天想通了吗？"

于家和苦笑了下，把脖子往后一仰，又看着郑岩平静地说："没有什么好想的，人是我杀的。"

叶文婕敏锐地捕捉到于家和苦笑背后的无奈，她盯着于家和青涩的面孔若有所思。

看着于家和的表现，郑岩倒是愣住了，他疑惑地问道："那为什么凶器上面没有你的指纹？"

于家和显然没料到会被问这种问题，他从前可是想都没想到过指纹这个问题，所以他一时不知该如何应对："我……我……不是说了吗？我是最后离开花玲儿家的，他们走后，我把刀子擦了擦，上面才没有我的指纹！"

于家和赶紧低下头，心里直打鼓，心想，这个灵机一动的回答有没有破绽，能不能骗过这位看上去很精明的检察官？他也没底，只得硬着头皮应对了！

叶文婕从于家和表情的微变化和不合逻辑的回答，确定了他在撒谎，可他为什么要撒谎呢？

林乔生听后冷笑了一声，说："说得好，于家和！你说你把刀子擦了擦？好，那我再问你，你是怎么擦的？又是用什么东西擦的？"

于家和眨巴着眼睛，歪着头想了想，说："用布，对，我记得我是用花玲儿家的床单擦的！"

林乔生又玩味地笑了，说："于家和啊于家和，你就是撒谎，也得想办法别留破绽呀！你想到没有，你用床单擦掉了你的指纹，为什么会单单留下朱正道的指纹没有擦掉？这符合逻辑吗？"

于家和低头望着地面，眼珠滴溜溜地转着，他被问住了，冷汗都冒后背了，但他还是把脖子一梗，死猪不怕开水烫地硬气说："反正……反正花玲儿是我杀的，与朱正道无关！你们信也好不信也好，都改变不了这个事实！"

这时坐在一旁一直没说话的叶文婕看着于家和那年轻青涩的脸孔，很温和地说："于家和，我让你看一段录像怎么样？"

叶文婕与慕容曦低声耳语几句，慕容曦便赶紧将笔记本电脑屏幕转向于家和，屏幕上出现于家和的父亲于文革。骨瘦如柴的于文革躺在床上，一边咳嗽一边艰难地说："家和，人家检察院的领导协调镇上给你妈安排了一个清洁工的工作，还替咱家申请了贫困救济，他们都是好人呀！你千万不能再执迷不悟了，要如实地交代问题。争取好好地改造，我和你妈等着你出来呢！"说完，于文革老泪纵横，眼神里满是期盼。

于家和看了视频，泪水汹涌澎湃，他突然趴在审讯桌上号啕大哭起来。他同情父亲，可怜母亲，舍不得女朋友，又恨自己阴差阳错地卷入了这漩涡，可是那50万像是紧箍咒，又像是救命稻草，又像是绊脚石，让他难以取舍。

郑岩和叶文婕、林乔生、慕容曦交换了一下眼神。

郑岩从公文包里掏出一张照片，那照片上是一个敞开口的黑色旅行袋，里面全是码得整整齐齐的百元钞票。郑岩举着这张照片问："于家和，这是警方从你住处搜出来的50万元钱。告诉我，这些是从哪儿来的？"

于家和抬头看了一眼，心下一惊，他赶紧低头闭上了眼，说不出话来。

郑岩站了起来，他踱到于家和跟前，俯身很是温和又真诚地劝说道："小伙子，别扛着了！我知道，这钱是别人收买你的，就是要买你承担罪名！"

于家和抬起头，眼里全是惊恐，他瞪大眼睛望着郑岩，似乎要从郑岩脸上看出什么来。

郑岩直起身，微笑着说："如果你真的要为别人扛着，那可是错大了。你想过没有，如果你把杀害花玲儿，也就是何琳的这个罪名担下来，你就要被从重判决！到时候你的父亲、母亲可怎么办？他们可就你一个儿子呀！再说还有那么爱你的女朋友孙梅，你让她今后可怎么办？"

于家和听到这里心理防线已经被瓦解，但他还是嘴硬着喃喃道："我还不到法定年龄……"

郑岩用恨铁不成钢的语气说："所以，你替人承担罪名，换来这50万元！"

叶文婕盯着于家和补充道说："你不到18岁，是未成年人，按照法律规定可以从轻，可那也是漫长的刑期！假如你表现好，早日出来的话，怎么也得十年以后吧，你想想孙梅会等你十年吗？即便孙梅愿意，孙家人愿意吗？你父母的身体不好，能等到你这个老儿子尽孝吗？"

于家和低头想了好久，讯问室里静默得连一根针掉地上都听得见。大概十多分钟后，于家和终于抬起头来，他眼神澄澈而坚定地说："好，我全交代……"

于家和竹筒倒豆子一般一五一十全交代了。

郑岩等听完长长地舒了一口气，此时不知该做啥表情才好。

于家和见郑岩等这神情，为了不被办案人员嘲笑，他又再次强调了自己为什么要收对方给的那50万元，他说："他们给了我50万元钱，威胁我说如果我不按他们说的做，他们就杀了我爸和我妈，还……还要把我女朋友孙梅给杀了！"

林乔生叹了口气，用不置可否的语气问："所以，你就承认自己是主犯？"

于家和迟疑地点了点头。

郑岩问："他们在哪儿给的钱？"

于家和说："在宾馆……"

林乔生赶紧追问："你记得是哪家宾馆吗？"

于家和歪着头想了想，说："好像叫什么尚正宾馆。"

林乔生兴奋了，郑岩的眼神亮了，慕容曦露出了欣喜的笑容，几个人赶忙一边收拾东西，一边对于家和说："麻烦你带我们走一趟！"

郑岩协调完警方，就带着三辆警车风驰电掣般赶到了尚正宾馆。

林乔生一下车就赶紧三步并作两步往尚正宾馆大堂跑去，郑岩想交代点儿啥都来不及说，只得和叶文婕、慕容曦跟在他后面跑着。

慕容曦嫌脚上的高跟皮鞋碍事，于是赶紧把鞋子踢掉，打着赤脚穿着短丝袜一路飞奔，心里满满都是出现场的兴奋感。于家和被几位管教民警带着也只得跟着跑，累得上气不接下气。

来到804门口，于家和指着客房的门说："就是在这间房，他们在这里给我了50万！"

叶文婕、林乔生环顾四周，发现整个走廊空荡荡的，他们注意到走廊尽头有个小红点在不断闪烁。

服务员打开了客房门，郑岩和众人推门走了进去。

房间陈设简洁，一切还是于家和走时的样子，就连床单被套上的皱褶都没动过。林乔生冲于家和说："说一说他们给你钱的过程。"

于家和这时感觉到前所未有的放松，他非常松弛而自然地说："他们到孙家屯找到了我，把我带到这间房里。后来，他们就给了我50万，让我去昆明，不要再待在滨海。"

叶文婕进门后一直在观察房间情况，又跑到窗户边察看了一会儿这宾馆周围的环境和情况，这时她回转身来问于家和："那两个人是谁？你现在还能认出来吗？"

于家和想了想，又摇了摇头："我真的不认识。"

真相

慕容曦露出一脸夸张的表情说:"哈,不认识你就敢收他们的钱?"

于家和犹豫了一下,不太肯定地说:"我听他们的口气,估计他们应该是……应该是尚正实业发展集团的人。"

此刻葛文明站在朱尚正的办公室里,大气也不敢出,但眼见着朱尚正坐在老板椅上背转过去,一直不说话,他便知道朱尚正一直因于家和落网而恨死了自己。可是这会儿他觉得就算是死也得说,他急切地说:"董事长,您快想想办法吧!现在,郑岩他们刚带人到尚正宾馆调查了,阿坤说他们刚刚离开!看来,于家和这小子招了!"

说完,葛文明如同丧家之犬一般哭丧着脸,两条腿不自觉地颤抖着。

朱尚正一听这话,赶忙站了起来,一只手叉腰,一只手撑在办公桌桌角,望着窗外,看得出来,他此刻正雷霆盛怒,两只手都在微微发颤。看样子他在极力控制着自己的情绪。

葛文明还想说点儿什么:"董事长,您看这可如何是好……"

朱尚正此时猛地回转身来,满脸涨得通红,他冷笑道:"好呀!于家和招了就招了吧!你把于家和带到尚正宾馆,威胁利诱,给了于家和50万元钱,逼着于家和外逃昆明。这一切,将来都会成为法庭证据,你就等着受审吧!"

葛文明双手作揖苦苦求饶道:"董事长,这可都是你安排我去办的呀!"

朱尚正气愤地将桌上的一个笔筒砸向了地面,指着葛文明的鼻子骂道:"我安排你的?我还安排你送于家和去昆明,你为什么没有送?为什么让于家和自己进了火车站?你自作聪明,把我的话打折执行。现在落了个这样的后果,你还能怪谁?"

听到朱尚正这番说辞,葛文明彻底慌了神,心像是被突然掏空了一般,后背前额冷汗直冒,他扑通一声跪了下来,拉着朱尚正的手号啕大哭道:"董事长,念在我跟随你这么多年的分儿上,你可得救我一命啊!"

朱尚正非常厌恶地甩开他的手,无比冷酷地说:"救你?我怎么救你?我救了你,我岂不是又成了包庇犯了?!"

葛文明哭着跪着跟到朱尚正身边,手扯着朱尚正的裤腿,苦苦哀求道:"董事长,你只要能帮我渡过这次难关,我下辈子做牛做马报答你。你放心,无论发生什么事,我绝不会把你咬出来!"

朱尚正这时却突然换了一张面孔,他转过身用两手将葛文明拉了起来:"葛主任,别人不知道我的脾气,你还不知道?你跟了我这么多年,鞍前马后,舟车劳顿,没有功劳也有苦劳。再者说,这所有的一切都是因为朱正道引起的,我怎么会不帮你呢!"

葛文明倒是真未料到朱尚正突然变了这样一副脸孔,这态度和脸色上的一百八十度大转弯让他颇为费解和不适应,他迟疑了片刻,但见朱尚正还是那般和颜悦色,便也顾不得多想,顺水推舟地站了起来,一脸狐疑地望着朱尚正,问道:"真的?"

朱尚正看了一眼葛文明,微微笑道:"现在,倒是有一个办法……"

18

从尚正宾馆回来后,郑岩他们几个到看守所继续对于家和进行审讯。

林乔生此时突然想到一个他认为自己早就该提的问题："于家和，你为什么没上去昆明的火车，为什么选择留在滨海，你明知道留下来就是自投罗网！"

于家和的回答倒是没林乔生想的那样复杂，而是出乎意料的简单。他说："我只是觉得特别害怕！一是自己莫名卷进了这样严重的案子里，二是我实在放心不下我重病卧床的爸，再就是实在舍不得爱我的女朋友，最后也是最重要的一点，昆明我从来没去过，谁知道过去会是怎样？我想着横竖都是死，还不如就死在自己熟悉的地方算了，再说我手头有了50万，我得把这钱给我爸妈和女朋友！所以我在车站买了点儿吃的后就出站回来了。"

叶文婕一直在观察着于家和的反应，这时她低声对郑岩说："我觉得，这小子说的是实话。"

慕容曦在一旁边做记录边心里无奈地发笑，心想，于家和呀于家和，让人说你啥好呢。

郑岩突然问："于家和，你认识朱正道的父亲吗？"

于家和抬起头说："认识呀！他父亲朱尚正是咱们滨海市的名人，我还去过他们家两次，碰过面，认识。"

郑岩思忖了一下，说："那这么说，给你钱的这个不是朱尚正了？"

于家和微微皱着眉，点了点头，非常笃定地说："不是！如果是他，我一定能认出来。"

郑岩和林乔生、叶文婕对视了一眼，三人若有所思。

叶文婕接着问："于家和，这个给你钱的人，你还记得长什么模样吗？"

于家和点着头说:"记得,大胖子,中等个子,穿西装,戴了一副金边眼镜,单眼皮,眼睛有点儿鼓,梳着大背头,走路像鸭子一样左右晃……"

慕容曦扑哧一下差点儿笑出声,林乔生瞪了她一眼,她吓得赶紧吐舌头,埋头噼里啪啦打字。

提审结束后已是下午三点多,早已过了饭点,郑岩四个人饿得饥肠辘辘,天气太热,口干舌燥,让人没来由地烦躁。

路过一个小饭馆,饿得前胸贴后背的四个人啥也不想就进了小饭馆,随便点了几个菜一顿狼吞虎咽。

郑岩边吃边说:"赶紧吃啊,我回去要找许检,有急事得赶紧请示汇报!"

慕容曦赶忙好奇地问:"啥事?现在能先跟我们说说吗?"

郑岩说:"保密!跟现在办的这案子有关,到时你们就知道了!对了,你们跟我一道去请示!赶紧吃吧,别磨蹭!"

林乔生、叶文婕和慕容曦一听这话就来劲儿了,赶紧三下五除二把面前三小碟菜吃了个精光。吃饱喝足后,四个人马不停蹄地驱车打道回府。

郑岩带着叶文婕、林乔生、慕容曦第一时间来到检察长许省身的办公室。郑岩说:"许检,我有个想法。我想去搜查下滨海尚正实业发展集团,相信一定会有重大收获!"

许省身一听就赶紧对他们摆手说:"不行,不能搜查滨海尚正实业发展集团!没有任何证据,你们就想搜查滨海尚正实业发展集团?不行,这事绝对不行!"

郑岩见许检这态度便急了,赶忙说:"许检,我们在调查中发现,一个大胖子戴眼镜的中年男人到过于家和家去找于家和，经过跟踪，发现他进了滨海尚正实业发展集团。现在，于家和说给他这50万元的，也是个大胖子戴眼镜的。我怀疑这两个人就是同一个人。"

许省身笑了，说："郑岩，你这仅仅是怀疑。没凭没据的事，不能做！"

慕容曦脑海里不断闪现着曾在于家和家门前遇见的那个胖子的脸，她急切地说："许检，难道我们就看着这案子办成夹生饭？"

许省身知道这个机灵又调皮的小书记员是在使激将法，但他还是坚持说："办成夹生饭，是你们的问题。无论任何情况，都要在法律允许的范畴内进行，绝对不许越界！"

本以为自己是一定可以说服许省身的，可没想到出师不利，一向喜怒不形于色的郑岩这回也沉闷地低着头了。叶文婕、林乔生和慕容曦都觉得挺灰心的，也都低着头不再吭声，气氛非常压抑。

几个人坐着沉默了好一阵子，郑岩打破了这压抑沉闷的气氛，他提出了一个折中的方法："许检，能不能这样？我们采取秘密手段，和滨海尚正实业发展集团接触一下？"

许省身听了郑岩的话，想了一下，喝了一口茶，然后夹起公文包，向自己办公室门外走去。走到门口时，他转过身望着郑岩："同志们，滨海实业是我们滨海市的功臣单位。市里三番五次下文件要给予这类企业特别保护。没有证据，你们去了，就要被他们抓住把柄，他们把状告到上面去，你们让我去作检讨呀？不行，没有我的同意，绝对不能对滨海尚正实业发展集团动用秘密手段。如果你们敢偷偷地进行，惹出麻烦来，我处分你们。"

说完，许省身便头也不回地离开了办公室。

望着许省身匆匆离去的身影，慕容曦伸了伸舌头，瞪了瞪眼，夸张又丧气地说："完了，许检这一发火，全完了！"

林乔生瞅瞅郑岩，好似在对慕容曦的话推波助澜，以让郑岩在许检面前加大马力，极力促成搜查滨海尚正实业集团。他叹气道："是呀！没有任何的辅助证据，单凭于家和的这一番供述，根本不可能拿到法庭质证。还是没有办法对朱正道做主谋公诉呀！"

慕容曦重重地点头，语无伦次地说："于家和的供述说明了一切问题，他朱正道就是主谋嘛！现在……可是……难道，我们就眼看朱正道逃过法律的严惩？"

郑岩见这两位小将这般言语，他一只手撑着前额低头想着什么，突然他抬头冲林乔生和慕容曦笑了。

慕容曦看郑岩笑，便感觉到非常不可思议和非常不满："主任，都什么时候了您还有心思笑！"

郑岩神秘兮兮地笑着低声说："许检说如果我们敢偷偷地接触滨海实业，惹出麻烦一定处分我们。如果说我们不惹出麻烦呢，他还处分我们吗？"

郑岩这么一分析，林乔生却犯糊涂了，他皱着眉问："主任，许检这是同意呀还是不同意？"

叶文婕闻听笑了，这笑容似乎很神秘莫测。

慕容曦笑着推了林乔生肩膀一下，说："我说你是真傻还是假傻？猪脑子，走吧！去滨海尚正实业发展集团！"

郑岩对叶文婕说："对了，文婕，我看了警方的外围调查，你带着陈志豪去趟职业技术学院了解下朱正道、莫宏杰、于家和三人在校期间的情况。"

叶文婕点点头。

19

葛文明一夜未眠，两只肿泡眼更肿胀了，布满了红血丝。他面容憔悴，肥胖的身躯步履蹒跚地走进朱尚正办公室。

还未等他开口，朱尚正像是早料到他所为何来一般，说："我已经和深圳方面联系好了！你过去住一段日子避避风头。"

葛文明听了这话像是遇到当头棒喝，他站在门口张口结舌了好半天，结结巴巴地道："可……可是，外面风声这……这么紧，我跑得了吗？"

朱尚正一听这话气不打一处来，猛拍了一下老板椅靠背，怒斥道："怎么，葛主任，连你也不想离开滨海了？也准备让郑岩来个瓮中捉鳖？"

葛文明可没想到朱尚正会发这么大火，而且还说出这样的话来，但他素来是很害怕主子发火的，这老虎发起威来可够他喝几壶的。他的腿脚是哆嗦的，嘴唇是哆嗦的，但他极力要求自己镇定下来，他舔了舔干燥起皮的嘴唇，郑重其事地说："董事长，你忘了，他们曾经追到过咱们这儿……"

朱尚正愣了一下，脑海中回想起他曾透过办公室玻璃幕墙看到的检察院车辆开进了自家公司的画面来。他转过身来满脸狐疑地盯着葛文明，问："你的意思是说他们早就怀疑到你了？"

葛文明点头如捣蒜，说："很有可能。我在于家和家门口曾遇到几个穿检察制服的。说不定，他们正在外面埋伏，就等我出去抓我呢！"

葛文明话音刚落，朱尚正桌上的电话响了，他抓起电话放在耳边问："什么事？"

原来这是前台打来的电话，说有三位检察院的同志要见朱尚正。

这个电话可把朱尚正和葛文明吓得不轻，他们绝没想到说曹操曹操到。朱尚正"啪"的一声挂了电话，紧张得在原地直转圈儿，葛文明则急得汗淋淋的，脑袋里一片空白。

朱尚正环顾着办公室，突然他目光定格在办公室里的大文件柜，他便用手一指那柜子冲傻了的葛文明说："你赶紧的，先到那里面躲一下，检察院的人马上就来了！"

葛文明此时已经吓得六神无主，只得赶忙慌慌张张而又艰难地将自己塞进文件柜里，大气不敢出。

朱尚正这才吐了口气，又扯了桌上纸巾盒里几张纸巾猛擦了几下额头上的细密汗珠，再喝了一大口茶，然后在老板椅上坐了下来。

在等待前台跟朱尚正打电话的空当，郑岩、林乔生和慕容曦在前台接待处仔细看着墙壁上的展板。

前台接待员挂了电话后就对他们几个说："我们董事长有请！"说着便做出引导的手势。郑岩赶紧指了指展板上一个戴眼镜的胖子的照片问前台接待员："请问这位在你们集团做什么工作？"

前台接待员露出职业微笑介绍道："这位是我们集团的办公室主任葛文明！"

林乔生和慕容曦赶紧上前来仔细盯着这张照片看，然后两人相视一笑，脸上满是惊喜。

慕容曦指着照片对郑岩说:"主任,这个人……"

郑岩赶紧摆了摆手,大踏步地跟着前台接待员向前走去。

一进到朱尚正办公室,朱尚正老远就冲郑岩伸出了手。他的脸上是热情过头的笑容,那笑容太满,以至于让人感觉太过夸张和虚伪。他抓过郑岩的手猛地摇晃了好多下,连连说:"抱歉,实在抱歉,郑主任,犬子朱正道给你们惹麻烦了!有什么事尽管打个招呼就行了,怎么敢劳你们的大驾亲自跑一趟呢?"

林乔生冷笑了一声,戏谑道:"怎么?朱董事长,不欢迎我们啊?"

朱尚正愣了一下,又仰头哈哈一笑道:"欢迎,欢迎!小老弟,我欢迎你们还来不及呢,怎么会拒绝呢!不过,不知你们几位找我有什么事呢?"

林乔生冷冷笑道:"你说呢?我们办案组找你能有什么事?"

朱尚正忙装出一副恍然大悟的样子笑道:"哦,一定是我儿子的事。我正要去检察院呢!我儿子朱正道的事什么时候能出个结果呀!"

郑岩这时微微笑着说:"朱董事长,那就看你要一个什么结果了!"

朱尚正呵呵笑着说:"当然是公正的结果!不枉不纵。等这件事结束,我请你们吃一顿,犒劳犒劳大家!"

林乔生毫不客气地说道:"朱董事长,你呀,也别犒劳我们了,只要能配合好我们的工作,我们就感激不尽了!"

朱尚正连连点头称是,满脸殷勤的笑,说:"行呀!凡是各位检察官安排的,我一定能做到!"

郑岩点了点头,微微笑着说:"好!那就把你们集团的办公室主任葛文明叫出来吧！我们找他要核实一些问题。"

朱尚正满口答应着，抓起电话就打："办公室吗？让葛主任马上来我办公室一趟！"

此刻躲在文件柜里的葛文明将这一切都听得清清楚楚，他心都提到嗓子眼儿了，浑身都在流汗，燥热异常。他真害怕自己太过肥胖臃肿的身躯会因紧张过度而突然将文件柜门撑开，那可就麻烦大了。他努力憋气收了收那大腹便便的肚子。

在等待前台接待传话和答复的空隙，朱尚正给三位办案人员倒了茶，很是殷勤地再三请他们喝茶。

郑岩观察了一圈儿朱尚正的办公室，发现除了一张茶几、一张厚重的办公桌、一张老板椅、一排书架和一排文件柜，这里面就没别的啥了。他端起茶喝了一口，微笑着望着朱尚正说："朱董事长，你这个时候还能静下心来喝茶，可是不容易呀！"

朱尚正又给他添了些茶水，笑着道："是呀！急有什么用？孩子的事交给你们检察院了！是杀是剐，由法律定，我就是再着急，也没有用呀！"

前台做接待的小姑娘这时敲门进来说没找到葛主任。朱尚正点点头，然后更加殷勤地请郑岩他们几个喝茶，又煞有介事、特别热情地说："郑主任，对不起，葛文明现在不在。有什么事可不可以给我说一下！"

郑岩放下茶杯，闪亮的眸子紧紧盯着朱尚正的眼睛，很是威严地说："根据我们掌握的线索，葛文明涉嫌包庇犯罪，因此，我们必须传唤他到检察院进行调查。"

朱尚正装作一副才听说的样子，很惊讶地问："葛文明犯包庇罪？包庇谁了？"

郑岩厉声说："朱正道！"

朱尚正闻言瞬间笑脸变得格外阴冷,但没几秒钟他就哈哈大笑起来,仿佛郑岩给他讲了个特别好笑的笑话,他说:"郑主任,有什么话就明说吧!别拐弯抹角的了。"

郑岩非常冷静地旁观着朱尚正的这一切表现,心想,这老小子可真是狡猾的老狐狸,死到临头还能装蒜,这越加促使郑岩去追查真相。他微笑着但又特别严肃地说:"朱董事长,我希望你能在这个案子中有一个正确的认识,别被亲情蒙混了眼睛。"

朱尚正把倒茶的茶壶放下,慢慢用湿纸巾来回揩着两只手,皮笑肉不笑地望着郑岩,慢条斯理地说:"看来郑主任来滨海实业并不是要找葛文明,而是针对我来的了!"

林乔生实在看不下去朱尚正的各种故作犯傻了,他"腾"地站了起来,冷笑一声,格外严肃地说:"朱董事长,你应该很明白,如果没有你的授意,葛文明不会拿出50万元钱收买于家和作伪证的。"

朱尚正见林乔生这后生这样直接怼他,便哈哈一笑道:"于家和?我听说于家和逃了呀!怎么?你们抓住于家和了?好,这样就好了。主犯归案了,一切真相大白,省得有人栽赃说我儿子朱正道是主犯,要往死里整他了!"

听了朱尚正的话,林乔生气得直想跳脚,但他还是忍住了,他指着正靠在沙发靠背悠闲自得的朱尚正,愤怒地说:"你,信口雌黄。你儿子就是主犯,没有人栽赃陷害,他早晚要受到法律严惩!"

听林乔生这样说,朱尚正原本堆满殷勤笑容的脸瞬间变了颜色,红脸变成了黑脸,他不再理会郑岩他们几个,而是迅速起来去收拾了一下办公桌上的公文包。收拾完后他夹着公文包站在办公室门口,阴阳怪气地对郑岩他们说:"各位,还有什么事吗?还需要我端茶送客吗?"

郑岩又看了几眼朱尚正,微微笑了笑,然后轻轻而又特别无奈地摇摇头。

林乔生到底年轻,沉不住气,很快就被朱尚正给带了节奏,他情绪激动起来,非常严厉地说:"朱尚正,我告诉你,我们这是执行公务,现在向你口头传讯葛文明,让他到检察院接受调查!"

让人没想到的是,朱尚正居然寸步不让:"我也告诉你,葛文明去哪儿了,我不知道!有能耐你们找去,别在我这儿耍威风。如若不然,咱们市政府见,我还要告你们寻衅滋事,影响企业正常生产经营!"

郑岩用手指着朱尚正,一字一句地说:"朱尚正先生,你给我听好了!即使你筹划得天衣无缝,我也要把这件天衣捅个窟窿。朱正道是主犯,这是谁也改变不了的事实,你别再做春秋大梦了!"

说完,郑岩带着林乔生、慕容曦大步流星地离开了朱尚正的办公室。

朱尚正则站在办公室门口冲郑岩等人的背影喊话:"你们也等着,我儿子不是主犯,是从犯。我一定要把这个理儿讲清楚!"

朱尚正讲完,便用脚猛地一踹半掩着的办公室大门,那门"哐地"发出一声巨响,重重地关上了。他把公文包狠狠砸在沙发上,然后像头发怒的狮子一样在办公室乱转。

少顷,朱尚正站在窗前向办公楼下望去。隔着窗口玻璃,当看到郑岩他们从办公大楼走了出去,他才脚步踉跄地回到老板桌后，长长地松了一口气，坐了下来。

20

回单位的路上，慕容曦脑海里还在不停闪过在于家和家门口遇见的那个胖子，还有刚才在滨海实业集团前台看到的葛文明的照片。她蹙着眉头说："主任，这个葛文明很可疑。那天在于家和家，我们遇到的就是他。说不定，就是他资助于家和50万元，让于家和逃跑。"

郑岩"唔"了一声，没说话，毕竟他并没有亲眼见过这位葛文明。

开车的林乔生这时也非常笃定地点头说："对，一定是葛文明。如果不是他，他为什么不敢出来？心里有鬼嘛！"

郑岩看着窗外的风景，若有所思地说："嗯，你们俩都这么肯定，那看来我们应该立即到警方调阅葛文明的档案资料，再找于家和核实一下，然后找许检报批捕！"

林乔生边打着方向盘边担忧地说："是啊，不过，说不定我们这边动手，他们那边人已经跑了！"

郑岩抿着嘴唇思忖了一小会儿，严肃地说："大林，你联系公安方面派人监视滨海实业，一定不能让再让葛文明跑了！"

葛文明此刻从文件柜里探头探脑地出来，贼头贼脑地轻声问朱尚正："他们……都走了？"

朱尚正靠在老板椅上闭着眼睛发愁又生气。听见葛文明问话，他连眼皮也没有睁，什么话也不想说。

葛文明尴尬地杵在文件柜边上，胖手都不知该往哪儿放，他"嘿嘿"干笑两声以缓解内心的紧张和窘迫,又干咳两声说:"看来,于家和这小子什么都招了!"

朱尚正半天没吭气,葛文明站在那儿不知如何是好,走也不是,留也不是,说话也不是,不说话也不是。正当他窘迫得不行的时候,朱尚正却闭着眼睛慢条斯理但又不容置疑地发号施令了:"这两天你准备一下,哪儿也不要去,就待在办公室,谁也不要见。"

葛文明听了这话可是又急了,之前他是没料到朱尚正让他跑,现在是没料到朱尚正让他留。他想着现在滨海对自己来说可是是非之地、漩涡中心,他在滨海多待一分钟就会多一分危险,虽然自己曾鞍前马后地伺候这朱尚正近十年,朱尚正待自己也算不错,但为了这朱家父子赔上自己的身家性命可不值。于是他急切地说:"董事长,三十六计走为上,要走早走!"

朱尚正突然睁开双眼愤怒地盯着他,把手往办公桌上一拍,厉声呵斥道:"混蛋!你是真不明白还是假装糊涂?现在,外面是天罗地网,你只要露面立即就会把你抓起来!"

葛文明浑身筛糠一般直发抖,他赶紧用手抚了抚胸口,面呈猪肝色,两只肿泡眼瞪如铜铃,惶恐不安地问:"那,我……我应该怎么办?"

朱尚正嘴角露出一丝难以察觉的笑来,他嘴里缓缓吐出一句话来:"放心,我会给你安排一个完美的办法!"

一大早,方星月便带着助理李梦琪急匆匆地来到了滨海尚正实业集团,她们直奔朱尚正办公室而去。前台接待小姐高跟鞋笃笃笃地紧急敲击着地面,一路狂奔地跟着追问她们是谁,预约了否,找董事长何事,可她们俩根本不理会,只是气势汹汹地往前走。

进了朱尚正办公室，原本靠在老板椅上闭目养神的朱尚正吓了一跳。待看清楚是方星月后，朱尚正像是被电击了一般直接从椅子上弹跳起来，他赶紧换上热情洋溢的笑脸，把方星月当姑奶奶一般伺候说："啊呀呀，方大律师，您怎么来了，也不通知一声，我好提前下去迎接您啊！"

方星月满脸愠怒，根本不接他这油滑的开场白，火药味颇浓地冷笑着说："朱董事长，看来我方星月不该接这个案子呀！"说完她眼神示意李梦琪掏出那张一百万元的支票摆在朱尚正的办公桌面上。

朱尚正瞟了支票一眼，愣了一秒钟，随即仰天哈哈大笑："方律师，此话怎讲啊？我朱某可不明白，还请方大律师细细说来。"

方星月继续冷笑道："朱董事长可是行走江湖的大老板，见多识广，什么世面没见过，这会儿装糊涂可就太欺负人了！你知道当我会见过于家和后有什么想法吗？"

朱尚正做了一个有请的姿势把方星月让进沙发，然后饶有兴趣地望着她那张精致姣好的脸孔，笑着说："说说看！"

方星月冷笑着说："想不到作为一个成功的企业家会与法律作顽强的对抗。我可以告诉你，在你的经营中，你做一些打'法律擦边球'之类的违规动作已实属不该，更不能嚣张地和法律对抗。从来没有人能与法律对抗并取得胜利的案例！"

朱尚正缓缓起身走到办公桌边把那张支票拿来放到茶几上，又缓缓把支票推到了方星月面前，笑着慢条斯理地说："方律师，你恰恰想错了。在这个案子中，我朱某人什么也没有做。"

方星月倒是惊讶了，惊讶于朱尚正这理直气壮和气定神闲，她瞪大眼睛疑惑地说："可是，有人给了于家和50万元钱，让他为朱正道承担责任！"

朱尚正一脸惊讶地问："谁给的？是我吗？"

方星月狐疑起来，她缓缓摇了摇头："不是你。但是，没有办法排除是在你的指使下。"

朱尚正把茶杯使劲儿往茶几上一拍，这动静把方星月和李梦琪给吓到了。朱尚正这会儿可全然忘记了怜香惜玉，他气愤地站了起来，在办公室里来回踱着，信誓旦旦地说："如果你这样认为，我已经一败涂地了！我告诉你，滨海尚正实业发展集团之所以有今天的成功，最主要的一点，就是遵守法律，别说和法律对抗，即使是你说的'法律擦边球'我们也没有打过。在企业的经营上我是这样，在对待朱正道这件事上，我同样是这样！"

见朱尚正这样的反应，又听着朱尚正这样的话语，方星月非常迷茫，她狐疑地跟李梦琪对视了一眼，又盯着来回踱步的朱尚正。

朱尚正这时又坐回到茶几边，望着方星月慷慨激昂地说："方律师，你知道我为什么找你做正道的代理人吗？因为，你是一个正直的人。只要你认准的理儿，你都会一直做下去，直到水落石出，事实的真相浮出水面。你不代理这个案子，我会去省城、去北京再请律师来，一定要把这个官司打到底。我不仅要打赢官司，还要让那些企图陷害我的人看看，我朱尚正也不是一个轻易屈服的人，我要做一个大写的人！"

听了朱尚正这番话，方星月心里开始动摇了，她现在不知该信谁的话。她欲言又止地说："朱董事长，按照你的意思，有人借这件事……"

朱尚正非常笃定地点点头,说:"对!常言说,树大招风,生意大了,难免会在生意场上树立对手。做生意嘛,就是要竞争。我不反对竞争,但是,所有的竞争应该在公平的前提下,像这样背后放冷箭,不仅要借这件事置我儿子于死地,还要给我戴上一顶包庇犯罪的帽子,可见这就是阴暗小人了!"

方星月还是一脸狐疑,说:"可是……有人送给于家和50万元钱,让于家和为朱正道顶罪,是于家和亲口告诉我的!"

朱尚正冷笑道:"常言说,耳听为虚,眼见为实。可是,有时候,人们的眼睛所看到的也并不一定是绝对的事实,而是经过刻意伪装的假事实!"

方星月杏眼圆睁,有些吃惊地望着朱尚正:"你说这一切有假?"

朱尚正非常严肃地说:"对!我问你,你会见于家和在前,还是检察院办案组提审于家和在前?如果我没有说错的话,一定是检察院办案组提审于家和在前。"

方星月听后若有所思,她想了一小会儿,缓缓摇了摇头:"你说检察院办案组作弊?不,郑岩办案组不可能作弊!"

朱尚正笑道:"或许,检察院郑岩办案组不会作弊。那我再问你,谁给了于家和这50万元钱,调查清楚了吗?有证据吗?怎么排除于家和在撒谎?"

方星月秀眉紧蹙,这会儿她那一向精明的脑袋瓜都糊涂起来了,她那一贯伶牙俐齿的口舌都笨拙起来,她想说点儿啥,却又发现一时语塞,只得端起杯子来喝水,以掩饰此刻自己脑子的混乱。

朱尚正仔细盯着方星月的表情看了看,知道自己刚才的一番话对方星月起了作用,便继续说:"我不是律师,但是我知道法律不是讲推理的,而是讲证据的。没有证据,仅凭于家和编造了一个神秘的故事,就让你这堂堂的大律师改变了主意,这岂不是可笑?这支票您收好,这钱是律师费。我没有要你保证打赢这场官司,再者说,我们还有律师代理合同。合同并没有撤销,无论官司输赢,付律师费都是天经地义的。"

说到这里,朱尚正用无比虔诚的眼神望着方星月那双此刻充满了疑惑的眼睛,郑重其事地说:"方律师,我相信你!"

21

天开始转凉了,秋风阵阵,窗外是被风吹落一地的黄色的银杏叶,小区的景色倒是异常的美,但葛文明对这一切毫无兴致。

又是一夜无眠后,他看着妻子依旧如往常一般早起在厨房忙着做早餐,他又轻手轻脚地溜进儿子房间,白白胖胖的小家伙依然睡得香甜。

这一切在从前来说是多么司空见惯的情景,而今,这往日如此普通平常的生活却也许要永远变成回忆了。葛文明想到这里长长地又轻声压抑地叹了一口气。

他埋头吃了几口妻子煮好的早餐就出门了,一贯木讷迟钝的妻子并未发现他与往日有何异样,只以为他是工作压力大,胃口不好。

他出门后就从随身带的公文包里掏出了一顶假发,又将平时戴的金丝边眼镜换成黑框眼镜。这几天他特意不穿平时一贯穿的西装,而是穿休闲外套。也不从公司前门进出,而是从一个非常隐秘的公司内部人员都少人知晓的侧门进出。

来到公司后就直奔老板朱尚正办公室去，因为昨晚他收到老板信息，让他今早一上班就来找自己。

　　他进门时，看到老板椅是背着他的，朱尚正半靠在老板椅上望着窗外出神。见他进来，朱尚正慢悠悠地将椅背转了过来，正面对着他，下巴朝办公桌上示意了一下，那儿躺着一串车钥匙。

　　朱尚正慢条斯理地说："我什么都给你准备好了！你现在坐车出发，出城后上盘山道，去北港码头，那儿有船等你。"

　　葛文明虽然早已有心理准备，但当这个时刻真正来临时，他还是感到有些猝不及防，还是觉得很不真实。他面有难色，犹豫不决，张口结舌地说："董事长……"

　　可朱尚正摆了摆手制止了他。

　　朱尚正慢慢地站了起来，抱着双臂在窗前来回踱了几圈儿，然后抬头盯着葛文明那张一时红一时白的胖脸说："现在，你什么也不要说，马上走。明天就要开庭了，郑岩他们忙着做开庭前的准备工作，这会儿没空儿监视我们，你趁这个机会离开滨海！"

　　葛文明的两条腿又开始不能自控地抖起来，他轻轻掐了一下自己的大腿，以免它们抖得太厉害。细密的汗珠又爬上了他的额头和后背，他感到一时燥热，一时又阴冷。他还是面带诸多忧郁担心地说："董事长，我老婆孩子……"

　　不等他说完，朱尚正便说："在你今早离开家门后，我便派阿坤给你老婆孩子送去 50 万元，这够他们花一阵子的了。你放心，用不了多久，等这个案子判了，到时候风平浪静，你就可以回来了。"

　　听着这话，葛文明感觉咋那么熟悉，他有一种恍若隔世的光怪陆离感，一切似乎都不那么真实。哦，他终于想起来了，这话他曾经对于家和也说过，而且几乎是一模一样的语言！

他内心生出一阵悲凉，却又感到好笑，笑人生如戏，前不久还当打手，去设计于家和的人生，没想到过了没多久自己便变成挨打之人，要被别人设计今后的人生了！他更多感到的还是无奈，此刻觉得人为刀俎，我为鱼肉，是去是留，丝毫由不得自己半分！

他恨自己懦弱愚蠢，也恨眼前这朱尚正心术不正，可他竟然又一时找不出更多恨朱尚正的理由来，毕竟是自己一贯愚蠢透顶，又贪心不足，还不会识人，才会将自己弄进了这样一个漩涡。

眼下，还能怎么办呢？留，是留不下了；走，也许还有点儿机会。不能全信任眼前这朱尚正，但又没有任何别的办法。那就冒险一回吧，反正人生已然在谷底，再倒霉还能倒霉到哪里去呢？倘若有幸离开这是非地，去到一个平安处，说不定还能重新遇到别的贵人而东山再起。留得青山在，不怕没柴烧啊！

这么想着，他便从办公桌上拿起车钥匙，冷汗不再流，腿也不再抖，他的心定了很多，可说是没了波澜，他很平静地说："谢谢董事长！"

朱尚正倒是觉得葛文明前后变化太大了，进门时他还是一贯的怂包样，怎么这会儿变得如此冷静了？不过，他也不去多想细究了，而是径直走到葛文明面前，拍了拍葛文明的肩膀，像大哥叮嘱小弟一般，作出一副语重心长的样子："小心一点儿，别让人发现了，走盘山道，安全！"

葛文明点点头说："好的，董事长，我明白。"

朱尚正重又坐回了老板椅里，仰头靠着，微闭上眼睛，朝他缓缓地挥了一下手,好似特别不舍一般,有气无力地说:"走吧!"

葛文明拖着两条灌铅一般的腿缓缓离开了朱尚正的办公室。

他来到车库,把平时常开的那辆黑色奥迪 A8 开了出来。他想着朱尚正说的现在没人监控公司了,这话应该不会有什么问题;他想着那朱尚正说的一切都安排好了,就算这时还有人监控,应该也不会有很大问题吧,朱尚正的安排里应该考虑到了这一点吧。

虽然左思右想,虽然不知道朱尚正到底咋安排的,但他是没有什么别的选择了,不管咋样,走了再说吧。

他开着这辆奥迪出了公司大门后,想起朱尚正说过的为了安全让他走盘山道,他便往公司后山的盘山道开去。

就在他开出公司大门的一刹那,一直蹲守在那儿好几天的便衣警察小李便赶紧地推了推累得差点儿睡着的林乔生,兴奋地小声说:"快看,出来了,出来了!"

林乔生一个激灵赶紧坐起,瞪大了眼仔细看窗外,果然看到一辆黑色车疾驰而去,他赶紧冲小李说:"快,快,赶紧跟上!"

说话间,两人开着的越野吉普车便跟着葛文明开的那辆黑色奥迪而去。当超车时,林乔生发现奥迪车里驾驶位上坐着的正是那个胖子葛文明,他兴奋得很,心想,功夫不负有心人,蹲守这么些天终于蹲到了葛文明!

本以为葛文明会选择走好走的市区大马路,却没想到他离开公司没多久后就狂打方向盘往后山的盘山道而去。这倒是超出了林乔生和警察小李的预期,不过,他们顾不上细想,紧紧地跟了上去。

葛文明尽管打定了主意不管不顾地听朱尚正安排，一切听天由命，但当他真正将车开出了公司，往少有人走的盘山道去时，他的心还是狂跳了一阵，他觉得从此就将亡命天涯、浪迹四海了！脱离了公司就像无根浮萍一般，从此没了依靠，没了组织，没了归宿。前路茫茫，何去何从，一切都是未知。祸福难料，谁知道那儿是什么在等着自己呢！

正当胡思乱想时，他看了一眼后视镜，发现有辆越野吉普车一直跟着自己，他便有意识地快些开，发现那车也跟着快，他慢点儿，那车便也慢下来，他确信这车是来监视跟踪自己的。想到这里，他还是吓出了一身冷汗。他一只手紧张地握住方向盘，另一只手掏出手机慌忙给朱尚正打电话："董事长，我被一辆越野吉普盯上了！"

朱尚正语气平静得出乎葛文明的意料，他问："你现在哪儿？"

葛文明眼睛紧紧盯着前方的几个弯道，手心里都是汗，还时不时地看一眼后视镜里跟着他的越野吉普车，说："我现在已经进入盘山公路了。"

朱尚正一听这话，脸上露出了一丝狰狞的笑容，眼神里满是阴鸷，他催促葛文明："快，你加快速度，过了前面的那几个弯道，就可以看到阿坤了，我安排他在前面不远处接应你！"

葛文明无法预知朱尚正这话是真是假，不过，此时他也管不了那许多了，他腾出手揩了一下额头上的冷汗，又把车窗摇下来，让山风吹进来，好让自己头脑清醒点儿，他没说啥，只说了声："好！"

说着他便把手机耳机线摘了，全神贯注地盯着前方那几个折带一般的弯道。他现在只想赶紧看到阿坤,赶紧摆脱跟着他的越野吉普车,然后去看看朱尚正到底给他安排的是怎样的"前途"。

他听朱尚正的安排,脚下用力,使劲儿踩了油门,他自信自己的驾驶技术应对这种弯道是没啥问题的,黑色奥迪像是要飞起来,山风凛冽,在耳边呼啸。林乔生和小李驾驶的越野吉普紧紧咬住不放。

就在葛文明感觉良好之时,前方突然出现一个硕大的路标,标明前面是S形的急转弯,葛文明看到这个路标一闪而过,惊出一身冷汗,瞬间大脑一片空白,心好像突然不存在了,等回过神来,他慌忙踩刹车,这时他才发现刹车片在应对这种高速又紧急刹车的情况时似乎不那么管用,此后刹车片直接失灵了,黑色奥迪A8像是长了翅膀一般直接从路上飞了出去,飞下了路边的悬崖,葛文明那一声惊恐的尖叫声已然憋在了喉咙里,他最后的声音没能发出。

22

林乔生和小李来了一个急刹车,他们的车最终停在葛文明人车掉落的悬崖边。

林乔生先是惊讶得说不出话来,然后感到后背阵阵发凉。

小李反应迅捷,迅速向刑侦支队支队长耿永做了汇报。耿支队告诉他,原地待命,已经协调交警支队、技术侦查支队联合调查葛文明车祸事宜。

挂了电话,小李对林乔生说:"大林,耿支队让我在这里待命。交警支队、技术侦查支队的同事随后就到。"

真相

惊魂未定的林乔生木讷地点点头，这才想起打电话向郑岩报告此事。

林乔生回到检察院已经是两三个小时之后的事情了。一到办公室，他就把花玲儿案的卷宗全搬了来，一卷卷摔在了办公桌上，气急败坏地对郑岩说："主任，公安方面已经做出了初步检验报告，葛文明驾驶的汽车被人做了手脚，刹车失灵，才导致发生盘山道事故！"

慕容曦皱着眉头看着林乔生摔案卷，这可有些出乎她的意料，虽然平时林乔生也有些夸张，但摔案卷还是头一回见！她惊讶地说："你是说葛文明之死是他杀？"

林乔生胸膛起伏剧烈，说："对，可以这样说。"

林乔生站到标有盘山道的白板旁，用教棍指着上面的标示说："你们看，发生事故的这儿，是一个S形的弯道，葛文明要通过这个弯道必然要减速刹车，但是，这个时候刹车失灵了。奇怪呀！葛文明为什么单单要走这条路呢？他这是要去哪儿呢？"

郑岩吸了吸鼻子，断定说："这就是一场预谋的事故！只是可惜呀，我们的关键证人被人谋杀了！"

一周后。

窗外秋风乍起，几片黄叶像是飘飞的蝴蝶般在风中舞蹈，旋即落向地面。看着窗外阴沉沉的天空，朱尚正的心情就像这天气一般阴郁惨淡。

他步履有些蹒跚地来到葛文明办公室，呆呆地望着葛文明那张空荡荡的办公椅，神情很是忧伤。他的身后站着阿坤。

过了好一会儿，朱尚正上前摸了摸葛文明的办公桌，那儿

真相

已经积了一层薄薄的灰了,他用几根手指捻捻擦擦指腹上的灰,然后喃喃地像是对阿坤又像是自言自语道:"葛文明是为我而死的呀!"

一向高冷的阿坤此时似乎也有些动容了,他对这个从小收养自己的老板还是很感激的。他不认同老板在葛文明一事上的处理方式,但对于自己犹如再生父母的朱尚正,他也无法恨起来。他那一贯少人关心和关注的内心早已被冷酷冷漠占据。他不知该对朱尚正说点儿啥,想了想,他便说:"董事长,葛文明死了,这件事也算完了!"

朱尚正赶紧转过身来冲他竖起了手指,示意他住嘴。

朱尚正缓缓说道:"这一次,人算不如天算,他郑岩就是有天大的能耐,还是走在了我的后面。现在,葛文明死了,鸡飞蛋打狗跳墙,所有的一切都没有了!"

阿坤面无表情地点点头说:"董事长永远走在别人前面!"

朱尚正上前拍了拍阿坤的肩膀,眼神里流露出少有的慈爱,这是朱正道都不曾享受过的温情时刻。他说:"走在别人前面,也是被别人逼的呀!好了,不说这些了。阿坤,现在葛文明去了,真正能为我操心的,只有你了!"

阿坤"啪"地立正,真诚地说:"董事长,我这条命是你给的,什么时候要,随时拿去!"

朱尚正眼里的慈爱流露得更多,很是欣慰的样子,他又拍了拍阿坤的肩膀,缓缓而又语重心长地说:"你的命还是你的,我凭什么要?好好活着,啊!"

阿坤朗声道:"是,好好活着!"

看阿坤这样表态,朱尚正微微笑了笑,转过身慢慢踱出葛文明的办公室,然后边走边说:"明天就要开庭了,但愿我们这场游戏能尽早地结束！"

开庭的日子快要到了。这一日晴空万里，艳阳高照。

办公室里，林乔生将出庭的证据材料目录审查一遍后，交给郑岩。

郑岩接过，望着林乔生，笑着问道："大林，对这案子今天有没有信心？"

林乔生笑着点了点头，说："信心当然有，不过，我总觉得还少点儿什么！"

叶文婕不解地问："那你说还少点儿什么？"

林乔生思忖了下，有点儿灰心地说："少点儿什么？当然少的是证据。现在，我们手里就只有于家和的口供和那一沓钞票，仅凭口供，怕是对付不了方星月啊！"

慕容曦冲林乔生翻了个白眼，些微不屑地道："于家和的口供已经证明了一切，你还要什么？"

林乔生紧抿了下嘴唇，说："需要辅助证据。没有辅助证据，怎么来证明于家和的供词？可惜，葛文明死了，死无对证，再也没有人来证明这一切了！"

林乔生话音刚落，郑岩放下手中的材料，他回头盯着林乔生若有所思地说："如果葛文明他们绑架了于家和，那么，他们就要通过走廊才能到达客房……"

慕容曦歪着脑袋想了想，又点点头说："对呀！不通过走廊，他们会飞呀？"

郑岩蹙着眉思忖着，又喃喃自语道："如果通过走廊……"

郑岩的思索让林乔生也突然醒悟过来："主任，我知道了！他们从走廊去客房的时候，一定会在尚正宾馆的监控录像留下痕迹。哎,我怎么才想起监控这回事!"

慕容曦也恍然大悟道:"对呀!我们现在就去提取尚正宾馆的监控录像,就能证明于家和所供述的事实。"

林乔生特别激动地转身就要往外走:"文婕姐,走,我们马上去尚正宾馆!"

郑岩下意识地看了一下表,林乔生性子急,压根儿不想磨蹭,他非常着急地说:"主任,您和慕容先去法院吧,我和文婕姐去尚正宾馆拿监控录像!"

叶文婕还没将车停稳,林乔生便三下五除二地飞跑下车,直奔尚正宾馆而去。走了没几步,他想了想,又走回警车,从中拿出一副手铐挂在腰带上。

就在林乔生进门的一瞬间,他瞥了一眼旋转门的另一侧,是个瘦高个儿的男青年,身着一身警服,显得很是精神的样子。显然那男青年也瞥见了一身检察制服的他,不过,男青年马上就别过头去,头也不回地快步跑了出去。

林乔生心生狐疑,心想,怎么会有警察出现在这儿呢,发生什么了?不过,他来不及细想,甩开两条大长腿三步并作两步地跑到了前台,亮出了工作证,急急地对前台服务员说:"你好,我是市检察院的,需要调阅一下你们7月26日的监控录像。"

前台服务员不假思索地说:"先生,请你到五楼经理室办理手续。"

话还没说完,服务员像是突然意识到什么似的,她伸手指了一下旋转门外,说:"那个……那个公安局的同志刚刚已经把监控录像拿走了!"

林乔生一听眼都直了,他赶紧把工作证揣裤兜里,飞跑着出了旋转门,只见那个身着警察制服的男青年已经走到了停车场里的一辆高档轿车旁,正欲拉开车门上车。

林乔生气都来不及喘一口,指着那个男青年的背影大声命令道:"站住,你给我站住!"

男青年回头看了一眼林乔生,便迅速上了车,踩下了油门,说时迟,那时快,林乔生像是长了翅膀一般冲到了男青年车边,死死抓住了车门。男青年狂踩油门,导致轿车歪歪斜斜地前行,没有多久就顶在尚正宾馆的墙上停了下来。

男青年"啪"地推开驾驶室车门,像猴子一般身手灵敏地跳下车准备逃跑,可林乔生立即绕过车尾,上前死死抓住他不放,两个人厮打在一起。

叶文婕不明就里,她看到两个身手敏捷、势均力敌的男人上演着全武行,大声问:"怎么回事?"

林乔生边进攻边对不远处的叶文婕呼喊:"他是假警察。快报警!"

男青年一听这话瞬间就慌了神,趁男青年发愣的机会,林乔生一把他死死摁在地上,旋即从腰间掏出手铐"啪"的一声就给那男青年戴上了。

醒悟过来的叶文婕拨打了110,很快,两辆警车开到了案发现场。

23

开庭的时间到了,朱正道、莫宏杰、于家和三人第一次在法庭上相见,于家和既不看朱正道,也不看莫宏杰,而是视他们如空气。朱正道望向于家和的眼神充满了愤恨和鄙夷,莫宏

真相

杰则一副事不关己高高挂起的样儿。

整个审判庭非常安静,只听得到公诉人在翻阅着卷宗和书记员在打字。这种安静的氛围倒是让人感觉有些压抑和紧张,大有一触即发之势。

五十多岁的审判长双鬓都斑白了,眼袋很明显,脸色憔悴,显得很累的样子。他擂了一下法槌庄严宣布道:"现在进行法庭质证和辩护!"

今天方星月穿了一身奶奶灰,银白色的耳钉闪闪发光,褐色的短发在日光灯照耀下发出光泽,她的整个造型给人感觉很高冷。朱正道又忍不住偷瞄了好多次,他多期待她说的每一句话呀!

只听方星月口齿无比清晰地说:"审判长,在前期的开庭中我已经说得非常明白,公诉方出示的刀子并不能证明我的当事人就是本案主犯。什么是主犯?也就是指以其为首对犯罪行为进行策划的人。这说明一个要点,其他的犯罪行为人要听命于主犯的命令,实施主犯的命令。在本案中,我们从朱正道和莫宏杰的供述中可以看到,他们二人是听命于于家和的,所以,可以认定,主犯,就是于家和。"

郑岩待方星月发言结束,他非常沉稳而自信地举起了手中的一组照片,照片上显示的正是那把作案的刀子,他的声音浑厚而富有磁性,说:"我提请审判长注意,在这把刀子上,只有朱正道一人的指纹,说明是朱正道杀害了何琳。"

方星月嘴角淡淡笑了一下,有些咄咄逼人地对审判长说:"我对公诉人的这种推理表示怀疑。我希望向本案的当事人进行提问。"

审判长点点头说:"同意。"

方星月于是面向于家和发问道:"于家和,杀害何琳后,谁先离开了何琳家?"

于家和觉得这个女律师气场很是强大,她的眼神锐利如鹰,看得人直发虚,不过,他早已想好要正面面对这一切,要还原所有的真相,因此原本怯弱的他现在也不再惧怕任何东西。他迎着方星月的目光坦荡地说:"朱正道和莫宏杰他们两个一起先离开的!"

方星月嘴角又流露出一丝难以察觉的微笑,继续问道:"那么是谁最后离开的何琳家?"

于家和毫不惧怕方星月审视和慑人的目光,非常直接地回答:"我!"

方星月点点头,若有所思地问:"朱正道和莫宏杰离开何琳家后,你在何琳家停留了多长时间?"

于家和思索了下,回答说:"大概有五六分钟。"

方星月问完,转过头来底气十足地对审判庭说:"审判长,各位审判员,于家和说得非常清楚了。朱正道、莫宏杰离开何琳家后,于家和又在何琳家待了五六分钟。五六分钟的时间,他可以把一切不利于自己的犯罪痕迹抹擦干净,也就是说,他可以把刀子上的指纹擦掉,从而嫁祸给朱正道。"

于家和听方星月这样说,他倒是不急不躁了,他想着真相一定会大白于天下的!更何况现场还有郑岩他们呢!

郑岩对于家和发问说:"于家和,朱正道和莫宏杰离开何琳家后,你在何琳家停留了多长时间?"

于家和还是回答说:"大概有五六分钟。"

郑岩点点头,又问道:"你为什么用了这么长时间才离开何琳家?"

于家和平静地答道:"朱正道杀了人,我害怕,腿发软,站不起来。"

郑岩这时转过身来,面对审判席说:"审判长,各位审判员,无论任何事情的发生,都有着它的前因,我们说朱正道是本案的主犯,是有其前因的。据于家和交代,朱正道因为追求何琳,后发现何琳不是他认为的年轻女性,而是中年女性,他感到自己受到了羞辱,遂激情杀人。在朱正道的要挟下,于家和被迫跟随他们来到了何琳家。于家和本来是抱着助威的想法来到何琳家的,没想到朱正道竟然出手杀害了反抗的何琳。这出乎于家和的意料,于家和才吓得两腿发软,不能行走。这才是于家和最后离开何琳家的原因。至于辩护人所说的于家和擦掉指纹一事,请大家看我做一个实验。"

说到这里,郑岩从桌上的公文包中拿出红色和蓝色的墨水各一瓶,各取出一部分进行了勾兑,又从衣袋中拿出一块洁白的手帕放进勾兑好的墨水中,又拿了出来,白手帕上已经斑驳陆离地沾染上了勾兑好的墨水。

郑岩站了起来,举起手帕向审判席展示说:"大家可以看一下,白手帕上已经沾染了红、蓝不同的墨水,请问谁可以在五六分钟内把红的擦掉,而仅在手帕上留下蓝色的墨水?"

他环顾法庭一圈儿,用毋庸置疑的语气说:"答案是不可能!"

方星月有些愠怒地说:"我反对公诉人做这样无意义的实验!"

郑岩立即反驳道:"我们认为这实验非常有意义,对案子有着特别重要的意义!"

审判长微微点了点头,旋即擂了一下法槌严肃道:"反对无效！"

郑岩再次举起那只装有刀子的检样袋对众人说："你们看，如果这只刀子上面分别有于家和、朱正道的指纹，于家和能在五六分钟之内擦掉自己的指纹，只留下朱正道的指纹吗？和去除手帕上的墨水一样，答案也是否定的。不可能。不可能，只能说明这把刀子只有朱正道一个人使用过，具有排他性。因此，可以肯定地说，朱正道就是杀害何琳的凶手。我说完了！"

慕容曦悄悄在桌子底下给郑岩竖了个大拇指。

郑岩刚坐下，林乔生气喘吁吁地坐到了郑岩身边，小声向郑岩汇报了尚正宾馆取证时发生的事情……

郑岩惊喜地点点头，问道："文婕呢？"

林乔生回答道："她配合公安方面讯问阿坤，这会正往这边赶呢。"

24

庭审仍在进行着。

方星月对法庭里每一个人说："我提请法庭注意，公诉方所依据的都是同为被告人的于家和的供述。作为一个有污点的当事人，他为自己进行开脱的供述又有多大的可靠性？请法庭考虑。"

郑岩这时从容不迫地举起了放在公诉席上的那张满是一沓沓钞票的图片："这是滨海尚正实业发展集团办公室主任葛文明送给于家和的50万元钱。其目的就是要于家和承担杀害何琳的责任，从而让朱正道逃脱法律的严惩。"

郑岩话音刚落，方星月便满脸严肃和不悦地说："我抗议，

真相

公诉方一直拿于家和的供述进行指证！审判长，如果单从被告人的供述进行指证，请问，是一个人的供述可信度高，还是两个人的供述可信度高？在本案中，朱正道和莫宏杰的供述都指向于家和是本案的主犯，公诉方却要凭于家和一个人的供述来推翻朱正道、莫宏杰两个人的供述，指证我的当事人是主犯，这不符合逻辑。"

郑岩出示了一份指纹鉴定书："滨海尚正实业发展集团的办公室主任葛文明遭遇车祸身亡不能出庭，但是，我们从这50万元的钞票中提取到了他的指纹。这是指纹鉴定书，权威部门的鉴定足以证明葛文明经手过这笔钱，从而收买于家和承担主犯的责任。"

看到郑岩出具了指纹鉴定书，旁听席上的朱尚正感到非常突然，他把求救的目光迅速转向了坐在辩护席上的方星月。

方星月想了一下，朱尚正看她那思忖的模样便急了眼。过了一分钟，方星月继续侃侃而谈："指纹是什么？它仅是证据链中的一环。指纹的存在并不能说明指纹所有人犯罪，这必须有相关的辅助证据来证明这些指纹和犯罪有关。在本案中出现了葛文明的指纹，但是，葛文明的指纹怎么跑到钞票上去的？是不是和收买于家和承担主犯责任有关？这些，还需要证据来证明。"

听到这里，原本面如土色、紧张得快要窒息的朱尚正轻轻地舒了一口气，满是皱褶的脸上露出了满意的笑容。

郑岩朗声说："为了实现收买于家和的目的，葛文明把于家和挟持到尚正宾馆的一间客房，逼迫于家和收下了这50万元钱。在给付于家和这笔款的时候，葛文明的指纹就留在了这沓钞票上。"

方星月嘴角露出一丝不屑的微笑来，仿佛是嫌弃郑岩拿不出更多更有力的证据，她说："这还是于家和的供述。我希望公诉方拿出证据来，来证明葛文明确实和于家和发生了联系，证明收买于家和的事实存在。"

方星月话音未落，林乔生起身，大声对审判席说："我们有证据！"

所有人齐刷刷地把目光转向了林乔生，这时大家才发现林乔生举着一盘光碟站在公诉席上。

众人一片哗然，交头接耳，庭审现场响起了如同菜市场一般的各种交谈声。

审判长不得不又擂了一下法槌："肃静，注意法庭纪律！"

郑岩望着林乔生，对审判庭说："请审判长同意我院办案组成员林乔生发言。"

审判长看了看林乔生，立即点头表示同意。

林乔生举起了手中的光碟向大家示意道："这是我们在尚正宾馆拿到的监控录像光碟。在这盘监控录像光碟中，大家可以清楚地看到滨海尚正实业发展集团的办公室主任葛文明出入尚正宾馆、威胁利诱于家和作伪证、承担本案主犯责任的过程。"

待林乔生说完，郑岩立即对审判庭说："我请法庭公开播放这盘光碟！"

审判长说："同意公诉人的请求！"

25

光碟播放完毕，郑岩清清嗓子，面朝审判庭成竹在胸地说："审判长，这些证据证明滨海尚正实业发展集团办公室主任葛文明确实用 50 万元钱收买了于家和,并为于家和提供了逃跑的火车票。从而证明这一切预谋,都是为了使犯罪嫌疑人朱正道逃脱主犯的责任。"

他说完便定定地望着对面辩护席上的方星月,只见方星月迫不及待地大声说:"审判长,我反对!"

法庭上所有人都把目光投向方星月,目光中满是好奇与疑惑,像是期待着精彩的悬疑小说的下回分解。

郑岩用锐利的眼神看了方星月一眼,然后面对着审判庭和旁听席继续说道:"葛文明收买于家和作伪证被我们发现后,我们及时去滨海尚正实业发展集团传讯葛文明,没想到葛文明却被人设计害死,妄图断了我们指证朱正道主犯犯罪的证据链。"

他话音刚落,方星月又大声表示反对,说:"你说有人害死了葛文明,有什么证据?"

郑岩冷静地微微一笑,对审判长说道:"请审判长同意证人出庭!"

审判长表示同意。一位身穿警服很是精神的警察走了进来,他看了一眼审判席,又看了看旁听席,然后径直来到证人席站定。

审判长快速地打量了一下这位颇沉稳的警察,说:"请证人介绍一下自己的身份。"

这位警察很有气势地说:"我叫张正,滨海市公安局刑事侦查支队技术大队大队长,现就葛文明被害一案作证。"

说到这里,他从手中的文件袋里拿出一份报告向大家示意,说:"这是我队做的技术报告,可以认定,葛文明驾驶的轿车被人做了手脚,在经过盘山道 S 形弯道时,刹车失灵,导致葛文明坠崖死亡。"

旁听席上又是一片哗然，窃窃私语声不绝于耳，显然，大家都没想到葛文明的死竟然是有人蓄意设计。

朱尚正从这位警察出现在法庭开始心脏就怦怦直跳，这种紧张和担心到极致的感觉可是他这么多年商海沉浮都不曾有过的。他不停地用纸巾擦着头上冒出的汗，手中不停地搓动着他惯常揣着的核桃。

朱正道也冷汗淋淋，他可没想到公诉人这么厉害！

郑岩继续朗声道："派葛文明收买于家和，对于家和进行威胁利诱，逼迫于家和承担本案的主犯责任，再到杀害葛文明，妄图毁灭证据链，这显然是有目的的一系列活动。这个人会是谁呢？"

听到这里，大家眼里流露出十万分感兴趣的目光，像是追了很久的电视剧，就等着看大结局了。

郑岩指着旁听席上的朱尚正，环顾法庭一圈儿，对众人说："这个人，就是旁听席上的这位，朱正道的父亲，滨海尚正实业发展集团董事长朱尚正！"

朱尚正不由自主地从旁听席上站了起来，脸红脖子粗地大声斥道："你这是诬陷！你没有证据！"

郑岩望了望朱尚正那张布满皱纹的脸，冷笑一声说："请审判长同意我的证人出庭！"

审判长同意证人出庭，只见两个法警押着阿坤从法庭侧门走了出来。还未待阿坤走到证人席上，朱尚正就指着阿坤，哆嗦着问："阿坤，你，你，你……"

阿坤哭丧着脸说："董事长，我全都说了！"说完他便垂下了脑袋。

真相

"啪、啪"的两声,朱尚正手一松,两只核桃便从手中掉了下来,发出刺耳的声音。

他再也把持不住,瘫软在旁听席上。

经过郑岩办案组的努力,"7·12何琳被害案"成功公诉,被告人朱正道、莫宏杰、于家和得到了应有的惩罚。

滨海尚正实业发展集团董事长朱尚正、司机阿坤因犯包庇罪、故意杀人罪已被刑事拘留,案件正在侦查中……

二
股神疑局

许多股民反映最近网上一个自称"股神"的人很火，检察官助理林乔生认为是骗子，其女友律师丁一楠似乎也"中了招儿"。到底是不是"股神"？"股神"背后还隐藏着多大的阴谋和秘密？一起普通的刑案，将诸多人卷入结果难测的漩涡……

真相 三股神疑局

1

　　滨海市证券交易大厅内，人头攒动，人们都紧紧地盯住大屏幕。那上面的红绿颜色不断变换跳动，人们的心情也跟着不断起起落落。一些老人家神情很是紧张，有的人还时不时地抚几下胸口。

　　这天开盘没多久，只见大屏幕上最近人人喊着买进的洪源实业股票从涨停突然不断往下跌，速度之快令人咋舌。买了这只股票的人有的使劲儿擦了擦眼睛，有的以为是眼镜片起雾或蒙尘了，便赶紧用衣襟下摆用力擦镜片再戴上，有的用颤颤巍巍的手赶紧拨打电话或拍下电子屏幕发给亲朋好友……人们不敢相信眼前突然发生的这一幕——人人看好的洪源实业股票在短短几分钟之内跌停了！

　　一大堆股民骂娘的有之，气得捶胸顿足的有之，抱着电话痛哭流涕的有之，更有老人家直接晕倒在地上，还有人号啕着直接跑上了证券交易大厅所在的滨海市财富大厦顶楼嚷着要跳楼！

　　很快，滨海市公安局经侦支队就接到了报警电话，支队长吕宏林受命接手这个案件。

　　自接手这个案件以来，吕宏林是吃不下睡不着。根据目前掌握的线索和证据来看，这个案件还真不简单！众人均称是在网上受一个自称"股神"的人的蛊惑而疯狂购进洪源实业股票的，可是这个"股神"神龙见首不见尾，来无影去无踪，谁也不知他身在何方，是何方神圣，这让人从何查起呀？吕宏林为此深深发愁。

　　这天早上，他在家坐在餐桌前连早餐都还来不及吃，就接到主管局长李克的电话。

李克说:"宏林啊,洪源股票这案子,公安部和国家证监会同时发了情况通报,要咱们限期破案,可以说是通了天了!你们经侦支队的担子不轻呀!"

吕宏林抓起一个包子,说:"李局,这个'股神'非常狡猾。自从洪源实业高处跳水后,'股神'就关闭了'股神'等QQ群,现在我们不知道他是谁,更没有办法接近他。互联网是个虚拟的世界,很难掌握他的行踪呀!"

李克说:"要想办法嘛!'股神'这个案子公安部已经督办了,抓不到'股神',你我都没法向上级交代。这样,我让网监支队配合你们。"

吕宏林放下手中的包子,点了点头说:"好吧!我们一定努力,想尽一切办法也得把这个'股神'抓获归案。"

说完他连早餐也没心思吃了,赶紧开车赶往单位。刚进单位大门就碰到了一张熟悉的面孔,原来是滨海市检察院的林乔生,老熟人了。

吕宏林赶紧上前热情地伸手跟林乔生握手:"大林,今天怎么有时间到我这个小庙来了?"

林乔生哈哈笑道:"吕支队,我领奖金来了!"

吕宏林愣了一下:"什么奖金?"

林乔生说:"你们公安局不是说举报有奖吗?我今天就是来举报了。"

吕宏林说:"好,好!欢迎,欢迎!只要你举报的线索有用,我今天先以个人的身份请客!"

林乔生问:"真的?"

吕宏林正色道:"君子一言,驷马难追!"

真相 三 股神疑局

林乔生清了清嗓子，一本正经地说："吕支队，是这样。这互联网上有一个人自称'股神'，搞了个什么'股海泛舟'，向每一个加盟者收取3800元的加盟费后，向大家推荐购买洪源实业股票。结果，现在洪源实业大跳水，很多股民被套牢。我感觉这里面一定有猫儿腻！"

吕宏林一听跟自己最近办的案件有关，可高兴坏了，连连拍着林乔生的肩膀说："大林，这是瞌睡送来了枕头，你可真是我的及时雨呀！"

面对着上级部门发来的督办函，再考虑到吕宏林所陈述的办案难度，李克双眉紧锁。想想这紧迫的办案期限，他不由得抓起电话打给滨海市检察院检察长许省身。

这日下午，许省身就叫来了郑岩。

许省身指着桌上的一份文件对郑岩说："这是滨海市公安局发来的函件，邀请我们提前介入，引导侦查'股神'非法经营证券案。'股神'这个案件已经引起了公安部和国家证监委的重视。经过技术侦查，发现'股神'在咱们滨海市活动，就批转到滨海市公安局协助侦破。但是，由于'股神'行动诡异，公安局方面的侦查工作一直没有进展。你们第一检察部的林乔生向公安局提供了可靠的线索……"

许省身的话还没说完，郑岩赶紧好奇地问："您是说，林乔生认识'股神'？"

许省身摇了摇头："不，林乔生也不认识'股神'。林乔生的女朋友丁一楠和'股神'有联系，曾经加入过'股神'设立的'股海泛舟'联盟，也是受骗者。我已经同意接受公安机关的邀请，派你们办案组提前介入这个案子，引导公安机关调

215

查取证。"

郑岩拿起函件，仔细看了看，说："这个'股神'还真不简单呀！QQ 群，还有什么'股海泛舟'联盟，简直做戏做全套，样样都弄齐活了！"

许省身背着手站在窗边看外面的车水马龙，听郑岩这样说，他转过身来，轻轻点了点头，说："是呀，确实不简单。我们平时总是说要以人民为中心，要让人民在每一个案件中都感受到公平正义，现在这么多老百姓利益受损，这是真正考验我们检察机关的时候到了。我们必须要严厉打击这种涉众型经济犯罪，以保证我们国家金融体制健康有序地发展，也保护众多普通老百姓的财产安全。这对他们来说也许就是身家性命，是他们的血汗钱呀，不容易呀！"

郑岩满脸严肃地听着，看着窗外金灿灿的阳光，重重地点了点头。

2

李克让网监支队抽调人手紧急支援吕宏林。网监支队派出的是滨海大学计算机专业毕业的技术高手小秦。

小秦这会儿两眼紧紧盯着电脑屏幕，他添加了"股神"为好友，但"股神"的头像一直显示为灰色，无数次添加无数次提示框弹出提示："对不起，对方拒绝加为好友！"

吕宏林一直在小秦身后紧张地踱步，他额头原本就深的川字纹这会儿沟沟壑壑尤为明显。

只听得小秦猛敲了一阵键盘后转过头来，吕宏林以为有戏，立马奔上前凑近电脑急切地问："怎样了，有希望了吗？"

真相

小秦脸上露出特别无奈的表情,叹了一声气,说:"吕支队,我想尽了办法,但还是一直查不到'股神'的信息。"

吕宏林眼里的忧郁更深了,他直起身子,用手敲了敲后腰,无奈地说:"小秦,你马上跟你们网监支队的人再合计合计,看看能不能想想别的办法。"

小秦应声说"是",这时一个下属推门进来对吕宏林说:"吕支队,市检来人了。"

吕宏林一听,紧蹙的眉立马舒展了三分,阴郁的眼里也泛出一些光亮来,他三步并作两步跑出了网监支队的办公室,来到了经侦支队会议室。

只见制服笔挺的郑岩、林乔生、慕容曦三个人已经列坐在会议桌旁了。

吕宏林赶紧上前跟老熟人郑岩握了握手,简单寒暄过后,他打开了投影仪,屏幕上立即出现了一幅"股海泛舟"网页截图。他站着用手中的激光笔指着屏幕说:"我们今天要研究的就是这个'股海泛舟'联盟。"

郑岩三人一齐转头看向屏幕。

吕宏林说:"前一阶段,公安部、国家证监会发布了要闻通报,通报了这个'股海泛舟'联盟,根据上面掌握的证据,该联盟已经涉嫌非法经营罪。根据技术部门的调查,以及林乔生同志的举报,现在可以肯定前一段'股神'确实活动在滨海市,所有的非法经营活动也发生在滨海市。"

听到这里,慕容曦颇有些义愤填膺地说:"把这个'股神'抓起来,看他到底神在什么地方!"

吕宏林苦笑了一下,轻轻摇了摇头说:"这个人啊,非常狡猾,自洪源实业股票高处大跳水以来,他就关闭了'股神'QQ

群,他本人的 QQ 也拒绝加任何人为好友。特别是'股海泛舟'联盟,过去只要申请加入,交加盟费,都是来者不拒,现在也关闭了。我们多次以申请加盟的理由联系'股神','股神'也没有任何回应。可以说,现在我们根本就没有机会接近'股神',更不知道'股神'是何方神圣,现在身处何方!"

林乔生听了眉头也不由得紧蹙,问道:"那网监部门呢?技术上应该不是问题,从过去的 IP 地址查起呢?"

吕宏林叹气说:"唉,'股神'所用的是移动网卡或者不同的网吧,IP 地址不稳定。"

郑岩一直在认真倾听,吕宏林这番话让他也皱起眉头。一时间大家表情都有些凝重,面面相觑,沉默不语。过了一会儿,郑岩打破了沉默,他若有所思地说:"找不到'股神'?怎么可能呢?"

慕容曦满脸狐疑和担忧:"人过留名,雁过留声,蚊子过了还划道影儿呢!'股神'再神,我就不信他能把屁股擦得这么干净!"

吕宏林鼻孔里重重出了一口气,道:"是呀!我也是这样想的,可是……唉,这个案子不能再拖了!"

看得出来,吕宏林确实觉得这个案子很棘手,有点儿一筹莫展的感觉。郑岩便望着林乔生,说:"丁一楠那儿能不能提供点儿有用的线索?"

林乔生表情变得更加凝重,非常无奈地说:"她呀,坚决不同意我报警!"

吕宏林很是不解,大声问:"为什么呀?"

林乔生苦笑了一下,解释道:"她是咱们滨海市的大律师,非常注重名声。如果传出去她也被'股神'骗了,会影响到她在律师界的声誉。"

吕宏林缓缓点了点头，表示丁一楠这理由似乎也可以理解，但他却情不自禁把目光转向了郑岩，郑岩心领神会一般，继续定定地望着林乔生。

林乔生看看吕宏林，又望望郑岩，一脸委屈地说："这事，你们可别把希望寄托在我身上！"

慕容曦瞧瞧这个，又看看那个，目光定格在林乔生脸上，见他如此说话，便非常不满地说："哼，妻管严！"

林乔生不满地大声嚷嚷说："慕容曦，你说什么呢？这和'妻管严'有什么关系？这可是破案！"

慕容曦也不甘示弱，大声反驳道："破案又怎么了？任何一个公民都有配合公安机关的义务，丁一楠是个律师，她更应该明白这个道理！"

林乔生竟然一时语塞，找不到合适的理由替丁一楠辩解，他支支吾吾半天，最后说："这……她这不是怕影响了声誉嘛！"

慕容曦翻了个白眼，不屑地道："怕影响声誉？那当初就别加入什么'股海泛舟'联盟呀！还不是因为贪财！"

林乔生感觉比自己被说还更不爽，他颇为不满地说："慕容曦，你说什么呢？嘴上别那么刻薄行不行！当心找不到婆家！"

见这俩冤家打起了嘴仗，老熟人吕宏林哭笑不得，饶有兴致地看他们俩你来我往，唇枪舌剑，对破案的担忧一瞬间跑得无影无踪了。

郑岩苦笑着跟吕宏林对视一眼，赶紧息事宁人："好了，好了，你俩这大冤家的别搁这儿过嘴瘾了，让人家吕支队看笑话。大林，你把丁一楠约一下，我们大家伙谈谈！"

慕容曦和林乔生气嘟嘟地各自别开脸去，相互不理睬。

吕宏林来兴致了，他仿佛是把这个约见当作最后一根稻草似的，赶紧拍了拍胸脯说："是啊，大林，你放心，我们一定会为丁一楠保密的！"

林乔生勉为其难地说："好吧！我试一下，丁一楠配不配合我就不知道了。"

从吕宏林那儿回来的当天晚上，林乔生便约丁一楠去他们谈恋爱常去的 SaSa 咖啡馆见面。

丁一楠一落座便撩了撩新染的栗色齐耳短发，端起林乔生给她点的咖啡啜了一口，说："说吧，林大检察官有啥公事召唤我！"

林乔生一脸狐疑地问："咋的了，检察官还不能约女朋友谈个恋爱？啥公事啊？啥公事也没有，谈恋爱！"

丁一楠冷笑了一声说："大林啊大林，我跟你认识也不是一两天了，你屁股一撅我就知道你要拉什么屎！别人不了解你，我还能不知道你？说吧，找我啥事？"

林乔生尴尬地摸了摸后脑勺儿，苦笑着望着女朋友，最后还是不得不开口了，说："好吧，谁让你是咱媳妇，还是咱媳妇水平高，要不怎么能成为咱滨海第一名嘴呢！"

丁一楠哧地笑了一声，斜了他一眼："少贫，少给我整这些没用的，赶紧说重点！"

林乔生清清嗓子说："既然咱家领导都发话了，那我可说了啊，你可别生气啊。是这样的，估计你也听说了，这'股神'的案子通了天，上面要求查处……我说老婆大人你，你能不能配合一下我们的工作？"

真相

说完他嬉皮笑脸地望着丁一楠，同时，眼里满是认真和期盼，生怕她会拒绝。

丁一楠慢条斯理地放下咖啡杯，然后抬起头冲林乔生狡黠地一笑，闪亮的眸子盯着林乔生的眼睛说："如果我说，我不配合你的工作呢？"

林乔生装作特别痛苦的样子，两手不停地捶着头，说："媳妇，这个，我……我也不知道怎么办才好。不过，这种情况可绝对是在你老公我的意料之外的呀，我想了一千种一万种可能，唯独没有想到这种可能呀！"

丁一楠见他这调皮样，便摇了摇头，随即又莞尔一笑，低头从小坤包里翻出一张卡片："这是个QQ号，我今天下午登陆时发现这个QQ号一直在线。"

林乔生赶紧接过卡片翻看，狐疑地道："QQ号？什么意思？"

丁一楠轻声而神秘地说："我和'股神'有一笔交易，他给了我这个QQ号。"

林乔生十分不解："什么交易？怎么从来没听你说过你跟这'股神'还有啥交易？"

丁一楠这时却起身腰肢一扭，拿起坤包就往咖啡馆外面走，边走边回头丢下一句："你放心，我不会拿法律开玩笑的！"

看着心上人窈窕的身影飘然而去，林乔生错愕不已，拿着那张卡片翻来覆去看了不下十遍。

第二天一大早，郑岩便带着林乔生、慕容曦去了滨海市公安局找吕宏林。

一见面，林乔生就递上那张卡片对吕宏林说："吕支队，我家丁一楠说,这是'股神'最新的QQ号。目前,也只能通过这个QQ号才能和'股神'联系。"

吕宏林接过这张卡片,难以掩饰的兴奋浮现在他胡子拉碴的脸上,他激动地抓住林乔生的双手摇了几下,两眼放光,说:"大林,你可立了大功了!这个案子要是破了,我吕宏林一定给你请功!"

转头他又立马对郑岩说:"郑主任,走,咱们上监控室去!"

吕宏林将卡片递到小秦面前,说:"快,快,快,这是'股神'的新QQ号,你赶紧登录QQ看看能不能查到什么!"

小秦一听说是'股神'的新QQ号,瞬间来了兴致,赶紧猛敲电脑键盘,其余人全都凑过来聚精会神地盯着电脑屏幕。

小秦一通噼里啪啦敲击过后,声音颤抖地说:"成了!"

大家闻言脸上都露出了惊喜的表情,吕宏林瞪大眼睛问:"成了?"

小秦指着电脑屏幕那堆大家看不懂的代码说:"通过技术手段可以发现,这个QQ号注册时用的注册名就是'股神',现在换了名字,叫'股海泛舟'。"

吕宏林有点儿不解,问:"股神?股海泛舟?还是一个人嘛!"

小秦说:"对,这个人就是'股神'。"

林乔生赶紧凑上前问小秦说:"那能查出这个'股神'的个人资料吗?"

小秦缓缓摇了摇头,说:"很难查出。但是,从对方注册的IP地址资料上看,我们可以知道机主叫王云高。"

慕容曦嘴里一遍遍念着"王云高",脑海里在不停地回忆和思索,她觉得这个名字似乎在哪儿听过。突然,她两眼闪着光说:"如果我没记错的话,这个王云高,我们曾经跟他打过交道!"

郑岩也赶紧在记忆中搜索关于这个王云高的点点滴滴。

慕容曦见郑岩没想起来的样子,赶紧说:"主任,您记不记得,五年前,我们因为一起贪污案,曾经到洪源实业财务部取证。当时,洪源实业的财务部副主任就叫王云高!"

林乔生这时猛地拍着手,恍然大悟一般,说:"对,我也想起来了,洪源实业是有王云高这么一个人!"

吕宏林似乎不相信自己的耳朵:"这么说来,难道说洪源实业有人参与到这个案子中了?"

林乔生说:"怎么不可能?如果这个'股神'王云高就是洪源实业财务部前副主任王云高,再加上鼓动股民购买的也是洪源实业股票,洪源实业很可能和这个案子有关!"

这时网监支队的另一名工作人员过来对吕宏林说:"吕支队,根据我们这几日的监视、调查,这个'股神'就是王云高。根据手机定位,他目前的位置在滨海市怡和花园7号806。"

吕宏林听后赶紧看了看郑岩,郑岩神情坚定地说:"吕支队,无论这个'股神'是何方神圣,先查清他的底细,建议马上抓捕归案。"

吕宏林咬紧牙关,重重地点了点头。

3

滨海市公安局经侦支队第一时间展开行动,由吕宏林带队,四五个人开着两辆吉普在郑岩他们到访那天的第二天早上五点就蹲守在怡和花园门外。

真相

六点半左右，王云高从怡和花园走了出来。他非常警惕地左右看了看，没发现有什么动静，然后赶紧钻进了停在7号楼下的一辆黑色奔驰。

林乔生虽然一夜没怎么合眼，但精神得很，他一直举着望远镜朝怡和花园7号看，突然看到一个跟照片上的人长得很像的人鬼鬼祟祟地下楼来，他便确定这个人就是王云高。他赶紧推了推一旁的吕宏林，吕宏林接过望远镜看了看，又瞧瞧照片，赶紧挥手对林乔生和后排的几个精干的小伙子说："追！"

就在这时，王云高已经驾着他的奔驰一溜烟离开了怡和花园。林乔生赶紧开车跟了上去。

王云高的驾驶技术不错，清晨的滨海街头没什么人和车，马路宽阔畅通，他几乎是玩儿起了漂移。一向自诩'车神'的林乔生都几次差点儿跟丢。

王云高左拐右拐，绕来绕去，绕到了城郊，再上了一段高速，又下了高速来到一条乡间小道，行驶了半个小时，终于停了下来。林乔生和吕宏林这才发现，这里是个高尔夫球场。

绿草茵茵，山风习习，山腰雾霭缥缈，好像给半山腰披上了一条洁白的哈达，景致不可谓不美。

林乔生他们找了个隐秘的角落停好车，继续用望远镜跟踪观察王云高。

只见王云高怒气冲冲地拉开车门走了下去。两位门童向他走了过来，并拦住了向里闯的他，好像在问他要什么东西。

王云高的态度很是傲慢，只见他从衣袋中掏出了一张类似于高尔夫球卡的东西扔向门童。门童一时没加防备，没有接到那卡片，卡片飘落在了地上。

一个门童上前捡了起来，看了一眼，又双手恭恭敬敬地递了过去。

另一个门童做了个向里请的手势，王云高便趾高气扬地大步往里走了。

林乔生边看王云高边问吕宏林："吕支队，我们就在这儿等王云高出来？"

吕宏林说："行！"

说完他就拿起报话机说："七组和六组，立即到滨海高尔夫球场会合！"

高尔夫球场里，穿着一身白色运动套装的滨海市洪源实业股份有限公司董事长张洪源和他的助理金国政正在绿草地上边走边聊着什么，两个保镖一左一右地跟着他们。

他们正聊得起劲儿，却见王云高朝他们直冲了过来。保镖赶忙上前阻拦，王云高挣扎着使劲儿摆脱保镖们的控制。

张洪源和金国政讶异地望着他，张洪源用眼神示意俩保镖放开王云高。

王云高哼了一声，轻蔑地看了俩保镖一眼，又像是特别讨厌嫌弃俩保镖阻拦他而导致他发型乱掉了似的，他用分别戴了三个宝石戒指的两手夸张地理了理油光锃亮的大背头，阴笑着冲张洪源说："哎呀，张董事长，你好大的架子呀！我王某人想见下你都难于上青天呀！"

张洪源不动声色，只轻蔑地笑了笑。

王云高见状，继续激张洪源道："真不愧是咱滨海的大企业家呀，有这样的闲情逸致在这儿打高尔夫，哼，真是好有品位和有钱有闲，实在让王某人羡慕嫉妒恨呀！"

张洪源斜着眼看了看王云高那张阴阳怪气的脸，缓缓而又冷冷地开口了:"怎么着,王云高?你这是炒股炒破产了,找上门兴师问罪来了?"

王云高鼻孔里重重地哼了一声:"你这是装聋作哑呀,其实我为什么找上门来,你心里比谁都清楚!别给我在这儿装王八羔子!"

张洪源冷笑道:"王云高,如果我没有算错的话,你应该收了500万元的加盟费了,不至于因为洪源实业股票大跳水而破产吧!"

王云高一听这话,瞬间就像漏气的气球一般,先前嚣张的气焰灭了一大半,他有些难为情地说:"嘿,张董事长,不,我说老大,您别忘了,我们是谈好了条件的。洪源实业无论是利好消息或利空消息,您应该提前告诉我。"

张洪源突然发火了,他原本没啥血色的脸此时突然间憋得通红,他狠狠训斥道:"凭什么?就凭你忘恩负义!背着我搞什么'股海泛舟'联盟!更何况我们之间的协议是口头协议。你既然能推翻协议,正好顺水推舟。"

王云高像被激起斗志的公鸡一般,头发都立起来了。他愤怒地冲向张洪源,却被两个牛高马大的保镖和胖墩墩的金国政挡在了一边。

王云高恼羞成怒,跳了起来,指着张洪源鼻子大嚷:"张洪源,算你狠!你等着,我会把这笔账给你算清楚的!"

说完他便气呼呼地离开了高尔夫球场。

望着王云高远去的背影,金国政颇为感慨地说:"现在这个王云高很嚣张呀!"

张洪源眯着眼望着远处山垛间鸡蛋黄一般的金色太阳,微微笑了一下,冷冷地道:"所以,我们一定要想办法让他闭嘴!"

真相

金国政抬了抬金丝边眼镜，点点头道："董事长，你放心，这事交给我办好了！"

王云高大步流星地从高尔夫球场走了出来，转头上了自己的奔驰车，他正要发动车辆，却发现自己被几个警察和检察官给团团围住了，一个警察小伙拉开车门让他下了车。

王云高设想过自己被抓的场景，但他没想到是在这种地方、这种时候，更没想到这么早自己就被控制了！

他惊恐地瞪大眼睛望着这几个犹如天兵天将下凡一般的警察和检察官，颤声问："你们……你们这是要干什么？"

吕宏林上前厉声喝问："你叫王云高？"

王云高此刻像是一只毫无气力的弱小鸡，小声回答道："是，我是。"

吕宏林又问："你网名叫'股神'？"

王云高心里有十五只水桶，支支吾吾道："我……是，我的网名是'股神'。"

一个干练的警察小伙赶紧出示刑事拘留证，威严地说："王云高，你因涉嫌犯罪被刑事拘留了！"

王云高抖着手把刑事拘留证接过来看了一眼，然后不甘心又有些胆怯压抑地叫喊道："凭什么抓我？我犯什么罪了？"

吕宏林却不理会他，而是直接冲那几个精干警察小伙摆了一下头，厉声道："带走！"

几个小伙齐齐上前，把王云高像拎小鸡一样押上了警车。

远远地，张洪源和金国政目睹了王云高被抓的情景，都惊得目瞪口呆。望着几台警车绝尘而去，张洪源说："没想到警方还是快了我们一步呀！"

金国政眨巴眨巴眼睛，又取下眼镜片哈口气，用球衣下摆擦了擦，重又戴上，试探着说："这里面会不会出什么问题？"

张洪源用下巴点了一下警车远去的方向，狐疑地说："还有检察院的，他们来干什么？"

金国政皱着眉说："原则上，不是特殊的大案子，警方在执行公务的时候，检察院的不会出现。"

张洪源满脸阴郁："看来，王云高这个案子闹大了呀！"

金国政神色凝重地道："现在股票市场正是多事之秋，大家都紧紧盯着股市呢！"

4

自高尔夫球场回来后，面对着公司里的下属时，张洪源表面依然风平浪静，但内心里却如热锅上的蚂蚁一般煎熬。没人的时候，他就关起门来，独自在办公室里转个不停。

他翻了翻手机新闻上对王云高案子的报道，又设想了种种可能，比如警察找上门来自己该咋办，咋应对，他又安慰自己，或许王云高这事跟自己没啥关系。他想了很多很多，终不得法。于是他抓起电话打给了助理金国政，叫他来一起商量应对策略。

金国政敲门进来，见到张洪源脸色很不好，黑眼圈严重，眼袋很深，便小心翼翼地问："董事长，找我有事？"

张洪源坐在老板椅上，闭着眼睛低着头一手捏鼻梁，一手把手机递给金国政："你看看，警方这样大张旗鼓地宣传这个案子，我看另有目的呀！"

金国政从张洪源手中接过手机看了一眼，微笑着安慰道："董事长，少安毋躁。您忘了吗？五年前，王云高就已经被我们洪源实业开除了。现在，他和我们洪源实业一毛钱关系都没有！"

张洪源抬起头来，脸上的阴郁似乎少了一丝，他看了金国政一眼，重新靠在椅背上，长长地舒了一口气，轻蔑而又责备地说："人心不足蛇吞象呀！王云高为什么要搞那个'股海泛舟'联盟？为什么要收取人家3800块的加盟费？如果没有这3800块的加盟费，如果没有这个什么'股海泛舟'，公安怎么会以非法经营罪抓他？他这是自寻死路嘛！"

金国政连连点头附和："他是罪有应得！反正咱们洪源实业也没有要那3800块，什么'股海泛舟'也和洪源实业没有一丝一毫关系。他王云高自己造下的孽自己受，和咱们洪源实业无关！"

张洪源轻轻摇了摇头，神色凝重："说王云高和洪源实业无关，恐怕这是一厢情愿呀！这两天我仔细盘算了一下，看起来王云高的事和咱们无关，事实上渊源很深。我就怕他王云高嘴不严实，把咱们给出卖了呀！"

金国政却很有把握地说："您看这微信文章上说得很明白，王云高什么也没有说呀！"

张洪源苦笑了下："你没听说有立功赎罪这一说吗？现在，王云高是什么也没说，可保不准他将来会说。"

金国政颇为自信："他现在不说，马上就会移送检察院起诉了！他就是想说，也没有机会了。"

张洪源再次摇摇头："我就是怕在检察院环节出问题。你没有看到吗？抓王云高的时候,市检察院的郑岩也带人参加了。看来，这案子铁定会交到郑岩手中。郑岩，那可是个难剃的头呀！案子到了他手中，就是一块石头，他还想榨出二两油来！"

金国政的脸这下也沉下来了，他内心其实是认可老板张洪

229

源的推论的,但他出于鸵鸟心理,时常劝自己也劝老板说王云高的事跟自己的饭碗没关系,仿佛只要他自己坚信这点,他就能做到心绪稍平静点儿。

他问张洪源:"您是怕王云高扛不住,在检察院环节供了?"

张洪源轻轻点头说:"很有可能呀!"

金国政紧张得直搓手:"那……那我们该怎么办?"

张洪源靠在椅背上望着窗外的几棵白杨树思忖着,几分钟后他开口了:"我们再想让王云高闭嘴已经不可能了。但是,我们也不能袖手旁观,必须得想办法把王云高的嘴堵上,不让他乱说!"

金国政一听可犯难了,满脸不解又为难地说:"这可是通天大案!我们的手哪里伸得进看守所呀!"

张洪源微微一笑,神秘地道:"我们的手伸不进看守所,不见得别人的手也伸不进看守所呀!"

金国政狐疑地望着张洪源:"您是说?"

张洪源挥手制止金国政说下去,命令道:"马上给我联系北京的吴大园律师!"

5

郑岩满脸喜色地跑进来,见到正伏案打字的林乔生,便上前擂了他后背一拳,说:"哎呀,我说大林,你小子行呀!'股神'的案子,破了!"

慕容曦赶紧站起来不解地望着郑岩,瞪着一双大眼问:"破……破了?!"

郑岩笑着冲慕容曦道:"林乔生立大功了!多亏了丁一楠提供的那个QQ号呀!刚才,市公安局已经把感谢信都送到许检办公室了!这无论对咱滨海市检,还是对咱第一检察部,或者大林本人来说,都是一件值得庆贺的事情呀!"

慕容曦酸不溜丢地道:"大林同志,别忘了回去给你媳妇请功!"

林乔生非常得意地说:"嗨,给她请什么功呀?这是她应该做的!"

慕容曦嗔道:"看看,又开始牛了不是?!"

林乔生自豪地拍着胸脯笑道:"男人嘛,当家人!什么功劳不功劳的,媳妇的也算在我账上就好了!"

慕容曦和郑岩对视了一眼,都哈哈笑了起来。

郑岩拉张椅子坐下说:"这个叫王云高的'股神',在互联网上设立了17个QQ群,自称对股票预测准确率超过90%,诱使股民通过缴费的方式加入了他的'股海泛舟'联盟,赚取巨额加盟费。"

慕容曦想了想,问道:"那么根据刑法,这应该涉嫌非法经营罪了吧?"

郑岩打开保温杯,喝了几口枸杞水,继续道:"到底是诈骗罪还是非法经营罪,还要看最终我们掌握的证据。"

林乔生问:"对了,这个'股神'王云高究竟是干什么的?"

郑岩说:"公安机关已经查明,王云高大学毕业,曾经在咱们滨海市的洪源实业财务部任职。后来,不知是什么原因离开了洪源实业。去年年底开始建立'股海泛舟'联盟。"

慕容曦这时真诚地说道:"大林同志,这回你可真是立了大功!恭喜你了!"

林乔生抱拳，得意地笑道："得嘞，承让！"

郑岩微微点了点头，说："是，在公安机关侦破这起案子上，大林确实是立了大功。许检说，这案子案情重大，社会反响强烈。根据领导的意见，决定把这个案子交给咱们审查逮捕起诉。怎么样，二位有信心没有？"

慕容曦和林乔生激情四射，齐声说："保证完成任务！"

6

盛夏时节，知了在枝头拼命鸣叫，那叫声令人愈加烦躁。张洪源在办公室窗前踱着步，此后他实在被窗外知了的叫唤声给弄得心烦意乱，便打电话叫来金国政："金主任，这知了叫得我实在头疼，有什么法子让它们不叫吗？"

金国政可没想到张洪源这个时候还有心思关心知了，他一时也想不到什么好办法，恰好这时前台来电话，说是来了两个自称从北京来的客人。

金国政一听"北京"二字便喜上眉梢，赶紧拍着大腿夸张地说："哎呀，北京来的客人呀？那肯定是吴大园大律师了！"

张洪源的眉眼瞬间舒展开来，知了一下子被他抛到九霄云外去了。他赶紧对金国政说："走，咱们去前台迎接吴律师！"

二人到了前台，只见沙发上坐着位看上去很是精明强干又兼具温文儒雅气质的中年男子，穿着蓝色衬衣，打着深蓝色领带，正在埋头看着一份洪源实业集团的宣传资料。他旁边沙发上坐着一位妙龄女子，戴着黑框眼镜，看上去很是斯文秀气。

张洪源赶紧迎上去，吴大园也赶忙起身，两人紧紧握手。

张洪源热情洋溢，不断摇着吴大园的手说："哎呀，我们可是盼星星盼月亮般盼望您的到来呀！真是百闻不如一见，果然仪表堂堂、精明干练。看到你，我心里已经有了胜诉一半的把握！"

两人边聊边往张洪源办公室去。吴大园显得很是沉稳老练，他的情绪并不像张洪源这般外露，或许内敛谨慎是他的职业加性格特征吧，他只是微微笑着回应道："张董过奖了，我们还是等待法律公正的判决。"

张洪源见吴大园看上去极有主见，丝毫不被现场其他人物和气氛影响情绪，便觉得此人非同一般，看来请他不会有错。张洪源便也收敛了自己的情绪，内心隐隐埋怨自己刚才太急，情绪太过外露，在吴大园面前有点儿掉价。

他连连点头，轻声说："对，我也是期待法律的公正判决。但是，有一个前提，希望这个案子不要溯及既往。"

这时两人已经走进了张洪源办公室，在沙发上坐了下来。

吴大园没有说话，只是用两只眼睛紧紧地盯着张洪源。

张洪源被他这样盯着很是不自在，不由得低下头去，生怕被他看穿内心似的。过了几十秒，他抬头瞥见吴大园还时不时地审视着自己，便有些心虚地朝站在一旁的金国政使了个眼色。

金国政心领神会，笑着对吴大园说："吴大律师，您看这案子？"

吴大园嘴角露出一丝难以察觉的笑意："作为一名律师，我从来不想和法律对抗。对董事长提出的不要溯及既往的条件，应该是法律以外的问题吧？"

张洪源好似下了很大决心似的，坦白说："作为一个上市公司的董事长，我最不希望发生的就是影响企业形象的事。王云高建立'股海泛舟'指导股民炒股，炒的就是我们洪源公司的'洪源实业'股票。现在，王云高出了事，媒体必然会把关注的焦点集中到我们洪源实业来。"

吴大园两眼像鹰一样看着张洪源，说："你不想卷进这场风波中。"

张洪源重重地点了点头，说："对！作为一个负责任的企业家，我不想因为这件事影响了企业的发展。"

吴大园微笑着看了张洪源一眼，意味深长地说："在来滨海之前，我仔细研究了一下王云高的案子，发现了一个非常奇怪的问题。"

张洪源没接话，脸上的肌肉难以控制地跳了跳。

吴大园又呷了一口茶，慢悠悠地放下茶杯，继续审视着张洪源，说："一个平凡的人要成为'股神'，必须经过一个传奇的过程，这个过程包括他发布的信息经过实践证明是正确的，可以给跟风的股民带来利益。王云高就是基于这一点才成为'股神'的。他成了'股神'之后，带动了一大批的股民跟风，炒作洪源实业股票。没想到洪源实业股票高处跳水，让许许多多的股民叫苦不迭，血本无归。"

张洪源尴尬地笑了笑："对，看来吴律师对王云高的案子吃得很透啊！"

吴大园锐利的目光继续盯着张洪源，这回他声音比之前都大，语速比之前都快，几乎是上赶着逼问道："我想问的是，当初造神的时候，是谁把洪源实业股票利好的消息透露给王云高的？"

张洪源回避着吴大园审视的目光，嘴唇有些发抖，笑得极不自然，最后只得硬着头皮说："作为王云高的代理律师，您尽管拿自己的律师费，别的嘛，您就不要管了。"

吴大园却很是坚持:"不,这需要王云高的配合,我必须理清这其中的关系。不然,我凭什么说服王云高?"

张洪源一时愣住了,脸上挂不住,尴尬地干笑几声,打着哈哈说:"好!吴律师果然是人中龙凤,看问题入木三分。行,我告诉你这其中的秘密,一切正如你所想的那样。这行了吧?"

吴大园好似赢了一场攻心战一般,因终于逼问出了自己想要的内容而心情舒畅。但他表面丝毫没有表露,他慢悠悠地喝着茶,一双鹰眼看着张洪源,慢悠悠地说:"这么说,张董事长决心要把王云高捞出来了?"

张洪源心下一横,心想都这样了也没啥可遮遮掩掩的了,便说:"对。即使捞不出来,也希望你能从中斡旋,我和王云高做个交易,只要王云高忘掉过去的一切,我不会亏待他的。"

吴大园露出一丝笑意,依旧不急不缓地说:"我是个律师,现在却要做起你们洪源实业和王云高的调停人。如果条件许可,我倒是非常愿意为你们洪源集团和王云高之间做好调解,实现大家双赢,不,是三赢的目的。可惜,我只知道您的底牌,对王云高的底牌还一无所知。"

张洪源此刻显得非常自信:"你会知道王云高的底牌的。"

说到这里,他从办公桌上拿起一只信封递给了吴大园,说:"吴律师,这是王云高家属的委托书,委托你为王云高的辩护律师。"

吴大园接过委托书看了看,顺手递给一旁的助理肖蕾。

吴大园轻笑道:"张董事长未雨绸缪,把事情都做到前面了!"

张洪源面露一丝得意,显然,吴大园这句随口夸赞的话还是令他很受用的,毕竟这话是出自高人吴大园之口,要是出自其他人之口,他肯定不当回事。

张洪源朝金国政使了个眼色,金国政赶忙从张洪源办公桌上拿起一张支票递给吴大园。

张洪源说:"吴律师,这是200万的律师费,还请您先收下,一切有劳您了!"

吴大园把支票接了过来,瞄了一眼,喜上眉梢,但他极力隐藏着,只用开玩笑的口吻说:"张董事长果然大方,舍得出这么高的酬金。"

能得到吴大园这样精明强干的精英人物的肯定和夸奖,暴发户出身的张洪源这下更得意了。他豪气地在厚实的米白皮沙发扶手上拍了拍,笑着说:"对洪源实业来说,这些钱不过是沧海一粟。只要检察院没有指控王云高犯了编造并传播证券、期货交易虚假信息,对我们洪源实业来说,花费这些律师费还是值得的。"

说到这里,张洪源又竖起5根手指晃了晃,说:"如果这个案子如我所愿,我会给您这个数——500万,这200万元是订金!"

吴大园感觉自己的心跳了一下,肩膀不自觉地抖了一下,笑得比先前开了一些,说:"这个请张董事长放心,就目前的案情来看,王云高的案子有很大的伸缩空间。只要我们操作得当,我保证您的500万律师费物有所值!"

张洪源连连点头,满眼期待,好似已经看到了胜利在望:"好,那我等着您的好消息!"

7

这日郑岩几个人驱车直奔滨海市公安局。

一见面吕宏林就拉着郑岩的手说:"王云高这个案子很复杂,过去没有办过这种类型的案子,所以请你们检察院的同志提前介入嘛!现在,王云高归案了,我们就要把案子做成铁案。什么客气话咱也别说了,只要是为了保证案件顺利办结的事,我大力支持,你们尽管提出来。"

郑岩点了点头,说:"我们今儿来呢,是因为我仔细看了一下你们转来的卷宗,王云高非法经营罪的要素已经构成,但是,我却有另外一点儿想法。"

吕宏林不解地看着郑岩:"老郑,有什么高见?说吧!"

郑岩清了清嗓子说:"我认为除指控王云高非法经营罪之外,还应该加上一条,他还犯有编造并传播证券、期货交易虚假信息罪。"

吕宏林皱了眉头:"编造并传播证券、期货交易虚假信息罪?"

郑岩解释说:"《刑法》第 181 条有'编造并传播影响证券交易的假信息,诈骗投资者买卖证券'为要件的编造并传播证券、期货交易虚假信息罪……从现在掌握的证据看,指控王云高犯有编造并传播证券、期货交易虚假信息罪完全具备条件。"

吕宏林若有所思,随即缓缓摇了摇头说:"现在,如果说王云高涉嫌非法经营是可以说得过去的,你为什么还要追究他的证券诈骗呢?算了,老郑,我建议以非法经营罪起诉王云高,至于那个编造并传播证券、期货交易虚假信息罪,现在的证据有瑕疵嘛！"

郑岩有点儿急了，他赶紧翻开卷宗："老吕，你看，这么多的股民都作了证明，证明王云高确实发布了虚假证券信息，他们才购买洪源实业股票的嘛！"

吕宏林也急了："不，不！老郑，我认为王云高并没有构成证券诈骗。"

他赶紧翻开卷宗让郑岩看："老郑，你看这里，3月10日，王云高在'股海泛舟'发布消息，说洪源实业将收购证豪实业30%的股权，致使大批股民跟进洪源实业股票；4月20日，王云高在'股海泛舟'联盟发布消息，说洪源实业已经得到了德国一家投资公司3亿人民币的投资款，从而引起股民狂购洪源实业股票的高潮。所有的一切，后来都得到了证实，洪源实业确实有这两个利好消息。这，能说王云高发布了虚假信息吗？"

郑岩和吕宏林对视一眼，彼此都没说话。

林乔生紧接着吕宏林的话茬儿说："可是，紧跟而来的4月30日洪源实业股票大跳水呢？我们有理由判断，王云高所发的利好消息，不过是证券诈骗中的一环，最重要的在这4月30日的洪源实业股票大跳水，黑庄一下子圈走了上亿元的资金。"

吕宏林点头说："这些我都研究过。可是，我们没有证据证明王云高发布了虚假的证券信息呀！"

林乔生问："如果王云高不信誓旦旦地保证炒洪源实业的股票收益，那些受骗者会心甘情愿地拿出那3800元钱加入他那个所谓的'股海泛舟'联盟吗？"

吕宏林眉间的川字纹更深了："这些都是推理。我们需要的是证据。你们知道吗？在我们对王云高预审时，王云高拒绝承认向股民发布了虚假信息，也不承认通过向股民保证利益诱惑股民购买'洪源实业'股票。王云高一味强调说他潜心研究了多少多少年，才建立了这个'股海泛舟'联盟，股民之所以加入这个联盟，只不过为了学习股票交易知识而已。很显然，这难以构成发布虚假信息进行证券诈骗。"

郑岩重重地呼出一口气，说："吕支队，这样吧，我们提审一下王云高，听听王云高的辩解，看看从中能不能找出漏洞来？"

吕宏林点头说："但愿你们能从王云高嘴里掏出点儿什么来。"

吴大园和助理肖蕾却比郑岩早了一步。从张洪源那儿出来后，吴大园回到洪源实业集团经营的洪源宾馆放下行李，然后就直奔市公安局看守所。

会见室内，吴大园注意到，王云高又白又瘦，一副黑框眼镜架在他瘦削的鼻梁骨上，显得嶙峋而突兀。看得出来里面的日子不好过。

吴大园自我介绍后，将一纸委托书推向王云高："这是你父亲王广才先生的委托书，委托我做你的辩护律师。"

王云高有点儿蒙，他仔细看了看那份委托书，又从眼镜框上方瞥着吴大园，盯了起码一分钟，仿佛不相信自己的耳朵和眼睛，他调侃地说："哼，这老头子像是发大财了，居然能从北京请来律师！"

吴大园微微笑了笑，说："王云高先生，天下做父亲的，都希望孩子平安无事。当然，你父亲王广才先生更希望你能在这起案件中从轻处理。"

王云高讪笑:"从轻处理?别痴心妄想了,我已经承认有罪!"

吴大园有点儿惊讶,但随即他就恢复了常态,语气平缓地说:"那是你无知。在来看守所会见你之前,我已经在公安方面查阅了卷宗,发现你只是推广一种炒股经验。在法律上,这是应该得到从轻或减轻处罚的。"

王云高苦笑:"看来吴律师很了解我现在的心情呀!"

吴大园微微点了点头:"对,不仅我了解你现在的心情,还有一位姓张的先生同样了解你的心情。他希望我们能合作好,共同做好这次辩护工作。"

王云高原本幽暗的眼中突然放光:"看来是张洪源让你来的了?难怪我说我家那死鬼穷老头儿怎么可能有这能耐!"

吴大园说:"你的案子,很多人都在关注着。"

仅仅高兴了十几秒钟,王云高突然黑了脸,愤愤地说:"张洪源?哼,这一切都是他搞的,如果不是他突然抽资,洪源实业也不会突然大跳水,差一点儿崩盘!"

吴大园悠闲地轻轻叩着桌子:"对你们的经营方式我不感兴趣。我只是想告诉你,张洪源董事长非常关心你在看守所的生活。"

王云高满脸鄙夷和唾弃:"去他娘的吧,他张洪源不过是猫哭耗子假慈悲!"

吴大园嘴角流露一丝笑意:"张董事长希望你能配合公安机关进行调查,痛痛快快地承认非法经营,那么,你所有的损失都会得到补偿的!"

王云高低着头转着眼珠思忖了一下,旋即抬起头来道:"非法经营？好吧！非法经营，我认了！"

吴大园意味深长地看了王云高一眼，微微笑说："认了就好。大家都是好朋友，都是为了法律的尊严。作为律师，希望你如实把问题向我们讲清楚，以利于我们为你辩护。"

吴大园和肖蕾收拾桌上的文件夹和电脑，准备离开会见室。走到门口时，王云高突然叫住了他们。

只见王云高一副戚戚然的样子，欲言又止地说："吴……吴律师，我现在这儿可谓是度日如年……我，我希望能早一点儿出去。"

吴大园停住脚步，淡定而沉稳地说："从现在的情况看，如果你没有向加盟的网友提供虚假的证券信息，建议他们购买洪源实业股票，可以肯定你会得到法律的宽恕。"

王云高点了点头，眼神闪烁着，声音颇有些发虚地说："如果我能得到法律的宽恕，自然会是因为没有向加盟的网友提供虚假的证券信息了。"

吴大园淡淡笑了笑，说："我明白。从法律的角度讲，这两个要件是相辅相成的。如果是这样，当然很好。当然，这必须在法庭上没有意外的事发生。"

王云高愣住了，赶忙问："什么意思？"

吴大园盯着他的眼睛，有些审视的意味道："比如，你在经营你的'股海泛舟'联盟时，会不会留下了对你不利的证据？"

王云高似乎想说什么，但他突然闭上了嘴巴，空气里一片静默。他脑海里放电影一般闪现那过去的一幕。

那时正是他在网上"股神"名头最响之时，但人心不足蛇吞象，王云高还想更进一步，让自己的腰包更鼓一点儿，他想着自己得找个托儿，可找谁好呢？这个人选可是很关键，既要对炒股感兴趣，又要在滨海有一定的影响力，也就是所谓的"明星光环效应"。

苦思冥想好几日，王云高在电视上看到了一档法制节目，作为节目嘉宾的正是丁一楠。当时王云高就一拍大腿，心想，这可真是踏破铁鞋无觅处，得来全不费功夫啊！这个女律师不正在"股神"群里吗，她的QQ头像不正是电视荧幕上这张漂亮精致的脸庞吗？原来这个女人就是滨海市有名的女律师丁一楠啊！

王云高之所以对QQ群里的丁一楠头像那么有印象，就是因为他不会放过任何一个结识漂亮女人的机会，基本上QQ群里头像或空间里有漂亮女性照片的用户他都用心留意过。

王云高当即把丁一楠QQ签名里的手机号码存到了自己手机里。接着，他马上发信息介绍说自己就是"股神"，是群主，约丁一楠见面。

丁一楠已经在群里待了一段时间了，也确实在王云高的推荐下买过几次洪源实业的股票，且都大涨，让她十几天就赚了十几万。炒股多年，大多时候是亏损的丁一楠这下对"股神"是推崇备至。见到"股神"邀自己见面，一向爱财也爱理财的丁一楠岂有不抱富爸爸大腿的时候！她心想，这可是瞌睡遇上了枕头，财神爷自己送上了门啊！

于是两人约在SaSa咖啡馆见面。王云高把一纸合同递给了丁一楠，说："你只要加入我的'股海泛舟'联盟，就可以在第一时间得到更多洪源实业股票利好的消息，同样，我也会在第一时间让你得到利空的消息，从而保证你的资金安全！"

丁一楠拿起合同看了一眼，玩味地笑了笑，说："看来，你对我非常感兴趣。不过，你为什么非要拉我加入你的'股海泛舟'联盟？"

王云高也意味深长地笑了，盯着丁一楠的脸说："我直接说了吧，你是滨海市赫赫有名的大律师，你的加入会给'股海泛舟'联盟带来无穷的人气。"

丁一楠再次认真地看着合同，没有说话。

王云高仔细观察着她的神色。为了争取她的同意，王云高当即许下承诺："我可以不收你的加盟费，只要你加盟，就可以得到这些优惠条件！"

丁一楠放下那纸合同，端起咖啡品尝起来，玩味地笑着说："看来，我的名誉也就值这3800元！"

王云高感觉有戏，眼里发光，满脸堆笑说："丁律师，你只要在这上面签个字，我们就算合作成功了！"

想到这里，王云高面有异色，陷入了深思。

敏感的吴大园感觉这当中藏着什么问题。他重新在桌子前坐下，定定地望着王云高那闪烁不定的眼神，很是严肃认真地说："王云高，你可得想好了，如果真的有什么问题，不如早一点儿说出来，可以避免到法庭上被动！"

王云高抬头瞥了一眼吴大园那锐利的目光，忙又转头望着别处，咬着下嘴唇，像是考虑权衡了一下，最终他好似下定了决心一般，盯着吴大园说："在滨海市，有一个大牌律师叫丁一楠……或许，她手中的证据会让你在法庭的辩护受挫。"

吴大园闻言满脸惊愕，一向喜怒不形于色的他声音都有些异样："什么？丁一楠？律师？"

王云高见状也有点儿急了，赶紧解释道："是这样的。我为了扩大'股海泛舟'的影响，以第一时间提供给她洪源实业股票利好利空消息为代价,和她签了一个合同,她才加入了我的'股海泛舟'联盟。"

说完王云高手足无措地抓耳挠腮,心里七上八下的。

吴大园缓缓站了起来,低着头沉吟着,来回踱着。

过了七八分钟,肖蕾见吴大园还在踱着步,便上前抬起手腕让吴大园看时间:"吴主任,您看……"

吴大园顿住了,旋即俯身趴在会见桌上,两只鹰一样的眼睛紧紧地盯着王云高,低声而又无比关切地问:"王云高,你手里的合同呢?"

王云高面露难色,低着头嘟嘟囔囔:"洪源实业股票大跳水后,我把所有的一切都烧了……这其中,也包括那份合同!"

吴大园听了颇为失望,缓了几十秒钟,他又低声急切地问:"你在合同中真的承诺了?"

王云高抬头望着吴大园,眼神迷离而茫然,像是生死未卜一般,迟疑地点了点头。

吴大园重重地叹了一口气,自言自语地说:"这个丁一楠……"

8

王云高见到郑岩三人,装作满不在乎的样子,半眯着眼睛,心想,有吴大园和张洪源做后盾,用不着太惧怕眼前这几个检察院来的。

郑岩看了一眼王云高,说:"王云高,我们是滨海市人民检察院第一检察部的,现在依法对你进行讯问。如果你有什么问题需要反映,有什么问题还没有讲清楚,现在给你机会讲出来。"

王云高瞥了一下眼前的三人，没有说话，继续耷拉着眼皮，似乎在想心事。

林乔生见状便大声问："王云高，问你话呢！有没有需要反映的情况？"

王云高抬头很坚决地摇了摇头："没……没有。"

林乔生有点儿生气，翻开卷宗说："王云高，根据公安机关的调查，你自去年开始，在互联网上注册了17个名为'股神'的QQ群，自称对股票预测准确率超过90%，诱使近2000名股民通过缴费的方式加入了你的'股海泛舟'联盟，从而赚取巨额加盟费。是不是这样？"

王云高淡淡地说："是……是有1000多个股民加入了我的'股海泛舟'，他们也确实是向我交了3800元的加盟费。"

郑岩等三人对视一眼，各个在心里想着眼前这小个子男人脑瓜子里装的东西这么不简单，果然人不可貌相，海水不可斗量啊！

见王云高一副死猪不怕开水烫的样儿，林乔生气鼓鼓的，追问道："你是采取什么样的手段诱惑他们加入你的'股海泛舟'联盟的？"

王云高颇有底气地说："诱惑他们？没有的事！他们加盟我的'股海泛舟'，是因为我预测得准确，也从股市得到了收益。他们付出了钱，买到了我的知识。买卖，一个愿买，一个愿卖，这有什么错吗？"

眼见王云高态度傲慢，回答问题滴水不漏，郑岩出招儿了："王云高，卷宗显示，3月10日你在'股海泛舟'发布消息，说洪源实业将收购证豪实业30%的股权。两天之后，洪源实业即发布了利好消息,说已经与证豪实业达成了初步意向。这消息你从哪儿来的?"

王云高颇为自豪地说:"这是我研究得出的!近两年来,洪源实业一直扩大产业领域,和证豪实业两家经常往来。面对证豪实业的困境,洪源实业很有可能出手相助。我做出了这样的判断并没有什么错,反而可以证明我的研究已经达到了登峰造极、炉火纯青的地步!"

林乔生哼了一声:"王云高,既然你有先见之明,黑庄突然抽逃资金,造成洪源实业股票高处大跳水、差一点儿崩盘的事你怎么没有预见到?"

王云高闻言满脸阴云密布,低下头不再说话。

郑岩接着说:"王云高,洪源实业这次利好消息就算是你研究出来的。那么,3月20日你发布的利好消息呢,也是你研究出来的吗?"

王云高梗着脖子说:"我不明白你说的意思!"

郑岩拍拍卷宗,威严地说:"你不想承认了?这上面可记得清清楚楚。3月20日,你在'股海泛舟'联盟发布消息说,洪源实业已经得到了德国一家投资公司3亿人民币的投资款,结果两天之后,洪源实业向外发布了利好消息,他们已经和德国这家公司签订了投资协议。这也是你研究出来的吗?"

王云高腰杆一挺,头一抬,高声说:"那,那当然了!"

林乔生提高音量:"王云高,你给我放老实点儿。据我所知,你一没去德国了解市场,二没参与洪源实业和德国公司的秘密谈判,你是怎么知道这个信息的?又是谁透露给你的?"

王云高张口结舌:"这个……这个……"

林乔生说:"王云高,说吧!事已经发了,想瞒是隐瞒不住的。早一点儿说出来早一点儿结案，还可以得到法律的宽恕！"

面对一连串条分缕析的犀利发问，王云高腿脚发颤，脸色煞白。

林乔生感觉突破有戏，苦口婆心地说："王云高，你没必要为别人死扛！"

郑岩也紧跟着问："说吧！是谁透露给你洪源实业利好消息的？"

王云高神情像是出洞觅食的老鼠一般鬼鬼祟祟，他瞥瞥林乔生，又瞄瞄郑岩，面露难色地说："检察官，你们还记得美国有个'米兰达规则'吧，对不起，我不想自证有罪！"

林乔生冷笑了一声："这就是说，你已经承认有罪了？只是不想供认罢了！"

王云高急了，高声嚷道："你们如果有证据，尽可以把我送上法庭。不然，我只能告诉你们，我什么也不知道。所有的一切，只和我的研究有关！"

林乔生气不打一处来，喝道："王云高，你嚣张什么？我们指证你非法经营罪，你有什么说的？"

王云高玩儿起了自以为是的以退为进心理战，说："非法经营？我不知道怎么非法了。市场经济，有买有卖，怎么非法经营了？如果依照法律规定非要判定我有罪，那不怨别人，只怨我平常法律概念淡薄。我认了！"

林乔生笑道："王云高，看来你只愿承担非法经营的罪名了！"

王云高气得脸红脖子粗，似乎要跳起来，大声嚷道："这还不够吗？你们还想判我什么罪？"

真相

此后无论郑岩三人怎么发问，王云高都闭眼沉默。审讯不得不结束，疲惫的郑岩三人只得从看守所离开。

上车后林乔生紧蹙眉头，非常气愤地说："看来，王云高这小子死扛定了，不会承认发布虚假证券信息。"

慕容曦嘟着嘴道："他说的一派胡言。如果他不发布虚假信息，就不可能让那些受骗者上当受骗，心甘情愿地拿出3800元钱！"

林乔生叹了一口气说："这小子死扛到底，我们也没有办法呀！"

慕容曦学王云高的口气："我不想自证有罪！你们听听，这分明是向我们叫板，让我们拿证据！"

坐在后排的郑岩淡淡笑了笑："他扛得住吗？那个'股海泛舟'联盟可有近2000人！王云高本事再高，他可以闭嘴不说案情，怎么保证大家都闭口不谈案情？！"

林乔生眉头舒展了些："王云高不承认，我们也可以定他的罪！从这些股民的笔录材料看，王云高确实向股民提供了虚假证券信息嘛！"

慕容曦像是突然想到了什么似的，兴奋地用力拍了一下大腿道："对！我们还有一个更有力的证人！"

林乔生诧异地看着慕容曦，好奇道："谁？"

慕容曦诡笑着说："远在天边，近在眼前啊！丁一楠不就是一个吗？"

林乔生狠狠剜了慕容曦一眼，夸张地说："我说姑奶奶，您可真是哪壶不开提哪壶，能不能不提丁一楠？提起她，我就要发疯！"

郑岩笑得乐不可支："俩冤家别贫嘴了，大林好好开车吧！

有啥话我们回单位再说！"

那俩冤家便安静下来，一路无话。

从看守所会见王云高回来后，吴大园马不停蹄地去了张洪源办公室，将对话一一告知张洪源。张洪源听完一只手重重地拍在办公桌上，无比气愤地说："他王云高是在威胁我！"

吴大园思索了一番："凭王云高的个人能力，他能威胁您？张董事长，恐怕这里面另有隐情吧？"

张洪源背着手站在窗前，长叹一声道："这件事，对我们来说确实有苦难言呀！"

吴大园淡然一笑，开解道："常言说，治病救人。可这治病也得对症下药呀！不知道这里面有什么弯弯绕，恐怕这病是不好治了！"

张洪源急了，赶紧难为情地坦白说："其实，那个……那个'股神QQ群'是我让他建的……"

吴大园虽然心里感到有些震惊，但表面依旧不动声色："包括透露利好消息？"

张洪源难为情又面露痛苦之色，微微点头。

吴大园来回踱着步，沉吟了一会儿说："我明白了。你把洪源实业的利好消息透露给王云高，由王云高在'股神QQ群'提前发布，造成'股神'假象，带动一大批跟风的散户，使洪源实业股票向高处攀升。然后，待股价炒上去后，你们又突然撤资，转眼之间从股市套走了大批的资金。"

张洪源很是委屈和不解地道："是。但是我没有让王云高搞什么'股海泛舟'联盟，更没有让他向股民收3800元加盟费。"

吴大园淡淡地说："常言说，无利不起早。你想一想，在王云高身上闪耀着'股神'效应的光环。这个时候王云高能不借机捞上一把吗？他不是傻子，傻的只会给你白干活儿。"

张洪源赶紧辩解说："可是，我给了他很多。两个多月的时间，我给了他30万。"

吴大园吸了一口烟，吐出烟圈儿来，看着烟圈儿袅袅上升说："晚了，现在再说这些，已经晚了。如果没有那3800元的加盟费，公安是不能定王云高非法经营罪的。"

张洪源狡黠地看了吴大园一眼，皮笑肉不笑地道："我想，吴先生也不想白拿律师费吧？"

吴大园淡淡一笑："我已经和王云高谈好了，他非常愿意和你合作。我现在非常希望见到滨海市的大律师丁一楠，希望张董事长能促成此事。"

张洪源转过身来诧异地望着吴大园："什么，你要见丁一楠？"

吴大园点点头："对，只有见到丁一楠，我才能确定律师费是不是白拿。"

张洪源皱着眉头问："那如果见不到呢？"

吴大园耸了耸肩："那我真的不知道结果会是什么！"

张洪源嘴唇紧抿，两分钟后，他像是下定决心一般允诺说："好，我可以约见一下丁一楠！"

9

丁一楠正准备出门去公园跑步，手机上突然显示一个并不熟悉的号码，原来是洪源实业的董事长张洪源打来的。丁一楠很诧异对方怎么会打电话给自己。

张洪源说想请她做洪源实业的法律顾问。丁一楠觉得在这种时候自己并不很熟悉的张洪源找自己，个中一定有着某种猫儿腻。她那一向比较准的直觉告诉她，这个约见跟'股神案'很可能有关系。丁一楠满口答应了对方的邀约。

当天晚上，一身鸭黄套装的丁一楠走进了滨海市海铭国际大饭店。刚进包间就看到坐在上首的张洪源，她稍稍愣了一下，随即热情欢快地打趣道："张董事长一向与鸿儒巨贾交往，今天怎么突然想起来请我这个小律师吃饭了？"

张洪源见到身段窈窕、妆容精美的美女律师朝自己走过来，换作平时喜好美女的他眼睛都不舍得挪开，但此刻却只能躲避着丁一楠那锐利的眼神。他站起身来，尴尬地笑了笑："哪里，哪里，我是久仰丁律师的大名呀！丁律师在咱们滨海是人中龙凤，哪个不知，哪个不晓呀！"

丁一楠微微笑了笑，在旁边的椅子上坐了下来。

张洪源手指着一个看上去高大儒雅的中年男子介绍道："丁律师，这是我京城来的一个朋友。"

见多识广、阅人无数的吴大园赶紧站了起来，平素一向眼高于顶的他此刻却很是恭谦地给丁一楠递上了一张名片，微笑着说："敝人姓吴，北京大园律师事务所主任律师，吴大园。"

丁一楠把名片接在手中看了看，用审视的目光打量了一番吴大园，说："原来是北京来的同行呀，大律师呀，幸会！"

吴大园笑道："久仰丁律师大名，相见恨晚！今日一见，果然女中豪杰。吴某敬您一杯！"说完，吴大园举起了手中的酒杯豪爽饮下。

丁一楠也非常爽快地端起了酒杯："我本来是不喝酒的，难得今天遇到北京来的同行。好，我们就碰上一杯，也算我借花献佛,为吴律师喝的接风酒吧!"说完,丁一楠和吴大园很高兴地碰杯。

见此情景,张洪源非常开心,他连连鼓掌欢呼:"好!丁律师真是很爽快。来,我敬您一杯!"

本以为丁一楠会给自己面子,哪知道她的纤纤玉手却放下了酒杯,玩味地打量着张洪源:"张董事长,今天来应该不仅仅是为了让我喝酒的吧?"

张洪源非常尴尬,发现丁一楠没有碰杯的意思,只好讪讪地放下酒杯,说:"丁律师说得有道理。是这样的,吴律师从北京来,谈起了洪源实业的发展方向,认为必须要有法律的保驾护航,建议洪源实业聘请一个常年法律顾问,对公司的涉法事项负责,并为董事会的决策提供法律依据。"

丁一楠捋了捋栗色短发,笑道:"据我所知,吴大园名满京城。都说外来的和尚好念经,吴律师自然是担任洪源实业法律顾问的最佳人选了。"

吴大园也笑了,帮腔说:"丁律师怎么把生意往外推?常言说强龙不压地头蛇,我这个远来的和尚怕是念不好经的。张董事长已经为您准备好了聘书,只要您点头答应,100万元的年薪立即就可以划拨到您的账户上。"

丁一楠诧异地看看张洪源,又看看吴大园,说:"我说今天出门的时候喜鹊为什么喳喳叫?原来竟有这般好事。只是……常言说,礼下于人,必有所求,不知道张董事长有什么特殊要求?"

张洪源连忙站起来辩解说:"丁律师,您多虑了。洪源实业聘请您为法律顾问纯粹是从企业的发展角度考虑。丁律师在滨海市鼎鼎大名,能成为我们洪源实业的法律顾问,不仅能为企业发展保驾护航，对提升企业形象更有不可估量的作用！"

丁一楠蹙着眉头思忖："这个……"

就在这时，金国政从外面进来，附在张洪源耳边悄悄私语。

张洪源站了起来，非常抱歉地看着丁一楠和吴大园："丁律师，本想和您好好聊一聊，没想到公司出了点儿小事情，等着我去处理。这样，您和吴律师先聊着，我去去就来。"

金国政抓起张洪源放在饭桌上的公文包，和张洪源一起急急忙忙向门外走去。

走到包间门口的时候，张洪源转过身来看着丁一楠，一脸讨好的笑容："丁律师，咱们说定了。明天我就把聘书给您送过去，您就是我们洪源实业的法律顾问了！"

丁一楠站起来正想要解释，可张洪源已经走出饭店大门了。

丁一楠非常失望地坐了下来，吴大园看了看丁一楠的脸色，很是殷勤地端起了酒杯笑道："来，丁律师，咱们再喝一杯！"

丁一楠却两手抱着，跷着二郎腿，歪着头用怀疑的目光审视着吴大园，有点儿咄咄逼人："吴律师，从今天的阵势看，酒，可没有这么好喝的吧？又是法律顾问，又是年薪 100 万，您给我说一下，张洪源到底想搞什么名堂？"

吴大园放下酒杯，两手摊开在桌子上，淡淡笑着说："丁律师，我问您，作为律师，我们最怕的是什么？"

丁一楠不出声，审视地盯着吴大园的眼睛，吴大园并不气恼，不疾不徐地说："我想，应该是名誉受损。一个名誉有损的律师，想在这个世界上讨碗饭吃恐怕是很难的！"

丁一楠皱着眉头，眼神里冒出一些愤怒的火花，但她在心里强迫自己冷静，不要喜怒形于色，她冷冷笑道："我不明白吴律师的意思，有什么话还请明讲。"

吴大园喝了一口红酒，放下酒杯，悠悠说道："丁律师，您知道我为什么来滨海吗？"

丁一楠饶有兴致地看着吴大园，摇了摇头，讪笑着说："不知道，我怎么可能知道吴大律师的旅程！"

吴大园故作神秘地说："那我想你应该知道王云高这个人吧？"

丁一楠放下搭在右腿上的左腿，正襟危坐，一脸严肃："您说'股神'？"

吴大园此刻也一脸严肃："对，我说的就是'股神'。现在我可以告诉您，我是'股神'王云高的代理律师。您明白今天请您来的目的了吧？"

丁一楠蹭地站了起来，眼里喷火一般盯着吴大园："吴律师，作为一个律师应该有什么样的职业操守，你应该比谁都明白！"

吴大园却不紧不慢，不疾不徐，慢条斯理地说道："对，我们都应该遵守律师的职业道德。遵守职业道德的目的是什么呢？不过是为了在大众面前留下一个好印象，好名声。如果在滨海市人人皆知丁一楠律师被'股神'骗了，别人会怎样看待你？别人还会认为你遵守了职业道德吗？答案显然是否定的！"

丁一楠冷笑道："看来，今天这酒席是鸿门宴呀！"

吴大园连连摇头道："不，不，这酒席绝对不是鸿门宴，吴某不过是借张洪源董事长之手搭个桥，认识一下滨海市鼎鼎大名的丁律师。"

丁一楠讶异道："为什么非要认识我？"

吴大园说:"因为我不想让我的当事人背上证券诈骗的罪名。"

丁一楠猛地哈哈大笑起来:"原来吴律师是想封我的口啊!"

吴大园有点儿威胁的口吻,说:"不,我是为丁律师着想,不想让丁律师的名声毁于一旦。"

说着他凑近丁一楠耳边,悄声说:"那个合同,价值100万吧?你只要把合同拿出来,100万就会打到你的账户上。"

丁一楠嫌恶地挪了挪身子,问:"哪个合同?"

吴大园说:"据我所知,王云高和您订立了一个合同,约定在第一时间向您透露洪源实业股票的利好消息,换取您加入'股海泛舟'联盟。"

丁一楠看了吴大园一眼:"哟,敢情吴大律师您是什么都知道呀?"

吴大园笑说:"常言说,知己知彼,百战不殆。作为王云高的代理律师,我不弄清楚王云高在哪儿留有不利的脚印行吗?"

丁一楠慢悠悠、懒洋洋地晃晃手中的红酒杯,又看了看吴大园,笑道:"看来,张洪源拿出100万元的法律顾问费,只是一个幌子,这100万是要买那份合同了?"

吴大园重重地点了点头,眼里放光,傲然道:"对,志在必得!"

丁一楠放下酒杯,轻蔑地看了吴大园一眼,一丝冷笑浮现在嘴角,说:"谢谢吴律师的一番好意,只怕我要辜负了。我实说对你说,关于王云高的'股海泛舟'我一无所知,这个您尽管放心,我丁一楠不会拿自己的声誉开玩笑。同时,我也请您转告张洪源，我丁一楠不稀罕那100万！"

说完，丁一楠摔门而去。

10

周末，郑岩约吕宏林去市中心的泰力拳击馆，这是他们以前常去"探讨"的项目，既可以健身，又可以在运动间隙对谈，很对两个工作狂的胃口。

一通"拼杀"过后，两个人都大汗淋漓。吕宏林大口喘着气，拧开瓶装水咕嘟咕嘟灌了好几大口，说："哎，真是岁月不饶人啊，现在打几下就体力不支了，老啰！"

郑岩也喝了几口水，审视地望着吕宏林的一身腱子肉，笑着说："老吕，我看你现在很不正常呀！"

吕宏林用毛巾擦擦额头的汗，有些诧异地望着郑岩，说："哦，那你说说看！"

郑岩笑说："以前老吕你什么时候有过顾忌呀！一味地冲冲杀杀，大家都叫你'拼命三郎'。现在呢，不打打杀杀了，倒变得秀气了，像个大姑娘，婆婆妈妈的，做什么事都有顾忌！"

吕宏林明白过来郑岩这话是另有所指，笑问："你是说王云高的案子？"

郑岩盯着吕宏林的眼睛认真地说："你说呢？"

吕宏林望着远处一对对打得很是卖力的男女，说："老郑，你想过没有，如果你们按非法经营罪来起诉王云高，王云高罪有应得。上，可以回复国家有关部门的督办；下，可以向那些受骗的股民交代。这样的结果是大家都可以接受的。"

郑岩顺着他的眼神看过去，只见那女方实在凶悍，几次都

真相

要把那男的打趴下，男的只管抱头不还手，也不知是真的毫无招架之力，还是为了显示自己的君子之风。郑岩的表情变得严肃起来，说："可是，这个案子非常明显有其他因素嘛！德国公司投资洪源实业、洪源实业收购证豪实业，这都是些什么事？凭王云高的研究一说，就能研究得那么准确？"

吕宏林转过脸来盯着郑岩："你怀疑这里面有问题？"

郑岩斩钉截铁地说："这一定是个骗局。我怀疑有人把洪源实业股票利好消息透露给了王云高，王云高才变得这样神乎其神的。"

吕宏林环顾着拳击馆内，又喝了几口水，顿了顿，说："你记不记得，上次我们就讨论过这王云高是洪源实业财务部副主任来着？据我们调查，五年前，不知道什么原因，王云高突然离开了洪源实业财务部，转而去开了一家经济咨询公司，经营得不温不火。半年前开始经营他的'股海泛舟'。紧接着，王云高开始神奇地在'股海泛舟'联盟发布洪源实业股票利好的消息，在股市上创下了一个又一个奇迹，被人们称为'股神'。"

郑岩蹙眉问："你的意思是，如我们之前所猜测的那样，王云高和洪源实业有关联？"

吕宏林神色凝重起来："这个我倒不敢说。我只想告诉你的是，洪源实业是咱们滨海市的一张名片，市领导的眼珠子，唯恐出一点儿差错。再者说，张洪源黑白两道都吃得开，你想从洪源实业下手解开'股神'之谜，很难呀！"

郑岩拍了一下大腿，叹了口气，道："看来，你吕宏林是怕了！"

吕宏林拍了拍郑岩的肩膀，郑重其事地道："老郑，当我接手王云高的案子时，我就想到了洪源实业，可是……唉，不说了。我希望这个案子能顺利结案,我们大家都好交代了!"

说完,吕宏林把毛巾往肩膀上一搭,起身向拳击馆外走去。

郑岩坐在原地,一脸茫然地望着吕宏林走远的背影。

11

阳光照射在滨海市中级人民法院正门门楣的国徽上,反射出熠熠灿烂的光芒。国旗高高飘扬在空中,蓝天如洗,几丝白云点缀在万里碧空中。

郑岩站在法院的台阶上,深吸了一口早间的空气,感觉太舒服了,法院台阶两侧的盆花散发出馥郁芳香,好似提神醒脑。

慕容曦和林乔生也跟着吸了几口。慕容曦神色喜悦地说:"我预感今天我们会有不错的表现!"

林乔生笑着打趣道:"哟,慕容,我说你啥时候改行成算命的啦?"

慕容曦正要跟林乔生理论,郑岩赶紧说:"嘿,我说两位冤家,咱这会儿可别置气,庭审要紧!"

主审法官大概四十多岁,皮肤白皙,但脸上微胖而略显憔悴。他把法槌重重地敲在法庭审判桌上,发出特别清脆的响声。他庄严宣布:"现在我宣布,滨海市人民检察院诉王云高涉嫌证券诈骗一案开庭!"

慕容曦顿时感觉到一股火药味在法庭上空弥漫开来,她望了望对面的吴大园,感觉他一副志在必得的样子,便心想着今儿可是一场恶战。狭路相逢勇者胜,她在心底默默为郑岩加油。

法官向法庭介绍到林乔生的时候,林乔生抬头向法庭下望去,突然发现丁一楠坐在法庭旁听席上!只见她偷偷向林乔生比了个"V"的手势。林乔生显得有点儿诧异和不解。作为受害人来说，丁一楠参与旁听庭审无可厚非，但依照林乔生对丁一楠的了解，她这种惜时如金的工作狂，放着各种赚钱的大单不做，专门拿出宝贵的赚钱时间来旁听案子，可真是少见！

法官接着向法庭介绍吴大园，吴大园微微点头示意。当转过头来发现丁一楠后，他的脑袋里"嗡"的一声响，原本自信沉着的他面部表情瞬间僵住了。

审判长问被告席上的王云高："被告，你有没有回避的要求！"

王云高看了看胸有成竹的吴大园，便摆出一副吊儿郎当的样子，摇了摇头说："没有！"

审判长便宣布让公诉人宣读起诉书。郑岩中气十足的声音在法庭内响了起来："……本院认为，被告人王云高目无王法，发布虚假信息，诈骗股民钱财，数额巨大，情节、后果严重，社会危害性大，其行为触犯了《中华人民共和国刑法》第181条之规定，构成编造并传播证券、期货交易虚假信息罪……"

郑岩宣读完毕后，法官问王云高："被告人，你对公诉人指控的犯罪行为有何认识？"

王云高又望了望吴大园，吴大园还是一副特沉着自信的样子，王云高便冷静地摇了摇头说："我不接受公诉人对我的指控！"

法官便问辩护席上的吴大园："辩护人，你对公诉方指控你的当事人犯有编造并传播证券、期货交易虚假信息罪有何认识？"

吴大园此刻仿佛化身演说家，举手投足间颇有演说的风范，什么《奇葩说》《吐槽大会》《脱口秀》里那些所谓段子

真相

手绝没他这脑袋瓜转得快,没他这副张口就来的好口才!他大手豪迈一挥,在胸前画了一道看着特潇洒的弧线,接着用他那富有磁性的嗓音说:"我反对!我的当事人不过是在互联网上和喜爱股票研究的网友进行了交流,这些网友同意拿出钱来加盟'股海泛舟',这和证券诈骗没有任何的关系。"

审判长看看吴大园,又看看郑岩,说:"现在进入法庭质证阶段,首先,请被告人自我辩护。"

王云高似乎从吴大园那儿感受到很多能量,这能量让他底气十足、信心满满。他感觉自己此刻也化身为口才滔滔的大演说家:"尊敬的法官,人民陪审员,作为一个金融管理专业的大学毕业生,我非常清楚证券诈骗的危害性,所以,我不可能明知不可为而为之。深受公诉人指责的'股海泛舟',不过是股民之间交流的平台。股民交费加入'股海泛舟',是为了保证'股海泛舟'这个平台的正常运转,大家可以通过这个平台进行交流。这与证券诈骗有什么关系?我对公诉方对我的指控感到莫名其妙!"

一向稳重的郑岩这会儿可是有了几分少年意气,他大声斥责王云高说:"王云高,无论是平台,还是联盟,都不过是骗人的工具而已!"

王云高心下发虚,没想到儒雅斯文的公诉人会在法庭上这样凶狠地斥责他。他偷瞄吴大园,只见吴大园此刻像是一尊佛,稳稳当当、从从容容的,甚至还拿了一方白手帕在那儿低头细细交替擦着手,那动作慢悠悠的,懒洋洋的,透着一股子让人无法怀疑的底气!于是原本心里有些发毛的王云高不知又从哪儿生出一股热气,这股热气从他后腰直沿着脊柱冲向头顶,他脑子一热,马上脱口而出,坚决驳斥道:"不,我没有骗人!"

说这话时，王云高那原本獐头鼠目的样子都显得好庄严整肃，大有一副英雄范儿。

郑岩正襟危坐，一副不容置疑的神情，问道："那我问你，你是怎么宣传推介这个'股海泛舟'的？"

王云高不屑地看了公诉席一眼："什么宣传？大家走到一起了，这是自发的行为。没有宣传！"

郑岩轻轻咳嗽了一下，清了清嗓子，微笑着环顾一圈儿，突然用锐利的眼神盯住王云高，那眼神如利剑和闪电一般。王云高对视两秒钟，愣是低下头去不敢再望着郑岩。

郑岩正色道："不对！我们通过加盟者进行调查取证了解到，他们在加盟'股海泛舟'前，都受到了你的蛊惑。你在QQ群发布信息，邀请他们参加'股海泛舟'联盟，说自己可以提供及时的洪源实业股票利好消息，保证他们购买洪源实业股票不会赔钱，只会赚钱，从而诱使他们加盟'股海泛舟'，最终敛取了逾500万元的钱财。这个，你不会不承认吧？"

王云高心里又开始发毛，两条腿像是被抽了骨头一般直往下瘫。他勉强抬眼看向吴大园，却见吴大园像是逍遥自在的世外高人一般。王云高似乎看到他周身散发出一圈儿光晕来，心想，这吴律师莫非是下凡来救自己的菩萨仙人哩！看到吴大园这样淡定从容，王云高感觉自己好像也被吴大园周身那道光芒所笼罩和庇护，他心底不知又从哪儿生发出许多热来，那热直烧得他后背冒汗，直烧得他心里痒痒，直烧得他口干舌燥，手心发麻！他感觉两条腿都像是骨头重新生长出来，脚底下似乎冒出几坨祥云，又感觉像是有几个风火轮在催他赶紧升天哩！

他的胆子于是又大了起来，一向紧急集合的那张小脸此刻又显出傲慢和满不在乎的样子，一个磕巴都不打地说："不，我不承认！我从来没有向他们做过保证，更没有推荐过某一只股票，我是股市的研究者，不负责推荐股票！"

郑岩紧紧盯着王云高的小眼睛，说："可是你推荐了！"

说到这里，郑岩从公诉席中拿出一本卷宗递上法庭："尊敬的法官、人民陪审员，这是公诉方合法提取的证据。这些加盟者可以证明，王云高设下连环套，诱惑他们购买了洪源实业股票，最后，黑庄抽资，导致洪源实业大跳水，差一点儿崩盘，大量的散户资金被套牢。"

张洪源冷冷地望着电视屏幕，那儿正播放着"股神案"的法庭直播。他原本就表情有些凶悍，此刻眉眼口鼻全挤在一起了，眯缝着眼，显得愤怒而暴戾。

金国政瞅瞅电视屏幕，又偷偷瞄瞄张洪源，在他看来，此刻的张洪源眼神格外尖利，怒火像是要直从他眼里喷出！

金国政小心揣度着，迟疑地说："看来……郑岩这一班人用心良苦呀！只要王云高的编造并传播证券、期货交易虚假信息罪成立，恐怕接下来要追查谁是这起证券诈骗案的幕后黑手了！"

张洪源仍然眯缝着眼紧盯电视屏幕，胸口像是拉风箱一般剧烈起伏。

金国政感觉到一座火山随时要爆发，他垂首而立，心下发怵。

但张洪源终究没让火山爆发，半晌，金国政才听他悠悠说出一句："山雨欲来风满楼呀！"

金国政大气不敢喘，偷偷瞄了瞄张洪源那写满阴郁的侧脸，揣度着拿捏着说："董事长……我们得有所准备！"

张洪源没做声,好似在思忖着什么,过了好些时候,他问:"那笔钱是不是已经按我的要求做了?"

金国政心提到了嗓子眼儿。伴君如伴虎,面对一向喜怒无常的张洪源,他可真是预料不到张洪源接下来的反应会是什么。见张洪源终于出声了,而且问的是钱的问题,便连忙点头:"是的,我们已经转过了香港的账户上。"

张洪源眉头舒展开来,双手抱住头发稀疏的后脑勺儿,轻松地往老板椅上一瘫,架起二郎腿,还摇了几摇,轻蔑而又轻快地说:"那就让他们查吧!实在不行,我们就走!"

金国政诧异地问:"走?去哪儿?"

张洪源傲慢地冷笑着说:"只要我们有钱,到哪儿都是爷!"

此时只听得吴大园在辩护席上大声说:"我反对!反对公诉人对我的当事人进行无据推断!"

旁听席上一时像是一锅粥突然煮开了。

法官擂了一下法槌:"肃静!肃静!辩护人,你可以发表辩护理由。"

吴大园转头问王云高:"王云高,你认可公诉方向法庭提供的这些证据吗?"

王云高猛地摇头,又像是看到吴大园身上那圈儿光晕向自己照过来、罩过来,他底气十足地说:"我不认可。因为这都是诬陷之词,不是事实!"

吴大园微笑了下,又问:"那你知道炒作洪源实业股票的黑庄是谁吗?"

王云高感觉此刻脚底下的祥云像是要把他托将起来,他感觉自己此刻不是身处法庭,而是飞上了云霄宝殿呢!他听到自己中气十足地说:"不认识!"

吴大园转过身来,慷慨陈词:"尊敬的法官、人民陪审员,刚才公诉人质证后,对我的当事人进行了如下推断:王云高设下连环套,诱惑他们购买了洪源实业股票,最后,黑庄抽资,导致洪源实业股票高处大跳水、差一点儿崩盘,大量的散户资金被套牢。这个推断是那么的可怕。可惜,法庭不是靠推断判案的,靠的是证据!"

郑岩非常严肃地对审判席说:"我反对辩护人对公诉人的不当用词。我们没有推理,我们提交的是证据,不是推理!"

审判长望望郑岩,又看看吴大园,顿了顿,说:"辩护人,请你说出理由。"

吴大园清清嗓子,轻蔑而挑战地看了一眼郑岩三人:"在法庭上,证据优先于一切。我们看到公诉方并没有提供有效力的证据,仅仅是提交了一些书证、电子证据。这些证据是从哪儿来的呢?公诉人自己已经向法庭说明,这些书证来自那些被套牢的散户。尊敬的法官、人民陪审员,你们可以想一想那些被套牢散户的愤怒情绪。资金被套,解套无望的情况下,公诉人找到他们取证,他们必然会把心中的怒火撒到王云高身上,从而做出不实证词。因此,我认为公正的法庭不应该采纳这些证词,来判决我的当事人编造并传播证券、期货交易虚假信息罪,反而要追究那些人作伪证的责任!"

法庭旁听席上一片哗然,几个散户从旁听席上站了起来,无比愤怒地冲着吴大园叫喊:"放屁,我们没有诬陷王云高!"

面对骚动的旁听席,法官赶紧又擂了一下法槌,正色道:"肃静,肃静!"

吴大园用有些凶而锐利的眼神扫视旁听席,冷笑了一下,随即转过头来看着审判席,说:"既然证词的可靠性值得质疑,尊敬的法官,公诉人的推断结果是不是值得怀疑呢?高贵的法庭,充满了智慧的法官,主持正义的人民陪审员,我想你们会做出正确判决的!"

说完,吴大园很是得意地看了公诉席一眼,林乔生和慕容曦两人都感觉自己眼里喷火,喉咙里冒烟,拳头捏得紧紧的,一脸怒气地看着吴大园。

郑岩对审判席微微颔首致意,沉着地说:"尊敬的法官,人民陪审员,如果辩护人所说的理由成立,那么,怎么解释这么多的散户共同指证王云高呢?难道说,我们要相信王云高一人的话,而不顾众人的指证吗?公诉人认为,法庭应该依法判决王云高承担证券诈骗带来的刑事责任。"

吴大园大手一挥,在胸前画了一道弧线,大声说:"我反对。众人指证王云高,就能断定王云高犯有编造并传播证券、期货交易虚假信息罪吗?堂堂的法庭总不会上演三人成虎的闹剧吧?"

吴大园侃侃而谈的镜头出现在电视屏幕上,张洪源拍手称快道:"好!"

金国政连连点头,赞叹不已:"吴律师果然是知名大律师,了不得!"

张洪源点了点头:"能把黑的说成白的,确实了不得。不愧是铁嘴呀!"

金国政看了张洪源一眼,笑问:"董事长,那,我们还……"

张洪源笑了,喜不自胜地说:"算了,我们哪儿也不去。背井离乡的,孤单!滨海多好呀!是我们发财的宝地。"

金国政迟疑地问:"可是这案子?"

张洪源拍了拍椅子扶手,眉开眼笑地说:"我们有吴大园,这官司赢定了!"

金国政还是心有顾虑:"可是,众意难违呀!"

张洪源起身做了几个扩胸运动,看着窗外那一排排白杨树,再听那些知了叫可一点儿也不嫌弃,反而觉得它们的叫声格外动听,好似在为他旗开得胜而鼓掌呐喊呢!

他转过头来对金国政说:"现在是法治社会,打官司,凭的是证据。什么众意?对我来说,狗屁不是。让他们喊,就是喊破天,没有证据,也没有办法指证王云高是证券诈骗!"

天热得很,旁听席上坐满了人,法庭的空调看来是不怎么给力了。林乔生和慕容曦感觉到喉头干涩,很想喝水,但公诉席上并没有水,他们自己也忘了带水,只得拼命咽着口水。

两个人望了望身旁的郑岩,他可能大脑高度运转,所以没工夫在意是否口渴发热。只见他两眼紧紧盯着吴大园,时不时看一眼王云高和旁听席上人们的反应。

在吴大园刚说完那段话后,旁听席上再次爆发出嘈杂的议论声。一个四十多岁、穿着碎花连衣裙、烫着大波浪的中年妇女噌地站起来,愤怒得脸上肌肉都有些变形了,她大嚷道:"王云高,大骗子!"

其他一些听众一见有人带头,也跟着站起来,对准法庭和王云高、吴大园宣泄他们心头极大的愤怒和不满。在场的所有人都感觉得到,旁听席上人群的心里都隐藏着一股巨大的怒气,那怒气仿佛是一个硕大的气球,只差轻轻一戳就能爆炸!

许是感觉到了群情激昂,审判席上几位法官的脸色也越来越不好看。主审法官本来就微胖,这会儿他有些憔悴蜡黄的脸上淌下一行汗珠来,也不知是热的,还是因为庭审现场气氛紧张而导致的。

他跟其他法官和人民陪审员交换了一下眼神,然后不停地敲击着法槌:"肃静,肃静!"

面对汹涌的民意,吴大园还是镇定无比,甚至他很是得意。在他看来,旁听席上人们再怎么愤怒叫嚣都没什么意义,而且他们越是愤怒越好,他们越愤怒而公诉人又拿不出证据,只能让他愈加生气,让公诉人自乱阵脚,法官就算受民意感染,没见到证据也只能无可奈何。

吴大园一副很是绅士的做派,他伸出两只手朝旁听席做了个压下去的手势,意思是让他们少安毋躁。接着他又耸了耸肩膀,对审判席和公诉席说:"我不否定王云高给众多的散户带来了伤害,王云高收了他们3800元钱,应该因此承受法律的处罚。但是,这并不表明必须用证券诈骗这个罪名来处罚王云高才能平息众怒。"

旁听席上人们依旧愤怒,但也想仔细听听这个特别能说的律师接下来还能给他们的眼中钉王云高什么样的辩护。大家都深知,知己知彼,才能百战不殆。倘若连这辩护律师的辩护词都听不清,人们又咋去抓住辩护人的漏洞而来应战呢。许是大家都这样想的,所以人们渐渐安静下来。

吴大园微笑着环顾一圈儿,接着说:"我们从公安机关的卷宗中可以看到,对王云高采取强制措施的时候,给王云高定的罪名是涉嫌非法经营。可是,到了公诉人这儿,却变成了证券诈骗。然而,公诉人却又拿不出王云高证券诈骗的有力证据,这不由得让我怀疑公诉人有迎合散户要求、好大喜功之嫌。"

真相

郑岩用中气十足、沉稳有力的声音说:"辩护人这是对公诉人的人格进行攻击,希望法庭制止这种无端的攻击!"

审判长思考了十几秒钟,非常严肃地对吴大园说:"辩护人,请注意你的说话方式!"

吴大园冷笑了一下,但随即又转变成一种特别真诚的态度,理直气壮地说:"我对公诉人的人格进行攻击了吗?……面对公诉人对我当事人的无理推断,我不得不同样推理一次。尊敬的法庭,我希望公诉人能回到曾经走过的路上来,不要好大喜功,不要让法官为难,以事实为根据,适当量刑,别在证券诈骗这个莫名其妙的罪名上打算盘了。因此,我希望法庭依法驳回公诉人对我当事人证券诈骗的起诉!"

旁听席上又开始弥漫着一股更浓烈的愤怒情绪,尤其当人们听到辩护人吴大园说"别在证券诈骗这个莫名其妙的罪名上打算盘"时,人群就更加激奋。

这时那个碎花连衣裙的中年妇女差点儿要站起来,但被一个穿着蓝色衬衣的身形魁梧的中年男子抢了先,那男子站起来振臂高呼道:"王云高就是个十足的大骗子!"

随着他站起来的还有十多个人,胸膛都剧烈起伏着,恨不能把王云高和吴大园生吞活剥了!

当审判长再次擂法槌不断提醒人们"肃静"后,这站起来的十几个人才坐了下来。这时,一个格外显眼的身影却突地站了起来。法庭所有人都朝她望去。只见这个身影特别苗条而高挑,气质与常人很不一样,妆容精致,身着一身白色套装,风度翩翩,全身上下给人一种特别精英高端的感觉,让人挑不出一丝一毫的毛病来。人们都在猜测,这个女人是谁,她是来干什么的。

真相

正当大家都诧异而审视地打量着她时,她站起来狠狠地剜了吴大园一眼,又缓缓地优雅地坐下了。

吴大园先前因为投入而忘情地发表辩护意见,并未能分心过多关注丁一楠,此刻见她都站起来了,他心下一颤,仿佛被什么东西猛地戳了一下似的,他赶紧把脸转开去,低头装作很认真地看卷宗材料。

郑岩何等心细如发,他把丁一楠和吴大园的眼神交流都看在眼里,心下狐疑猜测,这两个人神情有些古怪,是不是他们之间有着什么关联呢?

但法庭不容他多想这个问题,他得把精力用来全副对准这极其难缠的铁嘴吴大园。他对此刻眼神有些闪烁的吴大园说:"辩护人,这么多人证明王云高证券诈骗,还不足以证明事实的存在吗?"

吴大园此刻变得面无表情,一副理直气壮、倨傲不恭的样子,说:"我要的是证据!"

郑岩看了看一副气定神闲、趾高气扬的王云高,再看了看旁听席上一脸严肃、怒气难消的丁一楠,对审判席说:"我申请法庭休庭。检方需要补充证据。"

主审法官和审判席上其他几位交换了一下意见,然后擂了一下法槌说:"鉴于本案复杂性,公诉方需要补充证据,现在宣布休庭!"

主审法官说完便赶紧从桌子上拽了几张纸巾猛地擦汗,慕容曦则赶紧收拾东西想要跑回去喝水,林乔生则立即扯了扯勒得他觉得有些难受的领带。

看来这天真是够热的,这场庭审也真够火辣,人人都好似去了趟六月天的重庆火锅店!

真相

出了法庭,慕容曦追上郑岩小声说:"这个吴大园,简直太可恶了!"

此刻郑岩才彻底放松下来,他感觉累得跟几宿没睡觉一般。他两条大长腿迈得跟刹车突然失灵的汽车似的,回头望着马尾辫儿一翘一翘的慕容曦微笑着说:"对一个律师来说,能在法庭上打败对手是一种享受,也是一种境界。"

林乔生喉头像是着了火,气得眼睛瞪得铜铃大:"难道,受害者的呼声不算证据吗?!"

郑岩一个急刹车停了下来,神色极是严肃认真,像老师教训学生一般说:"打官司打的是什么?是证据!没有证据,群众呼声再高,我们也维护不了他们的合法权益!"

说完他转头继续带风疾行,一个声音在他们三人背后响起,带着法院低矮走道的回声,显得闷声闷气,活像是闯进罐头瓶子里的苍蝇四处乱转的嗡嗡声。只听那声音说:"郑检察官说得很对,这打官司打的就是证据,没有证据你指控不了别人犯罪!"

郑岩三人立即停下脚步回头看,原来是吴大园。郑岩微笑了下,忽而变成包公脸,义正词严道:"吴律师,你说得很对,打官司是打的证据。但是,还有一条你没有说,那就是正义和良知。任何企图混淆是非的人,最终都会在正义和良知面前败下阵来!"

慕容曦和林乔生什么也没说,但眼里和脸上充满不屑和鄙夷,像是见到一只癞蛤蟆那般直想逃。一向心里咋想脸就上色的慕容曦更是不多加掩饰她对这巧舌如簧的吴大园的愤怒和唾弃。

三个人转头便欲迅速逃离,背后却又传来吴大园那狂傲不羁而又一本正经的话："郑检察官说得很对，我同样希望在正义和良知面前败下阵来。不可想象，一个没有正义和良知的社会将会是如何的悲哀！"

林乔生转过头愤怒地看了吴大园一眼，拳头攥得跟武松打虎那般紧，但终究他嘴抿得跟贴了胶布一般什么都没说，而是扯着两条大长腿风一样出了法院大门。

12

张洪源摁了一下遥控器，关掉了电视机。他起身走到窗前，楼下的木棉花已经开了，一大朵一大朵的，远远看去像是一支支红色的长矛矛尖儿，在阳光下煞是好看。

他望着那朵朵木棉，轻叹口气说："我看，这个郑岩是盯上我们洪源实业了！"

金国政也起身来到窗边，在张洪源身后站定，他思索着该怎样接董事长的话，才能既讨得圣颜大悦，又能让人觉得自己对于事关集团大局的事不是敷衍了事，而是关心和说到了点子上。大概两三秒钟后，他想好了，内心对自己的机智有些得意，甚至自比那足智多谋的诸葛亮。他自信满满地张口说："依我看，法庭应该立即宣判驳回郑岩他们对王云高编造并传播证券、期货交易虚假信息罪的指控！"

张洪源回头望了他一眼，眼里飘过一丝意味深长的笑，给金国政的感觉是，董事长在嘲笑和藐视自己刚才的"急智见解"！他心下一颤，赶紧低下头去，不敢再看张洪源那一贯阴鸷的眼神。

张洪源鼻子里轻轻哼了一声。金国政微微抬眼偷瞄，只

真相

见张洪源伸手慢条斯理地捋了捋窗台上的一盆兰花那纤长的叶子，说："你难道没有看到下面那些呼喊的听众？……法庭当庭宣判，必然会引起更多的社会矛盾……法官也不是神仙，他也要注意社会影响呀！"

说完，张洪源又侧过脸来望了望金国政的胖脸，微微笑了一下，然后继续转过去捋兰花叶子。那轻柔舒缓的动作看得金国政头皮直发麻，让人感觉张洪源像是在抚摸着一个性感美人的皮肤。金国政艰难地咽了咽口水，也不知是难受还是咋的。

不知捋了多久，那原本好好的兰花叶子被张洪源捋秃噜了！金国政偷瞄了一下张洪源的脸色，怀里像揣了个烫山芋，犹疑着问："可是……这事什么时候算个完？"

张洪源放开那秃噜萎靡的兰花叶子，转过身来朝办公桌走去，从办公桌上捻起了雪茄烟，金国政赶上前给他点火，那殷勤劲儿有点儿过火了，差点儿把火点到了张洪源下巴上！

张洪源鼻孔里重重出气，眼见得冒失举动冒犯到老板了，金国政大气不敢喘，赶忙连声道歉说"对不起"，张洪源这才脸色好看点儿。张洪源胖屁股往老板椅上重重一落，那椅子便发出"吱呀"一声，金国政就见到张洪源已经悠闲地躺在椅子上抽烟了。享受了一阵后，他又起身踱着步来到窗边，看着远处的高楼和一望无际的蓝天，微微眯着眼，眼神迷离得像是魂魄出窍。吐出几个大烟圈儿后，他胸有成竹地说："我看，再开一次庭，案子就要结束了。如果郑岩他们还是拿不出证据来，法庭只好宣判驳回郑岩他们对王云高证券诈骗的指控了！"

说到这里，张洪源突然转过身来，把雪茄烟往办公桌上烟灰缸里一戳，对金国政说："走吧！准备一桌丰盛的晚宴，我要宴请铁嘴吴大状。"

真相

三股神疑局

金国政立即转身过来微微弯腰立正,望着已经大步流星走出办公室的张洪源那此刻看上去很是潇洒的背影说:"是,董事长!"

海铭国际大饭店的"富贵花开"包间内,张洪源、金国政、吴大园、肖蕾四个人围坐一桌。满桌都是鸡鸭牛羊,各种美酒佳肴香味扑鼻。满屋子觥筹交错,纸醉金迷,一时间令人有恍如隔世之感,包间里的几个人都以为自己此刻身在世外桃源之中。

一只只高脚玻璃杯里盛满了娇艳欲滴的葡萄酒,在座各位皆是满面红光。张洪源端着酒杯站起来,红通通的胖脸上神采飞扬。金国政偷瞥,发现这平素一贯眼神锐利阴鸷的老板这会儿眼神柔和不少,眼睛都是亮的。他心下感叹,秃鹫都有变温柔小麻雀的时候呢!

张洪源声音洪亮,豪气干云:"来,为咱们吴大园律师的精彩演出干杯!"

吴大园此刻也早已忘记披挂上他那一贯装饰在身上的沉稳内敛、儒雅斯文外壳,而是毫无谦逊推托之意,站起来就跟张洪源响亮地碰了一下杯,脑海里飘过那几百万的支票,脸上一扫平素喜怒不形于色的淡然神情,显得兴奋热情,好似换了一个人。平素很少见老板这样情绪外露,这让助理肖蕾也大感意外。

大家一起站起来响亮地碰杯,包间里响起阵阵欢声笑语,不明所以的外人还以为这里是几十人在搞同学聚会呢!

喝得正酣,包间门突然被推开了,随着一阵香风,一个窈窕的身影跟着闪了进来。四个人都愣了,傻傻地望着门口,原来是滨海市鼎鼎大名的美女律师丁一楠！

只见她一边拍着手，一边笑吟吟地说："好！吴律师一场精彩的演出，洪源实业的谜底就要永远埋没下去，张洪源董事长也从此无忧，确实是值得庆贺！"

原本喧嚣震天的包间内瞬间鸦雀无声，那四个人全傻傻地愣住了。张洪源和吴大园原本红光满面的脸霎时间就变成黑的了，好像吊丧一般。金国政和肖蕾都偷偷瞄瞄各自的老板，都被老板们此刻的脸色给吓到了，便都低下头去，再不敢看。

张洪源手微微发抖，顿了一下，把已经送到嘴边的酒杯又放了下去，随即换了一副笑脸，讨好地看着丁一楠。

丁一楠一张春光明媚的粉脸上流露出不解的神色，睁着大眼睛，诧异地问："都看我干什么呀？继续喝呀！"

张洪源放下酒杯，热情洋溢地朝丁一楠走过去，伸出手来欲揽住丁一楠的肩膀。丁一楠突然往侧边闪，张洪源的手落了空。他脸上的笑瞬间凝固了，但只那么一秒，他又变回原来那讨好的笑意盈盈。他尴尬地放下那只愣在半空中的手，迅速抬起这只手抚了抚后脑勺儿，给人感觉像是他原本就只是想抬手抚自己头的。

他呵呵笑道："丁律师，我可是诚心诚意邀请你担任我们洪源实业法律顾问的。你拒绝了。现在，你为什么还要搅进来呀？"

丁一楠嘴角一撇，笑道："哟，看来张董事长要责备我了？好，那我走好了！"

说完，她便转身走出去，高跟鞋噔噔噔地在包间门外响起来。一直端着酒杯的吴大园此刻突然放下酒杯，三步并作两步地跑出包间门去，在离包间门口两三米的地方一把拉住了丁一楠。只因为他刚才脑海里浮现出丁一楠在法庭旁听席上站起来狠狠看他一眼又坐下的画面。

此刻大律师吴大园也不再避嫌，也想不起来男女授受不亲的规矩来，他亲热地拉着丁一楠的胳膊，好似他们是老朋友似的。他满脸堆笑地说："丁律师，何必要这样匆匆忙忙的呢？既然来了，我们就不妨坐下来喝两杯嘛！"

丁一楠想不到吴大园会这样拉着她，会这样满脸笑盈盈，会这样对她说这些话。她笑着审视一般打量了一眼吴大园，又瞟了一眼愣在一旁尴尬傻笑的张洪源，说："就怕是有人付不起酒钱！"

吴大园朝张洪源迅速丢了个眼色，张洪源何其聪明！他脚底抹油一般扭着肥硕但此刻特别灵活的身子，端着满满一杯葡萄酒跑过来丁一楠身边，亲热地用另一只空闲的手挽着丁一楠另一只胳膊，举起手中那杯红艳艳、香喷喷的葡萄酒，满嘴喷酒气地说："丁律师，常言说，瘦死的骆驼比马大。别看洪源实业股票大跳水几乎要崩盘，可那只是虚拟世界的事，和洪源实业的经营没有太大的关系。你放心，只要丁律师喜好这一口，酒钱嘛，我们还是付得起的！"

丁一楠微笑着挣脱两个男人的左右夹攻，像是甩掉了两个沉重讨厌的包袱一般，她轻轻舒口气，往前走了两小步，转过身来在他们跟前抱着胳膊盯着他们酒气熏天的脸。丁一楠看得最多的是张洪源，这张洪源虽说是阅人无数，可在一向咄咄逼人的丁一楠面前就显得像是手足无措的小学生一般。架不住她这审视打量、玩味笑意的目光紧盯，他几次尴尬地低头看自己的脚尖儿，那是一双黄色牛皮鞋而已。

丁一楠还是这样冷冷带笑地审视着张洪源，被盯得心里发虚，脚底长毛的张洪源不得已只得偷偷瞥吴大园，意思是要吴大园赶紧想办法给他解套。

吴大园啥场面没见过？他呵呵一笑，上前一步揽住丁一楠的肩膀，说："丁律师，既来之，则安之。何不坐下喝两杯？"

说到这里，吴大园挽着丁一楠的胳膊，把她拥进包间里，拉她在他旁边坐下来。

张洪源也迅速涌进包间，在丁一楠旁边刚坐定，他端起酒杯满脸笑得菊花般灿烂道："来，我敬丁律师一杯。"

丁一楠抬手捋了捋齐耳短发，她看了看那只酒杯，像是没看到一般，脸上满是不屑，说："对不起，我对酒不感兴趣，倒是对今天的庭审感兴趣！"

张洪源尴尬地放下酒杯，脸颊肌肉跳了一跳，说："那请丁律师说说看？"

丁一楠拍着手慢条斯理地说："真是没想到呀！今天通过旁听了解到，王云高这起案子的后面还有这么大的内幕。有人竟然从股市圈走了一亿七千多万元人民币。看来张董事长是发大财了！"

说到这里，丁一楠突然转向坐在一旁看戏一般的吴大园，带着戏谑的笑说："在法庭上吴律师这么卖力，恐怕有充足的底牌吧？"

吴大园看了丁一楠一眼，也慢条斯理地说："看来，丁律师对王云高这个案子没有失去信心呀！"

丁一楠用右手食指和拇指在左手衣袖上弹了几下，像是把一团烟灰一样的东西给弹出去。她微笑着回道："我当然没有失去信心。但是，我更明白，从这个案子中拿钱犹如火中取栗，稍有不慎，会烧到手指的！"

真相

三股神疑局

吴大园一贯是自信满满的，但此刻听丁一楠这话，他倒像是突然被冷水浇头、蜜蜂蜇包一般愣住了。

张洪源见一向能说会道的吴大园律师此刻居然哑火了，便只得出来打圆场，他笑着说："丁律师，有话尽管明说，咱们不绕弯子。"

丁一楠冷笑几声，望了一眼满桌的满汉全席，笑道："张董事长说起话来是个大方人，可是做起事来就有点儿小气了！"

张洪源手足无措，端起酒杯又放下，放下又端起，端起又放下，最后放下了，还挨了挨酒杯脚，似热锅上的蚂蚁，风箱里的老鼠，最后憋出一句："哟，何以见得呀？"

老板这表现直让一旁的金国政捏把汗，他何曾见过老板这般手脚无处安放过？可现在人前显贵风光、走哪儿都前呼后拥的张老板愣是在一个小女子面前这般小家子气，真丢人，金国政心里冒出这么一句。不过在替老板担心的同时他心里又冒出一些看耍猴的快感来。

丁一楠冷哼一声，微微笑着打量着张洪源，说："张老板，我问你，假如一个可以颠覆整个案子的证据，有人想用小钱向你买下来，你会愿意吗？"

张洪源瞬间把手足无措丢到爪哇国去了，取而代之的是满脸惊喜，三角眼里都似乎冒出兴奋的光来，只差紧紧握住丁一楠的双手摇晃了，他问道："这么说来，丁律师，你愿意卖了？！"

丁一楠笑道："当然，看什么价钱了？"

张洪源伸出一根指头，顿了顿，像是下了狠决心，问道："100万？"

丁一楠玩味地审视着他，微笑着摇了摇头。

张洪源愣住了，脸色不好看，严肃而又紧张，问："150万？"

丁一楠依然笑着摇头。包间里黄色温暖的光芒照射着她栗色的短发，发出金灿灿的光来，那光晃眼得很，直让金国政和肖蕾走神。

吴大园这会儿算是回过神来了，他清清嗓子，半开玩笑半认真地问："丁律师总不会是要200万吧！"

丁一楠冲那一贯显得道貌岸然的吴大园莞尔一笑，这笑里的内容在敏感细腻的吴大园看来不单纯，那不仅仅只是美女律师的莞尔一笑，那笑里分明藏着对他的藐视和蔑视，鄙视和忽视。他感觉自己像是《皇帝的新装》里那个没穿衣服的皇帝，不，应该说之前是穿了的，但自从与眼前这个厉害的女人交手之后，他的衣服便被她锐利的一双眼给脱了！在她眼里，他就是一个裸奔的人，毫无尊严，灵魂的底牌被她看得清清楚楚！

一向自信甚而自负自大的大律师吴大园何曾有过这样的遭遇？被同行兼异性看穿底牌，那种丧失尊严的感觉真是没法形容，这对吴大园来说是一种莫大的耻辱，但他又自感无法挽回，毕竟自己在这条路上已经滑得太远。

丁一楠盯着吴大园那双算是好看的桃花眼好一阵，说："吴律师，200万，相对于一亿七千万这个数目，不过是沧海一粟、九牛一毛而已。"

吴大园笑笑，扭转头去看着张洪源。张洪源两只眼睛狠狠地盯着丁一楠，像是饿狼看见小白兔一般，恨不得用眼神就将小白兔的肉给剐了吃！

丁一楠见张洪源眼里冒出的火能点着煮了她，便站起来，唉声叹气道："算了，我不想让张董事长为难了！不义之财，得来容易，去也容易，我这是何苦呢！我还是做一个守法的公民吧!"

说完,丁一楠就向外走。

说时迟,那时快,丁一楠没走两步,便被张洪源摊开的一双大手老鹰拦小鸡一般拦住了,他又换成笑盈盈的面孔了,只听他说:"丁律师,请留步。我们交易成功了!一手交钱,一手交货!"

丁一楠站定,双手交叉抱着手臂冷笑着说:"你当我傻呀!我一个弱女子,给了你货,你不给我钱,我有什么办法?"

张洪源一副压根儿没想到这点的表情,思忖了几秒钟,便问:"那,你说怎么办?"

丁一楠眼珠子滴溜溜转,脑瓜子也转得一刻没闲着,几秒钟后,她说:"货,还要在我手中。你给我钱,货就算是你的了,我替你保管两天而已。"

张洪源回身端起桌上的杯子咕嘟咕嘟干掉一整杯,再把杯子重重扣在酒桌上,一拳砸向桌面,咬牙切齿道:"好!成交!"

13

庭审结束的当晚,郑岩躺在床上翻来覆去烙饼,怎么都睡不着。半夜两点钟,他终于想到一个办法,嘴角流露出甜甜的笑意来,打着老长的哈欠立马就睡着了。

第二天天刚麻麻亮,郑岩醒来睡不着了,他起身打着哈欠去了单位。

吃早饭时,他跟林乔生和慕容曦说:"快些吃,等会儿带你们去个地方!"

说完,郑岩便起身走了。他那神色神秘兮兮的,让林乔生和慕容曦好生好奇，但依照以往经验推断，这是头儿又想到啥解套的好法子了！

林乔生望着郑岩的背影，用手肘碰了一下慕容曦，笑着说："头儿这脑袋瓜就是比俺们强，是不是啊？"

慕容曦说："那是，要不怎能迷倒嫂子？听说当年追嫂子的年轻小伙都排到法国去了，嫂子愣是没看上任何人，光看上咱们那时穷得叮当响的头儿了，就是因为嫂子看中了头儿的这儿！"

说着慕容曦就敲了敲自己的脑袋瓜，林乔生便一脸崇拜的样儿望着郑岩远去的背影发呆。慕容曦用筷子敲了敲他的脑袋，说："行了，别羡慕嫉妒恨了啊，你呀，就是再花十年二十年，也别想赶上头儿，没办法，咱得承认智商有高低之分，天赋有强弱之别！"

"切！"林乔生故作不满地翻了个白眼。

早饭后，几个人便开着警车风驰电掣一般朝郊区出发了。林乔生和慕容曦都不知道郑岩这是要拉着他们俩去哪儿，只见路越来越窄，越走越烂，柏油马路变成了沙石路，又变成了泥巴路，到最后都没路了。

几个人便把车停在一个黄土羊肠小道旁的一处空地上，下车往里走。走了十几分钟，总算见到一栋看上去还算气派的红砖房了，两个老头儿在门口对弈，正酣战呢。

郑岩三人走过去观战一会儿，等战局没那么激烈了，郑岩礼貌地问老人家："老伯，请问王广才家在哪儿住？"

坐在左手边的留着花白长胡须的老人便指了一下身后的方向说："你们顺道往里走，拐过三个坳，靠路边的那栋就是了。"

真相

三股神疑局

林乔生和慕容曦对视一眼，这才知道这趟是找王云高的家人来了。两人正欲往老人指点的方向走，见郑岩并不挪步，而是又躬身问那白胡须老人家："老伯，我再请问一下，王广才的儿子，王云高，他经常回来吗？"

白胡子老人家把一个车往对方阵地上一摆，高兴得像个小孩子一样嚷道："小心我的车，看你往哪儿跑！"皱巴巴的脸上绽开了灿烂的笑，满口没剩一颗牙，他对眼前这个很是斯文的年轻人郑岩说："哎呀，你说起这老王的幺儿呀，那娃可是作孽哩，爹不管娘不管，也管不着，吃喝嫖赌，五毒俱全了，听说挣的钱不少，就是一年到头没给他爹一个子儿！"说着，老人家便摇摇头，继续低头跟同伴酣战。

郑岩三人谢过老人家，然后照着老人家先前的指点顺着羊肠小道拐了几个山坳坳，便看到了一栋有些破败的红砖房。这是一栋两层的红砖楼房，外墙有些破败，好些砖头都被风雨剥蚀得残缺了。

房门前是一洼水塘，水塘里的水浑黄浑黄的，几只白鹅黄鸭颠着脏兮兮的泥屁股屁颠儿屁颠儿地绕着塘边追着跑，嘎嘎嘎、呱呱呱地乱叫唤。

慕容曦和林乔生从小在城市生活，对农家的一切感到新奇，四处打量着。只有乡下出生成长的郑岩对这一切熟视无睹一般。他见大门没关，而是半掩着，便上前敲敲门，问："请问王广才在家吗？"

大概几十秒钟后，黑洞洞的屋里有人应声，然后一个黑瘦的老年男子蹒跚地从里屋走了出来，诧异地打量着来人。

郑岩做了自我介绍，说明来意，王广才热情又局促地把大家让进堂屋。屋内光线不够，他便拉亮了电灯，那灯泡瓦数很低，

真相

刚够人看清对方表情。慕容曦抬头看了看，屋顶全是蜘蛛网。

王广才跑进堂屋后面的屋子里去张罗了几分钟，用一个磕碰得面目全非的瓷盘端了几杯茶出来，郑岩让他不要忙活，赶紧坐下来聊聊天。

为了让王广才更信任和更配合，郑岩从衣袋掏出了检察官工作证让王广才看，说："我们负责对你儿子王云高的案子进行公诉。今天来，是想问你一件事。"

王广才搓着两只黑黑的瘦骨嶙峋的手，局促但又真诚地说："你们尽管问，我知道的全告诉你。"

郑岩呷了一口茶，说："是这样，你儿子犯了编造并传播证券、期货交易虚假信息罪，你给你儿子从北京请来了大律师……"

王广才听到"大律师"几个字，便连连摆手，说："不，不！请律师这事跟我没关系。"

慕容曦奇怪地看着王广才，皱着眉问："你的意思是说，这北京的律师不是你请的？"

王广才道："不是，是我那孽障以前的老板给请的。"

郑岩和林乔生、慕容曦交换了一下眼色。

郑岩又问："那您能给我们说一下这是怎么回事吗？"

王广才想了一下："好，我全说给你们听。"

王广才清楚地记得，那是个春天的午后，王广才正躺在堂屋的竹躺椅上眯眼休息。突然门被推开了，两个都有些胖的中年男子进了门，问他是不是王广才。

他起身诧异地看着这两个从天而降的胖子，问他们是干吗的。这两人便说是王云高以前公司的老板。王广才让他们坐下，又是茶又是纸烟又是酒地都端上来。但是这俩胖子都看不上这些,只在那儿时不时抽几口粗大的烟,那么老粗的烟王广才还从来没见过哩。王广才便自顾自在那儿抽纸烟,不一会儿原本就逼仄昏暗的堂屋变得更加暗沉和烟雾缭绕起来。

矮点儿的胖子不停地用手扇着飞舞在眼前的烟雾,还不停地咳嗽。

高点儿的胖子应该就是儿子的老板了,他是左手拿粗烟,右手拿着一条白手帕不时捂着嘴,遮挡一下烟雾。

坐下聊了一阵儿王云高出事的事。王广才早听说了,也急过,但对王云高那孽子早已彻底死心,便也不再有过多情绪起伏。没多久,这老板就示意矮胖子从他们随身带来的黑袋子里掏出一沓钱来放在堂屋的饭桌子上,老板说:"老王,这是一万块钱。王云高坐牢了,再也顾不上家了,这点儿钱,你拿着补贴家用。"

王广才望着老板,惶恐地说:"老板,你这是什么意思?这我可不能要!"

老板坚持要把钱放他手里,说:"是这样的,我从北京给王云高请了个律师,争取把他捞出来。"

王广才抬头看了那老板模样的人一眼,苦笑了一下,把那钱又搁饭桌上,真诚地道:"谢谢老板你的好意,我儿子的事,你就不用操心了。他犯了事,就该坐牢。"

那老板长叹一声,显得极是真心诚意地说:"谁让我们朋友一场呢!这个时候,如果我不伸手拉他一把,就不会有第二个人了!"

说到这里,老板向矮胖子摆了一下手,那矮胖子便从公文包中掏出了一张纸递了过来。老板接过来递到王广才面前:"这是委托律师代理的协议书,内容我已经给你写好了。你只要在上面签个字就行了。"

王广才颤巍巍地把协议书拿在手中，问老板说："这，不会有什么问题吧？"

老板颇真诚又笃定地说："放心吧，老王，一定不会有问题的。律师来了，你儿子也就快恢复自由了！"

说到这儿，林乔生吃惊地看着王广才，说："这么说，委托律师不是你聘请的？"

王广才一张皱巴巴的脸露出无奈的一丝苦笑："我哪有那么多的钱哟！王云高不孝顺，我……我权当没有他这个儿子！"

聊到快下午一点，郑岩三个人才从王广才家离开。顺着来时的羊肠小道，过了几个山坳坳，便上了警车。

车里，慕容曦拊掌做恍然大悟状，说："现在我可算明白了，这一切都是洪源实业张洪源搞的鬼！"

林乔生点了点头，侧过脸来望了一下郑岩，好奇而崇拜地问："主任，你咋想起来找王广才的？"

郑岩望着车窗外几根倒伏的竹枝扫过挡风玻璃，微笑着说："你们想过没有，像聘请吴大园这样的大律师，需要多少钱？王广才这样的家境能拿得出这么多的钱吗？"

林乔生腾出右手拍了拍脑袋，欣喜地笑着说："我明白了。所以，你就想到找王广才来核实一下！"

郑岩笑了笑，说："安心开车，注意安全，其余的我们回单位再说。"

三人便一路无话，睡觉的睡觉，刷手机的刷手机，开车的开车，顺来路颠簸着摇晃着，一个半小时后回到了单位。

14

自打在海铭国际大饭店包间被丁一楠搅了局后,张洪源两宿都没睡着。

天边翻鱼肚白时他就跑去办公室了。金国政八点半上班后发现老板正靠在老板椅里闭目养神,还时不时地用手托着腮帮子,紫黑的厚嘴唇不时发出咝咝的吸冷气声。

"您这是咋的了?"金国政赶忙上前打量着老板的脸色,关切地问道。

"哎,甭提了,牙疼,上火!"张洪源此刻病恹恹的。在金国政的眼里他素来是草原雄狮、下山猛虎,何曾见过他这副模样。

"那咱去趟医院瞅瞅?"金国政提议道。

"别!今儿咱还有更重要的事要做!"张洪源说,"那200万现金准备好没?"

金国政马上就明白了老板所说的更重要的事是啥,于是赶紧拎着重重的密码箱跟张洪源出了门。

两人在保镖的护送下,驱车赶往丁一楠所在的律师事务所。站在滨海市鼎鼎有名的滨海商务大厦楼下,张洪源眯缝着眼抬头望着那高耸入云的大楼楼顶,咝咝吸着冷气扶着脸颊低声问紧跟身后的金国政:"金主任,你说,咱们这200万付出去能换来平安吗?"

金国政掂掂密码箱,仰头看着楼顶,笑道:"不知道啊,但愿这丁一楠是个信守诺言的人。"

张洪源忘记牙疼了,转过身来看着金国政,眼里似乎含着万千复杂内容。他冷冷地问:"那你说,如果我们给了她200万,仍然满足不了她的欲望怎么办?"

金国政压根儿不敢跟张洪源对视,他低着头,惶恐的眼珠子乱转,不知看哪儿好。

张洪源见金国政不回话,便压低声音狠狠地说:"要是这200万还满足不了她的胃口,咱就做了她!"说这话时张洪源是咬牙切齿的,额上、脖子上、太阳穴上筋鼓得老粗。

金国政闻言两腿像筛糠一般发抖,上半身也跟着抖了起来,又怕这样会惹怒张洪源,被他看不起,便强迫自己镇定。他咬咬牙,抬起眼皮来瞄瞄张洪源,居然听到自己说出了一句打死自己都不敢相信的话:"将来做也是做,现在做也是做!"

这话可把张洪源也吓了一跳,毕竟以他对身边这位跟随自己多年的"狗腿子"的了解,这家伙虽然有时候脑子不太好使,但胆小如鼠,怕事得很,天大的坏事他可没胆干!

金国政后背起了一层冷汗,心脏直敲锣打鼓,敲得好欢。他越想越后怕,心想,自己那一刻只是男人的虚荣心作祟,想在老板面前硬气一回,不想一直被老板当屎瓜软蛋看。

张洪源惊讶地盯着金国政看了一阵,最后说道:"不,我还是不想在这条路上陷得越来越深。"

金国政尽管后怕,却在虚荣心的驱使下"越战越勇",煽惑道:"可是……我们就这样拱手拿出200万吗?"他后来想,自己之所以在后怕和后悔得很的情况下还继续煽风点火,也许是因为他那时潜意识里早就料定张洪源只是说说而已,并不会真正付诸实践,自己煽惑也不能真正煽起他张洪源心里的火。

张洪源无奈地看着金国政:"那你说怎么办?"

金国政此刻感觉自己颇像军师诸葛亮,一贯强势的老板张洪源居然都征求起自己的意见来,可见自己在老板心里的位置和分量是越来越重了。他便心里有些得意地说："最起码她得有个保证吧！"

张洪源略略沉吟，然后点了点头说："嗯，有道理，我明白了！"

两人进到律师事务所里后，径直朝丁一楠办公室而去，推开门发现丁一楠这俏佳人正在优雅地泡茶呢。她今天穿了一身极合身的粉色套装，胸口还别着一枚精致的天鹅胸针，闪闪发着亮。张洪源心想，这个女人给人的感觉就是年轻、漂亮、高雅、精致，估计一般的男人她压根儿瞧都不瞧。

张洪源猛地咽了一口口水，心下叹道："这丫的，盘这么靓在这儿辛苦地做什么律师，要不是因为王云高这王八蛋捅下这马蜂窝，我也不用跟这女人这样打交道，换个别的方式泡泡这女人该多好！"

丁一楠放下茶杯，笑得像春天的花儿一样灿烂，连连说："稀客呀，欢迎！"

说着她就请二位就座，又回到茶盘前不紧不慢、无比优雅地给两位泡了茶。张洪源一言不发，目不转睛地看着丁一楠沏茶。

丁一楠沏好了茶，笑容可掬地说："两位贵客请喝茶！"

张洪源这会儿想起这趟来的目的了，赶紧把那些歪念头邪心思给抛到一边去，说："丁律师，你说我们来这是专门品茶的吗？"

丁一楠望望张洪源那因为没休息好而深深的眼袋和法令纹，微微笑了笑，说："我这茶呀，可是好茶。说是什么娘娘茶，过去专贡皇宫三宫六院喝的茶。今天你堂堂张董事长光临我这陋室，不是好茶，我敢端上来吗？"

真相

张洪源干笑了一下，然后用厚嘴唇朝金国政努了一下，金国政马上把密码箱摆放到茶几上，说："丁律师，这是200万！"

丁一楠露出一个甜甜的笑，边说"谢谢"，边伸手欲要去碰密码箱。说时迟，那时快，张洪源赶紧伸出手去摁住了密码箱，笑着冷峻地道："丁律师，你总得给个保证吧？"

丁一楠的纤纤玉手停在密码箱的一角，她很是惊讶地问："昨天不是说了吗？你这200万，买的是我和王云高签的那份合同。钱给我了，合同就是你的了，还要什么保证？"

张洪源脸颊的肌肉跳了跳，十分严厉甚而是咬牙切齿地问："如果你不遵守我们之间的协议怎么办？"

丁一楠抽回那只放在密码箱上的手，往太师椅上的靠枕潇洒一靠，摊开两手冷冷笑着说："在这件事中，你是被动者，没有讨价还价的余地。你现在反悔还来得及，这钱，你可以拿回去。"

说完，丁一楠伸手把密码箱推向了张洪源。

金国政见状赶紧拧开钢笔帽儿说："要不我们大家签个协议，不许反悔！"

丁一楠歪着头想了一下，然后睁着大眼睛非常爽快地答应了："好！签协议就签协议。但是，你张董事长别到时候犯事拉稀，把我丁一楠出卖了！"

张洪源看了看丁一楠："行！只要你遵守协议，我张洪源永远不会出卖你。"

丁一楠紧紧盯着张洪源的眼睛，问："一言为定？"

张洪源此刻也显得无比真诚而热烈，回应道："一言为定！"

15

临下班时，检察长许省身经过郑岩他们几个的办公室，便走进来看了看，刚好见到郑岩一脸疲惫地闭着眼睛靠在椅背上，林乔生则盯着一份文书皱着眉头做发呆状。

许省身便呵呵一笑道："咋的了，咋都没精打采的样儿？"

两人赶紧站起来，郑岩尴尬地说："许检，这次出庭……"

许省身挥了挥手，微笑着说："我全知道了！你们遇到了一个对手。法院的同志也和我交流了，主审法官认为，王云高编造并传播证券、期货交易虚假信息罪是成立的。之所以同意临时休庭，是想给你们更多的机会补充证据。"

林乔生瞪大眼睛，感到无比惊喜："许检，您是说法院的同志也认为编造并传播证券、期货交易虚假信息罪成立？"

许省身背着手，点点头："不仅是法院的同志这样认为，公安方面也这样认为。王云高的这个案子不仅仅是王云高的问题，里面还隐藏着更深层次的东西。今天下午，市委政法委召开的联席会议，对王云高这个案子进行了专题研究，公安局、法院、检察院，还有法学院的学者教授，一致认为这个案子是有黑幕在其中，一定要通过这次对王云高的指控，逼着王云高站出来说实话，揭盖子，找到幕后黑手。"

许省身的话让郑岩、林乔生非常激动。

第二天早上，郑岩手里举着一张光碟，人还没到办公室，声音倒是先飘到了林乔生和慕容曦耳朵里："大林、慕容，我发现了一个重要问题！"

林乔生和慕容曦便都停下手头的活儿，赶紧站起来往办公

真相

室门口走,差点儿与郑岩撞了个满怀。只见郑岩高兴得像个孩子似的,有点儿手舞足蹈的,满脸藏不住的欣喜,像是发现了新大陆的哥伦布。

郑岩拉过椅子一屁股坐在了电脑前,然后把手中的光盘"咔"地插入电脑光驱中。

林乔生和慕容曦站在他左右,都弓着腰好奇地盯着电脑。见他这样激动,都以为他淘到了啥绝世好宝贝。

这时电脑屏幕上立即出现了一个网页,郑岩指着网页说:"你们看,这是当时'股海泛舟'联盟网站的网页。在这上面,这儿,你们看,'欢迎知名大律师丁一楠加盟股海泛舟'。只见这网页上特意设立了一个窗口,里面是'欢迎大律师丁一楠加盟股海泛舟'的大标题,大标题上方是一张丁一楠的照片,照片中的她身着藏青色西服,知性而优雅。

林乔生皱着眉头,无比讶异地问:"主任,这是怎么回事?"

慕容曦斜了他一眼,那眼神像是在说大林你咋脑袋瓜这么秀逗呢,问出这问题你好意思吗?不觉得愧对你的智商和职业吗?只听她对林乔生说:"怎么回事?说明你的好老婆丁一楠大律师加盟了'股海泛舟'呗!"

林乔生厌恶地看了一眼慕容曦,便不再理睬她,而是用探寻的目光望向郑岩。

郑岩起身在办公室里踱着步子,说:"我一直在找突破王云高的突破口。昨天晚上突然想到,尽管'股海泛舟'联盟的网站已经关闭了,但是,当初为了掌握证据,公安机关已经截获了他们网站的网页。就从卷宗中找到了这张光盘,插入电脑中一试,嘿,还真的有收获,发现上面竟然有欢迎丁一楠加盟'股海泛舟'的宣传!"

真相

三股神疑局

林乔生仍是着急地蹙眉问："可这和突破王云高有什么关系？"

郑岩从窗边踱过来，定定地望着林乔生，他知道此刻林乔生一定特别担心女朋友丁一楠涉案，便说："王云高为什么要在'股海泛舟'联盟网站上单独设立这样一个窗口？说明他在拉大旗作虎皮，利用丁一楠的影响来诱惑股民参加'股海泛舟'联盟。"

林乔生眉头蹙得更紧了，眼里的疑惑与担忧更深了，他喃喃地重复道："拉大旗，作虎皮？"

慕容曦说："那当然，丁一楠是律师，又是咱们滨海市的名人。连丁一楠都加入'股海泛舟'了，还有谁会怀疑'股海泛舟'的合法性？"

郑岩微微点了点头，表示对慕容曦看法的赞同，但他的眉头却又突然紧皱起来，踱到窗口那儿站定说："我在想，丁一楠是干什么的？律师！她会这样无缘无故地让王云高打着她的旗号发展'股海泛舟'联盟吗？答案显然是不会的。所以这其中一定有某种不可告人的交易！"

林乔生吓得一屁股跌坐在椅子上，用绝望又悲伤的眼神看着郑岩，一字一顿道："主任，您是说丁一楠涉案？"

郑岩极其严肃地说："现在还不能确定。但是，可以肯定她应该是优于其他股民知道'股海泛舟'联盟内幕的人。"

林乔生"噌"地一下站起来，只见他边往门外走边说："我找她去，让她说清楚！"

郑岩急忙拦下他："大林，不要激动。我觉得事情还不只这些。丁一楠是个称职的律师，我们要相信她，相信她不会做出违法的事。"

林乔生又停下了脚步,看着郑岩。

郑岩说:"你是不是还记得,在法庭上,你和吴大园辩论时,丁一楠非常气愤地站了起来?"

林乔生的脑袋里浮现出郑岩刚说过的那一幕。当时他也觉得奇怪呢,但那时想的是丁一楠作为自己的女朋友,见吴大园在法庭上对公诉方各种胡搅蛮缠、混淆视听,甚至人身攻击,这是一贯视公平正义为王道的律师丁一楠所不能容忍的。但郑岩对丁一楠在法庭上突然站起又愤愤坐下的举动显然有着不同的解读。

只听郑岩说:"当时,从丁一楠的激动情绪中,我就感觉有点儿不对头。"

林乔生非常认真专注地盯着郑岩的脸,耳朵像兔子耳朵一般直竖起来。

郑岩接着说:"你们两个是亲密的恋人,吴大园却用那种口气和我们公诉方辩论,丁一楠一定非常愤怒。从她那站起又坐下的表情中,可以感觉到她的愤怒已经接近极限,站起来,就是表明要爆发。可是,因为某种顾虑,她又迫不得已地坐了下去。"

林乔生眉头皱得拧成了麻花,眼里写满困惑、不解与痛心。

郑岩只得拍了拍林乔生的肩膀说:"大林,我看你和一楠好好谈一下,看她有什么顾虑,争取打消她的顾虑,希望她能站出来支持咱们的公诉工作。"

林乔生马上拎起桌上的公文包就往外冲:"好!我现在就去!"

望着林乔生的背影,慕容曦贼贼地凑到郑岩身边说:"主任,照我说,这大林一看到丁一楠,就跟耗子见了猫似的,他能说服丁一楠吗？"

郑岩似乎很有信心："年轻人感情的事，我是说不清。但是，我相信正义的力量。作为一名律师，丁一楠会分清是与非的。"

慕容曦眨巴眨巴大眼睛，噘起了嘴，不置可否地嘟囔道："律师？吴大园也是律师，他不同样胡搅蛮缠嘛！"

郑岩丢过来一句："丁一楠是个好律师！"然后，就夹着公文包出去了。

为了能跟工作狂丁一楠约会，林乔生打电话给丁一楠谎称郑岩见他工作卖力而给他放假半天。

恰逢丁一楠休息，她说要去滨海市最有名的蓝冠网球场打网球，这也是他们以往恋爱约会常去的地方。林乔生一口应承，马上回家换了身天蓝色的网球服，亦步亦趋地跟在一身洁白网球服的丁一楠身后，不认识的人见了定要认为林乔生是丁一楠的小跟班或球童了。

一上场，丁一楠就潇洒地挥拍打出好些球，林乔生忙不迭地满场跑着去给她捡球。她像是要发泄什么似的，一连拍出去几十个球，可把林乔生给累坏了，没过多久他后背就汗湿了，前额头发也湿得跟水里捞出来一样。

当丁一楠坐在球场边凳子上喝水时，林乔生气喘如牛地挪过去挨着她坐下了。待喘息平定了些，林乔生侧过脸来定定地望着丁一楠，有些急切地问："一楠，告诉我，你在王云高的案子中到底陷得有多深？"

丁一楠本来在喝水，这一下差点儿要喷出来，被水给呛到了，咳嗽了好一阵，林乔生急忙心疼地给她捶背。捶了一会儿，丁一楠终于不再咳了，她很是生气地盯着林乔生说："我

真相

说你这个人烦不烦呀!咱们今天到这地方是来约会谈恋爱的好吗?好不容易休息一下,你为什么还要跟我谈这些?"

林乔生张口结舌,又委屈又着急,结结巴巴地说:"这,我……我还不是替你着急吗?"

丁一楠杏眼圆睁,怒目直视,咄咄逼人地说:"你急什么?"

林乔生更急了:"没看到吗?因为我们只有证人证词,没有物证,吴大园非常嚣张,把我们逼得……唉,不说了。告诉我,你在王云高的案子中到底陷得有多深?"

丁一楠脸色变得很难,眼里似乎藏着很多委屈、愤怒、失望,她似乎是自嘲地冷笑了一下,随即死死盯着林乔生的眼睛,一字一顿地说:"林乔生,我告诉你,我丁一楠和王云高没有任何关系。我已经告诉你多次了,为什么还要这样穷追不舍?"

林乔生眼睛一直眨巴着,似乎对丁一楠的回答表示难以置信,他说:"可是……所有的证据都能说明你……你在王云高的'股海泛舟'中有着不可忽视的作用。"

丁一楠眼里的伤心和失望更深一层,她盯着林乔生褐色的瞳孔,似乎想要穿透他的眼睛。她眼眶里旋着一汪泪水,上身微微颤抖着,声音发颤地说:"林乔生,你怀疑我,还是说这是郑岩的意思?"

林乔生看她这样的神情,心更痛了,脑子里一团乱麻,说啥都不是,最后只得说:"无论是谁的意思,有些事你总得说清楚吧?"

丁一楠愤怒地大声喊道:"你让我说什么?!"

林乔生没料到丁一楠会是这样的反应,他虽然很是心痛,却也被激得要跳起来,这会儿他打算直来直去了,不想搞什么弯弯绕了。于是他把郑岩拿的那张光碟上的事和盘托出:"'股海泛舟'的网页上有介绍你的专属窗口,那些受骗的股民说,就是因为你加盟了'股海泛舟',他们才相信了王云高。"

丁一楠闻言更是气愤到语塞,最后只说了一句:"林乔生,真想不到,连你都怀疑我?"眼泪从她秀美的眼窝里簌簌滴落。

林乔生恢复了平静,但依然很难过,也很坚持:"如果你不能讲清楚,我没有办法不怀疑!"

丁一楠望着远处那一排排白杨树,苦笑了一下,擦了擦眼泪,又侧过脸来非常伤心和失望地看着林乔生,说:"林乔生,真没想到你会这样看待我。唉,算了!你既然连我也不相信,还和我谈什么恋爱?从今天起,咱们两个的缘分算是尽了。以后你走你的阳关道,我走我的独木桥。"

说完,她一把抓起网球拍就头也不回地走了。

林乔生气得要跳脚,对着她远去的背影气鼓鼓地嘟囔道:"丁一楠,你让我怎么相信你?你本来就和王云高的案子有关系呀!"

说着,他往另一道门走去了。

已走到远处的丁一楠满以为林乔生会像过去闹矛盾时那样来追她,来哄她,来跟她解释和道歉,可是当她转身时却只看到他垂头丧气远去的背影。她气愤至极又伤心透顶,一贯不服输的女强人丁一楠此刻蹲在地上抱头痛哭,她感觉林乔生似乎真的要放弃她了。

就在离丁一楠不远的停车坪里,一辆宝马轿车里有人正举着摄像机偷偷对着她。那是张洪源在吴大园的建议下安排的马仔,从丁一楠提出要200万那时起,他们就奉命跟拍丁一楠,看看她是否守信用。

偷拍画面即时传送到了张洪源的电脑上,吴大园、张洪源、

真相

金国政三个人一直围着电脑屏幕看。张洪源心里充满了遗憾,心想,这样靓的女子居然看上的是个穷公务员,而不是腰缠万贯的富商。此刻屏幕上正是丁一楠蹲在地上掩面痛哭的画面。

吴大园抽了一口烟,用旱烟斗指了指电脑屏幕,得意地粲然一笑:"看来两个人没有谈拢。"

张洪源疑惑地看了吴大园一眼:"这么说,丁一楠还是守信用的。"

吴大园自信满满地说:"经济社会,没有人能抵御得了金钱的魅力!"

张洪源哈哈大笑起来。

这天下午,检察长许省身路过郑岩办公室,示意跟在他身后的助理把一个档案袋给郑岩。许省身对郑岩说:"法院的同志说,王云高的案子准备再次开庭,这里面的证据或许对你们有帮助,好好研究一下吧!"

正当此时,林乔生一副蔫耷耷的神情走回来,由于他只顾着埋头想心事,眼睛都不看前方,以至于差点儿跟许省身撞了个满怀。

许省身一副长者的姿态,笑呵呵地问:"怎么,跟女朋友闹别扭了?"

林乔生气鼓鼓地说:"以后我再也不谈恋爱了!"

许省身笑道:"看来,大林同志的恋爱没有谈好嘛!"

林乔生越来越生气和伤心了,说:"许检,从今天起,我真的就是打光棍也不谈恋爱了!"

许省身笑着拍拍林乔生肩膀:"大林同志,那我就再交给你一个任务,有没有信心完成呀?"

真相 三股神疑局

林乔生面对工作任务一向是来者不拒的,他"啪"地立正,严肃而认真地表态:"许检,您说吧,我一定完成任务!"

许省身又拍了拍他肩膀,哈哈笑着说:"我呀!给你的这个任务非常轻松。现在就回去,向丁一楠同志道歉,谈好恋爱,争取快点儿把她娶进家门。这么漂亮的姑娘,有理想,有能力,应该做我们检察官的妻子。"

这话让林乔生迷惑不解,他抓抓头,挠挠腮:"许检……"

许省身笑着意味深长地指了指林乔生的额头:"你呀!榆木脑袋!"

林乔生愣在了原地,望着许省身走远。

自打看到丁一楠蹲地大哭的偷拍录像后,张洪源原本悬着的一颗心算是放到肚子里了,他想着只要丁一楠跟林乔生掰了,他和洪源实业就安全了,他们越掰他就越安全,最好他们彻底分手,变成冤家对头才好上加好!

这天傍晚他竟然哼着歌来到了洪源实业集团的娱乐活动室,打起了他惯常爱打的台球。

正当他哼着"妹妹你坐船头"哼得高兴,击球也击得最来感觉时,胖子金国政突然慌慌张张、急急忙忙似一股旋风般跑了进来,满头大汗,气喘不停。

张洪源起身回头不解地望着金国政,满是嫌弃厌恶:"我说你这是咋的啦,火烧光腚了,还是娘要嫁人了!"

金国政又艰难地吞了两口口水,说:"董事长,刚才,吴大园来电话,说他已经收到了法院的开庭通知,王云高的案子,明天就要再次开庭了!"

张洪源没有答话,而是围着台球案转动,继续寻找最佳击球点。

金国政见状，只得赶上一步，急切地轻轻唤道："董事长……"

张洪源"噌"地直起身来，"唰"地转过头来，熊熊火光在眼里燃烧着，愤怒的火苗都能把人烧没了，只听他"嗡嗡嗡"的声音在室内回荡，回音不停撞击金国政的耳朵："金主任，我已经警告你多次了，在我打台球的时候，不要打扰我。洪源实业这么一大摊子事，我已经忙得够累了，我就不能清闲一会儿？为什么每次在我好不容易轻松会儿的时候你总是要像只讨厌的苍蝇一样在我跟前嗡嗡嗡？"

金国政眼里满是急切、委屈，但面对这样一个强势而自我惯了的老板，他只得嗫嚅着："可是……"

张洪源看着他那委屈巴巴的尿包熊样，更是气不打一处来，吼道："可是什么？法院要开庭，我知道了。还有事吗？法院开庭和我有什么关系？我们有吴大园顶着，你通知我，我有什么办法？"

金国政迟疑了一下，说："我还是对丁一楠不放心。她和林乔生是恋人关系，你说她会不会背叛我们，出庭为郑岩他们作证？"

张洪源见他这样，又好气，又想笑，他拉着黑脸没好气地说："昨天，你已经看到了，因为王云高的案子，丁一楠已经和林乔生两个人闹出了意见。可以这样说，现在，丁一楠和林乔生已经关系不和了，甚至可能不是恋人关系了。她还会帮助林乔生吗？再者说，如果她存心要背叛我们，我们也没有什么办法可以阻止的。"

金国政低头抿了抿厚厚的嘴唇，颓然地退后几步，满脸凄惶，见张洪源埋头继续打台球，他静静地待了一会儿后，就颓丧地出去了。

16

林乔生垂头丧气地走进办公室，把公文包随手扔到了桌上，重重地跌坐在椅子里，靠在椅背上闭着眼叹了一口气。

慕容曦见状赶紧凑上来，仔细观察着林乔生的表情，小心翼翼又非常好奇地问："大林，咋样？你跟你老婆你们……"

林乔生微微睁开黑眼圈浓重的眼，不耐烦地挥挥手，有气无力地道："去，去，去，一边儿待着去，少给我在这儿添乱！"

慕容曦做了个鬼脸，赶紧蹑手蹑脚地回到自己座位上坐下。

郑岩这时抱着一堆案卷走了进来，他刚刚是跟其他业务部门负责人讨论案件去了。说了两个小时的他口干舌燥得很，赶紧拧开杯盖咕咚咕咚喝了好几口水。解了渴他才留意到林乔生这副蔫耷耷的样儿："看来，我们的林检察官吃了闭门羹呀！"

林乔生坐起来，睁开眼睛叹气道："我给她打电话，她也不接……我都不知道还能怎么办了！"

慕容曦插话说："那你就不停地打，把她的手机打爆！"

林乔生讪笑了一下，缓缓说："打啥打？她关机了！"

慕容曦这时却一脸得意，似乎找到了乐子一般，笑着说："哟，这么说我们一向骄傲惯了的大林先生这回是真失恋了？……失恋了好呀！大林，你没有听伟人说吗，一个男人失恋一次，意味着经过了一次成长的洗礼……恭喜你，你又长大了！"

林乔生转过椅子来，斜了她一眼，颇为恼怒地说："贫不贫呀慕容曦！你嘴巴要不要这么毒呀？"说完他又冲郑岩说："主任，您说哪有这样幸灾乐祸看人笑话的？"

郑岩微微笑了笑，说："大林，明天接着开庭了。你准备一下。"

说着他走过来拍了拍林乔生的肩膀："放心，丁一楠的事交给我了。等开了庭，我请大家吃饭，把她请来，你们不就破镜重圆了？"

林乔生又叹了一口气，语气颇为伤感地说："我已经伤了她的心，不知道还能不能把她请来……"

金国政在自己的办公室来回踱着，他已经几天没好好睡觉了，因为他想到丁一楠手上的那份合同很可能成为定时炸弹，就看它炸不炸了！倘若它真的炸了，洪源实业将风雨飘摇，大厦将倾，覆巢之下岂有完卵！作为完全依附于洪源实业生存的他，不得不为洪源的生死存亡操碎了心！

他一会儿背着手，一会儿双手交握着，一会儿又抓耳挠腮，他又想去跟老板说，但又怕强势惯了的张洪源会像在台球室时那样叱骂自己，显然张洪源现在是有点儿鸵鸟心理，不太愿意面对这个特别棘手又不确定性颇大的难题。但如果自己放任不管的话，偶然很可能就变成必然！

想到这里，他重重地呼出一口气，脚下一跺，仿佛下定了万般决心，快速跑出了办公室。因为太胖，他浑身的肉都扑簌簌、颤颤地直抖，在走廊上跑得气喘吁吁。

张洪源此刻正在查看手机新闻，大多是与这个案子前期有关的一些报道，他看着看着便皱起了眉头，心里也空落落地没底。

见到金国政上气不接下气地闯进来,他吓了一跳,金国政火急火燎地说:"老板,我觉得咱们这案子还是有很大危险,丁一楠手里的那份合同……"

他故意不说完,而是戛然而止,观察着老板的脸色。果然,张洪源原本就阴云密布的脸上更加阴沉了,好像暴风雨来临的前夕,满是愁云惨雾。

张洪源不是没想过这个问题,只是他实在太后怕,因此就总在内心逃避着,但由此而引起的那层深深的担忧却如同鬼魅一样阴魂不散,搅得他总是隐隐忧虑难以心安。可是现在金国政却直愣愣地把这个难题给抛了出来,让他无处可逃,逼迫他不得不去面对和思索到底该如何处理,他颇为气恼,却也不得不承认真的到了必须面对和解决这个问题的时候了,不能再躲了!

金国政见老板思忖良久,没有回音,便试探着打破沉默而压抑的气氛,说:"老板,您说,如果丁一楠参加庭审,突然出示那份合同……"

他又故意说一半不说了,等待老板张洪源的下文。

张洪源咬咬嘴唇,下定了决心一般,说:"那臭娘儿们想要来个突然袭击?那好,我们就来他个金屋藏娇加调虎离山!我要让她插翅难飞,看看她还能不能跑去法庭现场捣乱!"

说完,张洪源就大步流星地跨出了办公室门。金国政一时间没反应过来,等他回过神来时张洪源已经走了好几十米远了,他赶紧"呃"地应了一声,脚下长了风火轮一般飞速跟上去。

在办公室忙活了一阵的丁一楠掏出化妆镜左看右看了一下,掏出口红给嘴唇补了补妆,又掏出粉饼扑了扑脸颊,对着镜子微笑了下,然后她收起化妆包,抓起坤包就准备出门。

就在这个时候,她感觉自己被一团阴影给罩着了,抬头一看,几个身形魁梧的大汉矗立在她办公室门外。大汉身后站着同样敦实壮硕的张洪源和金国政。

丁一楠感觉自己浑身颤抖了一下,眼里升腾起惊恐,但随即她就镇定下来,冷静而又十分严厉地问:"哟,张老板,这是哪阵风把您刮到我这小庙来了?!"

张洪源阴鸷的眼神逼视着丁一楠,冷笑着道:"丁大律师,您甭管我是怎么来的,我就想知道您这会儿是要去哪儿?"

丁一楠冷笑说:"笑话,我丁一楠打小长这么大还没人敢管我去哪儿干啥!我去哪儿你管得着吗?!"

张洪源笑着摇了摇头,慢悠悠地从金国政手中接过公文包,从中掏出一纸协议,用那只戴着好些戒指的手指捏着在丁一楠跟前晃了晃,阴森森地笑说:"丁律师,你去哪儿,我们当然管不着。但是,别忘了我们有协议在手,你总得为我的那200万负责吧!"

丁一楠闻言转身进了办公室,她在办公桌后端坐下来,抬起头冲张洪源讪笑道:"看来,张老板这是想限制我的人身自由啊?"

张洪源微笑不语,也在丁一楠的对面坐了下来,笑说:"丁律师,你多虑了。我只是为我的那200万负责。如果你到了法庭上,把王云高的那一纸合同交了上去,我那200万岂不是打了水漂儿?"

丁一楠冷笑道:"作为一名律师,我非常希望能在这场诉讼中学到点儿知识。参加旁听有什么不可以吗?"

张洪源笑说:"丁律师说得非常好,我非常敬佩丁律师的勤学苦练精神,我也非常同意你能从这场诉讼中学到点儿知识。这很容易……"

说着,他冲一个黑衣保镖摆了一下头,那大汉便呈上一个大屏iPad,还不忘把支架摆上丁一楠的桌面。丁一楠一看,"股神案"庭审正直播呢。

张洪源冷笑着慢悠悠道:"丁律师,你不是热爱学习吗,今天咱们就在这儿看个够吧!鄙人没啥别的爱好,也跟丁律师一样喜欢学习,咱们今儿就一起好好学习学习吧!"

丁一楠目不转睛地盯着直播画面,脸上露出一丝得意而不易察觉的笑。

17

审判长威严地说:"现在继续进行法庭质证。"

吴大园环视一圈儿,朗声道:"尊敬的法官、人民陪审员,我的当事人已经在看守所度过了三个半月的时间,这一切都是由于公诉方没有及时举证造成的。因此我提议,如果公诉方没有确凿的证据来证明我的当事人犯有编造并传播证券、期货交易虚假信息罪,我建议法庭驳回公诉方的起诉。"

审判长低着头从眼镜片上方用审视的目光望着公诉席上的郑岩和林乔生:"公诉人,你们有没有新的证据提交法庭?"

郑岩上身微微前倾,语气严厉地对王云高说:"王云高,如果你没有忘记的话,为了让滨海律师事务所的律师丁一楠加入你的'股海泛舟',来影响股民加入你的'股海泛舟',你曾经和她签订了一个协议……"

王云高一直低着头躲避着郑岩逼视的目光,但听到"丁一楠"和"协议"的字眼儿,他惊恐地抬起头,向吴大园投去求救的目光。

吴大园瞥了一眼王云高,大声对审判席说:"我反对!反对公诉人用这种诱惑式的方式提问,企图让我的当事人自证有罪!"

郑岩不理会吴大园,继续冲王云高说:"王云高,坦白从宽,抗拒从严的政策你知道吗?如果你主动承认,将会得到法律的从轻或减轻处罚。我再问你一次,你是不是以向股民提供洪源实业利好消息为诱饵,诱惑他们购买了洪源实业股票?这些利好消息是谁提供给你的?又是以什么方式提供的?请你向法庭说个明白!"

吴大园明显按捺不住了,一贯情绪不外露的他控制不住地手抖起来,虽然作为一个资深律师,郑岩的这些发问都在他预估范围内,但当在法庭这样一个威严整肃的地方,真正从公诉人口中咕嘟咕嘟冒出这些问题来时,还是让久经"沙场"的他感觉到这些连珠炮式的发问招招直逼命门。他脑海里不断闪现张洪源跟他说过的200万和500万,这么一大笔钱可是让他狂咽口水,他不能让煮得半熟的鸭子飞了!

不等王云高反应,吴大园就迫不及待地发言了:"我反对!审判长,这个问题在上次开庭中公诉人已经问过多次,这样反复地质问,会让我的当事人思维混乱、精神崩溃,作出不利自己的供述。"

王云高一直低着头不说话,现在他既不敢看郑岩,就连吴大园他也不敢看了。他感觉自己仿佛命悬一线,胜败都系于吴大律师一身,前程如何,来生何处,是身陷囹圄还是逃脱升天,全都看这吴大园的三寸不烂之舌了,也看自己的造化命运了!

这怎能不叫他紧张到发狂!

一向稳重内敛的郑岩这会儿情绪颇有些激动,他哀其不幸、怒其不争,咬牙切齿地对一直埋头沉默不语的王云高说:"如果编造并传播证券、期货交易虚假信息罪成立,如果你不供出主犯,你将会独自承担这个罪名,刑期是漫长的。"

吴大园声嘶力竭地大声嚷道:"我反对!"

审判长看到公诉方穷追猛打,眼看真相的盖子就要揭开了,岂能半途而废?他清了清嗓子,用中气十足的声音一字一顿、十分威严地说:"反对无效!请公诉人依法进行法庭质证。"

郑岩双目逼视着王云高,厉声说道:"在上一次庭审中,我已经向法庭出示了那些受骗股民的证词证言,证明你发布虚假信息诱惑他们购买洪源实业股票。如果,你和丁一楠签订了那样一份合同,合同上的内容可以清清楚楚地证明你发布虚假证券信息诈骗股民的事实,那么等到了最后,无论你怎样辩护,也不能得到法律的宽恕,只能认定你犯了编造并传播证券、期货交易虚假信息罪。"

说到这里,郑岩大声冲王云高说:"王云高,你抬起头来,看着这庄严的法庭,大声告诉法官,你有没有和丁一楠签订合同?"

王云高像是受了天大的冤枉,他猛地抬起头来,万分着急地喊:"没有!"

郑岩厉声道:"没有吗?王云高,你自己向法庭说!"

王云高尝试着抬了几次头,却没有抬起来。

吴大园此刻如同热锅上的蚂蚁一般火急火燎,屁股在椅子上挪来磨去,压根儿坐不住。他仿佛看到那200万、500万人民币就要化成灰离自己而去了,在法庭上当惯了"常胜将军"

的他怎能容许自己败走麦城呢，怎能容许滨海这个小城市让他光辉的职业生涯和履历蒙羞呢？他干咳两声，说："公诉人，不要威胁我的当事人，我告诉你。你说的那份合同，从来就不存在，更不能证明我的当事人有罪。"

18

丁一楠目不转睛地盯着电脑屏幕，刚才观战着实令她心跳加速，比她自己开庭还更紧张百倍，不禁替郑岩和林乔生捏着一把汗。她深知这在北方业内算得上知名大状的吴大园绝对不是好惹的主儿。还好，还好，郑岩不愧是资深公诉人，在三尺公诉台前的这番表现可圈可点！

如果说丁一楠的紧张值是100分，张洪源和金国政则达到了1000分！这两个人坐立难安，只恨自己不能到达现场去帮腔吴大园几句，同时他们对郑岩和林乔生恨之入骨。

法庭硝烟弥漫，战事酣畅，众人不知接下来情节将会如何走向，皆满怀期待接下来会有更精彩的篇章。此刻只见林乔生朝法庭门外而去，没过两分钟，他又重新回到公诉席，并把一张纸递给郑岩。郑岩看到后嘴角浮现出一丝笑意。

看到这里，丁一楠也忍不住微微笑了起来。张洪源和金国政不明所以，看到丁一楠这微笑就气不打一处来，恨不得当场捏碎了她！

只见郑岩拿着这张纸向法庭展示，说："尊敬的法官，人民陪审员，你们看，这就是王云高和丁一楠签订的那份合同，在这份合同中，王云高承诺，他会在第一时间向丁一楠提供洪源实业的利好消息，换来丁一楠加盟'股海泛舟'。"

真相

先前一直屁股下长刺儿一般坐立不安的张洪源看到这儿，突地从椅子上跳了起来，指着丁一楠气急败坏地嚷："丁一楠，你……你……你，竟敢耍我？！"

丁一楠盯着他满是横肉的脸，微微笑了笑，说："张老板，你怎么没有想一想，作为一名律师，我怎么可能拿法律原则和你做交易？"

张洪源此刻气得心脏病发，他脸红脖子粗，一只手按住心脏，另一只手不断颤抖着指着丁一楠的鼻尖儿，保镖和金国政皆上前搀扶着他。金国政比担心自己还要担心老板，他生怕老板受不了这个打击会突然毙命，那么这所有他曾寄予期望的一切都将彻底全剧终了！

张洪源说不出话来，他手抖着指了半天，总算挤出了几个字："丁一楠，你……你……你这个臭娘儿们，你会遭报应的！"

说完这话，他痛苦地闭上了眼睛，金国政赶忙搀扶他在电视机旁边的沙发上坐下，不住拍张洪源的背，仿佛这样老板的痛苦就能减轻些。但金国政很清楚一个事实，随着这纸合同在法庭的出现，洪源实业大势已去。不过，话说回来，瘦死的骆驼比马大，这张洪源怎么着也算身家丰厚，只要他人不死，跟着他就还总有点儿活路，所以他现在唯一的愿望就是保住老板的命！此刻，他恨极了眼前这个漂亮女人丁一楠，在他看来她就是个蛇蝎美人，包藏祸心，冷血至极，洪源实业、张老板和自己所有的账都应该算到她头上！

丁一楠冷笑道："怎么，张老板，你威胁我？"

张洪源大喘着气，顿了片刻，仿佛回了些血，冷冷地道："哼！我张洪源在滨海市也是个响当当的人物！你耍了我，会有你的好果子吃吗？"

丁一楠又笑了起来，满脸轻蔑。

在丁一楠的笑声中，张洪源和金国政恐惧地看了看丁一楠办公室外，这时他们才发现办公室外面站满了滨海律师事务所的员工，一个个怒目而视，几个男性员工还攥紧了拳头。

张洪源张口结舌，他眼里的恐惧更深了。他收回目光，顿了顿，像是为了要驱散恐惧感而转移注意力一般问道："你……你笑什么？"

丁一楠此刻收敛了笑容，不再笑出声来，而是微笑着说："我笑你竟然还敢威胁我，怎么就没想一想自己的下场呢？"

张洪源强作镇定道："我会有什么下场？即使王云高证券诈骗成立，和我张洪源有什么关系？"

丁一楠用下巴指了一电脑屏幕，说："张老板，咱们少安毋躁，接着往下看！"

只见法庭中的吴大园大声反对说："审判长，我反对公诉方的质证，我怀疑证据的合法性。既然我的当事人没有肯定签订过这份合同，我不得不对这份合同的真实性提出质疑。"

郑岩微微笑了一下，林乔生递过来一纸鉴定书给郑岩，郑岩向法庭展示，并对吴大园说："这是权威鉴定部门做出的鉴定，证明这份合同就是由王云高亲笔书写！"

吴大园狐疑地看着那纸鉴定书，眉头紧蹙。此刻的他早已忘记从前对自己的告诫"情绪不轻易外露"，如果说今天是一场战争的话，那么他已经在敌人面前不断露馅儿，把自己的底牌亮得差不多了！此刻他也不知还能怎样辩解，但又不得不做垂死挣扎。

他说："即使是王云高签署了这份合同，也不能说明他犯了编造并传播证券、期货交易虚假信息罪。在公安的卷宗中，他已经说明，所有有关洪源实业利好的消息，都是他研究得来的，后来洪源实业股票高处大跳水，导致众多股民被套，不过是王云高一时失算，说不上发布虚假证券信息，进行证券诈骗。"

郑岩和林乔生都轻蔑地看了吴大园一眼。郑岩转过身来对法庭说："尊敬的法官、人民陪审员，滨海市人民检察院向法庭提交另一份证据，可以充分说明王云高发布虚假证券信息进行证券诈骗的犯罪事实。"

说到这里，郑岩举着一份合同向法庭示证："这是洪源实业董事长张洪源和丁一楠签订的一份合同，他要出200万元买王云高和丁一楠之间的协议，目的是帮助王云高逃脱法律的制裁。可惜，丁一楠并没有为钱所动，而是把所有的证据都交给了人民检察院，由公诉人向法庭示证！"

这回轮到吴大园冒冷汗了。此刻的吴大律师往日雄风不再，风采不再，他坐在那儿手足无措。

郑岩对审判席说："这些证据可以构成一个完整的证据链，王云高受洪源实业董事长张洪源指使建立了QQ群，通过向股民发布虚假的证券信息，从而炒作洪源实业股票。最后，洪源实业突然抽逃资金，致使股票大跳水……"

丁一楠的视线从电脑屏幕上挪开去，她紧盯着如同霜打的茄子般发蔫的张洪源："张老板，怎么样？现在一切都结束了。你还是乖乖地到公安机关自首吧，以此来换取法律的宽大处理。"

张洪源长长地叹了一口气，愤怒地站起了身，咬牙切齿地指着丁一楠："你这臭女人！这事我跟你没完。你给我等着！"

说完，张洪源和金国政两个人带着保镖们转身就想朝办公室门外跑。

丁一楠却拿起办公桌小抽屉里的指甲钳来慢条斯理地修着指甲，端详着自己的纤纤玉手，不紧不慢地说："我劝两位还是老老实实坐下，找你们的人马上就到！"

自从进了丁一楠这办公室，张洪源和金国政就感觉到天雷滚滚，一个惊雷接着一个惊雷，直把这两人震到脑海里一片空白，几乎无法思考。

这个时候，吕宏林带人如天兵神将一般出现在丁一楠办公室门前。

张洪源见状，吓得连连后退，一会儿指指丁一楠，一会儿指指吕宏林："你，你，你们……"

吕宏林出示工作证："张洪源，经报滨海市人民检察院批准，你因涉嫌证券诈骗犯罪被依法批准逮捕。"

说完，吕宏林又向张洪源出示了逮捕证："张老板，请签个字吧！"

张洪源顿时瘫软在椅子上，嘴里喃喃念叨着："完了，完了，一切都完了……"

四
孤证

一起家暴伤害案交到了检察官郑岩公诉组。被告人钱二贵因怀疑妻子张玉莲出轨，恼羞成怒用刀捅伤了她。第一次庭审，被告人当庭翻供，关键证人、被害人反水，公诉人被迫申请休庭。二次开庭，能否扭转危局，还案件真相，还法律尊严……

真相 | 四孤证

1

上午九点半,整个城市沐浴在灿烂的夏日阳光下。

滨海市东郊的市公安局看守所大门紧闭着,两位站姿英挺的武警持枪守着大门,很是警惕地看着四周的动静。

大门内,一个身着黄色号服的男子戴着手铐在两名管教的引领下朝提审室走去。从外表上看,这位男子大概四十多岁,身高一米七左右,微胖的身材,肚腩腆着,光头上刚长出的发茬儿却是白色的。

他低着头走了一段,又抬起头看了看远处的太阳,那光亮瞬间刺得他闭上了眼。

管教甲见他突地拿戴着手铐的手去挡眼睛,而且停下了脚步,便问道:"钱二贵,怎么了?"

叫钱二贵的男子赶忙用手背擦了擦眼泪,连连说:"没事,没事!"然后抬起穿着透明拖鞋的两脚赶紧往前走着。

当他被带进有些暗的审讯室时,对面早已坐定三位检察人员,正是滨海市检察院的郑岩、林乔生、慕容曦。

此刻,郑岩、林乔生两人抬头看了钱二贵一眼,又继续低头看着资料,慕容曦则打开手提电脑、便携式录音录像设备做好记录准备。

钱二贵局促不安地坐下,一双圆眼滴溜溜转,偷偷打量着这几位检察人员,心里有些忐忑。

大概过了两分钟,郑岩放下资料,抬起头来看了看钱二贵,然后说:"钱二贵,你的案子已经移送到滨海市人民检察院,我们今天来是要再次复核一下整个案情,请你配合。我们是滨海市人民检察院第一检察部的办案人员,我是检察官郑岩,这

真相

两位是我的同事林乔生和慕容曦。按照法律规定,你有要求我们回避的权利,你要求我们回避吗?"

钱二贵很不自在地赔着笑脸有些尴尬地说:"检察官同志,我不要你们回避。"

郑岩点点头,说:"现在我们依法对你进行诉前审查,希望你能配合好我们的审查,有什么说什么,把事实讲清楚。"

钱二贵笑了一下,笑容里似乎藏着一丝苦楚和无奈,又藏着一丝认命和放任,他旋即微微叹了口气,说:"检察官,我没有什么好说的,你们该怎么判就怎么判,还有什么可审的呢?"

郑岩微微皱了皱眉,说:"你讲一下案发的过程吧。"

钱二贵原本就抬头纹很深,此刻更深了。他心想,这些检察官真不知道来提审自己干什么,为什么非要逼迫自己去回想那让他非常痛苦的事情,但他还是忍不住激动地说起了案发前的事:"那天中午,几个朋友到九龙娱乐城找到我,让我安排。我和他们喝了点儿酒,我喝高了。回家后,发现张玉莲没在家,饭也没做,我就非常生气,知道她准是又去流花湖服装市场了。"

林乔生听到这里,狐疑地抬起头问:"钱二贵,张玉莲去流花湖服装市场有什么错误?你生什么气?你为什么用刀捅她?"

钱二贵重重地"哼"了一声,脸上的表情有些狰狞和不屑。他咬牙切齿地说:"有什么错误?错误可大了!张玉莲有个初中同学,叫邓明阳,在流花湖服装市场做生意。邓明阳和张玉莲初中毕业后搞过对象,后来,邓明阳那小子跟别的有钱女人跑了。现在,说不准是藕断丝连,还是旧情复燃,反正两人又联系上了。张玉莲有事没事地总爱往流花湖服装市场跑,你说还能有什么好事?"

林乔生狐疑地盯着钱二贵,说:"你怀疑他们两个之间有不正当关系?"

钱二贵斩钉截铁地回答:"对!"

林乔生坐直些,盯着钱二贵问:"那你有证据吗?"

钱二贵冷哼了一下,说:"这事要什么证据?他们两个经常在一块儿就是证据!"

林乔生问话的时候,郑岩一直在观察着钱二贵,此时他想了一下,对钱二贵说:"张玉莲和邓明阳的事待会儿再说,你还是说一下案发时的详细过程吧!"

钱二贵屁股往前挪了挪,说道:"我那天喝多了酒,回到家里发现张玉莲竟然不在,我很生气。正准备出门去找她,在门口看到她回来了。我就说了她两句,结果,她还不服说,和我对骂了起来,我就用烟灰缸砸了她一下,她竟然冲到厨房拿起刀子要捅我。我非常生气,酒劲儿上来,一时不冷静,就夺过刀子捅了她……"

林乔生赶紧追问:"然后呢?"

钱二贵说:"这娘儿们老实了……然后我就去上班了。"

郑岩说:"我看了卷宗,发现你捅伤张玉莲后,你姐姐钱大梅到了你家。"

钱二贵点点头回答说:"是,我刚那个后,我姐姐就来了……哎,都怪我喝多了酒,脑子不冷静。还有,如果我姐姐早一点儿来,也不会发生这种事情了。"

林乔生不解地问:"钱二贵,这和你姐姐有什么关系?"

钱二贵撇了下嘴:"我姐,总是护着张玉莲……我姐姐被张玉莲骗了,没有看清张玉莲的真正面目。"

真相

根据公安机关的调查，钱二贵的姐姐钱大梅对他这个老弟弟是格外关照。在钱大梅的枕边风下，姐夫金耀祖在自己开的九龙娱乐城给钱二贵安排了个保安部副部长的活儿，没干多久，就让他升了部长。钱二贵起初也干得有声有色，尽心尽力，觉得不能辜负姐姐姐夫的一片心，更何况房子还是姐姐姐夫给买的呢。

但干着干着，钱二贵就听到了一些针对自己的怪话，那是觉得被他这个空降兵夺了保安部部长职位的李大奎传出来的谣言，说这钱二贵啥都不是，就是个酒鬼，关系户，屁本事没有，就会擦鞋做舔狗，对姐夫巴结得好，所以吃软饭，抢人职位，还白得了房子。甚至还有更离谱儿的传言，说金耀祖跟弟媳张玉莲有一腿，钱琳琳是金耀祖跟张玉莲生的，要不然金耀祖为啥能给张玉莲钱二贵花那么多钱买房子？钱琳琳为啥能一直生活在金耀祖家，还被他当成亲生宝贝女儿一样？

这些谣言像风一样传到了钱二贵耳朵里，让他气得要发疯，原本已经好转的酒瘾便又犯了。一喝了酒他回家就越看张玉莲越不顺眼，就变本加厉地打她骂她冷落她。久而久之他认为那些谣言是真的，这水性杨花的张玉莲肯定跟姐夫有什么关系，要不然姐夫为啥要花那么多钱给自己和张玉莲买房子，为啥把自己的女儿钱琳琳当亲生的一样对待？

这么想着之后，他便打得更起劲儿了，张玉莲就成了他的一个宣泄各种不良情绪的出口。张玉莲虽然感觉到痛苦，但钱二贵打她和百般折磨她时她都不出声，这样的日子她承受得太多太久了，她不知道要怎样才能改变，才能逃离，她甚至有些麻木了。

有一天中午，钱二贵喝得醉醺醺地跑回来，见她躺在床上，他又气不打一处来，拿起拖鞋就朝她劈头盖脸打下去。她举起手遮挡着头和脸，任由他发疯一样抽打自己。打了一阵，钱二贵发现拖鞋被自己打烂了，便随手将拖鞋朝窗口扔出去，然后骂骂咧咧地提着一瓶酒跟跟跄跄地出门去了。

提讯完毕，郑岩和林乔生、慕容曦走出看守所。

听完张玉莲和钱二贵这好长一通故事，慕容曦一直处于气头上，她有些生气地说："这个钱二贵，标准的变态，没有证据，偏要说张玉莲和邓明阳有奸情，结果，人也伤害了，还是没能找到他们两个偷情的证据！"

林乔生看看慕容曦，又看了看郑岩，说："主任，从钱二贵的供述看，他将张玉莲腹部捅伤之后，他的姐姐钱大梅从外面走了进来，还打了他一个耳光。这和钱大梅所作的证词非常吻合。综合目前各类证据情况，足可以起诉他犯有故意伤害罪了！"

慕容曦连连点头："对，钱二贵和钱大梅是直系亲属，钱大梅对钱二贵的指证具有很高的法律效力，可以确定钱二贵确实捅伤了张玉莲。"

林乔生和慕容曦两个人说完便都笃定地望着郑岩，期待他跟他们二人会有一样的看法，但郑岩却说："现在从法理上讲，钱二贵的故意伤害罪是成立了。我们想一下，会不会是其他情况呢？"

慕容曦狐疑地问："主任，现在事实确凿，证据扎实，还能出现什么意外情况？"

郑岩出人意料地说："譬如，故意杀人？"

慕容曦和林乔生闻言惊呆了。

真相

就在这时,陈坤乾带着王悦然从看守所外面走了进来,陈坤乾热情地跟郑岩打了招呼,说:"哎呀,郑大检察官,我陈某人能跟您交手,那是三生有幸呀!对了,希望我们合作愉快!"

说完他便伸手过来要跟郑岩握手,郑岩没理会,表情严肃地说:"在法律的范围内合作愉快就行,超越法律的合作那就免了!"

陈坤乾尴尬地收回了手,然后装作豪气地哈哈大笑说:"没想到郑大检察官还这么幽默!我陈某人受教了!"说完,他便带着王悦然往看守所里去了。

看着陈坤乾和王悦然离开,林乔生有些愤愤地对郑岩说:"主任,这个陈坤乾可是一直都很狂的!"

郑岩笑笑说:"是吗?那不好意思,我刚才得罪这位狂人了。"

慕容曦脸上露出鄙夷的笑,说:"哼,一个臭名昭著的流氓律师而已!"

郑岩看着远处快要落山的太阳,说:"越是流氓律师,我们越是要提高警惕,小心他玩花样!"

慕容曦又哼了一声,颇为蔑视地说:"他就是再狂,也不敢拿法律开玩笑吧!"

郑岩微微笑笑,对慕容曦说:"你给叶文婕打个电话,看看她那边进展怎么样。"

此刻,叶文婕正穿着防护服,在滨海市公安局几位民警的协助下,在钱二贵家忙着复核勘查现场。

叶文婕认真地测量着地面的血迹面积,手机响了,她戴着手套接起了电话:"慕容啊,我这儿还没完事呢,嗯,现场的证据都仔细复查过了，都没问题，跟主任说一声，等你们回去我跟他具体汇报……"

叶文婕一边说，一边走到客厅一台三门冰箱旁的发财树边蹲下。花盆旁有一枚浅浅模糊的小半个血脚印，她拍照后，又拿起本子唰唰唰地记录着。

2

坐在监室床头念监管条例的钱二贵正念得昏昏欲睡之际，管教甲大声喊道："钱二贵，会见！"

钱二贵把条例一把扔在床上，原本呆滞的两眼瞬间放光，惊喜地问："是我姐吗？"

管教甲面无表情地道："什么你姐？律师！"

钱二贵长叹一口气，颇不耐烦地说："什么律师……麻烦告诉他们，我不见，不见！"

管教甲耐心做他思想工作："钱二贵，你态度好一点儿！会见律师，你可以申明你的权利，他可以替你在法庭辩护！"

钱二贵翻了个身，脸朝里躺着，颇干脆地说："有什么好辩护的？老子一人做事一人担！是我用刀捅了张玉莲，我不需要辩护！"

管教乙突然从门外进来，他可没那么有耐心，最见不得人磨叽，满脸不快地训斥道："钱二贵，你啰唆什么？让你会见你就会见，有什么问题给律师说，我们才管不了你那么多呢！"

钱二贵平时最怕这管教乙了，一骨碌从床上爬了起来，跳下床来，乖乖地伸出双手。管教乙举起手铐，"啪"的一声，给钱二贵戴上了。

会见室里,陈坤乾直愣愣地盯着钱二贵的眼睛看,眼神里满是审视的意味,嘴角还挂着一丝玩味的笑。

陈坤乾这眼神和表情让钱二贵很不自在,都不敢跟他对视,只得不停地转着脑袋摇晃着脖子,眼睛也不知看哪儿是好。

就这么盯了好几分钟,陈坤乾终于开口说话了,第一个问题便是:"钱二贵,你不渴望自由?"

听到这装神弄鬼的律师终于开口了,钱二贵如获大赦,长舒了一口气,望着陈坤乾的眼睛说:"渴望!……特别渴望!"

陈坤乾微微笑了,说:"你说对了!你这句话让我想起一首曾经脍炙人口的诗来,生命诚可贵,爱情价更高,若为自由故,两者皆可抛!"

钱二贵苦涩地笑着,摇了摇头,缓缓吐出三个字:"我不配。"

陈坤乾略略睁大眼睛,些许惊讶地问:"为什么这么说?"

钱二贵又苦闷地叹气道:"那是革命者的诗,而我……我是个罪人……"

陈坤乾夸张地笑出了声,笑了一会儿,他连连摇头道:"不,不,不……你这说法我可不认同。无论是革命者,还是有罪之人,自由对每个人来说,都是那样珍贵!"

钱二贵望着陈坤乾长叹一声,万般无奈地说:"对我来说,自由太不可能了,我这下半辈子已经没有任何希望了,只能在牢房里过了!"

陈坤乾止住笑,一双大眼死死地盯住钱二贵的大圆眼。陈坤乾此刻是极其认真的,那眼神里射出的寒光像是利剑般,钱二贵觉得再多跟他对视一眼就要被这眼神给杀死了,他赶紧低头望向自己的脚趾头。

只听陈坤乾慢条斯理地说道:"钱二贵,我问你个问题,你认真听好了,如果张玉莲肚子上的伤是她自己不小心导致的呢?"

钱二贵惊讶得赶紧瞪着陈坤乾,差点儿从椅子上惊跳起来,大问一声:"什么?!"

陈坤乾笑了笑,摇晃了一下脖子和脑袋,继续慢吞吞但又毋庸置疑地说:"根据我的调查,张玉莲的伤不排除且极有可能是她自己的行为所致,她对你的指证非常单薄!"

钱二贵的大圆眼瞪得溜圆,惊得下巴都快掉了,他张口结舌半天,最后也没能吐出半个字来!

他的一切反应似乎都在陈坤乾掌控之中。陈坤乾微微一笑,转过头来对王悦然说:"王律师,做好记录!"

陈坤乾低头从公文包里拿出律师证和介绍信递给了钱二贵,说:"钱二贵,我是丰华律师事务所律师陈坤乾,这位是我的助理王悦然。根据你姐姐钱大梅的委托,我们将做你的代理律师。你有意见吗?"

钱二贵还沉浸在思维的巨大转变和冲击之中,好似半梦半醒一般,只差掐自己大腿以确认自己是醒着的了。半天他才晕晕乎乎和恍恍惚惚地说:"陈……陈律师,你真的能让我自由?"

陈坤乾神情笃定,点点头说:"是!如果你没犯罪,我会在法庭为你做无罪辩护!"

钱二贵眼里闪现出惊喜的光来,他感觉到这一切都来得太快,太不可思议。就在刚才之前,他一直认定自己下半生是注定要将牢底坐穿了,而且他也做好了思想准备,对后半辈子已不抱任何期待了。可这会儿他的心长了翅膀,突然飞上了九霄云外!他想象着自己站在明晃晃的大太阳底下欣赏蓝天碧海,自由畅快地呼吸新鲜空气,那是多么美好的事情呀!尤其当一个人失去自由后就会更加渴望那种平时并未在意和珍惜的自由!

想到这里,钱二贵像是抓着了一根救命稻草,他两眼放着光,鸡啄米似的连连点头道:"只要你能让我享受自由……我同意!"

陈坤乾微微点了点头,慢悠悠地说:"你如果愿意享受自由,我会帮你的!"

钱二贵冷静下来,又低头思索了一番,再抬起头来非常认真地说:"好!我同意你替我辩护!"

陈坤乾微微笑着:"你如果想享受自由,必须有充分的证据来证明你没有罪。"

钱二贵蒙了,一脸犯难,仿佛快要到手的自由又将像煮熟的鸭子要飞了一般。他急得几乎要站起来,火急火燎地抖动着手铐问:"证据?我这个样子……我上哪儿去弄证据?"

陈坤乾伸出一只手朝他压了压,意思是让他少安毋躁。钱二贵这才坐定了,伸出舌头舔了舔干燥的嘴唇,近乎乞求地望着陈坤乾,像是溺水的人抓住了一个快瘪了的救生圈。他此刻最大的愿望是这个救生圈能把湍急河流中的他带回岸上,可别让他眼看上岸在即这救生圈却气漏完了!

陈坤乾也急躁起来,手在口袋摸了几次烟,但每次都在快摸出来时又被助理王悦然的眼神给制止了,因为律师会见室墙上赫然写着"禁止吸烟"。他平时没烟可是就像饿死鬼没吃饭一般,不抽烟会让他没法安静地思考。

陈坤乾干脆直接地问:"钱二贵,我问你,你有罪吗?"

钱二贵这回挪了挪屁股,挺直了腰板,拉好了架势,清了清嗓子,坚定地说:"我没罪,我是被冤枉的!"

陈坤乾一反刚才的慢条斯理,语速飞快地说:"钱二贵,据我们调查,张玉莲已经对你进行了指认,说你对她实行家庭暴力,用厨房的刀子捅伤了她,造成重度伤残,已经形成了严重的故意伤害罪!"

这默契一旦形成,两个人之间的沟通就顺畅多了,只听钱二贵坚决摇头说:"不,我那晚喝多了,什么我都记不得了!"

陈坤乾笑着说:"很好,很好……今天咱们的会见就到这里吧!待会儿,我的助手王律师会把谈话笔录打印出来,你逐页签字、摁手印……具体的,小王律师会告诉你的。"

说着,他朝王悦然点头示意,就拽起公文包跑出去了,剩下王悦然在那儿整理着手提电脑和便携式打印设备。

40分钟后,王悦然出来时正见到陈坤乾在看守所大门外惬意无比地吞云吐雾。

见王悦然出来,陈坤乾狠狠吸了几口,将烟屁股丢在地上,还用脚狠狠地踩了几下。王悦然注意到地上已经十几个烟头了,显然"师傅"这会儿过足了烟瘾。

陈坤乾跟王悦然一起朝车走去。阳光猛烈,知了拼命地叫唤,他们的影子几乎就在脚底下。陈坤乾刚吸了烟,这一刻精神大振,天气炎热也影响不了他的好心情。

上了车,王悦然问:"陈老师,您说这个案子能翻过来吗?"

坐在后排的陈坤乾猛喝了几口水,心情舒畅地说:"从现在来看,只有张玉莲一个人指证钱二贵捅伤了她,并没有第二个人指证钱二贵犯罪。张玉莲指认钱二贵捅伤了她,钱二贵进行了否认,双方都是孤证呀!"

王悦然皱了一下眉头:"孤证?"

陈坤乾望着窗外迅速闪过的绿树绿草,轻松地笑着说:"对,是孤证,根据疑罪从无的原则,对于两份孤立的指证和否认,只有判决犯罪嫌疑人无罪。"

王悦然眉头又皱起来,问道:"那把警方从现场提取的刀子上不是有钱二贵的指纹吗?"

陈坤乾望着远天,笑着说:"刀子上面也有张玉莲的指纹!你别忘了,这可是在钱二贵自己的家里……"

3

这天一早,丁一楠又带着章文颖来到滨海市人民医院住院部探望张玉莲。

此刻,张玉莲正孤独地躺在病床上,她头上缠着纱布,腹部也裹着纱布,躺在那儿动弹不得。眼角有泪痕,枕巾都是湿的。她两只眼睛望着天花板,神情悲戚。

见丁一楠她们进来,她眼里闪着亮光,很艰难地想欠起身子,丁一楠和章文颖见状赶紧上前扶着她,让她平躺着。

丁一楠仔细看了看张玉莲的状态,轻声问:"怎么样?这两天好点儿了吗?"

张玉莲有气无力地哼哼说:"丁律师……谢谢你的关心,我还好!"

丁一楠见她骨瘦如柴,心里生出更多怜惜来,轻声地说:"过段时间你这案子就要开庭了,前段时间你跟我们也聊了许多你的事情,我今天来是还有几个细节需要核实一下。"

真相 四孤证

张玉莲睫毛上沾着泪花，缓缓地点了点头。

丁一楠看着那湿漉漉的枕巾，有些不忍心，觉得再提起这些过往等于又掀开张玉莲的伤口，可她没办法不去核实，只得硬起心肠来说："你再把案发那天的情况说一下吧。"

张玉莲还没张嘴，泪便止不住地流出来，紫黑的嘴唇翕动着，张了又张，最后哽咽地说："钱二贵他……他不是人，非说我和别的男人有一腿。我跟他吵架，他就拿刀捅我……"

张玉莲清晰地记得，那天她回到屋里，正欲跑进卧室反锁起门来防止挨打，可喝多了的钱二贵正在气头上，顺手操起饭桌上的一个玻璃烟灰缸就朝她砸过去，不偏不倚，正砸在她的额头上，登时额头就鼓起一个好大的包，还破了皮渗出血来。张玉莲痛得几乎要晕厥过去，她捂住额头跌坐在地上。

可钱二贵还不解恨，他跑上前去一把扳过张玉莲瘦弱的肩膀，照着她的脸颊就是"啪啪"几下，打得她眼冒金星，左脸颊马上出现五个红色的手指印……

张玉莲捂着脸愣住了："钱二贵，你个挨千刀的，你个挨枪子的……你疯了吗？"

钱二贵打完她后跌坐在她旁边，醉得脸红通通的，邪笑着说："老子就打你了又怎么着……你最好别惹老子，惹恼了我，我杀了你这臭娘儿们！"

听到钱二贵这样说，额头和脸颊又火辣辣的痛，张玉莲压抑的情绪突然爆发了，她猛地伸出手，恶狠狠地朝钱二贵脸上抓去，钱二贵躲闪不及，脸上出现了几条抓痕。

钱二贵感觉脸上像火烧一样痛，这疼痛彻底激怒了他，他一把推开披头散发的张玉莲，恶狠狠地骂道："好呀！疯婆娘，

真相

看把你能耐的！老子不发威，你还真当老子是病猫了，几天不见，你居然还敢还手了！"

说完，钱二贵趔趔趄趄地冲进厨房，抄起一把水果刀，回到客厅，然后他跌跌撞撞地来到张玉莲跟前。张玉莲见他手中有刀，便吓得往后退。可后面就是一堵墙，她没地儿可退了。她生怕发了狂的钱二贵会真干出傻事来，于是被逼得只能扑上前去夺刀子。

原本在钱二贵眼里就像只小鸡一般的张玉莲这会儿竟然敢反抗，这可把钱二贵气疯了，他恶狠狠地骂道："老子今天非宰了你不可，臭婆娘！"

钱二贵一把甩开张玉莲，张玉莲被他的蛮力一把推倒在地。钱二贵举起手中寒光闪闪的刀子逼近了张玉莲，他目露凶光，发狂一般朝张玉莲腹部捅去，边捅边恶狠狠地骂道："我让你他妈的臭美，我让你他妈的勾引男人，臭婊子……"

张玉莲发出凄厉的叫声，眼前一片模糊，疼晕了过去。在晕过去之前，她模模糊糊地听到开门声，有个女人在急切地大喊："怎么了？怎么了？"

病床上的张玉莲回忆完这痛苦的一幕，便闭上了眼睛，再也不想提及那极度伤痛的过去。眼泪又涌了出来，她痛苦地说："后来我就什么都不知道了，疼昏了过去，醒来我就在医院里了。"

丁一楠点了点头，用同情怜惜的眼光望着张玉莲说："这么说，你听到了开门声和钱大梅的声音？"

张玉莲微微点了点头，说："对，我迷迷糊糊听到了开门声，还听到了钱大梅的说话声。"

真相 四 孤证

丁一楠思索了一下,问:"刚说的这两点你能确认吗?"

张玉莲抿了抿干得起皮的嘴唇,坚定地说:"能!说句实话,钱大梅对我很好。每次钱二贵打我,她只要知道了,就会狠狠地骂钱二贵。骂过钱二贵后,再回过头来劝我不要和钱二贵一般见识。如果不是钱大梅劝我,我早就没法和钱二贵过了。谁想到……这一次钱二贵竟然下了毒手!"

就在这时,钱琳琳突然跑进了病房。看到张玉莲头上身上都缠了纱布,钱琳琳抱住张玉莲痛哭起来:"妈妈,这到底是怎么了?"

张玉莲抬起一只枯瘦青白的手来,无力但又极其温柔地抚摸着钱琳琳的头发,哽咽着说不出话来。

钱琳琳责怪道:"妈,你都这个样子了,为什么一直不跟我说?我还是从老师那儿得到的消息,说爸爸伤了您,所以我赶紧请假回来了……"

她又望了望张玉莲头上和腹部的纱布,心疼得眼泪像断线的珠子一般掉落,伸出手非常轻柔小心地摸摸纱布,眼神无比温柔爱怜,问:"妈,还疼吗?……这些……真的是爸爸做的吗?"

张玉莲没有说话,只是痛苦地闭上眼睛,泪滴无声滑落,钱琳琳拿起床头柜上的纸巾轻轻给她擦干,母女俩又抱头痛哭起来。

看着这场景,丁一楠和章文颖也数度哽咽,克制又克制,终究还是落下泪来。待大家情绪平复了一些后,丁一楠亲切地揽过钱琳琳的肩头,说:"琳琳,过一阵子法院就要开庭审理你妈妈的案子了,我作为你妈妈的法律援助律师将出庭应诉,你有什么要求可以告诉我,我会为你在法庭提出来的。"

钱琳琳泪眼蒙眬地望着丁一楠:"你是说,真是我爸伤了我妈?"

丁一楠点了点头。

钱琳琳跌坐在凳子上,一时间很难接受这个事实,她抱住头,趴在病床边呜咽起来,身体剧烈地抖着。丁一楠只得蹲在钱琳琳旁边抱住她,像哄婴儿般不停地拍打着她的后背,张玉莲也泣不成声,拉着女儿的手无力地抚摸着。

钱琳琳终于止住了哭泣,她满脸是泪地问:"阿姨,我爸会判刑吗?"

丁一楠怜爱地望着眼前这个可爱天真的女孩儿,很是怜悯,但她不能说假话,只得点了点头。

钱琳琳看了看张玉莲,又看了看丁一楠和章文颖,突然,又埋头哭了起来。她想着,如果爸爸进去了,妈妈又是这个样子,这个家就彻底毁了。虽然说姑妈姑父对她很好,拿她当亲生的一般对待,但她知道张玉莲和钱二贵才是她的生身父母。如今,父母都这个样子了,她感觉年纪尚小的自己人生的末日就要来了,敏感早熟的她不由得悲从中来。

4

自打钱二贵出事后,金耀祖的日子也不好过,因为老婆钱大梅日夜在他耳边念叨说要他赶紧想办法把弟弟捞出来,担心弟弟的身体在里头扛不住,吃不消。

一贯对老婆唯命是从的金耀祖眼见得老婆为了钱二贵急得茶饭不思,很快就消瘦苍老了很多,他也非常心痛。虽然他也想赶紧想办法让钱二贵脱离苦海,可是现在是法治社会,让

真相 四 孤证

他上哪儿去找门子捞人呢？

虽说他交友甚广，但天底下没有白吃的午餐，你欠人家人情，人家就会有更大的事情来求你，而且大多是打法律擦边球的，你帮还是不帮？到时候骑虎难下。所以他也是有苦难言。因此每天他也跟着老婆钱大梅一样，眉头紧锁，坐立不安。

这日他思来想去，还是叫来了陈坤乾。

陈坤乾一进门，金耀祖便跑过去热情地跟他握起手来："陈律师，我终于把你盼来了！"

两人的手紧紧地握在一起。

金耀祖笑着说："欢迎陈大状的到来。法律的魅力真是无穷，看到你，我马上就有了战胜一切的力量。"

陈坤乾落座，看着金耀祖哈哈大笑，说："法律是支持证据的，没有证据，再有力量，也得不到法律的支持哟！"

金耀祖说道："证据都是人提供的，没有人哪来的证据？你放心，我让你打官司，不会让你两手空空上堂的，会给你所需要的证据。"

陈坤乾笑得乐开了花："金董事长，如此说来，不是我给了你力量，而是你给了我战胜一切的力量呀！"

两人对视着，又都哈哈大笑起来。

助理王悦然在沙发上坐下后就开始看起了手机，她翻到滨海本地的一个微信公众号，其中有篇文章的标题是《本市一宗家暴案将于近期开庭审理》。

王悦然赶紧起身把手机递给陈坤乾，陈坤乾接过来仔细看了起来。

金耀祖去办公桌后面的柜子取了一盒西湖龙井茶叶过来给陈坤乾泡上，一边沏茶一边说："陈律师，看来钱二贵的官司不好打呀！你看看，还没有开庭，新闻舆论就开始炒作了。"

陈坤乾没接话，他两眼定定地望着手机屏幕，嘴里念念有词："滨海市人民检察院以办大案、难案著称的郑岩检察官办案组出庭支持公诉，知名律师丁一楠作为被害人的代理律师出庭，要求被告钱二贵承担民事赔偿责任，两大高手对决被告人代理律师陈坤乾……"

金耀祖把沏好的两杯茶推到陈坤乾、王悦然跟前，呵呵笑着说："这小编写的……我怎么听都有点儿华山论剑的味道呀！"

陈坤乾放下手机，心里有点儿发虚，笑笑说："面对高手，看来只有险中求胜呀！"

金耀祖摇了摇头："不，我们只能打稳操胜券的官司，绝对不能险中取胜！"

陈坤乾苦笑了一下，若有所思地说："没有把握，检察院不会把案子起诉到法院的。"

金耀祖望了一眼陈坤乾，像是看穿了他的担心似的，便说："如果我没有记错的话，年轻的令狐冲是靠独孤九式的招数成名天下的。同样，陈律师，只要你需要，我会给你比独孤九式还要有效果的'制胜法宝'。"

陈坤乾啜了一口茶，连连赞叹说："好茶，好茶！金董事长的东西果然都是好东西……如果金董事长能给我'制胜法宝'，我陈某人何愁打不赢这场官司？哈哈哈……"

几个人谈得正欢，门外响起一阵急促的高跟鞋"嘚嘚"声，接着门被推开了，一个高大的身影闪了进来，来人正是钱大梅。

见老婆这般火急火燎地跑来，金耀祖赶忙上前搀扶她坐下，心疼地望着她，说："这大热天的，你不在家好好休息，跑出来干啥？"

钱大梅着急地说："我能休息吗？二贵还在里头待着呢！他一日不出来，我这当姐的便一日不得安生，我可怜的弟弟呀……"说着便开始一把鼻涕一把泪地哭开了。

金耀祖觉得在陈坤乾面前这样很失态，赶忙对钱大梅说："大梅，你先调整下情绪，你看这是谁？"

钱大梅止住了哭泣，泪眼模糊地望着陈坤乾。

金耀祖忙说："大梅，我给你介绍一下，这位是我请的为二贵做辩护的大律师陈坤乾！"

钱大梅赶忙扯了几张纸巾揩了揩眼泪，原本悲伤的脸上马上阳光灿烂起来。她跑上前去紧紧抓住陈坤乾的手说："陈律师，遇到你可太好了，我家二贵这下就有救了……你可一定要救救我弟弟呀！他不懂事，喝了酒，脾气冲动，一不小心犯了错……可他是好人，他不是故意要这样做的，你一定要想办法救救他！"

金耀祖觉得老婆今天的表现太丢份了，他赶紧拉开钱大梅，说："陈律师，这是我的太太钱大梅，也是当事人钱二贵的亲姐姐，让你见笑了，她也是太操心弟弟了，很想早点儿把钱二贵救出来……没办法，一母所生，十指连心呀！"

陈坤乾微微笑笑表示理解。

钱大梅又擦了擦眼泪，情绪平缓了很多，她坐下来，眼神热切地望着陈坤乾："陈律师，你说我弟弟有救吗？"

陈坤乾端起茶杯抿了一口，说："有救，当然有救！"

钱大梅又试探着问："他犯了罪的话，会判多少年？"

陈坤乾说："如果捅伤张玉莲的是钱二贵，那他将面临故意伤害罪的指控。"

真相

钱大梅沉吟着,迟疑地问:"那……钱二贵会判多少年?"

陈坤乾窥视着钱大梅脸上的表情变化,发现钱大梅的眼神开始闪烁,好似在迅速地盘算和衡量着什么,他嘴角便露出一丝笑意来:"根据伤情鉴定,张玉莲现在已经是三级伤残。结合曾经的判例看,钱二贵严重捅伤张玉莲,有可能会判处15年以上的徒刑。如果……也有可能被判处无期徒刑或者死刑。"

听到"死刑"这样的字眼儿,钱大梅着实吓坏了,她越过茶几一把抓住了陈坤乾的衣袖,一把鼻涕一把泪,急切地恳求道:"陈律师,求求你,你一定要想办法救救我家二贵!"

陈坤乾虽然知道钱大梅急着想救她弟弟,但没想到她急得能这样不顾体面地拽他衣服,金耀祖也吓了一跳,脸上满是尴尬,但又想着老婆实在是为钱二贵担心,也情有可原,他只得歉意地对陈坤乾笑笑。

钱大梅转过身来看着金耀祖,用半是命令半是恳求的语气说:"耀祖,我们给陈律师钱,只要保住二贵的命,要多少钱我们都给,好不好?!"

金耀祖实在没辙了,只得赶紧过来搀扶她坐下,拍拍她肩背,想让她情绪平复下来。

陈坤乾也坐下来,一脸云淡风轻地说:"金太太,现在的情况很不妙,因为,是你亲手把钱二贵送进了监狱。"

钱大梅闻言吓了一大跳,惊得全身颤抖起来,她大叫道:"什么?!"

陈坤乾微笑着提醒钱大梅:"金太太可以想一下,你在公安机关是怎么说的?在张玉莲被人捅伤了后,你看到了什么?"

5

钱大梅清楚地记得那天的情形。

她一向知道弟弟和弟妹感情不好,弟弟总是隔三岔五无缘无故地打弟妹,弟妹性格懦弱,不怎么懂得保护自己。她也一再劝过弟弟,让他对弟妹好些,无奈这钱二贵特别固执偏激,横竖不听劝,照打不误。所以她始终放心不下钱二贵夫妻的婚姻感情,更放心不下弟妹,担心她那柔弱的身子骨架不住钱二贵的铁拳。

由于好一阵子没去看钱二贵夫妻了,她便去附近的超市采购了一些食品和补品,然后开车来到华洋山水小区。她拎着食品坐电梯来到钱二贵住的十九楼走廊,忽然发现,钱二贵家门没关紧,有一条小缝儿,里面突然传出一声凄厉的惨叫声。

钱大梅吓得一个趔趄,差点儿被高跟鞋绊得崴了脚。她不知道门里发生了什么事,但她感觉肯定不是好事,估计弟弟又打弟妹了!

她顾不上脚上的痛,赶紧脚底生风一般猛地推开钱二贵家的门,惊恐又着急地喊着:"怎么了?怎么了?二贵,发生什么事了?"

眼前的一幕吓得她要晕倒,只见张玉莲闭着眼躺在地上无力地呻吟,腹部鲜血淋漓,地上一片血迹。而钱二贵则一手扶着半瓶白酒,坐着靠在墙边歪着头打呼噜,屋子里酒气熏天。

钱大梅心狂跳着,不敢再看张玉莲和那一摊血迹,她赶紧跑到钱二贵跟前,用力猛拍钱二贵脸蛋儿和脑袋,抓着他的肩膀不停地摇晃,惊恐又焦急地问:"二贵,二贵啊,这是怎么了?"

真相

钱二贵像是突然被惊醒似的,还以为是张玉莲摇晃他呢,他一把推开钱大梅,钱大梅一个屁股墩坐在地上。听出钱大梅的声音,他半睁半闭着迷离的醉眼,醉醺醺地说:"这个贱人……她不是爱臭美吗?……她不是爱勾引人吗?我就让她尝尝厉害!"

说到这里,钱二贵闭着眼睛,抬起一只手来,指着地上的张玉莲,狂喊道:"臭娘儿们,我问你,你他妈的还臭美吗?……还勾引野男人吗?你说啊,你回答啊?"

钱大梅这下总算明白这混乱恐怖的现场是怎么造成的了,她气急败坏地冲上前就给了钱二贵狠狠一巴掌,大骂道:"钱二贵,你混蛋!我看你是不要命了!"

钱大梅对陈坤乾回忆着她那天在弟弟家的所见所闻,讲完后便满眼热切地望着陈坤乾,似乎在向他讨要一个意见或者说法。陈坤乾端起茶杯喝了一口茶,问:"你亲眼看到钱二贵捅张玉莲了?"

钱大梅猛地摇摇头,说:"没!我刚讲得很明白,我是听二贵说是他捅的。"

陈坤乾放下茶杯,思索了一下,顿了顿说:"那好……我再问你,钱二贵当时是不是处于严重醉酒状态?"

钱大梅笃定地点点头说:"是的,这个我很确定!"

陈坤乾微微笑了笑,手里慢悠悠转着那杯茶,说道:"喝醉酒的人都有一个毛病——爱吹牛,你说,张玉莲身上的伤会不会是张玉莲自己捅的?"

钱大梅像是屁股底下安了弹簧一般,瞬间直挺起腰来,疑惑地瞪大眼睛,像听到什么天下第一奇谈一般,一脸的不可思议和惊慌错乱，她紧紧盯着陈坤乾，颤声问："陈……陈律师，你……你这是什么意思？！"

陈坤乾望了一眼钱大梅，耐人寻味地笑了笑，说："张玉莲经常遭受钱二贵家暴，我相信，公安、检察院已经做了大量调查，有没有这种可能，我是说'可能'，在这种情况下，张玉莲万念俱灰，以死解脱——自己用刀……自杀？"

钱大梅挺直的腰杆松懈下来，她软塌塌地靠在椅背上，舒口气说："她倒是多次说不想活了……可她还有个孩子。"

陈坤乾微微点了点头，牵动嘴角笑笑，说："好，我再换个问题，除了你，没有人可以证明案发时钱二贵在场，对吗？"

钱大梅眨巴着两只眼睛，有些不解地问："你的意思是……"

陈坤乾眼里露出狡黠的笑，他赶紧说："金太太，我声明一点，我不是教你说谎啊！"

钱大梅倒是像瞬间开悟了一般，沉吟道："如果我弟弟当时不在现场……"

陈坤乾抓住机会"启发"道："如果你能证明钱二贵当时不在现场，他也许会被无罪释放。可是，金太太，你已经向公安机关做出证言，证明钱二贵当时在场！"

钱大梅听了这话，无奈且无助地看了看坐在一边的金耀祖，又看了看对面一脸淡然的陈坤乾，她似乎更加明白了陈坤乾传递给她的意思。

钱大梅连连摇头，说："陈律师，我……我没有说谎！我……我当时记错了，我弟弟钱二贵并没有在场！"

陈坤乾听了得意地笑了笑，他两手交握着，又用右手转了转左手腕上的手表盘，然后抬起头来盯着钱大梅的眼睛，问：

真相

"你敢肯定？！"

钱大梅坐直了，很是笃定地说："我敢肯定！"

陈坤乾转过身对王悦然说："赶紧给金太太做笔录，她当时在案发现场没有看到钱二贵！"

王悦然应声而起，赶紧从沙发上站了起来对钱大梅说："金太太，请您到这边做个笔录！"

钱大梅便欣然地和王悦然坐到了一旁的沙发上。

金耀祖和陈坤乾对视一下，两人都心领神会地哈哈大笑起来。

金耀祖问陈坤乾："除了独孤九剑，陈大律师，你还要什么？"

陈坤乾非常有信心地说："我要的是，一剑定天下！"

金耀祖抚掌大笑道："好！"

说完，金耀祖转过身来到老板桌后，拎了一只密码箱过来放到茶几上，对陈坤乾说："陈律师，这是100万元律师费。"

陈坤乾看了金耀祖一眼，微微笑了笑，又把密码箱轻轻推了回去，语气突然有些沉重地说："金董事长……如果这个案子出了纰漏，说不定我会进监狱的！"

金耀祖瞬间愣住了，随后又像是突然明白了什么似的，他哈哈大笑道："好！痛快！陈律师，我忘了两个字，这100万元律师费，是'定金'。如果官司打赢，其余的100万元，将会在庭审结束一个小时之内，汇到你的账户上，你看这样操作如何？"

陈坤乾站起来，笑着伸出了手，金耀祖也伸出手去紧紧握住陈坤乾的手，两个人内心都感叹从这一刻起，两人就是一根绳上的蚂蚱了，一荣俱荣，一损俱损！这么想着两人居然有点儿惺惺相惜了！

陈坤乾笑得有些沉重而无力，说："但愿我们合作成功！"

金耀祖则玩味地望着陈坤乾，说道："我等着看你的精彩演出，相信你不会辜负我们和你自己！"

6

吃中饭时郑岩几个刚好坐一桌，便低声讨论起钱二贵的案子来。

郑岩把自己昨晚思考的问题提了出来："你们说，钱二贵这个案子有没有可能定故意杀人罪，而不是故意伤害罪？"

林乔生差点儿噎住了，因为他从来没把钱二贵往故意杀人这上头想过。他把那口差点儿噎住他的饭菜猛嚼几下吞了下去，瞪大眼睛说："那……咱们得看钱二贵有没有故意杀人的动机。"

慕容曦停下筷子说："怎么没有？他怀疑张玉莲出轨，感觉是男人的奇耻大辱，于是……"

郑岩思索着，自言自语一般："假如……假如钱大梅没有及时出现，张玉莲会不会失血过多而死呢？"

叶文婕想了想，说："从法医学的角度看，是极有可能的。"

林乔生又大嚼了一口饭菜，然后用纸巾擦了擦嘴，说："主任，从目前的证据来看，定故意伤害比较稳妥。"

郑岩没说话，望着远处，思索着，大概两分钟后，他对大家说："我说这些，是为了提醒大家在办案时要多思考，多联系案件内外的各种因素，而不要被表面的东西所蒙蔽，造成思维定式。另外，我要提醒大家的一点是，钱二贵的口供并不稳定，我们要有一种心理准备，那就是钱二贵很可能当庭翻供！"

经郑岩这样一说，大伙一个个眉头紧锁，神情凝重。

林乔生若有所思地点了点头，说："主任说的是呀，我们还是要把证据做扎实才行！"

案子开庭在即，从九龙娱乐城金耀祖的办公室离开时，陈坤乾决定去医院看看张玉莲，金耀祖当即决定让夫人钱大梅陪同陈坤乾前往。

丁一楠和章文颖探视完张玉莲，从医院出来。两人来到停车场刚要上车，就碰到刚从停车场走出的陈坤乾。

陈坤乾满脸堆笑地走到丁一楠跟前，很爽快地伸出了手："丁大美女律师，你好呀！"

丁一楠对于在这个时候、这种场合碰见陈坤乾似乎一点儿也不感到意外。她冷笑一声，颇为鄙夷地看了陈坤乾一眼，说："哟，这不是滨海市赫赫有名的翻牌大律师陈坤乾陈大状吗？"

陈坤乾呵呵一笑，显得很是大度一般，说："我就知道美女律师又跟我开玩笑了，还好，我这人天生也喜欢开玩笑！"

丁一楠脸上鄙夷的神色更浓，哼了一声，说："陈大律师，作为同行，我还是要好心地提醒你，这个案子后果很严重，对受害人的伤害也非常大，社会关注度、影响力高。你可要小心了，不要轻易翻牌！"

陈坤乾低头转了转手表盘，又抬起头来打哈哈笑着说："谢谢丁大美女律师的善意提醒！但是，作为律师，我只知道为我的当事人服务！"

丁一楠呵呵一笑："这是你陈大状的名言，不过，我总是觉得少了点儿什么。"

陈坤乾认真起来，问："少点儿什么？"

丁一楠笑着望着医院对面滨海市第一中学上空在风中猎猎飞扬的五星红旗，说："陈大律师，我记得当年咱们一起在律师资格培训班的时候，老师第一课讲的可不是你说的这样呀！"

章文颖也插话道："律师的工作，是为了维护法律的尊严，主张法律的正义！"

陈坤乾哈哈大笑，看了看章文颖，又看看丁一楠，说："哎呀，丁大律师，有句古话说，尽信书不如无书！你这是书本知识，书本知识！我还告诉你一句话，百无一用是书生。即使你丁一楠现在是名律师，也不要忘了，总是死抠书本，是没有前途的！"

丁一楠哈哈一笑，锐利的眼神盯着陈坤乾，说："陈大状，我也告诉你一句话，常在河边走，必有湿鞋时！还有两句话，道不同，不相为谋，话不投机半句多！"

陈坤乾倒是一点儿不生气，继续笑着打哈哈说："丁大美女放心哈，你管好自己就行……不过，你刚才后两句所言极是呀，咱们一个是被害人的律师，一个是被告人的律师，我们两个注定是不能同一个方向前进的！"

丁一楠冷笑一声便带着章文颖驾车离去。

章文颖从后视镜里看了看还站在原地望着她们车子离去的陈坤乾说："楠姐，这个陈坤乾很狂呀，而且执拗得很呀！"

丁一楠笑笑："你放心，总有一天他会因此付出代价的！"

章文颖点了点头，又问："楠姐，你刚说他是翻牌律师，这是怎么回事？"

丁一楠一脸鄙夷地回答说："他这个人呀，总是冒险翻牌，不讲律师的职业道德,制造出人意料的证据,自以为手段高明,总是打法律的擦边球。"

章文颖再次从后视镜里看了看陈坤乾所在的方向,说:"这样呀,他可千万别跟我们玩儿花样才好。"

丁一楠轻蔑地说:"如果他跟我玩儿花样,我一定不会饶了他!"

7

金耀祖和钱大梅结婚多年,夫妻关系很好,一直没有孩子,这倒不是两人不想要,是因为金耀祖的某个器官出了问题,导致他无法产生正常的精子。钱大梅有时也有怨气,她哀叹老娘这土壤倒是很肥沃,可没有种子,长不出庄稼呀!后来,钱大梅想通了,没有孩子的二人世界挺好。因为种种原因,金耀祖自然对待妻子就只能更好了。

自打找了陈坤乾来应付老婆后,金耀祖总算能过点儿安静自在的日子了,钱大梅也不再总是缠着他成天哭哭啼啼的了,他也能睡个好觉了。尽管他也知道自己在走一着儿险棋,但这陈坤乾可不是一般人,他相信只要自己把好关,仔细收拾好这案子牵涉的边边角角,其余的事交给陈坤乾打理,把钱二贵捞出来肯定没问题。

这天金耀祖哼着小曲,心情大好地品着茶。这时九龙娱乐城的办公室主任马进财拿了一堆发票过来找他签字报销,他大笔一挥就给签了。马进财正要离去,被他叫住了。

金耀祖放下茶杯,两眼盯着毕恭毕敬地站在一旁的马进财问:"马主任,你说说,钱二贵这案子开庭审理会是什么结果?"

真相

马进财可没想到董事长会问他这个问题。他仔细留意着董事长的脸色，不知该作何回答，最后只得说了自己的真实感受："董事长……我，我觉得吧，这钱部长也太狠了，把他老婆张玉莲伤成那样！"

金耀祖把茶杯有些重地放在桌上，面色一沉，马进财登时吓得腿脚发软。只听金耀祖说："马主任，看来，很多事你还不懂……我告诉你，这案子一定会出现奇迹，钱二贵是无罪的你信不信？"

马进财怎么都不敢相信自己的耳朵，他连连摇头道："钱部长是无罪的？……不可能，不可能。他把张玉莲捅伤后，回到保安部亲口向保安部的高石头说的，说张玉莲是他捅伤的！后来，公安来了，才把他从保安部抓走的。怎么会无罪呢？"

听了马进财的话，金耀祖从沙发上站了起来，隔着桌子拽住了马进财的衣领，像老鹰抓小鸡一般，马进财哪里料到自己说实话会让董事长这样发狂？他吓得面如死灰，浑身筛糠，差点儿尿裤子。

金耀祖两只眼睛紧紧地盯着马进财，恶狠狠地说："说，你是怎么知道这些的？你还知道些什么？"

感受到来自金耀祖的强大压力，马进财大气不敢出，但临时也想不到还能怎么编点儿让董事长听着高兴的话，只得实话实说："钱……钱部长被公安抓走，不，带走后，高石头找到了我……他……他问我应该怎么办？高石头亲口告诉我这些的！"

金耀祖沉思了一下，猛地一把放开了马进财的衣领，一脸凶狠地对马进财说："马主任，你可给我听好了……这事，你知，我知，天知，地知，不能再让别人知道了。明白吗？"

马进财鸡啄米一样点头，正要倒退着离去，突然他又顿住了，怯生生地偷窥着金耀祖，小心翼翼地说："可是……可是，董事长，谁敢保证高石头不乱说？"

金耀祖略略沉吟了一下，对马进财说："你等下通知保安部，让高石头来我这里一趟！"

马进财立即应声："明白！"

金耀祖笑了，他起身走上前拍了拍马进财的肩膀，像是安抚，又像是威胁，更像是进一步巩固同盟关系一般，说："明白就好！马主任，这才是一个办公室主任应尽的职责！好好做，以后前途无量！"

像是为了让金耀祖放心，也像是对金耀祖给他"画饼"的提前回馈，马进财坚定地说："董事长，您放心，我一定会保守好秘密的！"

金耀祖很满意马进财的表现，他在老板椅上坐了下来，对马进财说："马主任，把电视打开，我要看今天庭审的电视实况转播。"

金耀祖悠闲地品着茶，问恭恭敬敬地站在一旁的马进财："马主任，你看过电视剧《笑傲江湖》吗？"

马进财点头说："报告董事长，我看过。"

金耀祖微笑着点点头，又慢条斯理地说："很好，那我问你一个问题，你知道令狐冲的独孤九式为什么能在关键时刻打败敌人吗？"

马进财这下可犯难了，他读小说时只顾囫囵吞枣，光看情节去了，何曾思考过这些问题？他一脸尴尬地笑着挠了挠头："这个……"

金耀祖看他那犯难的样子觉得好笑，说："我告诉你，在中国的冷兵器时代，谁是最后亮出绝招儿的，往往都是胜利者。令狐冲的独孤九式也是如此，只要在失败将成定局的时候，突然亮出独孤九式，才能一剑定天下！"

马进财像是恍然大悟一般，连连点头："哦，原来是这样！……对，董事长您真聪明，说得很有道理！"

金耀祖微微点了点头，望着电视屏幕意有所指地说："要的就是出人意料的效果！"

马进财看看电视屏幕，又回头瞧瞧金耀祖的脸，像是明白了什么，问："董事长，您是说今天的庭审会出人意料吗？"

金耀祖指点江山般潇洒自如，笑着说："我想，滨海市检以郑岩为首的这帮公诉人应该也非常清楚，即使是事实清楚、证据扎实的案子，同样会有悬念和意外的存在。郑岩应该也能意识到这个案子里存在的一些起诉风险，只可惜，他在明处，而我们却在暗处，我们要是突然出击的话，总会让他猝不及防的！"说完，金耀祖现出一脸得意和意味深长的笑。

马进财听着有些瞠目结舌，不知该说啥好。半晌他才回过神来，赶紧巴结地奉承金耀祖："董事长，这些……都是您导演的？"

金耀祖很优雅地点燃一支雪茄，猛吸一口，吐出一个大大的烟圈儿来，哈哈大笑说："任何一场精彩的演出，总是离不开一个天才的导演。今天这场戏的导演，就是我！马主任，你就只管看大戏得了，我保管你看得过瘾！"

8

钱二贵的案子要开庭了。陈坤乾这天起来得很早，出门前他对着镜子练习了一下表情，挤出几个微笑，还吹了个响亮的口哨，像是给自己打气一般。

去开庭的路上，陈坤乾问助理王悦然："悦然，你怎么看今天的案子？"

王悦然一脸崇拜地说："我相信陈老师的能力，任何一个走入死局的案子，经您轻轻地点拨，总能化险为夷！"

陈坤乾笑了笑，非常绅士地对王悦然说："谢谢你悦然！这个时候我需要你的鼓励呀！"

因为得到师傅陈坤乾的夸奖，王悦然很开心地抿嘴笑了。

到了法院，陈坤乾下车前挺直了腰杆，信心满满地对王悦然说："悦然，你等下看，一场精彩的演出就要开始了！"

在上法院那长长的台阶时，陈坤乾回头一看，发现郑岩他们几个也往上走，他便停下来跟郑岩打招呼，很是郑重地对郑岩说："郑主任，我提前给你透露一个消息，我将为钱二贵做无罪辩护！"

叶文婕、林乔生、慕容曦闻言都惊得嘴巴张大，眼睛瞪得溜圆，他们齐齐把目光转向了郑岩，却发现郑岩脸色平静得很。

郑岩非常认真地说："陈律师，无论你怎样为钱二贵辩护，那是你的职责！"

陈坤乾微笑着说："郑主任，我希望我们之间能合作愉快。"

郑岩紧紧盯着陈坤乾的眼睛，露出一丝微笑道："建立在法律底线上的合作，一定是愉快的！"

法庭上，审判长声若洪钟地宣布："今天，本庭就滨海市人民检察院起诉钱二贵故意伤害张玉莲一案进行公开审理。被告钱二贵，你有没有回避的要求！"

钱二贵站在被告席上，望了一眼公诉席上郑岩等人，又看了看辩护席上陈坤乾、王悦然，摇了摇头说："没有。"

审判长宣布："请公诉人宣读起诉书！"

郑岩便站起来宣读起诉书："滨海市人民检察院起诉书，被告人钱二贵，男，42岁，初中文化程度，滨海市城郊乡农民，系滨海市九龙娱乐城保安部部长……"

……

金耀祖认真看着电视屏幕，一边品茶一边听着郑岩宣读起诉书。

马进财听到"故意伤害罪"这样的字眼儿吓了一跳，小心翼翼地说："董事长，这故意伤害罪可了不得，我有个同学，就是犯了故意伤害罪，被法院判了无期徒刑呢！"

金耀祖笑笑说："哦，是吗？不过，此故意伤害非彼故意伤害呀！况且，这事郑岩他们说了不算，得靠证据说话！"

马进财挠着后脑勺儿，一脸蒙，问道："证据？张玉莲都成了三级残废，这还不是证据吗？"

金耀祖冷笑着，胸有成竹地说："马主任，你还记得我之前跟你说过什么吗？我记得我告诉过你，钱二贵没有犯罪！如果钱二贵没有犯罪，那……这张玉莲的三级残废，对钱二贵来说……还有什么意义？！"

马进财连声称是，诚惶诚恐地站在一旁盯着电视屏幕，不再作声。

法庭上，审判长望了一眼站在被告席上的钱二贵问："被告，你对公诉方的指控有没有异议？"

真相

钱二贵一双溜圆的大眼瞪了一眼郑岩他们,然后又望望陈坤乾,最后落在审判长脸上,他大声而坚定地说:"我不服!我没有捅张玉莲!所以,我与那什么故意伤害罪没有任何关系!"

旁听席上一阵嗡嗡的议论声,像是捅了马蜂窝。

陈坤乾坐在辩护席上神色颇为得意,他正看着郑岩,想看看他是如何出丑的,可惜他失望了,公诉席上的郑岩非常淡定。

郑岩身旁的慕容曦激动得站了起来:"钱二贵,你……"但她被郑岩用眼色死死压住了,只得气鼓鼓地坐了下来。

审判长说:"被告人钱二贵,你可以在法庭陈述不服的理由。"

只听钱二贵振振有词:"案发那天,我是和张玉莲吵了一架。但是,吵架后,我就离开了家,去了九龙娱乐城。我后来才知道张玉莲受伤了。"

说到这里,钱二贵耸了耸肩膀,一脸无奈地说:"所以,我是无辜的。张玉莲被捅伤的事和我没有任何关系,是她自己捅伤的!"

郑岩很是威严而又淡然地朝钱二贵发问:"钱二贵,我问你,你在滨海市公安局看守所是不是遭到了刑讯逼供?"

钱二贵说:"没有。"

郑岩又说:"好,既然没有遭受刑讯逼供,那我问你,在公安机关侦查阶段,在我们检察机关诉前审查阶段,你承认是你捅伤了张玉莲,为什么这会儿要当庭翻供?"

钱二贵极力辩解道:"我没有翻供,我说的是事实!"

旁听席上又是一片议论声,显然,大家都被钱二贵的逻辑给搞混乱了。

只听钱二贵极力辩解说:"我没有翻供,我说的是事实。"

郑岩威严地怒视着钱二贵:"那你告诉我,为什么在侦查阶段和诉前审查阶段全承认了?"

钱二贵低着头,好像在思考着什么,就在众人又开始议论时,他抬起头来望着郑岩和审判长说:"张玉莲受伤,我也非常痛苦。经过长时间的思想斗争,我认为这事是因我和张玉莲吵架所引起,就陷入了深深的自责之中,就想把这事担过来,也算是我的赎罪。所以,在警察询问我的时候,我就毫不犹豫地把责任担了下来!"

郑岩闻言脸上露出一丝笑意,他环顾四周,然后铿锵有力地说:"尊敬的法官,我没有想到会发生这种不可思议的事情,被告供认不讳的犯罪事实,竟然在法庭上翻供了。好在我们检察机关起诉钱二贵犯有故意伤害罪不是单纯地凭钱二贵的口供,是有完整的证据链的。"

他示意慕容曦播放视频,然后说:"现在请大家看视频,这是被害人张玉莲对被告钱二贵指证时的录像,可以说明钱二贵就是伤害张玉莲的凶手……"

视频里,躺在病床上的张玉莲对郑岩一行人说:"钱二贵他不是人,非要说我和别人相好了,把我打了一顿。我还了手,他恼羞成怒,从厨房里拿起一把刀子捅了我……"

只听郑岩问:"钱二贵还对你做了什么吗?"

张玉莲委屈地哭着说:"他骂我勾引野男人!"

郑岩又问:"那后来呢?"

张玉莲呜呜哭着说:"后来,他姐姐钱大梅来了,我模模糊糊听到钱大梅打了钱二贵一巴掌,骂钱二贵混蛋……"

真相

郑岩盯着钱二贵，指着视频对钱二贵说："钱二贵，你仔细看看，这是受害人张玉莲对你的指控，你还想抵赖吗？"

钱二贵望了一眼那视频，马上低着头，不敢再看似的，嘟嘟囔囔道："人不是我捅伤的，这……这是张玉莲陷害我！"

郑岩逼视着钱二贵，厉声问道："张玉莲为什么要陷害你？……告诉你，法庭翻供，不仅是你的态度问题，还严重地干扰了法庭的审判秩序！对法庭撒谎，欺骗尊敬的法官和各位陪审员，你是要承担法律后果的！"

钱二贵猛地梗起了脖子，瞪圆眼睛，像是对法庭发誓般道："我没有在法庭撒谎！张玉莲和野男人相好，因为有我在中间作梗，他们不能得逞，所以才陷害我的！"

郑岩冷笑了一声，说："好，钱二贵……你亲姐姐应该不会陷害你吧？我就让你看看你亲姐姐钱大梅对你的犯罪指证！"

在郑岩的示意下，慕容曦配合着继续多媒体示证。

视频里，郑岩问钱大梅："钱大梅，案发后你进到了钱二贵家，看到了什么？"

钱大梅说："我看到张玉莲倒在地上，她身上有血。我弟钱二贵喝醉了，在一旁靠墙睡着了。我拍醒钱二贵后，他骂张玉莲勾引野男人，说要让张玉莲尝尝厉害。"

郑岩又问："你听了钱二贵这话后，做了什么？"

钱大梅说："我非常生气，便狠狠抽了钱二贵一巴掌……"

播放完毕，郑岩指着视频对法庭说："尊敬的法官，各位陪审员，大家可以清楚地看到，这是被告钱二贵的姐姐钱大梅做的证言。这个证言充分说明张玉莲被刀捅伤时，钱二贵就在现场，同时，钱二贵也向他姐姐钱大梅承认了犯罪动机，那就是要处罚张玉莲勾引野男人。"

旁听席一时间又是议论声四起,审判长不由得擂了一下法槌说:"肃静,肃静!"

旁听席上安静下来,审判长看了看视频,又低头从眼镜片上方望了一眼有些泄气的钱二贵,问:"被告,你对公诉人出示的证据如何评价?"

钱二贵此刻低下了头,嗫嚅着:"我不知道我姐为什么这样说……反正……反正我没有做的事不能承认!"

郑岩嘴角露出一丝不易察觉的笑容:"钱二贵,你不承认也没有关系,所有的证据都指向了你,你逃脱不了法律的惩罚!并且,你还要为今天当庭翻供付出代价。"

勾着头的钱二贵撇了撇嘴,眼睛瞟着陈坤乾,像是求救一般。

陈坤乾在辩护席上举起了手:"尊敬的法官,陪审员,辩护人要求发言。"

审判长又低着头从眼镜片上方望了一眼陈坤乾,说:"法庭同意辩护人发言。"

陈坤乾站了起来,面对着法庭开始慷慨陈词:"尊敬的法官,陪审员,作为被告的辩护人,我对公诉人出示的这些证据表示怀疑。因为我有和公诉人截然不同的证据需要出示,从而可以证明我的当事人无罪!"

说到这里,陈坤乾从王悦然手中接过一纸证言,向法庭出示,说:"这是证人钱大梅在接受本律师调查时作的证言,在这份证言中,钱大梅否认了公诉方出示的证据。"

说到这里,陈坤乾颇有些得意地看了郑岩一眼,他继续说道:"钱大梅在这份证言中说,她当时在钱二贵家并未看见钱二贵。"

真相

旁听席上一时间议论声四起,在空旷的法庭上空回响着。

陈坤乾看着众人的反应,感到颇为得意,这就是他要达到的效果——出其不意,出奇制胜!他接着对审判席说:"面对两份不同的证言,根据亲口证言优于书证的原则,我建议法庭同意证人钱大梅出庭作证。"

审判长和陪审员商议了一下,说:"本庭同意钱大梅出庭作证。"

在两名法警的陪同下,钱大梅从法庭的侧门走了进来,在证人席处站定。她看了看钱二贵,钱二贵也看了看她,姐弟俩眼神交汇的时刻,都含着牵挂与不舍。钱大梅情绪显得有些激动,她心疼地望着弟弟,觉得他似乎瘦了很多,四十出头的年纪发茬儿就白了好多!她心疼得眼泪都快要流出来。

不容她多想,审判长对她说:"现在请证人向法庭介绍自己的身份。"

钱大梅清清嗓子,说:"我叫钱大梅,女,55岁,初中文化程度,滨海市古城区宁海乡人,我在滨海市九龙娱乐城担任董事和财务经理。"

审判长威严地说:"证人,本庭告知,作伪证是要负法律责任的,你明白吗?"

钱大梅郑重地点了点头:"明白。"

审判长审视着她:"本庭在审理钱二贵故意伤害张玉莲一案中,出现了你的两份不同的证言。希望你能本着实事求是的原则,当庭说明案发当日发生的真实情况。"

钱大梅吸了吸鼻子,抬手把一缕头发拢到耳后,再调整了一下站姿,显得很是认真地说:"案发当晚,我是到过我弟弟钱二贵家,但并没有看到钱二贵。张玉莲受伤,还是我叫的

120。"

郑岩这时举手说:"尊敬的审判长,公诉人要求提问证人。"

审判长说:"本庭同意公诉人提问证人的要求。"

郑岩有些生气,他紧盯着钱大梅的眼睛,颇为严厉地问:"钱大梅,在公安机关侦查阶段以及检察院的诉前审查阶段,你所作的证言都表明了这样一个事实,案发当天你去了钱二贵家,亲眼看到了张玉莲被刀捅伤、躺在血泊之中的一幕,还打了钱二贵一巴掌。可是,今天却说没有见过钱二贵,请问,你对此作何解释?"

钱大梅被郑岩这股气势吓到了,压根儿不敢跟他对视。她有些心虚,低着头,顿了顿,她弯下腰来深深地给郑岩鞠了一躬,声音发干地说:"对不起,我在公安局和检察院说了谎!"

郑岩一时气结,说道:"什……什么?钱大梅,你知道作伪证的法律责任吗?"

钱大梅又清清嗓子,低着头说:"我愿意接受法律的惩罚。"

郑岩被她这些表现给气糊涂了,一贯冷静稳重的他都感觉有点儿头痛起来,他只得说:"你……好吧,哎,钱大梅,你既然承认作了伪证,那就请你向法庭解释一下,当初为什么指认钱二贵?"

钱大梅觉得郑岩似乎拿她没办法,便沉着冷静了很多,她想着既然已经上了贼船下不来,索性一条道走到黑。想到这儿,她大胆了很多,说:"是这样的,张玉莲受伤后,我弟弟的心情非常不好,对我说是他捅伤了张玉莲,要我为他作证……后来,我听说这样做,我弟弟钱二贵可能被判重刑,心里就反悔了!"

旁听席上又是一片嗡嗡的议论声,那声音大得让郑岩他们

真相

几个的耳朵颇为难受。

郑岩满眼无奈和不解地望着钱大梅,说:"真是没有想到,你竟然作伪证去陷害你弟弟!"

钱大梅此刻显得非常诚恳,说:"这事都怪我,怪我一时糊涂作了伪证,才造成了今天这样的局面,我愿意接受法律的惩罚!"

陈坤乾眼里满是得意,微微笑着望向公诉席上的郑岩,仿佛他自己赢得了比赛一般。

郑岩思索了一下,对审判庭说:"尊敬的法官,各位陪审员,本公诉人请被害人张玉莲出庭质证。"

郑岩望了一眼钱二贵和钱大梅,他发现在他申请张玉莲出庭质证时,这姐弟俩丝毫没有感觉到害怕或逃避,而是很自然很平静。他不由得皱起了眉头,心里揣测着这究竟是怎么一回事。

只听审判长这时说:"本庭同意公诉人要求,请被害人张玉莲出庭作证。"

在两名法警的陪同下,护工用手推车推着头上和腹部还缠着纱布的张玉莲从法庭侧门走了进来,来到证人席上站定。

审判长对她说:"请被害人向法庭介绍自己的身份。"

张玉莲坐在手推车上,显得羸弱不堪,未语泪先流,她满面愁苦地说:"法官大人,我叫张玉莲,女,44岁,家在滨海市古城区宁海乡……"

说到这里,张玉莲呜呜哭着,泣不成声,瘦弱的身体随着哭泣声剧烈地抖动着,她再也说不下去了,整个法庭一时间弥漫着特别压抑的感觉。

这一切都被郑岩一方看在眼里,他们脸上都流露出了忧虑

真相 | 四 孤证

和担心。

郑岩面向张玉莲说:"张玉莲,请你向法庭说明案发当天的情况。"

张玉莲转过脸去,满是幽怨地看了看站在被告席上的钱二贵。

钱二贵却不敢跟张玉莲对视,颇不自在地一直勾着头抠手指甲。

张玉莲的思绪飘远了,回到前不久钱大梅和陈坤乾来医院找她谈话的那一次。

那一次钱大梅坐在病床旁边,俯下身子,显得颇为关心地对她说:"玉莲,我思来想去,觉得我们这样把二贵送上法庭是不对的!"

平躺着不太能动弹的张玉莲惊讶地望着钱大梅那化着浓妆的脸,问道:"大梅姐,你改主意了?!"

钱大梅轻轻摇了摇头,抬手把张玉莲脸上的一缕乱发拨开,眼神颇为关切,说:"不是我改主意了,我是替琳琳着想!你好好想一下,如果我们就这样把二贵送上法庭,他会要在监狱里待十几年,也许是几十年……"

站在一旁的陈坤乾这时插话道:"钱二贵也很有可能被判处死刑。"

脸色蜡黄的张玉莲无力地望了一眼陈坤乾,又看着钱大梅,眼神中满是不解,她有些愤愤不平地说:"姐……你说,钱二贵难道不该被判处死刑吗?!"

钱大梅微微笑了一下,劝解道:"如果他真的扎你,那他真的该死。可是,我们换位想一下,如果二贵并没有扎你呢?

这样的话，二贵是不是被冤枉的？"

张玉莲气得浑身发抖，强撑着身体想要坐起来，她此刻特别想骂人，想发疯，想抓起床头的热水瓶砸它个稀巴烂！可是伤口还很疼，她的努力失败了。钱大梅也伸手稍微用力地把她按倒在病床上。她大口喘着气，眼泪涌出来，无比气愤地质问钱大梅道："你……你现在怎么能这样说？"

钱大梅眼神无比温柔，像是看着一个不懂世事的孩子一般，劝解说："如果二贵被判死刑，你又是这个样子，生活不能自理，琳琳这辈子可怎么办？难道说要她伺候你一辈子吗？她将来大学毕业后就不找工作不找对象？让她待在家里全天伺候你吗？"

陈坤乾凑近些，望着张玉莲那张苦涩的脸说："即使法院判决，刑事附带民事责任钱二贵应该赔偿你损失，可是，你想过没有，他从哪儿弄来这笔钱赔偿你？钱二贵没有钱来赔偿你，就你们家现在这样的经济情况，今后的日子又怎么过？"

钱大梅趁热打铁许诺道："是呀，陈律师说得很在理！妹啊，如果这件事能和平解决，我会保证你下半辈子衣食无忧。最主要的是，琳琳也会有个好归宿！"

法庭陷入一片寂静之中，一根针掉地上都能听得见，人们似乎怕惊动了什么，似乎又都在期待着什么似的。所有人都把眼光投向张玉莲，但羸弱的张玉莲却一直低着头，两只手一直绞着一条蓝格子手绢。

郑岩突然间像是明白了什么一样，他闭上了眼睛，长长地叹了口气。

但他依然不想放弃，他朝着张玉莲的方向说："张玉莲，你不要害怕,请你向法庭如实介绍案发当天的情况。"

张玉莲缓缓抬头,眼里噙着泪,痛苦地摇了摇头。

郑岩鼻孔里沉沉地出了口气,耐着性子说:"张玉莲,难道你愿意眼睁睁地看着伤害你的人逍遥法外?"

陈坤乾有点儿急了,赶紧说:"张玉莲,钱二贵是你的丈夫,也是你女儿钱琳琳的父亲。我相信你会如实向法庭说明真相的。"

张玉莲依然只是痛苦地摇头……

坐在旁听席上的钱琳琳突然站起来冲张玉莲哭喊着:"妈,你有什么不敢说的?是不是我爸捅伤的?你向法庭说清楚呀!"

张玉莲眼中噙着的泪簌簌落下,她突然拼尽全身力气,声嘶力竭地大喊道:"你们不要再问了,是我自己捅伤的……"说完,她就拿手绢捂住嘴哭倒在轮椅上,那悲戚凄切的哭声令在座的人无不动容。

几乎所有人都愣住了,一个个瞪大眼睛望着张玉莲,嘴巴都张成"O"型,似乎觉得这结局太不可思议了。

郑岩与一旁的叶文婕和慕容曦低声商量了下,便建议法庭休庭。

见法官宣布休庭,金耀祖激动得猛地拍了一下茶几,大喊一声:"精彩!"

马进财两眼瞪着电视屏幕,一副惊呆了的样子,喃喃道:"没想到,真是没有想到……案子怎么变成了这样?"

金耀祖兴奋得端起一杯茶在办公室里转来转去,看那样子给他放点儿音乐他就能翩翩起舞了!

真相

见马进财一脸茫然，金耀祖过去猛地拍拍他肩膀，酱红色的脸上堆着得意的笑，说："马主任，这下你知道什么叫运筹帷幄，什么叫决胜千里了吧！今天这场戏就是最生动的诠释呀！……精彩吗？"

马进财咽了一口口水，眼睛瞪得老大，竖起大拇指冲金耀祖说："高！董事长您就是高！万分精彩！"

金耀祖非常满意地大叫一声："说得好！"

正当他们兴奋地讨论着庭审时，保安高石头在办公室外喊了一声"报告"。

金耀祖看了看高石头，非常亲切地冲高石头挥了挥手："进来吧！"

高石头有些腼腆而惶恐地走到金耀祖面前立正："董事长找我有什么吩咐？"

金耀祖围着高石头转了两圈儿，又站到高石头背后，拍了拍高石头的肩膀，用赞赏的语气说："嗯，不错，是个棒小伙儿！"

正当高石头丈二和尚摸不着头脑时，金耀祖突然走到高石头面前，两只鼓出来的眼睛紧紧盯着高石头，很是严肃地问："高石头，钱二贵给你说扎张玉莲的事了？"

高石头赶紧低着头，不敢跟他对视，怯怯地回答说："是的！"

金耀祖又问："除了你，他还跟谁说了？"

高石头眼神闪烁，躲避着金耀祖的逼视，犹疑地说："别的……就没有了。我们两个正说着扎人的事呢，公安就来人把钱部长抓走了。"

金耀祖又连珠炮似的追问："那你跟谁说了？"

高石头转头望了一眼马进财，面有难色，怯生生地说："报告董事长，我向马主任汇报了。"

金耀祖望了一眼高石头，脸色和悦了很多，故作亲切地说："很好，有什么事就是要向领导汇报……高石头，我现在任命你为保安部副部长。从下个月起，每月增加工资1000元！"

高石头没想到幸福来得这么突然，他的腰板瞬间挺直了，声音微微颤抖，但洪亮了许多，"啪"地立正说："谢谢董事长栽培！"

金耀祖微笑着，非常满意地点了点头，转身回到了老板桌后，拉开抽屉，从中拿出一沓钱来放在桌上，冲高石头说："这五万块钱是给你准备的！"

高石头眼神又迷茫起来，他望了一眼放在老板桌上的钱，有些畏畏缩缩地说："给我？"

几万块钱，对于他这个小保安来说，显然不是个小数目，高石头虽然流口水，但又搞不清老板葫芦里到底卖的啥药。

金耀祖微微笑着点点头："对，这五万块钱是给你的。拿去吧！"

高石头一脸不可思议的表情，他紧走两步来到老板桌前，伸出手摸了摸那沓崭新的百元大钞。

金耀祖嘴角浮现一丝笑意，他看了高石头一眼，然后说："高石头，拿人钱财，替人消灾。我让你给我办一件事。"

高石头有些忐忑，不知道喜怒无常的老板会给他派啥活儿，忙表态说："董事长，有什么事你尽管吩咐！"

金耀祖点点头："事呢，也不大。我希望你能远远地离开滨海市不要回来。工资我给你照发，这五万块算是给你的小费。"

高石头猛地缩回手，仿佛刚才碰了烫手山芋一般，他说："董事长……我还是不要这钱了吧！在滨海，我还有老婆孩子老娘一大家子呢！"

一旁的马进财帮腔道："石头，把钱收起来。董事长给你钱，那是看得起你！"

金耀祖把钱又推了过去，对高石头说："我并没有说让你永远在外面不能回来。等钱二贵的案子结束了，你就可以回来了！"

高石头这么一听心里踏实多了，他再次把钱抓了起来，眉头舒展开来，说："那，我听您的。"

金耀祖点点头："这就对了！记住，在离开滨海这段时间里，不要和任何人联系，即使是亲娘老子，也不要打电话。"

钱能壮胆，高石头冲金耀祖点了点头，大声说："我明白！"

金耀祖笑了："去吧！你现在就离开滨海！"

高石头连连点头，后退着离开了金耀祖的办公室。

马进财小心翼翼地问："董事长，您说，这高石头会听话吗？"

金耀祖笑了笑，胸有成竹地说："你放心，人为财死，鸟为食亡。我给了他钱，他就要为我办事！"

说完，金耀祖非常惬意地把双腿架在老板桌上，嘴里轻快地哼着："蓝脸的窦尔敦盗御马，红脸的关公战长沙，黄脸的典韦，白脸的曹操，黑脸的张飞叫喳喳……"

9

俞艳丽正把一件被洗衣机洗得皱皱巴巴的衣服拉扯着，门铃响了，她赶紧去开门。门刚开，一个高大的身影闪了进来，并非常快速地关上了门。

俞艳丽这才看清是儿子,她很是吃惊,问:"儿子,你这是……"

高石头一边朝沙发走去,一边回头把食指竖起嘘了一声:"妈,小声点儿,别让人听见!"

俞艳丽狐疑又紧张地问:"你……你这是怎么了?出什么事了吗?"

高石头把黑色背包朝茶几上一扔,然后一下子躺在沙发上,跷起二郎腿,说:"妈,我要在你这儿待两天!"

俞艳丽跑上前来,站在茶几旁,皱着眉头审视着高石头,猜度着问:"和人打架了?"

高石头一骨碌翻身爬起,从茶几上果盘里捻了颗大葡萄塞进嘴里咂摸着,哭笑不得地说:"妈,我都多大年纪了……还和人打架呢!"

俞艳丽有些不满地嘟囔着:"有事了,想起妈了,没事了,一年到头也不见你的面。"

高石头闻言起身从茶几上拽过黑色背包,从中拿出一沓钱来:"好了,好了,好老妈,求你别说了,烦不烦呀!……我来可不是白吃白住,喏,这是我给你的饭钱!"

俞艳丽把钱接在手中,还在手上拍打了两下,若有所思地说:"嗯,我怎么感觉你的钱来路不正呢!"

高石头被俞艳丽气笑了,他站起来亲昵地搂着俞艳丽的肩膀说:"妈,瞧您说的……这哪儿跟哪儿呀!您放心,我这钱干净着呢!"

休庭后,郑岩就立即联系了市公安局刑侦支队支队长耿勇,说要跟他一起去钱二贵家看看。

真相

耿勇站在钱二贵家客厅再次向郑岩他们几个介绍案发当时的情形。

就在这时，钱二贵对门邻居家打开了门，一个女人伸出头来，看到几个人正在钱二贵家客厅里说着什么。

俞艳丽便走过来好奇地问："你们是谁，在这干啥？"

郑岩转过头来看着俞艳丽："对不起，我们是检察院和公安局的，打扰您了。"

俞艳丽一听说郑岩他们身份，就赶紧说："这家的男人太不是东西了，经常打老婆，而且每次都往死里打！"她还想说什么，却被高石头一把拉了回去，"妈，你在人家家门口瞎说什么呀？"高石头说着就把俞艳丽肩头揽着，将她拽回了家里。

听耿勇又介绍了一遍案发时的情形后，郑岩在屋子里到处转了转，然后几个人出门下楼来。郑岩为了彻底搞清楚案件相关情形，便问："耿支队，据卷宗记载，你们是从九龙娱乐城把钱二贵抓获归案的？"

耿勇边脱白手套边说："对，我们接到了120联动报警，说华洋山水发生了一起案件。我们来到时，只有钱大梅和张玉莲在，大家七手八脚地把张玉莲抬上救护车，才发现钱二贵不在现场。问钱大梅，钱大梅说钱二贵去了九龙娱乐城，我们赶到九龙娱乐城，把钱二贵控制起来。"

郑岩想了一下对耿勇说："耿支队，钱大梅和钱二贵都翻供了……再谈谈你对这个案子的看法？"

耿勇说："我们刚刚又仔细看了一下案发现场。我认为钱大梅的描述还是符合客观的，站在钱二贵家门口，是一定能看到张玉莲躺在客厅地上，也能看清钱二贵靠墙坐着……如果说刚开始钱大梅做了伪证，是不可能符合客观条件下要求的。"

真相

郑岩听了耿勇的分析后，点了点头，若有所思地说："可是，钱大梅竟然全盘推翻了最早的证言……"

说到这里，郑岩又像想起了什么似的，问耿勇："钱二贵家发生了这么大的事情，你们当时也走访调查了他周边的邻居吧，我看卷宗里没提到这一块呀。"

耿勇说："案发后我们就对钱二贵的邻居进行了走访，但两户邻居家，一家当时无人居住，另一家说案发当时在上班。楼上楼下的邻居我们也走访了，均说案发当时是白天，大家都外出上班了，没人在家。"

郑岩皱起了眉头，问："那小区保安呢，监控呢？"

耿勇说："保安我们也走访调查了，当天值班的保安说因为进出小区的车辆比较多，他的注意力都在那些车主身上了，所以没留意进出小区的人，更没留意到钱二贵是否进出过小区。而小区的监控设备因业委会和物业及开发商扯皮，一直还没安装好。"

郑岩叹了口气："看来这华洋山水小区的安保很成问题呀！"

耿勇点头说："可不是吗？好几起盗窃案都发生在这个小区。"

郑岩又说："耿支队，你刚说案发后走访他对门邻居家，发现无人居住，那刚才那个中年妇女……会不会就是他家对门邻居？听她意思她有听到过钱二贵打老婆……咱们找她了解了解情况？"

郑岩几个人重新上楼，并敲开了俞艳丽家的门。

古道热肠的俞艳丽站在门口向郑岩他们几个介绍起情况来："当时我听到对门有动静，就打开门向这家看，门是敞开着的，我看到一个个子很高大的女人蹲在客厅里，还挥手给了

361

靠墙坐着的一男的一巴掌,骂他是混蛋……"

慕容曦眨巴着眼睛,问:"阿姨,您看得……不会错吧?"

俞艳丽说:"我年纪虽然大,但我眼睛不老花,也不近视,保证错不了!"

刚从卫生间出来的高石头发现老娘又在多管闲事,怕她惹祸,便跑出来把俞艳丽往家拉:"妈,您怎么这么多事?你看见什么了?不要瞎说。"

俞艳丽掰开高石头的手,把他往屋子里推,又对郑岩他们说:"我瞎说什么?对门这男的太不是东西了,害了他老婆,还不救,不让人打120,自己不管不顾地走了。"

耿勇瞪大了眼睛:"你是说这家男人钱二贵不让钱大梅打120?"

俞艳丽点点头,说:"我不知道那个高个子女人叫啥……是,那女的要打120,男的拦住不让打……"

耿勇又皱着眉头问:"案发后我们公安机关走访调查时敲您家门,敲了半天也没人开门,此后蹲守也没看到您家有人,是怎么回事?"

俞艳丽拍了一下大腿说:"嗨,我去我表妹家了,她不是在英国定居嘛!我跟她说我家对门男的隔三岔五打老婆,吵死了,小区住着也不太安生,她女儿刚好生了三胎不久,坐月子呢,所以叫我过去伺候月子去了!这不,我才伺候完她月子回来没几天呢。"

俞艳丽清楚地记得,当时她从外往里看,刚好看到钱大梅挥手给了钱二贵一巴掌,怒骂道:"钱二贵,你混蛋!"

说着钱大梅就起身从钱二贵家走了出来,一边走一边掏出手机打电话。

俞艳丽见状赶紧蹑手蹑脚地往回走，躲到墙后面偷偷看对门，只见钱二贵醉醺醺地追出来问："姐，你要干啥？"

钱大梅气急败坏地说："你说我要干什么？打120！"

钱二贵一听就上前夺钱大梅手中的手机，一边夺一边说："不能打！……就让这个贱货死去吧！不要救她！"

钱大梅扬手要打钱二贵："钱二贵，你这个混蛋。我看你是不想活了！"

钱二贵松开手，说："好，好，随便你……你爱打就打去吧！"

说完，钱二贵就进了电梯走了。

说到这里，俞艳丽恨恨地对郑岩他们几个说："这个男人，叫啥来着，哦，钱，钱二贵是吧，可真的太不是个东西，哪有这样子当老公的？！"

高石头觉得他这个妈真是太爱多管闲事了，只得再次过来把俞艳丽往家里拽："妈，你到底想干什么？你什么也不懂在这儿瞎白扯什么呢？"

俞艳丽推开他的手，说："怕什么？你怕他姓钱的，我不怕。他现在是个死老虎，早晚得挨枪子！"

高石头硬是把俞艳丽拉进了家门，回头对穿便服的耿勇几个说："我妈这个人，年龄大了，爱胡说，你们不要当真，不要当真！"

说完，高石头转身关上了房门，并不解地问俞艳丽："妈，听你给人在白话什么刀子，什么打架的，到底是怎么回事？……你说对门的姓钱？"

真相

俞艳丽对儿子老拽她回来，显得很有些生气，说："我白话啥？我是路见不平拔刀相助！哪像你们这些缩头乌龟！……对呀！对门男的姓钱，听警察说叫钱二贵。"

高石头瞪大了眼睛，眼里都是惊诧和惊恐："什么？他是不是把老婆给捅了？"

俞艳丽拉着一张脸，很是不悦地说："是呀！原来你知道这回事呀！"

高石头气得无奈地拍了一下大腿，几步跨到沙发那儿，重重地往沙发上一躺，哀叹："这个，这个，……唉！"

俞艳丽一脸蒙，走过来站在他跟前盯着他问："怎么了这是？"

高石头一脸生无可恋，眼神茫然地望着天花板，说："妈，我怎么没听说过你有这么个邻居？之前对门的听你说不是姓李吗？"

俞艳丽说："对门老李家儿子出国留学了，所以他早把房子卖了，这姓钱的一家搬来还没满一年呢。"

高石头听了，长叹一声闭上了眼睛："唉！"

俞艳丽弯腰凑近儿子的脸，非常奇怪地看着他那发灰的面孔："石头，你这是怎么了？"

高石头沮丧地爬起来说："我这可真是才离狼窝又入虎口啊！"

说到这里，高石头蹭地站了起来，对俞艳丽说："妈，这个地方我不能再待了……你赶紧帮我收拾一下，我得马上离开这个鬼地方！"

俞艳丽不明就里，急切地追问道："石头，你这到底是怎么了？这唱的哪一出啊！"

高石头急了，有些生气和厌烦地对俞艳丽说："妈，叫你收拾一下，你就收拾一下，问那么多干吗呀？"说完，他就偷偷打开防盗门往外观看。

10

九龙娱乐城包间内，金耀祖和钱大梅正设宴犒劳陈坤乾、王悦然，几个人推杯换盏，包间里一派喜乐融融的感觉。

酒过半晌，陈坤乾说："我突然想到一个问题，像钱二贵家发生了这种事，一定会对他左右或楼上楼下邻居有所惊动。这回法庭对决，检察院处于下风，郑岩他们一定会回头再去案发现场找新的证据……如果有邻居看到钱二贵在案发现场出现过……那可就麻烦大了……"

陈坤乾刚把话说完，几个人同时把目光转向了钱大梅……

钱大梅呆住了，好半天没说话。

金耀祖捅捅她的腰："大梅，怎么了？你倒是说话呀！"

钱大梅皱着眉头回忆说："我记得我跟二贵在他家走廊外抢夺手机时，好像有个人在那儿偷看，我一时没看清楚，但可以确定有个人偷看。"

陈坤乾和金耀祖都吃惊地看着钱大梅："什么？"

钱大梅不以为然地说："这有什么？钱二贵和张玉莲打架了，有邻居出来看热闹看动静，这算什么了不得的事？别大惊小怪的。"

陈坤乾看了看钱大梅，又看了看金耀祖，叹了一口气，语重心长地说："或许……坏事就坏在这件小事上！"

钱大梅、金耀祖看着陈坤乾，一时语塞。

真相

过了好半天，钱大梅像是安慰大家又像是安慰自己说："我们这是自己吓自己，杞人忧天，他们找证据会找到二贵的邻居头上？"

陈坤乾摇了摇头，苦笑着说："金夫人，大意不得呀！如果郑岩他们真的找到了钱二贵邻居的头上怎么办？……别忘了，你在法庭上说，案发时你并没有在现场看到钱二贵。如果钱二贵的邻居指证钱二贵在现场，这所有的一切岂不是又要颠倒过来？"

说到这里，陈坤乾仰天长叹："真是人算不如天算呀！想我陈某人纵横江湖二十多年，本想着这回下了一着儿妙棋，没想到竟然有这么大的漏洞，真是老马失蹄呀……"

说着陈坤乾望了一下在座每个人的脸，苦笑着说："如果案子真的再翻过来了，在座诸位，也包括我陈坤乾，都免不了要镣铐加身了！"

金耀祖惊恐地瞪大了眼睛："陈律师，您这不会是危言耸听吧？"

陈坤乾站起来，端起红酒杯一饮而尽，无奈地说："你若不信，大家可以等待事情的发展。"

一贯叱咤风云的金耀祖此刻显得很是手足无措："那……那该怎么办？"

包间内的气氛紧张起来。

钱大梅拽拽金耀祖的衣袖，紧张而又急切地说："耀祖，你快想想办法呀！"

平素对老婆毕恭毕敬、呵护有加的金耀祖此刻像是变了个人一般，他气得一甩袖子，说："哼，都是你那个好弟弟，放着好日子不过，喝什么酒，喝了酒还闹事，竟然捅人……这下可好，他进去了不说，还要把我也拉进去！"

说到这里，金耀祖仰脖把满满一杯红酒倒进了口中，然后把杯子"嘭"地蹾在桌面上，拂袖而起，脸红脖子粗，道："这事我不管了！"

钱大梅从没见过老公生这么大的气，她知道他这回是真气极了。她急得眼泪直流，扑通一声跪了下来，拉着金耀祖的裤脚哀号："耀祖，你可不能不管呀，我就这么一个弟弟呀……"

金耀祖深深皱着眉头站在九龙娱乐城门外狠狠抽烟，他脑子里乱成了一锅粥，想着这几十年来在商场打拼也经历过很多大风大浪，但从没哪一次像现在这样让他如此惊恐慌乱。他感觉自己仿佛站在悬崖边，摇摇欲坠。

他回望着这装饰得金碧辉煌、五彩缤纷的九龙娱乐城，想着自己一生辛苦打拼的心血也许马上就要化为乌有了，他心酸且难过极了，向来心硬的他居然流泪了。

一阵风吹过，他好像清醒了点儿，听到老婆一直在包间里哭，他又开始于心不忍了。

他转身回去，从地上拉起老婆，对陈坤乾说："走，还是去钱二贵家看看吧！"

几个人便驱车来到华洋山水小区。他们刚到楼下，就看到两辆警车朝小区门外开去，而且陈坤乾还从摇下来的车窗里看见了郑岩。他虽然料到郑岩他们会来，但真正在这儿看到，他的心还是惊跳了一下。

下车后几个人一同站在楼下，金耀祖叹道："没想到警察和检察院动作这么快！现在咱们只能求老天保佑他们没找到当天那个偷看的女人！"说着他仰望着钱二贵所住的那栋高高的

真相

楼房和蓝天，长叹一声，说："山雨欲来风满楼！这可真是大厦将倾，岌岌可危，天意弄人呀！"

陈坤乾伸出手拍了拍他的肩膀，像是安慰他和自己一般。一行人便往楼上去。

一众人相继出了电梯，走在前面的钱大梅在钱二贵家门前停住了脚步，指着俞艳丽家门对大家说："当时，那个偷看的人好像是从这家出来的，"她又指了指俞艳丽家门对面的那堵墙说，"我瞟到她时，她一闪就躲在这堵墙后面。"

陈坤乾点了点头，用下巴向王悦然示意了一下，王悦然便走到俞艳丽家门前，伸出手去正要敲门，那门却突然打开了，把王悦然他们几个吓了一大跳。只见高石头拉着拉杆箱从屋里走了出来，差点儿和王悦然撞了个满怀。

高石头见好几个人围在他家门口，吓得后退了两步，指着王悦然："你……你干什么？"

金耀祖从侧边走了过来，非常惊讶地看着高石头："高石头，你怎么在这儿？"

高石头一时也有些纳闷，他可没想到会在这儿碰上金耀祖，他回答说："这，这是我妈家。"

就在这时，俞艳丽从卧室中走了出来，看着门前站了很多人，她有些紧张，把高石头拉到自己身后，指着站在面前的金耀祖他们问："你们……你们……你们想干什么？"

钱大梅仔细地盯着她看了又看，她不确定案发那天偷看的是不是眼前这个女人，但她决定套话试一试，她问："老大姐，您不认识我了？"

俞艳丽这才仔细打量起钱大梅来，她看了半天，然后笑了起来，连连点头说："认识，认识，你不是对门钱……钱二贵的姐姐吗？我见过你，那天的时候！"

陈坤乾和金耀祖两人对视一眼，眼神里的东西难以描述，他们都在想，这下可算是找到这个会引起很大麻烦的"关键证人"了！

钱大梅显得很亲昵似的说道："对呀！我就是钱二贵的姐姐，我叫钱大梅。"

高石头这时只得硬着头皮从俞艳丽身后走了过来，介绍起金耀祖和钱大梅来："妈，这两位是我们九龙娱乐城的金董事长和钱经理。"

俞艳丽一听说是儿子的领导，便很是热情，笑着说："你们……你们是石头的领导呀！你看看，我还把你们拒之门外，这真是大水冲了龙王庙，一家人不认识一家人。"

俞艳丽转过身来对高石头说："快，快把各位领导请进屋里！"

金耀祖和钱大梅欲往俞艳丽家进，陈坤乾眼珠一转，拉住了金耀祖的手臂。金耀祖像是突然明白了什么似的，只得对俞艳丽说："老大姐，是这样的，我们公司有点儿事，需要高石头同志回去一趟。"

俞艳丽呵呵笑着推了高石头一把说："看看，你们领导都找上门来了。有什么事不好说的，快快回去吧！别耽误了工作。"

11

金耀祖坐在老板桌后，一脸严肃，紧盯着高石头的脸："高石头，不，应该叫你高部长了！"

高石头低着头，垂着眼帘，张口欲解释："董事长……"

真相

金耀祖挥手止住了："不要解释。我问你，公安局，还有检察院的那帮人去干什么了？"

高石头灰头土脸，结结巴巴道："我……我不知道。"

金耀祖站了起来，从老板桌后走了出来，他绕着高石头转了转，然后站在他对面逼视着他："你妈和钱二贵家门对门，公安局和检察院的人在那儿折腾，你会不知道？"

高石头说："董事长，当时我……我一直在屋子里看电视，真的不知道他们干什么了。"

一旁的陈坤乾这时走了过来，他脸上带着一丝意味深长的笑："高部长，我听金董事长介绍了，他有意栽培你，已经提拔你当了保安部副部长。你明白这意味着什么吗？"

高石头转过头来看了看陈坤乾，脸上露出一副不明就里的表情。

陈坤乾淡淡笑着，语气却很硬气："你当上了副部长，就成了董事长的人了！听董事长的话，你会吃亏吗？"

高石头低头想了想，又偷偷瞅了瞅金耀祖的脸色："我一定听董事长的话。"

陈坤乾笑："那，你告诉董事长，公安局的，还有检察院的，问你妈什么了吗？"

高石头皱着眉想了一下，说："问了，他们问我妈听到了什么没有？"

陈坤乾有些紧张，皱了皱眉，马上又装作云淡风轻似的，问："你妈怎么回答的？"

高石头说："我妈说，她听到钱部长家的打闹声，就从家里走了出来，恰好看到钱经理正在打钱部长……"

高石头话音未落，陈坤乾惊讶地转头望着金耀祖。

真相

金耀祖气得把烟灰缸重重地拍在桌上,又突然用手抚着心脏的位置,脸红脖子粗地指着高石头:"高石头,你……你妈怎么这样说?"

陈坤乾看了眼前这场景,仰脖痛苦地闭上了眼睛,然后睁开眼,长叹道:"常言说,谋事在人,成事在天。看来,老天有意成全郑岩他们呀!"

从华洋山水小区回来的路上,郑岩决定再跟当时办案的警察同志聊一聊,所以两辆警车一起开进了市公安局。耿勇把当时去九龙娱乐城抓钱二贵的两位民警叫来了会议室。

刑侦支队副支队长王国斌望了一眼身旁的警察小方,对郑岩他们介绍说:"我们两个奉命带人去抓钱二贵,到了九龙娱乐城保安部后,钱二贵当时正在保安部办公室里……"

郑岩突然插话说:"打断一下。当时,保安部办公室里还有其他人吗?"

小方说:"当时是还有一个人,叫高……高什么来着,对了,高石头!"

耿勇皱起了眉:"高石头?"

小方点点头,说:"对,那个保安叫高石头,我认识他!这小子不是个省事的茬儿,我在下面派出所的时候,处理过一次打架斗殴的案子,那里面就有他。"

郑岩点了点头,看着王国斌,继续问:"当时,在保安部办公室里,高石头和钱二贵两人在干什么?"

王国斌记得,他们当时曾对钱二贵和高石头的调查问话。

高石头那时说:"在你们警察没来时,钱二贵跑进来办公室,情绪很激动,对我说,我老婆,那个骚娘儿们,被我捅伤得嗷嗷乱叫。"

高石头当时瞪大眼睛惊讶地问："啊？没死吧？"

钱二贵打了一个饱嗝儿，醉眼迷离地笑着说："死了最好！看她还出去勾引野男人不？"

就在这时，王国斌带着几个精壮小伙儿从外面进来，把钱二贵给带走了。

说完抓人经过，王国斌看着郑岩，笑着说："郑主任，我们几个去九龙娱乐城的时候，还怕这小子死扛呢！结果，不费吹灰之力，手到擒来。这小子不打自招，还自诩为英雄呢！"

郑岩点了点头，对耿勇说："耿支队，从现在的情况看，钱二贵确实用刀捅了张玉莲，当庭翻供是有预谋的了！"

林乔生若有所思，说："对，钱二贵的邻居俞艳丽证明看到了钱大梅到现场，并且看到钱二贵在案发现场，还被钱大梅打了一巴掌，可以说钱大梅最早的证词是可信的。后来的，只不过是因为某种目的翻了供。警察同志去抓钱二贵时，钱二贵正在向高石头述说作案过程，可以充分说明钱二贵捅伤了张玉莲。"

听到这儿，郑岩站起身来，对大家说："走，去接触一下高石头。"

金耀祖从老板桌抽屉里拿出一沓钱放在了老板桌上，对高石头说："高石头，这是五万块钱。加上我之前给你的那五万块，已经十万了！"

高石头连连摇摆着手，面露难色道："董事长，不，不，不……"

金耀祖把那五万元在手里拍了拍，慢条斯理地说："我没别的意思，还是要求你消失一段时间。"

高石头拍着胸脯连连说："董事长，我可以消失，我可以消失！"

金耀祖走过来拍拍高石头的肩膀，把钱塞到高石头怀里，面露一丝狰狞的笑，说："我要的是，不光你一个人消失，你妈也同样需要消失！这五万元钱，是给你妈的小费。"

高石头呆住了，他瞪大眼睛傻站在那儿，手里握着那五万元，不知如何是好。

陈坤乾走过来，笑着对高石头说："高部长，别辜负了董事长的一番良苦用心哟！"

高石头回过神来，他想了一下，便把钱紧紧抓住："好吧！我一定按董事长安排的去做！"

金耀祖笑了，点燃一根烟抽了起来，吐出一个大烟圈儿，说："这就对了嘛！"

于是金耀祖唤来马进财，两个人嘀嘀咕咕耳语一番，马进财就领命而出，身后跟着高石头。随后马进财安排了一个自己信得过的司机开车把高石头送出了九龙娱乐城。高石头在车上一直忐忑不安，像是有千万只蚂蚁一起在心里挠，让他不得安宁。他不知道现在会被送去哪里，老婆孩子和老娘又该怎么办……

九龙娱乐城外，两辆警车驶了进来，而此时，高石头所乘坐的车刚刚开出去。

两位保安拦住了警车，王国斌亮出警官证说："例行检查！"

停好车后，耿勇、郑岩一行人迅即走进了九龙娱乐城保安部办公室，门岗处先前拦车的一个保安吓得赶紧打电话通知金耀祖说警察来了。

金耀祖一听，手抖得差点儿把电话都摔了，他大惊失色地对陈坤乾说："公安局来人了！"

陈坤乾听了表情也凝重起来，皱着眉、搓着手在金耀祖办公室来回转着。

郑岩和耿勇发现保安部办公室空无一人，大家只能在办公室里转了转。这时大家的目光都被墙上贴着的保安部人员介绍吸引了，郑岩指着其中一个保安的照片对耿勇说："这个，我好像在哪儿见过。"

耿勇盯着仔细看了看，若有所思地点了点头说："嗯，我也觉得面熟。"

听到他们的议论，慕容曦便凑过来看，她惊喜地对郑岩说："这个，你们没有认出来呀？不是钱二贵家对面的邻居吗？"

大家便都回想起在俞艳丽家门口时见过她儿子几次出来拽她进屋时的情景。

耿勇皱着眉头想了想，便喊正在办公室外观察情况的王国斌："这个高石头很有可能现在在华洋山水小区，你马上带人过去，见了高石头，立即控制起来。"

王国斌便带了小方等人驾着警车朝华洋山水小区疾驰而去。

12

此时郑岩几个问保安九龙娱乐城老板办公室在哪儿，保安不敢隐瞒，面有难色地告诉他们上二楼左手边最大那间便是。

楼上的金耀祖刚好出来走廊看动静，他透过走廊窗户看到

真相

一辆警车开了出去，另一辆警车还停在楼下。正当他准备返回办公室躲起来时，却听一阵脚步声传来，他躲无可躲，只得硬着头皮堆满笑脸迎了上去："各位领导，有何贵干呀？"

耿勇介绍了自己和郑岩的身份后，说："现在，依法传唤你们九龙娱乐城保安部员工高石头！"

金耀祖装出非常高兴的样子，毕恭毕敬地说："原来是公安局和检察院的领导来了，欢迎，欢迎！"

说到这里，金耀祖从怀里掏出名片，分别递给了耿勇和郑岩："我是九龙娱乐城董事长，金耀祖，请多多关照！"

郑岩接过名片，仔细端详着金耀祖，问："你是董事长？那你一定认识钱二贵了？"

金耀祖皮肤黝黑的脸笑成了一朵花，点头哈腰道："钱二贵是我们九龙娱乐城的保安部部长。你们……你们不是把他抓起来了吗？"

郑岩转过头去和耿勇对视了一下，耿勇很是严肃地说："金董事长，请你马上派人把高石头叫过来！"

金耀祖点头如捣蒜说："是，是，是，我马上派人去找高石头。各位领导，还请你们先到我办公室等候怎么样？"

郑岩几个人便神情严肃地走进了金耀祖办公室，大家沉默着，都听着金耀祖在走廊跟人通电话让找高石头。

金耀祖打完电话后，走进办公室，一张红光满面的脸上堆满了笑，试探地说："领导，你们看，大家站在这儿也不是办法。我这儿有上好的茶叶，大家先坐下来休息，喝杯茶？"

耿勇面无表情，严肃地说："还是等找到高石头再说吧！"

就在这时，马进财匆匆忙忙地从外面走了进来说："报告董事长，我把保安们召集起来问了个遍，这两天他们都没有见过高石头。"

耿勇盯着马进财问:"那高石头的电话呢?"

马进财目光闪烁地说:"电话……电话也打不通。"

耿勇和郑岩对视一眼后,说:"那我们就不打扰你们了。希望你们见到高石头后,通知他立即到刑侦支队接受询问。"

金耀祖连连点头称是。

耿勇、郑岩等人起身正要往外走,却见一个身形高大的女人推门闯了进来,她兴奋地边跑边说:"老公,告诉你个好消息……"

郑岩等人定睛一看,嘿,这不是钱大梅吗?

等看清郑岩他们在金耀祖的办公室,钱大梅目瞪口呆,立即止住了嘴,一时不知是该进还是该出,她就杵在那儿万分尴尬地笑了笑。

就在这时,耿勇的手机响了,耿勇拿起手机说:"什么……你等着,我们马上到!"

耿勇说完,冲郑岩摆了一下头。

郑岩会意,对站在一旁的金耀祖说:"金董事长,我正式通知你,高石头可能涉及你内弟钱二贵一案。现在,滨海市人民检察院依法对高石头进行传讯,希望你能配合我们的工作。"

金耀祖堆着笑脸,连连点头说:"一定,一定!"

郑岩和耿勇等人便向楼下走去,金耀祖跟出去,对着门外热情高喊:"郑主任,耿支队长,各位,你们走好啊,常来玩儿啊!"

送完客,金耀祖回来跌坐在沙发上不停地揩着冷汗,抚着胸口,大口喘着气,又咕咚咕咚喝了一大杯茶。

陈坤乾从金耀祖办公室套间里鬼鬼祟祟、蹑手蹑脚地走了出来，好像怕惊醒沉睡的老虎一般。他坐到金耀祖旁边的木沙发上，说："从郑岩这个咄咄逼人的架势看，检察院对钱二贵的案子不算完呀！"

金耀祖又拽几张纸巾擦了擦额角的汗，看了陈坤乾一眼，问："你说，这个案子会走到哪一步？"

陈坤乾眼神茫然地摇了摇头："金董，其实我……我现在也说不透了！"

金耀祖腾地一下站了起来，脸红脖子粗地叱问："哟呵，你这会儿怎么说不透了？……当初，当初不是你说能把案子扳回来的吗？现在怎么说不透了？！"

陈坤乾哼了一声，斜视着金耀祖，冷笑道："我当然说不透了！我费了九牛二虎之力，才在法庭上把事摆平。可你们倒好，冷不丁地冒出来了钱二贵的邻居，接着又冒出了这个高石头。你们一个窟窿一个窟窿地捅，让人防不胜防，我怎么说得透案子会走到哪一步？"

金耀祖气得指着陈坤乾："你……你……"

钱大梅坐在一旁僵得像一尊石雕，她目光呆滞，身体疲乏，东倒西歪地瘫在椅子里。

金耀祖像是只丧家犬一般，瞬间跌坐在沙发上，神情沮丧不已。

陈坤乾有种兔死狐悲的感觉，他想想自己之前叱咤江湖，现在却可能变成阶下囚，就黯然神伤："为了把钱二贵从监狱里捞出来，你们作了伪证，妨碍法庭审理，轻则要刑事拘留，重则会判刑！"

他又想起丁一楠在医院门口跟他说过的那几句话，不由得慨叹一声："我命由天不由我呀！"

金耀祖也苦笑着仰天长叹，笑过一阵后又呜咽起来，说："万般皆是命，半点儿不由人啊！"

钱大梅发了好一阵呆，这会儿似乎回过神来，她坐到金耀祖身旁，拉着他的胳膊央求："耀祖，耀祖，咱们再想想办法！"

金耀祖沟壑纵横的脸上泪痕斑驳，他用手背狠狠擦去，然后铁青着面孔果决地说："为今之计，我们只有孤注一掷了！"

13

郑岩一行人驾着警车风驰电掣一般往轩辕家园小区赶去。

原来耿勇接到的电话是王国斌打来的。

王国斌那时带人赶到华洋山水小区，在俞艳丽家敲了半天门也没敲开，小区物业一个女清洁工见他们一行人上楼待这么久还没下来，便上楼察看情况，并告诉他们说，"高石头和他妈已经走了！"

王国斌急了，问他们走了多久。

女清洁工说："刚走没有多久。我那时正在他们这层楼收拾垃圾桶呢，就看到高石头背着背包拉着拉杆箱和俞艳丽一起急匆匆地走进了电梯间。我就问他们这是上哪儿去，俞艳丽正要回答，高石头抢着说是回家，说孙子想奶奶了！我还说这就对了，一家人团团圆圆多好呀！哪有让老人一个人孤孤单单住外面的道理？高石头就说，对，对，对，还是你老说得对，这不，我正在把妈妈接回家嘛！说着他们就下去了，我从楼上看到他们上了一辆奔驰呢！"

王国斌闻言，不由得急得深深皱起了眉。

女清洁工继续说："我就说嘛，平时就感觉这小子有点儿毛病，这不，果然你们找上门来了！"

王国斌来兴致了，狐疑地问："你感觉高石头有毛病？"

女清洁工本就是个话匣子，可乐意跟人讲讲她知道的一切故事了。只听她说："是呀！你想呀！这小子把老娘扔在这儿，两年的时间，我都很少见他登门，这种不孝顺的孩子会没有事吗？"

王国斌和小方相视一笑，哭笑不得。王国斌对女清洁工说："谢谢大姐，你提供的这个情况非常重要！我还想问一下，俞艳丽不说回家了吗？会回到哪儿去呢？"

女清洁工双手拍了一掌，快人快语道："嗨，这个我最清楚。当年我们两家是门对门的邻居，拆迁了，才搬得七零八散的。这华洋山水小区是拆迁安置房，他们在老宅还有房子，他媳妇住在那儿。俞艳丽说回家，一定是回老宅了！"

王国斌眼睛都亮了，追问道："那老宅在哪儿？"

女清洁工说："老宅呀？拆迁后改建了，叫轩辕家园。你到那边的居委会里一问就知道了。"

王国斌一行人谢过女清洁工，便火速赶往轩辕家园，并电话通知耿勇说在那儿会合。

去轩辕家园的路上，慕容曦说："主任，我发现我们总是处处慢人一步，到九龙娱乐城扑了个空，王支队他们到华洋山水小区也扑个空，就好像有人跟我们玩儿捉迷藏似的，我们显得处处被动！"

叶文婕没有说话，但她心里是认同慕容说的这话的。

郑岩打了一个哈欠，又揉揉红红的眼睛，昨晚他研究案卷到凌晨两点多，这会儿有点儿犯困。他捏捏鼻梁，苦笑着说：

"即使我们处处扑空,也得扑呀!"

耿勇这回跟他们一个车,也笑笑说:"对,我们扑空了,说明我们的思路是对的!"

到了轩辕家园小区,郑岩他们直奔居委会而去。见到一个烫着大波浪的、身形有些肥胖的中年女士便问:"请问您这儿居委会主任是哪位?"

那女人笑着答:"我就是,我姓王。"

郑岩几个人笑了。耿勇掏出工作证自我介绍了一番,又问:"你们这儿住的有一家叫高石头的,在哪一幢楼?"

王主任便热心地带着他们走了两百多米,来到一幢半新不旧的楼下,说:"你们可问巧了,高石头呀!就住在这幢楼。"

这时王国斌带着人也赶到了。

叶文婕问:"大姐,那您知道他人在不在家?"

王主任摇摇头:"你们来之前,高石头的老婆和女儿刚刚坐车离开。"

慕容曦很是沮丧地说:"我们又来晚了!"

郑岩看了看那幢楼,皱着眉头问王主任:"他们去哪儿,干什么去了?"

王主任说:"高石头的女儿,叫啥来着,哦,我想起来了,叫团团,我刚才在大门那儿碰见她们坐的车了,我就问她们去哪儿,这团团回答说,高石头在九龙娱乐城当什么部长了,那边派车接他们去吃饭庆祝呢!"

耿勇和郑岩两人对视了一下眼神,郑岩耸了耸肩:"就好像有人盯着我们的行动!走吧!咱们回你们刑侦支队!"

耿勇丈二和尚摸不着头脑:"回刑侦支队?那……高石头不追了?"

郑岩边朝警车走去边回头说:"不用追了,我想他会赴约的。"

大家一脸惊愕地望着郑岩,见他那不容置疑的样子,便只好也跟着上了警车。

金耀祖在办公室焦急地踱来踱去,马进财一身是汗,脚下如风,匆匆推门进来。

金耀祖正盼着他来呢,赶紧迎上去问:"怎样,办得怎样了?"

马进财抬手擦擦额头的汗,面露得意,说:"董事长,您放心,交给我的事,哪有办不妥的。我把她们娘俩安排好了!"

金耀祖很高兴,连连点头说:"好,好!马主任,等这件事风平浪静了,我要论功行赏,你是最大的功臣!"

马进财笑得更欢了:"董事长,您才是最大的功臣呢!什么事,总是逃不过您的神机妙算。"

金耀祖哈哈一笑:"马主任,你真会说话!"

马进财见老板被自己哄得如此开心,心里更是乐开了花,他更添油加醋地奉承起来:"真的,我刚把高石头的老婆、女儿拉出小区,就见到几辆警车开进去了……如果晚一点点儿,说不定高石头的老婆和女儿就不在我们手中了!多惊险!"

金耀祖惊讶地望着马进财:"你看到他们进去了?"

马进财点点头:"是。我当时还想呢!董事长怎么会算得这么准呢?真是神人了!"

金耀祖叹了一口气,很是感慨地道:"高石头的老婆和女儿是我手中的一张底牌!有他们娘俩在手,还怕俞艳丽、高石头不乖乖听话?"

马进财附和道:"对,让检察院和公安局的人找去吧,他们哪里知道我们早已暗度陈仓!"

金耀祖坐下来,把玩着打火机,然后说:"马主任,你马上通知陈坤乾,让他催促法院尽早开庭。案子早一点儿结束,我的心病就早一天去掉。不然,这压在心中,还真是夜长梦多呀!"

马进财领命退了出去,金耀祖继续在办公室踱来踱去,想着接下来要怎么应对才万无一失。突然门被推开了,钱大梅风风火火地跑了进来:"老公,我想跟你商量件事!"

金耀祖不等她说完,急切地想把好消息告诉她,便说:"事情已经给你办好了!你就放宽心等着二贵无罪释放吧!"

钱大梅眼睛都亮了,抓住金耀祖的胳膊摇了又摇,脸上露出少女才有的娇羞神色:"我就知道我老公最聪明了,什么都难不倒你!"

这话让金耀祖很受用,乐呵呵地笑着,尽管他心底还是十五个水桶打水七上八下的。

这时钱大梅又说了:"老公,我有个想法,再过三天就是琳琳的生日了,我想给她办一个隆重的生日宴会!"

金耀祖诧异地望着她问:"为什么?这种时候是非常时期,合适吗?"

钱大梅拉着他的手坐下来,笑着说:"就因为是非常时期,我才要给她办这个生日宴会呀!"

金耀祖盯着钱大梅,突然,他仰脖哈哈大笑,不停地拍着钱大梅的手,夸道:"哎呀,好呀!夫人也会深层次地考虑问题了!你赶紧去给琳琳准备个大大的生日礼物吧!"

14

　　钱大梅托人在乡下找的人，是位中年妇女，叫李桂花。这天她带着李桂花来到张玉莲住院的医院探望。此时的张玉莲已经好了很多，只是腹部还缠着纱布，伤口要经常换药。她侧躺在那儿，头朝墙，似乎不想理会外界。

　　那时钱琳琳正坐在张玉莲床头轻轻抚摸着她的头发，满脸忧郁地说："妈，自从你在法庭回来后，就一直不和我说话……我知道你心中很苦，但是，你心中再苦也不能告诉女儿吗？"

　　张玉莲还是不说话。

　　钱琳琳的眼眶里涌出泪水来，她哭着说道："我现在一直没有弄清楚，您到底是不是我爸捅伤的？如果是我爸捅的，他为什么不承认？您又为什么不敢指认？"

　　张玉莲听着女儿悲恸的哭泣声，眼里无声地淌出了泪水。

　　就在这时，钱大梅带着李桂花推门进来，钱琳琳赶紧擦了擦眼泪，起身叫"姑姑"，张玉莲闭上了眼睛。

　　钱大梅关切地问："琳琳，你妈妈的情况怎么样？"

　　钱琳琳没回答这个问题，而是执拗地拽着钱大梅的胳膊摇晃道："姑姑，你告诉我，我妈到底是不是我爸捅伤的？"

　　钱大梅有点儿不耐烦，心虚而迟疑地说："琳琳，你没看到庭审吗？所有的证据都证明你爸无罪。"

　　说着，钱大梅俯下身来对张玉莲说："玉莲，我知道你对我有意见。但是，我是真心地想帮你们！玉莲啊，人有时候是身不由己，二贵有些偏狭，遇到这种人，你咋办？打得过他吗？我也找过二贵很多次，骂过他很多次，也找过你们街道的妇联、派出所，想让他们出面教育教育他，可最终没有用！人呢，有

真相

时候是心不由己，我想帮你和琳琳，可我也不能时刻在你们身边吧？这边你姐夫身体不太好,公司也需要我帮他打理,是吧？人呢,有时候是身不由己,我知道二贵不是你心目中的好丈夫,也许你那个老同学才是,可即便是你和二贵离了,就一定幸福吗？琳琳会幸福吗？人呢，有时候是事不关己，更有时候是命不由己。你也明白，我和你姐夫结婚三十多年了，一直没有孩子,不是姐不想要孩子,你姐夫身体有问题,我没有这个命啊！你、琳琳和二贵都是我最亲的人,你和二贵搞成这个样子,我心里更难受……"

说到这里，钱大梅不禁潸然泪下，一度哽咽。琳琳和张玉莲不禁也湿了眼睛。

半晌，钱大梅止住了悲伤的情绪，她把李桂花拉到床前："这位大嫂是我和你姐夫从老家专门为你找的保姆，你放心，只要有九龙娱乐城在，有我钱大梅在，就一定不会让你受委屈，更不会让琳琳受委屈！"

说到这里，钱大梅对李桂花说："桂花嫂子，麻烦你照看一下，我和琳琳有点儿事要出去办。"

林乔生、慕容曦正埋头研究案件审结报告，郑岩兴冲冲地推门进来，对大家说："刚才法院的同志打来电话，说陈坤乾去法院催促继续开庭了。法院审委会决定，后天继续开庭，要我们及时参加诉讼。"

慕容曦愣了，说："现在就开庭？我们证据还没有收集齐呢！"

林乔生也耸了耸肩："我真不敢想象，一个没有证据的公诉会起到什么样的效果！"

真相 四孤证

没想到郑岩倒是信心满满,说:"放心!现在万事俱备,只欠开庭!"

慕容曦、林乔生惊讶地看着郑岩,然后面面相觑:"啊?"

郑岩不理会这两人的反应,只对林乔生说:"你联系一下丁一楠律师,就说我请她到第一检察部谈案子。"

林乔生一听丁一楠的名字,便叹了一口气,嘟囔道:"找她谈案子?找她就有证据了?"

郑岩见他这反应,便笑了,说:"大林,在这个案子中,你可不能小看丁一楠的作用。她可是出了大力的。"

林乔生好久没跟丁一楠联系了,自从上次丁一楠卷入"股神案",两人闹了别扭,关系就冷淡了很多,大有分手的势头。不过,两个人都忙得很,都是工作狂,感情的事就先搁到一边不谈。

但这回林乔生奉郑岩命跟丁一楠联系,他心怀忐忑,但最终还是装作若无其事地打了电话。此时丁一楠正坐在车内,两只眼睛紧张地盯着对面的莲花商场。她一看到是林乔生打的电话,差点儿摁掉不想接,但那电话执着地响着,她还是接了。她语气冷淡地说:"啥事?我正在逛商场呢!"

林乔生听了一惊,随后装作若无其事地打哈哈说:"大小姐,你怎么还有闲心逛商场呀!我们郑主任找你,下午三点请你来检察院谈案子。"

丁一楠那时本是去医院探望张玉莲的。当她停好车正要下车,却发现钱琳琳和钱大梅从医院走出来,钱大梅非常亲昵地搂着钱琳琳。丁一楠当即决定暂不去看张玉莲了,而是一路跟着钱大梅他们,一直跟到莲花商场。

真相

丁一楠淡淡地对林乔生说:"好!麻烦告诉郑主任,我一定准时到检察院。"

说着就挂了电话,她透过车窗玻璃看到钱大梅和钱琳琳从商场走了出来。

两个人没有上车,钱琳琳站在车头,两只眼睛紧紧盯着钱大梅:"姑姑,你实话告诉我,我妈被人捅伤,到底是怎么回事?"

钱大梅没有正面回答钱琳琳的问话,而是走过来亲切地挽着钱琳琳的手:"琳琳,你想过没有,我是你的亲姑姑,我还会骗你吗?"

钱琳琳挣开她的手,质问道:"那刚开始的时候,你为什么向公安局和检察院承认亲眼看到了是爸爸捅伤的?"

钱大梅笑了一下,道:"琳琳,现在,所有的一切都已经过去了,你还追究这些干什么?过两天法院就要继续开庭了,到时候,你爸爸就会无罪释放,你们父女团圆,不好吗?"

钱琳琳气愤地嚷着:"不,我不能对一个丧失了天良的人叫爸爸!"

钱大梅愣住了,一脸不可思议的表情。

钱琳琳扬了扬手中的礼品袋,泪水无声地滑落在她年轻的脸颊,她说:"姑姑,我知道你是为了我们这个家庭,包括今天你给我买的这些生日礼物,用心良苦。可是,你想过没有,我妈现在还躺在病床上,我有心思过生日吗?不!"

钱大梅眼里也慢慢涌出了泪水,她蹲下来,用手擤了一下鼻涕,说:"琳琳,你可能还不知道,你爷爷去世得早,我们姐弟两个跟着你奶奶过日子,家里穷得很,看尽了别人的冷眼,受尽了人间的冷落……我不想让你重蹈覆辙,一辈子生活在暗淡的日子里，因为，你是我的亲侄女呀！"

钱琳琳把一堆礼物袋搁在地上，也蹲下来，哭着伤心地说："可是，我妈就这样白白地被我爸捅伤了，含冤受屈一辈子，也不能说吗？"

钱大梅动情地拉着钱琳琳的手说："孩子，我有什么办法？我现在能做的，就是把你爸从看守所里弄出来，给你妈创造最好的医疗条件。其他的，我已经管不了了。这也是一个当姐姐、当姑姑应该做的呀！"

钱琳琳眼眶红红地望着钱大梅，欲说又止："可是……"

钱大梅掏出纸巾揩了揩泪水，又拍着钱琳琳的手说："琳琳，常言说，手心手背都是肉。这爸爸和妈妈，无论是他们犯了多大的错误，他们也是你最亲的人呀！如果你是法官，把你爸交给你审判，你说，你怎么办？判他死刑，枪毙他？"

钱琳琳无言以答，痛苦地闭上了眼睛，泪水再次涌了出来。钱大梅拉着她的胳膊，想拉她起来上车："琳琳，走吧！妈妈在医院要等急了！"

钱琳琳大喊一声："不！"说着，她甩开了钱大梅的手，向远处跑去。

丁一楠看到钱琳琳飞跑远，她很不放心，便开车一路跟踪，在莲花商场附近的河边找到了钱琳琳。那时钱琳琳正朝河里一颗一颗地扔石子呢，仿佛是要把那些不快和痛苦都扔进河里。

丁一楠朝钱琳琳走去，在她旁边坐下来。钱琳琳看到是她，先是惊讶，后是无视。钱琳琳现在讨厌这些大人，她觉得大人的世界太复杂了，把她原本好端端的简单宁静的生活都给搅乱了。

丁一楠也朝河里扔了几颗石子，然后说："琳琳，我知道你是个孝顺女儿，也知道你是个有理想有抱负的孩子……"

钱琳琳停住扔石子的手，大喊大叫道："什么孝顺，什么理想，什么抱负，能当饭吃吗？眼前的这一切怎么解决？"

丁一楠顿了顿，望着她青春逼人的侧脸，说："你已经迷失在孝顺中了！需要冷静。你是有文化有知识的孩子，阿姨相信你应该知道怎么处理这件事。"

钱琳琳惊讶地望着她，不相信地问："我知道？"

丁一楠点了点头，向钱琳琳伸出了手："来，我会帮助你的！"

钱琳琳定定地望着丁一楠，满脸不可思议。

丁一楠依然伸着手，坚定地鼓励道："我相信你能解决这件事！"

钱琳琳迟疑了一下，终于向丁一楠伸出了手，两双手紧紧地握在一起。

15

开庭在即，郑岩让叶文婕带着慕容曦去医院再看看张玉莲，跟她聊一聊，争取做通她的思想工作。

丁一楠和钱琳琳也一同前来看望。张玉莲依旧躺在病床上，双眼紧闭着，一副拒人于千里之外的架势。

叶文婕坐在床边柔和地说："张玉莲女士，今天下午是第二次开庭，如果你不能把事实说出来，钱二贵就有可能当庭释放。到时候，你再后悔也来不及了！"

张玉莲还是脸朝里躺着，一言不发。

真相

四孤证

钱琳琳急了,说:"妈妈,你今天当着检察官阿姨、丁律师阿姨她们,把实话告诉我。是不是我爸爸捅伤的?"

张玉莲翻转身来平躺着,叹了一口气道:"琳琳,你不要问这么多了。你妈我……命苦呀!"

叶文婕表情严肃起来,说:"谁捅伤了你,伤害的不仅是你,现在,也伤害了法律的威严,希望你能把事实的真相说出来!"

丁一楠这时也开口说:"是啊。你的权益需要保障,只有说出真相,才能避免再次家暴。你不愿意活在家暴的屈辱和恐惧中吧?"

张玉莲痛苦地闭上眼睛,泪水涌了出来,顺着她布满鱼尾纹的眼角一颗一颗砸向枕巾,她闭着眼缓缓摇了摇头。

钱琳琳轻轻摇晃着张玉莲的胳膊,哭着劝道:"妈妈,泪水是洗不掉屈辱的,你只有用法律的手段,才能保护自己的权益不受侵害。我现在已经长大成人,我相信自己会有能力用自己勤劳的双手养活自己和你的!"

就在这时,病房的门打开了,马进财从外面走了进来。看到叶文婕、丁一楠等人都在,他一愣,但很快就平复了情绪,对钱琳琳说:"琳琳,金董事长让我来接你,他在九龙娱乐城为你举行生日宴会!"

钱琳琳转过头来望向丁一楠,丁一楠投去了鼓励的目光。

钱琳琳随马进财向病房外走,走到病房门前时,她又转过身来对张玉莲说:"妈,请你相信我!"

说完,钱琳琳和马进财一起离开了病房。

张玉莲这时从病床上坐了起来:"叶检察官,丁律师……"

金耀祖夹着公文包正准备出门,却差点儿跟一个人撞了个

真相

满怀,他抬头一看,来人是高石头!

他吓得公文包都掉到了地上,很是惊恐地望着高石头:"高石头,你……你怎么回来了?"

高石头两眼喷火,怒气冲冲,一步步逼近金耀祖,咬牙切齿地问:"金耀祖,我老婆和孩子呢?"

金耀祖连连后退,直退到老板桌,惊慌不已,但他还是决定装傻拖延时间:"高石头,你这么问是什么意思?"

高石头冲上来一把揪住金耀祖的衣领,大声叱问:"你还敢跟我装傻充愣?我再给你一次机会,我问你,我老婆、孩子去哪儿了?"

金耀祖装出无辜的样子,说:"高石头,我真的不知道你说的是什么意思。"

高石头举起拳头作势要砸过来:"姓金的,这个时候你还装傻!有人告诉我,你把我老婆和孩子给绑了!你再不说实话,小心老子拳头不长眼睛!"

金耀祖这时冷静下来,说:"那是别人有意挑拨和陷害。"

高石头看着金耀祖,拳头不知是该砸下去还是收回来:"你……"突地,他颓丧地松开了揪住金耀祖衣领的手。

金耀祖显得很亲切地拍了拍高石头的肩膀,说:"高石头,你现在已经违约了。滨海市中级人民法院马上就要开庭审理钱二贵的案子,这个时候,你突然出现在滨海,你觉得合适吗?别忘了,我给了你十万块钱。"

高石头猛地甩开金耀祖的手:"去你妈的,什么十万块钱?老子不要了,老子只要老婆孩子!"

金耀祖嘿嘿一笑,说:"年轻人,放轻松点儿……这个,你可以交给我去办。你应该知道我的能量,在滨海,哪儿会有我金耀祖办不成的事？你只要遵守咱们之间的合约，立即在滨海市消失，你的老婆孩子嘛……你放心，我会给你找到的。"

高石头两只眼睛喷出怒火，鼻翼猛烈翕动，牙齿咬得咯咯响，说："这么说，你是知道我老婆和孩子在哪儿了？"

金耀祖淡定地说："在哪儿我确实不知道。但是，你要相信，只要今天的开庭顺利，钱二贵能无罪释放，你的老婆孩子嘛！我保证他们毫发无损。"

高石头像头大喘气的雄狮，伸出食指指着金耀祖，说："好！姓金的，有你这句话就好。我告诉你，如果我老婆孩子有了什么事，我这辈子都跟你没完！"

说完，高石头大步流星地跨出了金耀祖办公室。看着高石头的背影，金耀祖摇了摇头，自言自语道："呵，真是年轻人……"

马进财这时进来了，无比惊讶地问："董事长，那……高石头干什么来了？"

金耀祖拽几张纸巾擦擦衣领和下巴，冷笑着说："呵呵，毛孩子，来向我要他的老婆孩子。你说，我能给他吗？"

马进财紧张地说："董事长做得对，不能给他！给了他，咱们就没有制约了。"

金耀祖又擦擦手，说："对嘛！现在他老婆孩子在我们手中，他还敢出庭作证吗？肯定不敢。不仅高石头不敢出庭作证，那个俞艳丽，同样也不敢出庭作证。一个没有证人的官司，检察院还能干什么？"

马进财给金耀祖倒上一杯茶端过来，附和道："对，这次开庭，我们赢定了。"

金耀祖喝了几口，然后像想起了什么似的，赶紧问："琳琳来了吗？"

马进财马上回答说:"来了,我已经把她安排好了……去接琳琳的时候,我在张玉莲的病房里发现了检察院的人,还有那个丁一楠。"

金耀祖一愣:"丁一楠?……马上要开庭了,检察院的人和丁一楠再次走访张玉莲,说明了什么?说明他们还没有拿到证据嘛!现在,钱琳琳在我们手中,张玉莲即使想改口,也会有所顾忌的。放心,这场官司我们赢定了!"

16

九龙娱乐城的一个金碧辉煌的大厅里,满屋子粉红色气球。一个硕大的粉红蛋糕摆在桌子中间,中间用奶油写着"钱琳琳,祝生日快乐,幸福永远",上面插着燃烧的蜡烛。

钱琳琳站在蛋糕面前,烛光映照着她青春逼人的脸庞,气氛显得格外温馨。在她的周围,站满了九龙娱乐城年轻的员工们,一个个脸上喜气洋洋。

金耀祖拿着一只精美的包装盒来到钱琳琳身边:"琳琳,这是姑父送给你的生日礼物,祝你生日快乐!"

钱琳琳打开包装盒,一条无比精致漂亮的项链呈现在众人眼前,很多女孩子眼里都露出无比羡慕的光芒。钱琳琳也被这条项链给迷倒了,她目不转睛地盯着项链看。

钱大梅满脸慈祥笑容地拿起项链轻轻地给钱琳琳戴上。

金耀祖从桌上拿起一份公证书,非常高兴地向大家宣布:"大家都知道我和夫人没有儿女,这是我人生的最大遗憾。经我和夫人商议,我侄女钱琳琳同意,并经公证处公证,从今天起,钱琳琳将成为我们的女儿,这也预示着,她也是未来九龙娱乐城的法定继承人!"

大家报以热烈的掌声,但钱琳琳的表情极其复杂,她惊讶地瞪大了眼睛,以为自己听错了,更不知道自己何时同意过这个事,一时间她不知该说什么好。

金耀祖转过身来看着钱琳琳,拍了拍她的脑袋,和蔼地笑着说:"琳琳,所有的一切都会过去,希望你能尽快调整好状态,好好学习,完成学业。将来,我就把这九龙娱乐城交给你打理。不要辜负了我对你的期望呀!"

钱琳琳木然地杵在那儿,最后只得迟疑地点了点头。

金耀祖端起一杯红酒敬在场的所有人,人们开始欢呼着切蛋糕和吃蛋糕。金耀祖满面红光,他轻轻地啜了一口红酒,脸上露出了微笑。

去开庭的路上,坐后座的陈坤乾摇下车窗,看了看窗外澄澈纯净的蓝天,叹了一口气,对坐在驾驶员位置的王悦然说:"今儿的天可真好呀!"

不待王悦然接话,陈坤乾继续说道:"我真的很佩服检察院这帮人,事情不弄清楚誓不罢休!"

王悦然从后视镜里看了看陈坤乾的脸,试探着问:"陈老师,您后悔了?"

陈坤乾再次看了看天空,长叹一声,道:"是呀……现在回想起来,我真的有点儿后悔了。无论是做律师还是做任何工作,平平安安才是福呀!"

王悦然皱着眉头若有所思,没有说话。

陈坤乾看着远方的小山包和建筑物,颇为感慨地说:"对人来说,钱是最大的诱惑!如果没有那100万律师费的诱惑,

真相

我会这样精心地编织圈套和郑岩玩儿这把游戏吗？答案是不会的。可是，我就是那样的利令智昏，竟然和郑岩他们玩儿起了游戏。而郑岩呢，竟然不折不挠，非要弄个清楚不可，一步步把我们逼到了悬崖绝壁边。你说，我能不后悔吗？！"

听了这些，涉世未深的王悦然眉头紧锁，说："陈老师，您这样一说，我感觉危险在一步步地向我们逼来！"

陈坤乾苦笑了一下，说："这不是感觉，这是事实。"

王悦然把车靠路边停下，转过头来望着陈坤乾，眼里满是慌乱："那……我们还有必要参加这次庭审吗？"

陈坤乾打手势让她开车往前走，说："悦然，记得这样一句话吗？置之死地而后生。就是因为危险在向我们逼来，我已经别无选择，只有在法庭上打败郑岩，我们才能转危为安！"

王悦然只得点点头，忐忑地继续往前开。

陈坤乾自我安慰也像是安慰她说："从理论上说，现在的局势对我们非常有利。只要郑岩他们在法庭上拿不出新证据，这个官司，我们赢定了……"

王悦然眉头紧蹙，担忧地说："如果出现意外呢？"

陈坤乾又笑了一下："人生无不是处在博弈中！无论是失败或成功，现在，我只有再博这一次了！"

法院停车场，陈坤乾又遇到了刚下车的郑岩。尽管他忧心忡忡，但表面上却装得若无其事，甚至表演欲超强。他大步流星地走上前去冲郑岩打招呼，胸有成竹，意气风发，笑着说："郑主任，上次出庭我透露给你了一个消息，那就是我将为钱二贵做无罪辩护。今天出庭，我同样要透露给你一个消息，法庭将会宣判钱二贵无罪，当庭释放！"

叶文婕、慕容曦两人都非常惊讶，齐齐把目光转向了郑岩，却发现郑岩依然像上次庭审前遇到陈坤乾时那样，脸上云淡风轻，不见一丝一毫的惊讶。

郑岩很是郑重对陈坤乾说："陈律师，你的消息总是比我早一步。但是，我担心这一次法庭不会按你的要求出牌。"

陈坤乾哈哈笑着说："那，我就祝贺你庭审能取得胜利。"

郑岩微微一笑，说："不，我更希望法律的尊严得到维护。"

说完，两个人对视着，现场的氛围有一种电光石火炸裂一般的感觉。慕容曦附在叶文婕耳边低声说："瞧，这还没开始呢，就已经硝烟弥漫了！"

17

法庭上，陈坤乾朗声陈词："尊敬的法官，各位陪审员，在前期的庭审中，我方证人以及被害人张玉莲提供的证言表明，张玉莲身上的伤是她自己扎上去的，与我的当事人无关，说明我的当事人钱二贵是无辜的。因此，在继续开庭之后，我请求公诉人出示新的证据，如果没有新的证据，我请求法庭宣判我的当事人钱二贵无罪。"

郑岩沉着应战，说："公诉人请求法庭同意被害人张玉莲出庭作证！"

丁一楠看了看陈坤乾，一脸鄙夷。陈坤乾瞥见丁一楠在看他，便也盯着丁一楠看，眼里流露出不屑。

审判长对公诉人的申请表示同意，张玉莲便坐着轮椅，由女法警推着来到了法庭。

郑岩对张玉莲说："被害人张玉莲，请你向法庭说出事实的真相。"

张玉莲看了看法庭，又看了看丁一楠。丁一楠向张玉莲投去了鼓励的目光，张玉莲瞬间似乎充满了勇气，她冷静而坚定地说："法官大人，我身上的伤是钱二贵捅的！"

旁听席上瞬间爆发出一片大哗。

陈坤乾显然是急了，他可没料到张玉莲会变卦。他从辩护席上站了起来："尊敬的法官，张玉莲在第一次开庭时说是她自己捅伤的，现在张玉莲又说是钱二贵捅伤的。这样一个人能有什么诚信可言？请尊敬的法官和陪审员拒绝采信张玉莲的证言。"

九龙娱乐城包间里，金耀祖和大家正看着庭审直播。金耀祖对坐在身旁的钱琳琳说："琳琳，你妈这样做，是把你爸往死处推呀！"

钱琳琳眼里都是光，此刻她正为妈妈的勇敢感到骄傲，她说："姑父，你就没有想过我妈的感受吗？难道说非要我妈一辈子承受无尽的痛苦和屈辱吗？"

说完，钱琳琳起身离开包间，马进财赶紧起身前去拦阻。钱琳琳回头狠狠地瞪了马进财一眼说："滚开！"

金耀祖挥了挥手，对马进财说："让她走吧！大家都走吧！"

众员工便都起身陆陆续续地离开了包间，没吃完的巨大蛋糕突然塌了，马进财惊讶地看着这一切。

金耀祖看看马进财那一脸惊诧，微微笑了笑，非常沉稳地说："马主任，不要慌！张玉莲作证，也不外乎是孤证。没有高石头、俞艳丽的证词，他们的证据链就没有完善，依然没有办法证明钱二贵有罪。这官司，我们未必输！"

马进财惊魂未定，点头哈腰附和道："是，是，我们未必输！"

郑岩说："本公诉人提醒辩护人注意，在侦查阶段，证人钱大梅同样证明钱二贵捅伤了张玉莲。"

陈坤乾针锋相对地说："辩护人也请公诉人注意，在第一次开庭时，证人钱大梅已经否认了她在公安机关的证言。"

郑岩嘴角挂着一丝冷笑："如你所说，钱大梅肯定再否定，她的证言可以采信吗？"

陈坤乾无赖地道："法庭可以不采信钱大梅的证言。那么，我倒是要问公诉人，你们凭什么起诉钱二贵有罪呢？"

郑岩玩味地笑着，然后对审判席说："尊敬的法官，公诉人请求证人俞艳丽、高石头出庭作证！"

这句话对陈坤乾来说好似霹雳天雷，他瞬间僵立，呆若木鸡，十几秒后他回过神来，开始惊慌颤抖，差点儿从椅子上摔下来。

审判长表示同意，于是在法警的陪同下，俞艳丽、高石头两人来到法庭，并在证人席站定。

两人作了自我介绍后，郑岩便让俞艳丽介绍案发当天她看到的情况。

俞艳丽说："案发那天，我看到钱大梅和钱二贵都在现场，钱大梅还打了钱二贵一巴掌，骂钱二贵是混蛋。钱大梅打120叫救护车，钱二贵拦着不让打，说要让张玉莲去死。"

听俞艳丽说到这里，张玉莲像是发疯了一般，突然从轮椅里站起来，结果站不稳而摔倒在地。女法警赶紧弯下腰去拉张玉莲,把孱弱的她从地上扶了起来。

张玉莲重新坐回轮椅上,上气不接下气地指着被告席上的钱二贵,声嘶力竭地喊道:"钱二贵,你为什么这样恨我?!"

钱二贵冷笑着,说:"你他妈勾引野男人,还不该死吗?"

这突然出现的一幕,让整个法庭又像煮粥一般炸开了锅,法官不得不连敲了几下法槌:"肃静,肃静!"

郑岩看了陈坤乾一眼,转过身去又问高石头:"证人高石头,请你向法庭说明,案发当天钱二贵向你说了什么?"

高石头冷漠地望了一眼钱二贵,说:"钱部长……钱二贵说,张玉莲勾引野男人,他捅得张玉莲哇哇叫。"

旁听席上又响起一片议论声。

知道大势已去的陈坤乾垂死挣扎一般反驳道:"不,不,这是一面之词。"

郑岩看了看陈坤乾,继续向法庭出示证据:"这是滨海市公安局刑侦支队副支队长王国斌的证言,他们到九龙娱乐城拘捕钱二贵并询问高石头时,高石头说钱二贵对他述说扎张玉莲的事实。"

说到这里,郑岩转过身对钱二贵说:"钱二贵,被害人张玉莲指证你捅了她几刀;俞艳丽可以证明案发时你在现场,你姐姐钱大梅还打了你一巴掌;高石头证明你向他述说了用刀捅人的事实;还有滨海市公安局刑侦支队的王国斌也证明听到了你的述说。面对这些证据,你还有什么话讲?"

钱二贵张口结舌,垂头丧气,耷拉着脑袋:"我……我……"

郑岩说:"钱二贵,在事实面前,任何抵赖都是无用的。想得到法律的宽恕,你应该向法庭作如实交代。"

钱二贵正欲开口,陈坤乾截住了钱二贵的话头:"不!公

真相

四孤证

诉人，我反对你的这种推理！尊敬的法官，陪审员，你们可以看到，这所有的一切，都是证言证词，没有任何物证指向我的当事人钱二贵。我怀疑这些证言证词出于某种目的，所以，我请求法庭不要采信这些证言证词。"

郑岩嘴角露出一丝笑容。他从公诉席上拿起一只检样袋，检样袋里装着一把刀子。他对审判席说："尊敬的法官，这是警方从案发现场提取到的刀子，正是这把刀子捅伤了张玉莲。法医也确认了这一点。大家可以看到，我们提取到了钱二贵的指纹。根据指纹的新鲜程度可以确定，指纹是案发当天钱二贵所留。这，足以支持证人对钱二贵的指控！"

郑岩说完，法庭顿时响起了一片掌声。

电视直播中，法庭辩论正在进行。金耀祖把酒杯"嘭"地一下摔在桌上，恶狠狠地指着马进财叱问道："马进财，你说，高石头怎么出来的？"

马进财吓得魂飞魄散："董事长，我……我真的不知道！"

金耀祖气急败坏地说："难道这个高石头，真的不要他的老婆孩子了？我就不信我还斗不过区区一个高石头！"

说着他在屋子里如困兽一般转来转去，而马进财在那儿筛糠得全身乱抖，裤裆瞬间就湿了。

这时一个极其威严的声音响起："金董事长，对不起了！在高石头出庭之前，他的妻子和女儿已经被我们公安机关安全解救了！"

金耀祖转过身去，他惊恐地瞪大眼睛，眼看着耿勇带着一众刑警如同天兵天将下凡般从外面冲了进来。

耿勇向金耀祖出示了刑事拘留证："金耀祖，因为涉嫌刑事犯罪，你被刑拘了！"

金耀祖一个趔趄，他无法支撑住身体，还是耿勇扶住了他才不至于让他倒地。他的手不小心触碰到了桌上的一只高脚酒杯，那酒杯"啪"地掉在了地上，摔得粉碎。

18

半个月后，法庭对钱二贵一案作出宣判。审判长洪亮的声音回荡在法庭上空："钱二贵故意伤害一案，经本院合议庭合议，做出如下判决：钱二贵故意伤害一案成立，其性质严重，社会影响极坏，依法予以严惩，决定判处钱二贵有期徒刑 15 年，剥夺政治权利 3 年……"

旁听席上，张玉莲流下了激动的泪水，钱琳琳紧紧抱住妈妈的上半身，母女俩哭成了一团。那哭声中有委屈，有悲伤，有心酸，更有获得正义和公平后的快意和释然。

被告席上的钱二贵暴跳如雷，他恶狠狠地瞪着张玉莲，咆哮道："张玉莲，你个臭娘儿们给老子等着，老子出来后也跟你没完！"

旁听席上所有女性都连连摇头，纷纷感叹说这样的男人真可怕，嫁人真是要睁大双眼，嫁错人毁一生云云。

张玉莲哭着哭着却笑了，越笑越开心，越笑越绽放。在那一刻，叶文婕、丁一楠、慕容曦，包括钱琳琳，都惊讶地发现，她越来越年轻了，原来她是那么好看的一个女人啊！

审判长对法警威严地说："把罪犯押下去！"

两名法警便脚底生风一般大步上前给钱二贵戴上了手铐，押着钱二贵走出了法庭。

真相

庭审结束后,陈坤乾便如过街老鼠一般匆匆忙忙地走出了刑事审判庭,朝停车场走去。

郑岩几个在陈坤乾的奔驰轿车旁等着他呢。陈坤乾看到他们几个便愣了一下。郑岩微笑着说:"怎么,陈大状,官司打输了,你就想这么走吗?"

陈坤乾哈哈大笑,接着恶狠狠地说:"好,郑岩,这回你赢了,不过,你记住,我们会再较量的!"

郑岩耸耸肩膀和眉毛,笑说:"那当然,下一步将是我在法庭上指证你陈大状犯有唆使犯罪嫌疑人伪证罪,你将会受到法律的惩罚,那的确也是一场较量。"

陈坤乾像是斗败的公鸡一般耷拉下一贯昂起的脖子,但他还做垂死挣扎状:"对不起,我不想和你说这么多,我还有事。"

说完,陈坤乾欲推开郑岩上车。

丁一楠这时也走了过来,非常轻蔑地说:"陈坤乾,你认为你走得掉吗?"

说完,丁一楠指了指陈坤乾身后:"陈大律师,麻烦你看看身后是谁?"

陈坤乾赶紧转身,眼里满是惊恐,原来耿勇带着两名高大魁梧的刑警大步流星地走了过来,陈坤乾痛苦地闭上了眼睛……

一日,林乔生驾车载着郑岩他们几个去看守所审讯。路上经过华洋山水小区楼下的芳草公园时,林乔生突然在路边停下了车。

慕容曦好奇地问:"喂,大林,你干啥呢,怎么不走了?"

林乔生用下巴示意大家朝右手边的公园看。原来，身材修长的钱琳琳身着一袭湖绿色长裙，正用轮椅推着身穿白色长裙的张玉莲，绕着公园的湖边慢慢散步。她们脸上的笑容很是甜蜜。一群孩子吹起了五彩缤纷的泡泡儿，而那些美丽的泡泡儿将她们母女俩包围了起来，那一幕如同童话般美丽梦幻。

一个身着白T恤黑短裤的中年男人在湖边钓鱼，一阵风过，湖面涟漪阵阵，风吹起那男人的发丝，张玉莲微笑着看着那一幕，她的眼里满含着深情。

钱琳琳看看那个男人，又看看妈妈，好奇地问："妈，那个男的是谁呀？你认识他？"

张玉莲微笑着，摇摇头，说："琳琳，咱们回去吧！"

钱琳琳有些不解，但顺从地推着张玉莲朝家的方向走。

慕容曦羡慕地对叶文婕说："瞧，多美的画面，多幸福的母女呀！我好多年都没有这样跟我妈逛过公园了！"

叶文婕也感叹着道："是呀，是挺让人羡慕的！她们这也算是风雨过后，终见彩虹呀！"

后排座上先前一直在迷糊打盹儿的郑岩睁开了眼，望了一眼车窗外的钱琳琳和张玉莲，很有感触地说："人这一辈子，只能说，有些事是出乎意料的，有些事是情理之中的，有些事是难以控制的，有些事是不尽如人意的，有些事是不合逻辑的，有些事是恍然大悟的。但无论发生什么事，都别忘了：自己的本心，自己的良心，自己的性格，自己的原则。"

慕容曦说道："主任的感悟很高深啊！"

郑岩说："乔生，走吧！还有很多事等着我们呢！"

随着林乔生大呼一声"好嘞"，警车从公园边的街道如风驶过……

五 庭审风云

抢劫案到案的两个被告人在法庭上突然翻供，律师、新证人提供了大量被告人不在场的证言、证据，法庭上风云突变，审判长建议检方撤案。面对窘境，公诉人亲赴千里之外，奔波取证。他们排除干扰，缜密调查，终于锁定证据，将案犯再次送上被告席。作伪证者终被法办……

真相

1

6月18日凌晨,外出打工的女青年蒋桂枝带恋人宋晓光在回村路上遭遇抢劫受重伤。不久后,蒋桂芝在医院因失血过多死亡。

连日来,县公安局刑警队队长陈清海和警察小莫都奔波在破案路上,他们想尽早抓获凶手。这日他们来到康宏镇一家制药厂,拿着一辆摩托车的照片问一个叫王刚强的保安,因为王刚强6月17日晚上报案说他的摩托车不见了。

陈清海心想,这个王刚强会不会跟这个案子有什么关系呢?他们把王刚强带到制药厂隔壁的一家茶楼问话。

陈清海开门见山地问:"王刚强,6月18日凌晨3点你在做什么?"

王刚强说:"6月17日我上夜班,那夜就是18日的凌晨3点。当时我在我们厂的值班室啊,怎么啦?"

小莫拿出摩托车的照片问:"那你仔细看看,这是你的车吗?"

王建拿过照片仔细看了看,惊讶地说:"这是我的车,可是6月17日那天晚上被偷了……你们在哪儿找到的?"

陈清海跟小莫两人对视一眼。陈清海非常严肃地问:"在哪儿丢的?怎么回事?"

王刚强指着旁边制药厂门口那条路说:"那天晚上我值班呢,肚子饿得厉害,我就骑车去附近夜市买了点儿东西吃。买东西时我把车停在路边,可等我买完东西就发现我的车不见了。我那个急哟……警察同志,你们一定要帮我把车找回啊,我现在去哪儿都可不方便了!"

陈清海想了想，又问："那你丢车那地方有监控吗？"

王刚强说："我没留意啊，不过，我估计那儿没有，我可以带你们去看看。"

三个人便一起朝那儿走，陈清海在那儿四处转了转，发现丢车现场确实没有摄像头，他只得叹了口气。

小莫也皱起了眉头，问："陈队，那接下来咱们怎么办？"

陈清海想了想，说："你跟交警队那边联系一下，随时注意这辆摩托车，就怕是流窜作案，凶手逃离本市。走，咱们去问一下附近的村民，找一下那个叫龙科的人！"

为啥找"龙科"这个人？因为被害人之一宋晓光在接受警方询问时提到，当时疑犯之一在现场曾称呼另一疑犯"龙科"。陈清海怀疑龙科及其同伙就是抢劫案的真凶。

于是，陈清海和小莫拿着摩托车照片四处问人见过这辆车没，还问他们认识的人里有没有叫"龙科"的，行人皆纷纷摇头。

两人又饿又渴，买了两套煎饼果子在路边啃了起来。啃完接着驱车往前找。就在灰心之际，他们在路边看到一个妇女在地里忙活着。

两人对视一眼，不抱希望地下车前去打听。陈清海问："大姐，问您个事，你们村有没有一个叫龙科的人？"

那大姐停住手里的活儿，诧异地说："有啊！怎么啦？他又犯事了？"

闻听此言，陈清海和小莫眼里都闪着光。陈清海随即换了一副若无其事的表情继续问："那个叫龙科的人你很熟悉？"

那大姐鄙夷地笑了笑，说："那个人啊！都不想说他，死懒怕动，蛇都咬不动！还经常偷鸡摸狗的，都四十多了，还没个对象。这样的人啊，狗都嫌！"

真相

陈清海和小莫也跟着笑了起来。陈清海又问:"那大姐你这几天看到他了吗?"

大姐想了想说:"这个我倒没注意。"

小莫问大姐:"那他们家住什么地方?"

大姐手一指,说:"就在前面拐个弯,往右走,那棵大树下面往前数,第三家。"

谢过大姐,陈清海和小莫马上就朝叫龙科的那人家里跑去。那是一栋独门平层小院落,样子破败不堪,跟周围建得考究漂亮的民居比起来,它显得格格不入。小莫上前敲了敲那扇发黄并且有很多虫洞的木门,敲了好几下都没见里面应声。

小莫便隔着门缝儿往里看:"陈队,院子里有辆摩托车!"

陈清海赶紧上前捶门,门里有人应声了,"来了,谁呀?死人了还是怎么的,他娘的!"

那人光着膀子骂骂咧咧地拉开了门,嘴里还嘟囔着:"谁啊?他妈的也不让人睡个安稳觉!"

陈清海和小莫挤进了院子,那人赶忙把他们拦住,喝问道:"你们谁呀?想干什么?"

小莫亮出工作证,严厉地说:"我们是公安局的,来找你调查个事!"

沈龙科颤着一身肉,眼神闪躲,声音发虚地嘀咕道:"我还以为是民政局来发救济款呢!……你们来找我干啥?我又没犯法!"

陈清海看了看那台五六成新的摩托车,故作轻松地问沈龙科:"这是你的车吗?"

沈龙科显得有点儿慌乱,说:"是我的怎么了,不是我的又怎么了?"

陈清海冷笑道:"知道我们今儿为什么来找你吧!"

沈龙科缩着脖子,连连摇头,眼里满是慌乱,身上肥肉乱抖,说:"不……不知道!"

陈清海握住了警械,说:"走,进你屋里看看去!"

沈龙科马上拦在门口,慌慌张张道:"你们,你们不能进!"

陈清海厉声道:"你不做亏心事,害怕什么?"

沈龙科堆着笑脸有点儿无赖地说:"不是我害怕,是怕你们害怕!我这屋子呀,很乱!"

小莫稍用力推了一把沈龙科,两个人便大步流星地跨了进去,只见屋子里堆满了破棉絮、烂木屑、破家具……总之,不如称呼这是个垃圾堆更准确,还散发出一阵阵刺鼻难闻的酸臭味,直让两人恶心想吐。

陈清海捏了捏鼻子,说:"这么脏啊,你个大男人怎么这么邋遢呢?几个月都没打扫了吧!"

沈龙科肥胖的身躯这会儿很是灵活,他一步就跨进屋子里,挡在了陈清海他们前面,并顺势坐在那张堆放着乱七八糟杂物的发霉竹床上,脸上堆着尴尬的笑。

陈清海眼尖,一把将他拉起,然后去扒拉床里边那个包包,并拿起来看,问:"这包是你的吗?"

沈龙科还是尴尬地一笑,支支吾吾地:"这是……是我的包啊!"

陈清海掂了掂手里的包,冷笑一声,说:"你怎么会有一个女士的包?别揣着明白装糊涂,跟我们走一趟吧!"

沈龙科蹙着眉苦着脸说:"去……去哪儿?我还没吃早饭呢!"

陈清海说:"去公安局,到我们那里吃吧!"

真相

沈龙科只得乖乖地被陈清海推着出门,走到大门边,他又问:"就我一个人去吗?铁头去不去?"

小莫连忙问:"铁头是谁?"

沈龙科说:"是我同村的哥们儿。"

陈清海想了想,说:"你先跟我们走。他的事,我们会另外找他的。"

陈清海随即给小莫使了个眼色,便拽着沈龙科出门了,小莫心领神会,回头便重新跑进了屋子,在屋子里四处转悠,然后他的目光定格在那黑漆漆的床底下,他找出一根木棒伸进床底下一阵划拉,果真扒拉出来一件看不出颜色的很多小破洞的衣服,这衣服上还有干了的血渍,小莫又扒拉了一阵,扒拉出来一把刀子!

陈清海和小莫将沈龙科带回了局里,马不停蹄地开始审讯。

陈清海严厉地问:"我现在再问你一遍,那摩托车是你的吗?"

沈龙科犹疑地点头轻声说:"是!"

陈清海虎着脸,提高嗓门道:"到底是不是?!"

沈龙科急忙答:"不是!"

陈清海厉声问:"是谁的?"

沈龙科被吓到了,决定照实说:"不知道。"

陈清海平复了一下情绪,又问:"在你家发现的包是你的吗?"

沈龙科看了一眼审讯桌上那个包,说道:"这是我在路上捡的,里面啥都没有,就有几瓶化妆品,闻起来挺香的,我就留下了。"

陈清海又问："你家床底下的血衣和刀子是怎么回事！"

沈龙科可没想到扔在床底下最靠里边的刀子也被警察找到了，他眨巴眨巴眼睛，低着头说："那是我杀羊吃肉的刀子。"

陈清海顿了顿，继续问："说说你6月17日晚上到18日早上都干了些什么？"

沈龙科想了想，吞吞吐吐地说："那天……我在家睡觉呢！"

陈清海一听又来气了，他猛地拍了下桌子，厉声道："老实点儿！说实话！"

沈龙科吓得从椅子上跳了起来，坐下后他感到心脏狂跳，咽着口水说："那我再想想！"

陈清海站起来，在审讯桌前来回踱着，眼睛时不时地紧盯着沈龙科："沈龙科，告诉你吧，如果不掌握一定的情况，我们是不会找你的！如果你的同伙说了实话，你不说，我相信你是了解法律政策的。"

沈龙科睁大双眼惊诧地问："啥？谁是同伙？"

陈清海继续踱着步，冷笑一声说："沈龙科啊沈龙科，我说你这个人是真不知道呢还是装糊涂？"

沈龙科委屈地说："这……我真不知道！"

陈清海讪笑着说："6月17日那天晚上你和谁在一起？"

沈龙科用戴着手铐的手挠挠头，说："我和铁头在一起啊！"

一直在做笔录的小莫冷冷笑着说："告诉你，铁头也进来了……你说吧，是你先说，还是铁头先说？"

案发现场已经拉起了警戒线，陈清海和小莫带着沈龙科来到进行现场指认。他们的到来吸引来不少群众围观，警戒线外大家纷纷好奇地望着戴着手铐的沈龙科,时不时地还交头接耳议论几句。

沈龙科用手指着一个地方道:"当时很黑……我大概就在这个地方,然后我朝那个人的头上踢了一下,可是怎么就会把人打死呢?!"

陈清海看了看现场打斗留下的混乱脚印,然后问沈龙科:"在你家发现的那把刀子是你们的作案凶器吧?"

沈龙科蹙着眉头,委屈巴拉地说:"我真的没有杀人,反正那个人已经死了,我说什么你们都不信了!"

陈清海皱着眉看了一眼沈龙科,又问:"你们还有没有其他的刀子或者什么凶器?"

沈龙科说:"这个得让铁头说,我有点儿记不清了。"

陈清海回头对小莫说:"带铁头!"

陈清海和小莫带沈龙科和铁头看完现场后,陈清海召集办案组开了个会。

陈清海对大家说:"从目前我们掌握的证据看,我断定沈龙科和铁头就是杀人凶手,在沈龙科家找到的凶器和血衣上均有蒋桂枝的血迹,蒋桂枝的包和监控里的摩托车都在沈龙科家找到。还有一个最重要的,当时在案发现场,宋晓光听到一人叫喊龙科,这正好和沈龙科的名字吻合。沈龙科这两个人先是偷了羊被人追赶,刚好路上遇到蒋桂枝和宋晓光,见财起意,或是怕蒋看到他们的真实面目而杀人灭口。"

小莫说:"沈龙科和铁头他们两人也承认和蒋桂枝有过身体上的接触,现在调查的一切迹象,所有的证据都指向他们两人,我也建议尽快将材料报检察院批捕。"

办案组的梁警官是个老警官,他说:"我倒觉得不能操之过急,这些证据资料最好还是再核实一下。"

陈清海想了想,说:"老梁,你说得对!办案必须要严谨,小莫,我们再核实一下。"

小莫说:"那好,我去准备资料。"

2

郑岩拿着一沓卷宗来到林乔生办公桌前,说:"大林,这是'6·18'故意杀人案的材料,这起案件就由你挑大梁吧!"说着,他又转向在靠窗位置坐着的叶文婕,"文婕,你配合大林办理这个案件。"

林乔生接过卷宗,用力拍了拍,脸上有一种神圣的光芒,毕竟他等挑大梁这一天等了很久了,他站起身"啪"地立正,抿着嘴郑重地道:"好的,主任,保证不辱使命!"

叶文婕和郑岩都被逗笑了。叶文婕说:"这么快就报过来了,也够神速的!这个陈队干什么都风风火火的。"

郑岩笑了笑,出门去,又停住回头说:"大林,这是你第一次独立负责的案子,一定要慎思明辨,把这案子办好!"

林乔生连忙起身"啪"地又给他来个立正敬礼,把叶文婕逗得哈哈直乐。

回到村里,宋晓光什么心思都没有了。原本他和女朋友这次回来是准备结婚的,可是谁能想到女朋友竟然被歹徒刺死了!

他回来茶饭不思,一直坐在门槛上发呆。尽管回忆女朋友遇刺的过程太让人痛苦，可他还是一遍遍回忆案发那天晚上的事情，试图从中寻找到帮助警察破案的线索。

突然，他呆住了，思维和记忆定格在一个非常模糊又似乎有点儿清晰的点上。他强迫自己"倒带"，哦，他终于在记忆海洋中打捞出一个极小的片段，他想起来在那晚极其昏暗的灯光下，那两个歹徒中有一个人耳朵上好像吊着个东西，那东西在黑暗中闪现出一点儿金属光芒，晃来晃去的！

宋晓光心里涌起一股难掩的兴奋和激动，但他唯恐出错，又强迫自己仔仔细细、从头到尾回忆了好几遍，一遍一遍放电影一般，最终，他确定那个歹徒耳朵上确实挂了个东西！

他兴奋得差点儿跳起来，三步并作两步跑去邻村女朋友家找蒋长安，两眼闪闪发亮地说："哥，我想起来了，其中有一个人耳朵上挂着一只耳环样的东西！"

蒋长安皱起眉来，他蹲在池塘边，顺手扯了根狗尾巴草放在嘴里慢慢嚼着，宋晓光还想说什么，他突然伸出手对宋晓光做了个手势，意思是让宋晓光别说话。此刻，他也在记忆的海洋中打捞着什么。

他想起来了，就在矿上时，他得知妹妹被刺，找张厚德请了假后他就没命地往回跑。在矿厂值班室门外那条小路上，他碰见了张兆龙和黄大虎，他顾不上仔细看他们两个，却瞥见张兆龙耳朵上好像挂着个东西一摇一晃的，对，没错，确实是挂了个东西！

他"蹭"地站起来，把狗尾巴草拽出去使劲儿一丢，抓住宋晓光的手猛地摇几下问："晓光，你确定那人耳朵上戴了东西吗？"

宋晓光无比坚定地点了点头。

蒋长安更加激动了,但随后他又微皱了皱眉,问:"那你咋没跟警察说?"

宋晓光说:"哥,你也知道我这记性,平时都丢三落四惯了的。我这还是刚想起来的呢!"

蒋长安伸出舌头舔了舔嘴唇,两手叉腰,说:"好,你先谁都不要说,等我消息!"

陈清海开完会时也正好下班了,当他走出县公安局门口时,一直守在这儿的蒋长安忙迎了过去。蒋长安对陈清海喊道:"警察同志,我给你们反映个事。"

陈清海停下脚步,诧异地问:"你是?"

蒋长安忙说:"我是蒋桂枝的哥哥蒋长安。"

陈清海道:"啊,我想起来了,在医院见过。你有什么事吗?"

蒋长安说:"我发现了一个重要的线索,我觉得那个作案的凶手应该是康宏镇张庄矿山张厚德的儿子张兆龙!"

陈清海瞬间来兴致了:"哦,你说说看!"

蒋长安道:"因为那个张兆龙吃喝嫖赌,无恶不作,在当地是一霸,啥事情都可能做出来,我怀疑就是他。"

陈清海的兴致瞬间降了下来,笑道:"这不能说明他就是凶手啊。我知道你现在的心情,是想早一点儿把凶手抓到。我跟你说吧,现在凶手应该说我们已经抓到了,马上就要移送市检察院了。"

蒋长安急切地上前想要说服他,说:"啊,那你们可能抓错人了,我说的是实话!"

陈清海笑着拍拍他肩膀,作势要走,回头安慰他说:"这人命关天的事情，可不能凭空瞎怀疑啊，你得有确凿的证据才是。"

蒋长安还想说点儿什么，陈清海冲他挥挥手，说："我真要走了，老婆出差了，女儿在学校没人接，真的不好意思，失陪了！"

蒋长安看着陈清海离开的背影，叹了一口气，想着接下来自己要怎么才能将张兆龙绳之以法。

他浑身乏力地坐车回到了家，脑海里一刻不停地转着各种念头。到了深夜，他还是睡不着，只得披了件单衣坐在禾场上。

他走进低矮的杂物间，搬过来一块磨刀石放在洗衣台上，又进屋从包里翻出来一根钢筋片，然后趴在洗衣台上不停地在磨刀石上打磨着钢筋片。这原本是一根钢筋的一部分，经过他不停的打磨，钢筋已经变得很锋利。

这日白天宋晓光也来了蒋长安家看他母亲，晚上便留宿在他家。宋晓光毫无睡意，借着窗外的微微亮光，他看到一个身影在洗衣板那不停地磨着什么东西，细微的"唰唰"声不绝于耳，于是他起身去看个究竟。

当他看到是蒋长安，便进屋端了一碗水过来递给蒋长安，说："哥，你这是干啥呢？"

蒋长安不作声，继续埋头使劲儿地在石板上打磨着。

蒋母也被外面的动静给弄醒了，她拉亮了堂屋的电灯，披了一件薄毛衫慢慢走了出来。

她看到蒋长安手中闪着微微光亮的钢筋片，两眼湿润了。她上前从蒋长安手中拿过来仔细看了看，悲伤地说："娃啊，娘知道你想干啥。我已经失去了女儿，不能再失去儿子，你千万不要犯浑啊！有政府给我们做主，罪犯终究会得到报应的！"

蒋长安突然一下蹲在地上，抱着头痛哭道："娘，您别说了……我这心里难受啊！"

宋晓光也站在一旁垂泪。

蒋长安叮嘱宋晓光不要对外声张捅刺了妹妹的两个人里的一个耳朵上戴着东西这件事后，就匆匆忙忙地跑回了矿上。

他来的时候正看到关系好的同村张广富，正在忙着拖煤。张广富很关切地问："长安，你怎么来了？家里的事情处理完了吗？"

蒋长安抓着张广富的胳膊急切地说："处理完了……对了，你们最近看见张兆龙了吗？"

张广富放下手推车，想了想，说："从你离开矿上那天到现在好像没见过他，怎么？你打听他干吗？"

蒋长安咬了下嘴唇，说："没事，我就顺便问问！"

主管沈永涛路过，蒋长安又问沈永涛这几天见过张兆龙没，沈永涛像是忽然想起什么，若有所思地说："在你请假的那天，我在张爷的办公室看见张兆龙了，要说反常，还真有，那天早上特别冷，他就穿着一件薄薄的衣衫，而且他的鞋上好像有血迹。"

蒋长安着急道："他穿得很薄？你确定他鞋子上的是血吗？"

沈永涛说："穿的是一件薄衣，这点我可以确定，至于他鞋子上是不是血，我就不确定了，只看见鞋子上有红色的点点。"

这时候好友兼同学汪国瑞来到施工现场，看见蒋长安，很是惊讶："长安，这么快就过来了，怎么不在家多陪陪大娘？"

蒋长安说："我来有点儿事，你这几天见过张兆龙了吗？"

汪国瑞说:"我刚还看见他了。他提着一个行李包,像是要出远门的样子。"

蒋长安听完,拔腿就跑了出去。

蒋长安跑出了矿区,但他不知道上哪儿去找张兆龙,毕竟谁也不知道张兆龙去了哪儿。在他手足无措时,突然想着,要不就去找找警察吧。

3

张兆龙听说那女的死了之后,再也无心待在康宏镇花天酒地、寻欢作乐了,他马上回矿上找他老爹张厚德。

当他慌里慌张、火急火燎地赶到张厚德办公室时,张厚德正在生气地训工人呢,因为又有人趁机偷懒。见儿子回来,张厚德心情更糟糕了,但也只得压着怒火让工人先出去,而耐着性子跟这个成天不着调的东西说话,想看看他来又是给自己唱的哪一曲!

张兆龙察言观色着,小心翼翼地把门关上,又战战兢兢地在黑皮沙发上坐下。他憋了半天,终于还是开口说:"爸,我捅了一个女的,那个女的……她……她死了!"

本就在气头上的张厚德一听儿子这话,他猛地从老板椅上站起身,大嚷着:"什……什么!怎么回事!"

随后他鼓着一双铜铃大的眼睛压低声音咬牙切齿地问:"你……你怎么会杀人?"

对于老爹生这么大气,张兆龙是有心理准备的,但他还是被张厚德的反应给吓了一跳,浑身打了一个激灵,瑟瑟发抖地说:"那天……那天我赌钱输了,心里烦,刚好大半夜的碰见

真相

一个女的,我就想搞点儿钱……可是哪里晓得,那个女的竟敢反抗,我就……就捅了她几刀!"

张厚德气得差点儿背过气去,他不停地抚摸着胸口,喘着粗气,恨铁不成钢地说:"孽畜啊!……你让我说你什么好呢?都这么大了,天天不干正事,这人命可是关天的大事啊!给你说过多少遍了,你就是不听,到处拉屎,让我来给你擦……这回你闯了这么大的祸,我有本事收拾得了吗?!"

张兆龙埋着头,低声央求道:"爸,我知道错了……但是事情已经这样了!"

说着他又偷看着张厚德的脸色,此时张厚德似乎知道生再大气也于事无补,所以情绪有所平复。他便半撒娇半分奉承地说:"爸,我知道,你有办法,你就只有我这一个儿子啊,我死了,你可就绝后了!"

张厚德痛苦地闭上了眼睛,大口喘着气,靠在椅背上,说:"行了,孽障东西,你这个时候还有心思贫嘴啊!"

说完张厚德睁开眼睛,长叹一口气,像是想起了什么重要问题似的,问道:"唉,冤孽啊!夜里有人看到没?"

张兆龙回忆了一下,摇摇头,然后说:"不过,我和黄大虎离开的时候,觉得有两个人跑了过来,后来没有声息了,也没有追我俩。"

张厚德颓散地转身,进了办公室里间,他仿佛一下子就苍老了十几岁似的。不一会儿,他手里拿着几沓钱出来,把钱扔在张兆龙面前的茶几上,无可奈何地说:"你先去你大姨家躲一段时间,最近都不要回来了!"

张兆龙一想到曾经去过乡下大姨家那场景,就万分不情愿地嚷道:"我不去,那个穷乡僻壤的,啥都没有,想闷死我啊!"

真相

张厚德一把抓起钱狠狠砸在地上，大吼道："你要是不想活了，就别听我的。现在你马上收拾东西去你大姨家！"

张兆龙还从来没见父亲发过这样大的脾气。他赶紧低头把钱捡起来，迅速朝门外逃去。

张厚德摇头叹气，还是忍不住叮嘱一句："记住！如果真被抓住了，打死都不能交代，没有证据，警察也不敢拿你怎样！"

目送张兆龙远去，张厚德仰天长叹一口气，然后无力地拨通了也在矿上工作的侄子张兆森的电话，让他过来聊聊。

张兆森听叔叔张厚德介绍了一通后，说："叔，兆龙咋闯这么大的祸啊！"

张厚德唉声叹气："兆森，你这个老弟就是这么个烂泥扶不上墙的东西，但没办法，他是我唯一的儿子……你最近什么事情都不要做，盯紧这件事，有什么风吹草动马上向我汇报。我找几个老朋友，想想办法！"

张兆森点点头，说："好的，叔，我知道了，我会跟紧的，您也别太担心兆龙！"

蒋长安在家待不住，一时也想不出什么好办法，沈永涛和汪国瑞又都打电话催他早点儿回去上班，他只得赶紧返回了矿上。

一回到矿上，沈永涛就叫他去一趟张厚德办公室，说是张厚德找他谈话。

他挺纳闷，不知道张厚德这会儿找他啥事。他想着这样也好，恰好可以借机观察一下这老头儿，套套话，看看能不能套出他那混账儿子所在何方。这样想着，蒋长安便大胆地走进了张厚德办公室。

真相

张厚德正半躺在一张大大的按摩椅里,蒋长安进去跟他打了招呼后,就站在一旁。

张厚德仔细打量了他一番,缓缓开口道:"长安呀,自打你妹出事以后,你这上班老是不在状态啊,这怎么能行啊?……"

张厚德这番话让蒋长安有点儿摸不着头脑,心想,莫不是因为自己请假的缘故?蒋长安面有难色,正欲开口解释点儿什么,张厚德却突然话锋一转,继续说:"这人呀,死了就不能复生了,我希望你能打起精神来,过去的事情就不要再想了,你要做的是认真地工作!"

蒋长安只得无奈地回答说:"好的,我知道了,张爷!"

张厚德从按摩椅上起来,又点了根烟抽起来,吸了几口后,半眯着眼睛又盯着蒋长安看了看,然后显得郑重其事地说:"哎,你也是我们企业贡献最大的工班长,这样吧,为了加快进度,我准备在主井附近,再开发一个副井,两个地方同时掘进,我提拔你做我们掘井队的大队长,你去看看在哪儿开合适,回头我们再合计一下。"

张厚德让自己当掘井队大队长的这个决定让蒋长安觉得很是突然和意外,他本能地想推辞,但好巧不巧张厚德的办公电话恰好响了。

张厚德接起,对着话筒"喂"了一声,然后手捂住话筒,对蒋长安说:"你先回去吧,你这个队长要好好想想怎么才能提高工作进度!"

说完他便把话筒重新放到耳朵边准备接着讲电话,可他抬头看到蒋长安还杵在那儿不动,便一脸不耐烦地说:"呃,你这人咋回事,你还站这儿干啥呢?"

原本竖着耳朵听张厚德那个电话动静的蒋长安不得不点

点头，然后悻悻离去。

张厚德摇摇头，继续讲电话："什么？已经报滨海市检察院了啊！明白，好的！"

放下电话，张厚德脸上露出一丝笑意。

4

林乔生一大早就醒来了，他拉开窗帘，让温暖的阳光洒进来。然后他在衣柜里挑了好几件上衣在自己身上比画着，那架势好似要去见女朋友约会。

事实上，虽然他跟女朋友丁一楠举行过订婚仪式，但在此后的相处过程中，两个人还是发现了彼此性格都很强势，各执己见，不太愿意妥协。自从丁一楠"股神"事件后，两个人渐行渐远，联系慢慢减少了，这段曾经被很多人看好的金童玉女的情侣关系似乎要崩了。

但林乔生这回还真不是为了见女友，而是因为他刚成为一名员额检察官没多久，要参加单位组织的新晋员额检察官入额宣誓仪式呢。虽说宣誓时是穿制服，但好歹大家吃早餐时都是穿的便服呀。

最后他选了一件纯白的T恤衫，再在头发上抹点儿发蜡，呈现在镜子里的是个阳光、帅气、稳重、大气的小伙子！

仪式是在单位的大会议室举行的，检察长许省身作为领誓人，林乔生和另外五名新入额的检察官庄严宣誓，心中那股作为共和国检察官的自豪与骄傲油然而生。林乔生觉得自己眼眶湿了。

郑岩、叶文婕和慕容曦等同事都很为他感到高兴，慕容曦

真相

还笑说要他请客,可林乔生心心念念想着的都是工作,宣誓仪式一结束,他就跟叶文婕驱车往看守所去了。

市公安局看守所讯问室内,就在林乔生想着如何突破犯罪嫌疑人口供时,沈龙科被管教带了进来。

一番例行告知程序后,林乔生说:"沈龙科,你要如实交代。以前所做供述如果有遗漏或者有出入的地方,今天你可以进行补充或更正,听清楚了吗?"

沈龙科心里有点儿发怵,说:"我知道,我认罪!"

林乔生原本还想着要大费一番周章才能让犯罪嫌疑人招供呢,没想到这家伙一上来就招了,这倒挺出乎意料。

林乔生问:"你在公安机关所做的供述是否属实?"

沈龙科点点头,说:"全都属实。"

林乔生顿了顿,说:"好,那你知道你犯的什么罪吗?"

沈龙科瞥了瞥一旁的叶文婕,然后说:"就是那晚上,我和铁头去人家院子里偷羊了,后来,被人家发现了,就追我们,把我们追到了一个地方,地上有个人把我绊倒了,还抓住我的衣服不放。我就让铁头给那个人踢了几脚,我也踢了,后来听说那个人死了,说是我两个杀死的。怎么几脚就把人踢死了,怪我们倒霉吧!"

林乔生想了想,又问:"那你们为什么要杀她?"

沈龙科说:"因为她拉住我们不让走。"

林乔生追问道:"那你觉得她为什么要拉住你们?"

沈龙科摇摇头,说:"这我哪知道啊……我猜是因为我们偷了东西。"

林乔生暂停发问,他的大脑在高速运转,他回想着案卷材料上所描述的那些内容,再把沈龙科的表述跟那些内容进行比对,看看能不能找到一些破绽。

越回忆就越觉得某些地方是模糊的,但他一时又理不清到底哪里不清楚,就只能暂时不去想,而是继续审讯,他问道:"你看到被害人第一眼的时候,她在干啥?"

沈龙科头摇得跟拨浪鼓似的,说:"没……没看清,当时那地儿黑乎乎的。再说我心也急,好像她躺在地上看到我过来,就把我的腿给抓住了。"

林乔生呼了一口气,接着问:"那你杀人的工具呢?"

沈龙科眼睛睁得大大的,问:"什么工具?"

林乔生皱着眉头问:"就是说你是怎么把那个人给杀死的?"

沈龙科两手一摊,说:"这我哪知道啊……我当时吓得只管跑了。后来警察说在我家里发现了刀子,说是我作案的凶器,我说刀子那晚上根本就没用过。还有我不该拿那地上的包,包里什么钱都没有,就有些化妆品,闻起来怪香的。"

林乔生听到这里虽然狐疑不已,但也有点儿生气,心想,这小子莫不是滑头吧,一上来就认罪,可是一问到关键细节,他就一问三不知的!

林乔生有些生气,厉声问:"沈龙科,你是否知道,这杀人是要偿命的?"

沈龙科勾着头,眼睛从眼帘上方偷偷瞥林乔生的脸色,低声说:"不是说坦白从宽的嘛,我都坦白了还不放我回去!如果你们不放我出去,可别怪我在你们这里混饭吃啊!"

林乔生摇头叹气道:"哎,你们这些法盲啊!什么都不懂!"

沈龙科突然抬起头来，瞪着溜圆的眼睛好奇地问："什么……什么盲，我没读啥书，我就知道流氓，法……法盲是什么东西？"

林乔生正襟危坐说："严肃点儿！不要跑题了，我现在问你，蒋桂枝是你杀死的吗？"

沈龙科挪了挪屁股，也坐得更端正些，说："是不是的人都死了！说是我和铁头两个人干的，但我不能不讲义气，铁头是为了我才出手的，我踢得比铁头多。后来听说那个人死了，怪我们下手也太狠了！"

林乔生微微点了点头，顿了一下，说："好了，今天就问到这里。请你对你刚才所说的话签个字、摁个手印。"

叶文婕便把打印出来的审讯记录交给沈龙科签字和摁手印。

随后两人又提审了铁头，铁头的招供也跟沈龙科差不多，回答完讯问也问的是啥时能出去。

回程路上，叶文婕说："你说沈龙科和铁头这两个人想啥呢，这都杀人了，还异想天开地想离开呢，是真不懂呢，还是给我们玩儿套路呢？"

林乔生边开着车边笑笑说："我看这案子，没那么简单，从讯问的过程中他们的眼神看，很无辜，我觉得这个案子还另有隐情。"

叶文婕微微笑了笑："大林，我看你神经也有点儿太敏感了吧！我也看过卷宗，如今证据充分，所有证据都指向沈龙科，而且他们两个也交代了。"

林乔生皱着眉头说："就是因为他们两个交代了，我才感觉有问题。既然他们都已承认蒋桂枝是他们杀的，但为什么又都不承认对蒋桂枝动过刀子呢？那这蒋桂枝身上的刀口是谁捅刺的呢？"

叶文婕想了想，说："有两种可能，一种是，人是沈龙科二人持刀所杀，但他们不肯承认这点，而只肯承认用脚踹了被害人的头。另一种可能是，沈龙科二人确实只用脚踹了被害人，被害人身上的刀伤另有他人所为。"

林乔生说："对呀，我也是这么想的。如果是第一种情况，如果说人确实是他们捅刺的，他们为什么只肯承认用脚踹过被害人的脑袋呢？"

叶文婕叹了一口气，说："你说现在咱们怎么办？把卷宗退回去让公安机关补充材料吗？"

林乔生无奈又颇有点儿想担当起来的感觉，说："退回补充侦查我看暂时没必要了，既然主任把这案子交给我来挑大梁，我就要负责到底，不能放过任何一个疑点！"

叶文婕笑着望着他，眼里满是欣赏与敬佩："哟，大林，主任果然没看错你，你还真是一个挑大梁的料。这个案子，咱们得加油啦！"

林乔生耍宝的毛病又犯了，他自嗨地笑着说："那是自然，咱们主任啥时看走过眼呀，这叫是金子总会发光的！"说着单手比画了一个紧紧握拳的姿势"耶！"

他这表情和举动把叶文婕逗笑得东倒西歪的。

回到办公室，林乔生连水都没喝一口，就赶紧翻出"6·18"案件卷宗仔细看着。他又翻到尸检报告那一页来仔细研究着，脑海里闪现出审讯时沈龙科说的话来："地上有个人把我绊倒了，还抓住我的衣服不放。"

林乔生皱着眉，心想，这蒋桂枝为什么躺在地上？难道真如叶文婕所猜测的那样,在沈龙科和铁头之前,就已经有人对蒋桂枝下了毒手?

他又看了看尸检报告,报告上写着:"死者身中三刀,一刀刺穿右肺部,一刀刺在右臂,一刀刺断左侧第三根肋骨……"

看到这里,他脑海中又浮现出沈龙科那张胖脸。他记得沈龙科说过——"我说刀子那晚上根本就没用过。就是踢几下就把人给踢死了!"

这些疑点像一团乌云一样压在他头顶,他心想,非尽快搞清楚不可,这可是自己挑大梁的第一宗案件呀!

想到这里,他"噌"地站起来对坐在后面的叶文婕说:"文婕姐,咱们赶紧去趟市局!"

滨海市公安局物证室里,法医陈朗戴着橡胶手套,一手拿着一把刀子,一手指着尸检报告说:"你们看,报告上显示,死者身中三刀,一刀刺穿右肺部,一刀刺在右臂,一刀刺断左侧第三根肋骨,但这把刀刀刃完好,说明这把刀不是杀害蒋桂枝的那把刀。"

叶文婕仔细看了看那把刀,林乔生戴着手套拿过那把刀在手里掂了掂,感觉这把刀的力度和分量都很轻。

叶文婕喃喃道:"这么说,这个案件另有真凶啊!"

林乔生赶紧掏出手机对着刀子拍了几张照片,然后对叶文婕说:"走,咱们赶紧找领导汇报去!"

5

自打被张厚德突然安排担任掘井队队长后,蒋长安就一边猜测揣度着这老狐狸葫芦里卖的啥药,另一方面又因为他从来都是个责任心很强的人，所以带着人拿着工具对主矿井附近的半山腰认真勘测起来。

汪国瑞上山又下山地测了半天，累得直不起腰来，说："长安，这个地方开个副矿井，可不容易啊，张爷是不是搞错了？"

张广富也哎哟连天地捶着后腰："对啊，长安，岩石层这么厚，想要开采必须要用炸药，离主矿井这么近，一炸主井就塌了啊！"

蒋长安眉头紧锁，一筹莫展，说："可是这地是张爷说的没错啊……要不，你们先等会儿，我去给张爷反映一下！"

众人都说好，说完大家都一屁股跌坐在地上歇着，一个个都说张厚德是不是糊涂了，要么是蒋长安领会错了老板的意思。

蒋长安大步流星地朝张厚德办公室走去。办公室门虚掩着，蒋长安刚想敲门，里面传来张厚德的说话声："兆龙啊，你再在那儿忍耐两天，这儿事情还没解决完呢！"

蒋长安听到张兆龙的名字，突地收回了要敲门的手，他偷偷闪在门侧，耳朵贴着门继续往下听。

只听电话里传来张兆龙的哭喊声："爸，我长这么大，都没受过这些罪啊，在这儿我都没有吃过一顿饱饭，还成天拉肚子，天天被各种蚊虫咬，全身被咬的都是红豆豆……而且这破地方太他妈落后了，连个网都没有，上个厕所、洗个澡都好难……爸，我实在待不下去了，再待下去我就要死在这儿了！"

张厚德气得压低声音狠狠道："孽畜，那谁让你杀人了！现在有人给你做了替罪羊，但是案子还没判，你先忍一下，再等几天！"

张兆龙哭得更厉害了，呼号着哀求："不行啊爸，就是回去死，我也不想再待在这个鬼地方了！"

真相

张厚德长叹一声，最后妥协道："那……那就先回来吧，回来后，也在家给我老实待着，哪儿都不要去！"

放下手机，张厚德往老板椅里一瘫，瞬间老了十岁似的，他闭着眼在那儿发愁。

蒋长安听到这些，心里陡然生出一股极大的恨意，手不由得摸向腰间的钢筋片。就在他欲掏出钢筋片时，突然听到身后有脚步声，他赶忙收回手，站直身子，回头一瞥，发现张兆森正走过来。他急中生智，赶忙敲门，然后一步跨进了张厚德办公室。

张厚德坐起身不悦地看着蒋长安："你怎么来了，什么事？"

蒋长安清清嗓子镇定地说："张爷，现在选择开矿的这个地方不太合适，开不好容易破坏主井，您看是不是重新选个地儿？"

张厚德正要回答，张兆森一步跨进了办公室，并对张厚德使着眼色。

张厚德心领神会，马上对蒋长安道："我知道了，你先出去吧，我考虑考虑。"

蒋长安悻悻地低头往外走，他眼中的那股恨意压不住地流露出来，这一切都被张兆森看在眼里。

张兆森等蒋长安脚步声远去，便对张厚德说："叔，我刚才看见蒋长安在门口偷听，您没讲什么吧？"

张厚德摘下老花镜，把它往桌上重重一拍，恨恨道："我刚才和兆龙打电话，开着免提呢，他敢偷听！如果真让他知道了，兆龙就完了！"

张厚德起身来回转悠，几分钟后，他忽然停下脚步，低声又特别威严地对张兆森说："你去矿山那边看看，制造一起意外事故干掉他!注意,做得隐秘点儿,不要留下痕迹!"

张兆森点点头,说:"好的,叔,您放心!"

出了张厚德办公室,张兆森便紧紧盯着蒋长安的动静,想要寻找机会下手。

6

这日是周三,轮到蒋长安休息了,他没有选择回家陪伴老母,也没有待在宿舍,而是一大早就搭车来到了滨海市检察院。打听到妹妹的案子现在是林乔生办理后,他便跟检察院的保安说要找林乔生反映重要情况。

保安不敢怠慢,赶紧打电话给林乔生。林乔生一接到电话便迅速来到保安室见蒋长安。一见面,蒋长安急切地抓住林乔生的手,说:"检察官同志,我是蒋桂枝的哥哥蒋长安,警察通知我说,我妹妹的案子已经移交到你们检察院了。我要告诉你们一个非常重要的情况,你们抓错人了,我觉得那个作案凶手应该是康宏镇张庄煤矿矿主张厚德的儿子张兆龙!"

蒋长安走进滨海市检察院的一举一动被一直跟踪盯梢他的张兆森都看在眼里,张兆森马上打电话给张厚德汇报了蒋的行踪。

林乔生带着蒋长安去了询问室,已经等在那里的叶文婕将一杯水递给蒋长安说:"你先喝点儿水吧,这大老远的赶过来不容易!"

林乔生在蒋长安对面坐了下来,说:"蒋长安,你为什么说凶手是张兆龙,你有什么证据吗?"

蒋长安喝了几口水,说:"我亲耳听张兆龙的父亲张厚德说的，张厚德让他在外面躲着，还说现在已经找到了替罪羊。而且宋晓光跟我说那天晚上，他看见那个凶手耳朵上还戴着一只耳环。正好我妹妹出事的那天早上，我看见了张兆龙，他耳朵上也是戴着耳环的。在我们这儿戴耳环的男人很少，凶手肯定是张兆龙，错不了的！"

林乔生和叶文婕对视了一眼，林乔生问："你看见张兆龙的时候是几点？"

蒋长安说："大概是早上7点吧。"

叶文婕说："蒋长安，你这条线索真是太及时了……对了，你说的那矿山在哪儿？"

蒋长安说："在我们康宏镇张家庄附近。"

林乔生想了一想，说："你还是照常上班，先不要打草惊蛇，我们需要准备一下，明天一早就过去你们那儿调查。"

蒋长安激动得握住林乔生两只手不住摇晃，感激地说："太好了，太好了，真是谢谢你们了！"

张兆森立即赶回了矿上，把他听到的看到的情况仔细跟张厚德汇报了一遍，然后又照着张厚德的吩咐在蒋长安等人准备开掘新井的位置附近做了些手脚。

张厚德不放心，便打电话问他策划除掉蒋长安的事准备得怎么样了，他回道："叔，已经准备好了，就等着蒋长安上班了。"

张厚德点了点头，又叮嘱道："抓紧时间，检察院那些人肯定会来调查……你让兆磊注意配合！还有你给这些矿工说一下，让他们说话注意一点儿……要学会拉拢人，这几天工期事小，你兆龙兄弟的命最大！"

真相

　　林乔生和叶文婕一大早便驱车赶往张庄煤矿，在大门口遇到了煤矿保安队队长张兆磊，张兆磊迅速打电话通知张厚德。

　　张厚德没料到检察院的人行动这么迅速，他慌忙打电话给正在副矿那儿的张兆森说："检察院的来了，动作快点儿，赶紧收尾！"

　　他刚挂电话，便听到敲门声响，他说了声"进来"，便赶紧拿起文件装作看了起来。

　　林乔生和叶文婕进来，并掏出工作证亮给张厚德看，说："张总，你好！我是滨海市检察院林乔生，这位是我的同事叶文婕，我们今天找你调查一些事情。"

　　张厚德装作很热情的样子同他们二位握了手，又把他们让到沙发上坐下，说："你们好，你们要问我什么？"

　　林乔生说："那好，咱们也不拐弯抹角的了，你儿子张兆龙现在在哪儿？"

　　张厚德两手一摊，说："我这儿子呀，那可是天天在外面疯，我这个当爹的也忙得很，没空儿管他，还真不知道他现在在哪儿……对了，你们找他有什么事吗？"

　　林乔生紧紧盯着张厚德，似乎想看进他心里去。张厚德招架不住这探究的眼神，便端起茶来不断喝着。

　　林乔生问："你知道6月18日凌晨张兆龙在哪儿，他当时做了些什么吗？"

　　张厚德似乎早有准备，他放下茶杯，微微一笑，背台词似的说："6月18日凌晨，他和张兆磊、黄大虎喝酒喝到天亮呢。"

　　林乔生逼视着他，很是严厉地问："一个半月前的事，你怎么记得这么清楚？"

　　张厚德愣了一下，端茶杯的手猛地颤了一下，茶水洒了一

431

些出来。他可没想到眼前这年轻的检察官会来这么一出。他顿了顿，随即微微笑了笑，说："因为我的工人蒋长安的妹妹正好是在18日凌晨出的事，所以我记得特别清楚，可怜的孩子，这么年轻就……哎！"

林乔生顿了顿，说："张总，你刚提到张兆龙6月18日凌晨是跟黄大虎和张兆磊在喝酒，麻烦你让张兆磊来一趟。"

张厚德一口答应，马上给张兆磊打电话让他过来。

见到林乔生，张兆磊有点儿发怵，眼神闪躲着。林乔生紧盯着他，很是严厉地问："张兆磊，你6月18日凌晨在做什么？"

张兆磊说："喝……喝酒。"

林乔生步步紧逼："是吗，那你是和谁喝的？"

张兆磊盯着叶文婕，脸上露出一丝羞涩和垂涎的表情，说："想……想和美……美女喝。"

林乔生拍了一下桌子，严肃地道："张兆磊，请你严肃一点儿，到底和谁喝的？"

张兆磊吓了一跳，说："是……是和我家……家兆龙兄……兄弟。"

林乔生和叶文婕对视一眼，两人知道问不出什么了，便颇有默契地起身说："张总，打扰了，谢谢你们的配合，我们还有事，就先走了。"

林乔生和叶文婕从张厚德办公室走出来后，一路都没说话。突然，林乔生朝叶文婕摆了一下头，叶文婕会意，两人便朝工人忙活的现场而去。

林乔生见两个拖着煤车的工人从面前经过，便赶紧拦住了他们，问："你们在6月18日的早上见过张兆龙吗？"

走前面的那个高个子矿工说:"6月18日,是不是……"

他正想继续往下说,却突然感觉到后面衣服下摆被他身后的矮个子同事轻轻拽了拽,他便立马闭上了嘴巴,顿了顿,他说:"这个时间太长了,我实在想不起来了。"

林乔生和叶文婕又无奈地对视一眼,林乔生问那高个子矿工:"好吧,谢谢了!你知道蒋长安在哪儿吗?"

矮个子矿工朝后方的小山一指,说:"蒋队正在那边勘测呢,你们沿着这条路直走就到了。"

林乔生和叶文婕便深一脚浅一脚地朝那座小山走去。叶文婕说:"这蒋长安不会是弄错了吧?这张兆龙有不在现场的证明啊!"

林乔生盯着满是煤块煤灰煤渣的坑坑洼洼的地面,小心翼翼地走着。他说:"我感觉没有那么简单!面对我们时你不觉得张厚德太镇定了?这个张厚德和张兆磊的关于张兆龙案发当晚的去向说法又都很一致,这不符合常理。"

就在林乔生和叶文婕快到达小山脚下时,突然听到一声"啊"的叫声,两人赶紧赶过去,发现蒋长安作业时拴在腰上以保护自己的绳子被上方的岩石磨断,蒋长安坠落在悬崖下。

林乔生和叶文婕赶忙朝蒋长案摔落的地方跑了过去,发现蒋长安浑身是血,晕了过去。

叶文婕抬头朝上方看了一眼,发现岩石上方草丛里有个身影闪了一下。

林乔生大声吆喝附近的工人:"快来人,赶紧送医院!"

7

张广富开着矿上一辆老旧的面包车，和沈永涛、汪国瑞等人手忙脚乱地把蒋长安送到镇医院。经过医生的一番救治，蒋长安总算脱离了危险，只是头上缠满了纱布，手上也打着石膏。

林乔生和叶文婕捧着一束鲜花、拎着一个果篮走进他的病房。看到他睁开了眼睛，但嘴唇干得开裂起皮，叶文婕赶紧倒了一杯水让他喝下。

三个人正准备聊聊，忽然，病房的门被一把推开了，原来是张厚德带着张兆森等人来看蒋长安了，可蒋长安紧闭双眼，一声不吭。

张厚德满脸疼惜的样子，俯下身子，还伸手摸了摸蒋长安额头的纱布，回头对张兆森和沈永涛道："怎么会出这样的事情啊？你们好好照看一下，好好让他养着，工资照开！"

张兆森上前一步，点点头说："叔，您放心，我会安排好的！"

随后张厚德又客气地对林乔生和叶文婕说："两位检察官同志，没想到会出这样的事，真不好意思，要不你们跟我回去，找个地方吃点儿饭，也让我尽一下地主之谊。"

林乔生起身笑笑说："谢谢张总，不用了，我刚接到一个电话，我们先回市里去，过段时间如果需要的话，我们再来麻烦您！"

张厚德正要再说点儿什么客气话，手机响了，他接起，原来是儿子张兆龙用公用电话打给他的。张兆龙在电话里说："爸，我马上要到汽车站了，你来接我一下。"

张厚德皱着眉头说："好，我马上到！"他随即转过头对林乔生说:"检察官同志,我这有点儿急事,要先走了。"

张厚德等人和林乔生、叶文婕都先后离开了病房。

看病房里没人了,张广富偷偷溜进来,轻声唤醒蒋长安。蒋长安微微睁开双眼,张广富低下身子,趴在蒋长安耳边轻声道:"我们上去检查过了,那绳子是被人割断的!"

蒋长安听后痛苦地把眼睛闭上了,一句话都说不出来。

病房里彻底安静了,蒋长安睁开眼睛望着窗外的阳光,脑海里不断回响着张厚德在电话里叮嘱张兆龙不要回来,说有人给他做了替罪羊的话,同时又想起张广富刚告诉他的绳子是被人割断而不是被石头磨断的话,他的那只完好无损的手紧握着拳头,一个大胆的念头在他心底蹿出来!他在心里恨恨道:"张兆龙,你杀死了我妹妹,张厚德,现在你又要杀我灭口。张兆龙!一命偿一命!"

在医院待了好几天,蒋长安的伤也好了很多,手上的石膏已经拆掉了,头上的伤口也在愈合中。

沈永涛作为主管领导来看望他时告诉他一个消息:"长安,你不是要找张兆龙吗,我刚看见他进镇南边那个赌场了。"

蒋长安一骨碌从病床上坐起,把沈永涛给吓了一跳。沈永涛赶忙问:"长安,你这是咋了?"

蒋长安赶紧平复心情,对沈永涛笑笑说:"没事,沈哥,没事!"

等沈永涛一走,蒋长安就用力拔下手上输液的针头,转身跑了出去。他打了个车直奔镇南边赌场而去。到了赌场门口,他本来想闯进去,但后来觉得自己孤身一人,而赌场的人应该都认识常客张兆龙,所以还是不要轻举妄动为好,免得寡不敌众。他决定在门口守株待兔。

真相

等了好久,也不见张兆龙出来。中饭都没吃的蒋长安饿得前胸贴后背,便去赌场对面的一个面馆吃了碗重庆小面。等他吃过面已是晚上八点多了,可张兆龙还没出来。没办法,蒋长安只得继续等。

就在他打瞌睡之际,一阵喧闹声忽然惊醒了他,他赶紧打起精神来看了看手机,此时已是深夜十二点半!张兆龙跟赌场那帮人在赌场门口寒暄道别呢。张兆龙心情似乎不错,看来这败家子今儿赌得够尽兴!

走了一段,黄大虎也跟张兆龙分开了,张兆龙独自朝一条巷子里走去。蒋长安猜这里是张厚德给他安排的临时住处。只是张厚德没想到的是,他这败家子儿子不听劝,从乡下穷亲戚家回来后依然四处寻欢作乐!

蒋长安恨恨地吐了一口痰,骂了一句:"呸,渣滓!"然后麻溜地跟了上去。

渐渐地,狭长的巷道里光线越来越黯淡,人们都进入了梦乡。只听张兆龙这个狂放浪子一边走一边吊儿郎当地哼着歌:"没钱了就去赌,赢了再输掉,亲戚朋友不借我,那就问老爸要……"

蒋长安捏紧拳头,在路边随手捡了半截砖头,急走几步,上前"啪"的一下把张兆龙拍晕了。

张兆龙来不及哼一声就晕了过去。看到张兆龙如同一摊烂泥躺在地上,蒋长安牙根咬得咯咯作响,他掏出钢筋片,高高举起,准备刺向张兆龙的胸部。他想着只要狠狠刺下去,就能要了这个王八蛋的狗命,就能为可怜的妹妹报仇雪恨了!

就在他要刺下去的那一瞬,脑海里突然浮现出老母亲的面孔,只见老母亲满脸风霜的脸上泪水横流,她说:"娃啊,娘知道你想干啥,可别犯傻了,孩子,我已经失去了女儿,我不想再失去儿子,你千万不要犯浑啊!有政府给我们做主,罪犯终究会得到报应的!"

想到这里,他抽了自己一个耳光,拿着钢筋片的手瘫软下来。

张兆龙昏睡了不知多久,醒来的时候觉得头很痛。他睁开眼睛,愕然发现自己躺在一个铁笼子里!这是个空旷破烂的旧厂房,屋顶天花板上满是雨水浸润的污渍痕迹,角落里都是各种废旧机器、布料、垃圾等,散发出一阵阵臭味。

周围不见一个人,张兆龙震惊又愤怒,如同一只困兽般使劲儿拍打着铁笼子上的大锁,愤怒得像是火山爆发能瞬间吞噬万物!

他狂暴怒吼:"哪个王八蛋敢关我?谁?赶紧给我滚出来!"

蒋长安这时端着一盒盒饭走了进来。见张兆龙一双眼睛血红,像个疯子一样在铁笼子里上蹿下跳、叫骂不已,蒋长安冷笑一声,在角落里拽了一张破烂的椅子过来,就坐在铁笼子对面自顾自大嚼大咽起来。

张兆龙饿得不行,狂咽口水,可蒋长安就是不理他,只顾着大快朵颐。这可把张兆龙气坏了,他恨不能马上出去随便捡起个什么东西把蒋长安给杀了才解恨!

他跳脚大骂:"你是谁?吃了熊心豹子胆了啊,敢绑架你张爷爷,你知道你祖爷爷是谁吗?他妈的,赶紧把我给放了,要不等爷爷我出去,弄死你!"接着,又喋喋不休地骂了很多不堪入耳的话。

蒋长安这会儿饭也吃完了,又慢条斯理地喝下了一瓶可乐，才慢悠悠地开口："张兆龙，只要你承认杀人，交代杀人的经过，我就把你放出去！"

张兆龙眼中闪过一丝心虚，眼神躲闪着，不敢与蒋长安对视，他声音发抖地问："谁，你说谁杀人了，你到底是谁？"

蒋长安突然冲到铁笼边，伸手抓住张兆龙的肩膀拼命摇晃。他眼睛血红，像是要喷火一般，无比凶悍地嚷道："张兆龙，你给我听好了，被你杀死的那个女人，是我的亲妹妹！你一天不交代，我就关你一天！你一年不交代，我就关你一年！你一辈子不交代，我就关你一辈子！让你这个畜生一辈子都在这个笼子里待着！"

张兆龙被他摇晃得差点儿晕过去，肩膀像是被两只铁钳子夹过一般，骨头都要散架了。张兆龙跌坐在笼子里，等蒋长安离远点儿后，他又站起来猛摇着铁笼："你放了老子，你这个挨千刀的，天杀的，瞎了你的狗眼了……"

蒋长安无比轻蔑看了一眼张兆龙，冷笑着走了出去。

蒋长安想着那就慢慢耗着吧，看谁耗得过谁？像张兆龙这种娇生惯养的纨绔子弟，谅他也扛不了多久！

到了下午，蒋长安又端着一份香喷喷的快餐走了进来，照样在铁笼子对面坐下来，独自享受着。那饭菜散发出的阵阵香味让已经饿得头晕眼花的张兆龙狂吞口水，眼冒绿光。

他勉强坐起来，像是垂死之人一般有气无力地说："大哥，你行行好，你放我出去吧……我真的没有杀你妹妹，我爸是矿老板，他有的是钱……只要你放了我，我让我爸给你500万，不，1000万！大哥我求求你放了我吧！"

蒋长安还是狼吞虎咽着，时不时地还喝几口啤酒，偶尔冷漠又鄙夷地瞟一眼半死不活的张兆龙，但一句话也不说。

张兆龙虽然饿得浑身发抖,但暴躁脾气一点儿没改,骂道:"你他妈是哑巴,还是聋子?……你他妈倒是吭个声啊!"

蒋长安吃完饭了,把饭盒往角落狠狠一扔,依然不发一言,而是从裤袋里掏出了钢筋片缓缓走向张兆龙。

张兆龙黑眼圈老大,嘴唇发白,两眼已经有些睁不开了,但蒋长安脸上的凶狠相和手里的钢筋片他还是看清楚了,他感觉到生命受到了强烈的威胁,便本能地朝笼子后方挪去,边挪边哭着求饶说:"大哥,我说,我什么都说!"

蒋长安脸上露出冷笑,他掏出手机对着张兆龙:"好,那你说,你是怎么杀害我妹妹的?"

张兆龙什么也不管不顾了,喃喃说了起来:"那天晚上,我和黄大虎在赌场输了几万块钱出来,回张庄村的路上,看见一个女的,对,你妹妹和一个男的,我就想抢点儿钱……没想到你妹妹会反抗,我们就打了起来。黄大虎用石头砸了一下你妹妹的头,我……我顺手捅了几刀……"

8

张厚德那天从汽车站把儿子张兆龙接上后,就立即把他带到了康宏镇上的一个民房里,这是张厚德托张兆森给儿子找的一个临时住处,地方算是比较偏僻安静的了。

跟张兆龙分别时,他千叮万嘱说现在是非常时期,要张兆龙千万不要出门,就安安静静待着,哪儿也别去,等那两个替死鬼被判决了,张兆龙就安全了!说完,张厚德就离开了。

回到矿上办公室,张厚德关起门来就开始狠狠教训张兆森:"兆森,蒋长安这事,你是怎么办的!这点儿小事都办不好,以后我怎么放心交代你办事?"

张兆森只得赔着小心说:"叔,您放心,这次我一定办好!"说完,他做了一个干脆利落的抹脖子动作。

张厚德喘着粗气,眼睛斜着看了看他,然后无奈地叹气,转而又叮嘱道:"兆龙那臭小子,你可得帮我盯紧了,我是真不放心呀,这家伙不知天高地厚,我真怕他又闯祸呀!"

张兆森连连点头说:"叔,您放心,我一定安排人给盯紧了!"

此后,张兆森便安排了弟弟张兆磊去盯梢。可张兆磊自己也是个玩儿性大的,也有着自己的一帮小兄弟。他在巷子口盯了没多久,就召集了几个小兄弟一起去打牌了,留下一个小年轻的在那儿盯梢,但这小年轻的贪玩儿,光顾着玩儿手机游戏了,把盯梢的事早就忘到爪哇国去了!

最初几天,张兆龙倒也老老实实地在出租屋看着电视打着游戏,哪儿也不去,可是后来他越来越待不下去了。他原本过惯了花天酒地、众星捧月的生活,哪里受得了这种孤独寂寞冷清的生活!所以他就约上黄大虎,又偷偷溜去了以前常去的赌场尽兴地赌了一整天。没本钱,他就找赌场借,赌场的人跟他很熟,反正知道他有个有钱的老爹,不怕他赖账,他想借多少就借给他多少!

张厚德最初几天都还能打通儿子的电话,可是这几天他打了好些电话都没打通,便问张兆森怎么回事,张兆森便问张兆磊,张兆磊支支吾吾地说不清楚,最后只得告诉张兆森,张兆龙已经好几天都没在出租屋里了!

这消息让张厚德气得要杀人!他指着张兆森和张兆磊的鼻子半天,一句话都没说出来,最后骂了一句:"都是一群他娘的白眼狼，窝囊废！"

张兆森当场气得狠狠打了张兆磊一巴掌，又踢了他几脚，本来就结巴的张兆磊疼得喊爹叫娘的，结巴都差点儿给治好了："叔，哥，我这不是担心你们会打我骂我嘛，我这……这不是怕你们受不了嘛，所以不敢告诉你们呀！"

张厚德气得浑身发抖，他颤声喊张兆森："快，快把这个混账东西给我打出去！"

张兆森便依言而行，把张兆磊轰出了门。张厚德感觉自己的心脏病又要犯了，便瘫在沙发上大口喘气，张兆森吓得赶紧跑过去扶着他、安慰他。

他闭上眼睛喘了半天气，最后睁开眼睛有气无力地道："快帮我去找找兆龙，找到把他给我绑回来，这不知死活的东西，无论如何都要把他给我带回来！"

离开康宏镇医院后，最初两天，林乔生还能联系上蒋长安，可后来几天他就一直没联系上蒋长安。他觉得很奇怪，于是又带着叶文婕到康宏镇和张庄村走访，问了蒋长安的母亲、工友和朋友们，大家都说不知道蒋长安去哪儿了。

林乔生只得打电话向郑岩报告："主任，蒋长安怀疑张兆龙是杀害他妹妹的凶手，向我们反映后第二天他就出了事，而且从蒋长安受伤以后，就像在人间蒸发了，我们这几天到处找人打听也不知道他去哪儿了？我猜可能是凶手已经察觉到了什么，要杀人灭口，所以现在我们最重要的是尽快找到蒋长安，不能让蒋长安再有意外！"

郑岩说："你说得对！我现在联系一下公安那边，让他们配合尽快寻找蒋长安！"

真相

　　张兆龙的母亲听张厚德说几天都没联系上儿子，这可把她给急坏了，天天都在家哭，时时刻刻担心儿子是不是出什么事了，是不是被坏人杀害了！

　　老婆的哭泣让原本就心烦意乱的张厚德更加气急攻心，他在家里一刻都待不下去了，骂道："哭，哭，就知道哭，老子还没死呢，要哭回你娘家哭去！"

　　他正想出门回矿上去，却见张兆磊狂跑进门来："叔，喜……事，大喜……事，有兆……兆龙兄弟的消……息了！"

　　张厚德和老婆上前紧紧抓住他的手，激动地问："快说！"

　　张兆磊喘着气说："公……公安局打……电话来说，兆龙……兄弟在连强……连强制衣厂……跟蒋长安在一起！"

　　张厚德听完像是触电一般松开张兆磊的手，一脚踹到张兆磊腿上："啊，什么，他跟蒋长安在一起！老天爷呀，这叫什么事呀，我的儿呀，凶多吉少呀！……这就是你说的喜事？！还不赶紧去给我找，找不到兆龙，你这辈子都不要回张家庄了！"

　　林乔生带着叶文婕在康宏镇走访了半天，正准备无功而返时，手机突然响了。原来是陈清海打来的电话。陈清海告诉他："通过定位追踪等技术手段，我们发现蒋长安和张兆龙在康宏镇上连强制衣厂的旧厂房里。我们的人马现在也赶过去康宏镇！"

　　叶文婕皱着眉说："蒋长安和张兆龙怎么会在一块儿？他们俩跑那儿干什么呀？莫不是……哎呀，这个蒋长安可千万不要做傻事啊！"

　　林乔生突然掉头，说："咱们这就去连强制衣厂！"

在赶去的路上，林乔生的手机响了，他停下车，看了看手机，发现蒋长安给他发了一段视频，林乔生还没来得及打开视频看，蒋长安的电话就跟着打了进来："林检察官，我终于为我妹妹报仇了，张兆龙现在在连强制衣厂的旧厂房里，你们赶紧去抓他！"

林乔生对着手机"喂"了几声，可蒋长安已经挂断了电话，再打过去时是语音提示："您拨打的电话已关机。"

林乔生对叶文婕说："文婕姐，你现在给郑主任打电话，让他和公安方面沟通一下，马上捉拿黄大虎归案。"

叶文婕点头说："好的！"

林乔生、叶文婕赶到连强制衣厂后不久，陈清海带着人马也赶到，几个人上到二楼，走进破败不堪的厂房里，看到张兆龙奄奄一息地躺在笼子里。强力打开笼子后，民警上前用手铐铐住了张兆龙。

张兆龙委屈地大哭道："我终于可以离开这个鬼地方了！"

林乔生问："张兆龙，蒋长安呢？"

张兆龙说："你们来之前他就走了，我也不知道他去哪儿了！"

陈清海威严地说："带走！"

公安机关的另一拨人马在康宏镇南边赌场里很快就抓住了黄大虎。一行人当即把张兆龙和黄大虎押回了滨海市公安局。

9

几天之后，林乔生和叶文婕便开始对张兆龙进行审讯。

林乔生两眼死死盯着张兆龙问:"张兆龙,知道警察为什么抓你吗?"

张兆龙一副吊儿郎当的样儿,小声嘟囔着:"我哪知道他们为啥抓我?这你得去问他们呀!"

林乔生气得厉声喝道:"张兆龙,你严肃点儿!你以为这是什么地方,有你撒野的份儿吗?"

张兆龙被眼前这个小年轻的这副凶狠劲儿给吓了一跳,但随即他又恢复了没正形的样儿,凶悍地说道:"你们为什么要抓我,我已经被蒋长安这个王八羔子饿了好几天了,你们现在应该把我送到医院里检查检查,看我有没有被饿出毛病来……这蒋长安狗娘养的,我跟他没完!"

林乔生哼了一声,冷笑道:"张兆龙,你别给我整那些没用的,现在你先把自己的事情交代清楚!你为什么要杀蒋桂枝?"

张兆龙显得很狂躁,他可是一刻都不能没有自由的人。他坐在那儿眼珠子滴溜溜地转,突然想起老爹张厚德的叮嘱:"如果真被抓住了,打死都不能交代,没有证据,警察不敢拿你怎样!"

张兆龙马上大声反驳道:"我没有杀人,你们没有证据,不能诬赖我!"

林乔生冷笑着看他表演,然后说:"少安毋躁,我给你看样东西!"

说着他就把蒋长安发来的那段张兆龙交代作案的视频播放给张兆龙看,边播边说:"这就是证据!你还有什么想说的?"

张兆龙看了几眼,一脸无赖的样儿说:"那,那是我被逼的，蒋长安非要逼我说，是我杀死了他妹妹，我要是不这么说，他就要杀了我，我这是为了自保！"

林乔生又笑了一下，说："张兆龙，公安和我们掌握了一定的证据才会抓你，你不要做无谓的挣扎了，坦白从宽，抗拒从严！"

张兆龙撇着嘴鄙夷地说："我没有杀人，不需要坦白从宽，你们这是冤枉好人，赶紧放了我，要不，我让我爸找律师告你们！"

林乔生让管教把张兆龙带走，又让他们把黄大虎带进来。在等待黄大虎到来的间隙，林乔生揉了揉太阳穴，又捏了捏鼻梁，叹了一口气说："文婕姐，看来这张兆龙是茅坑里的石头，又臭又硬啊！"

叶文婕说："先别灰心，听听黄大虎怎么说。"

这时黄大虎被管教带了进来，他有些垂头丧气的样子。

林乔生单刀直入，问："黄大虎，知道为什么抓你吗？"

黄大虎眨巴眨巴眼睛，小声道："赌博了，屡教不改。"

林乔生见他避重就轻，呵斥道："还有呢？拣重要的说！"

黄大虎转着眼珠，时不时瞟一眼林乔生那张年轻英俊的面孔，揣摩着林乔生的心理，小心翼翼地试探道："不知道检察官你让我交代什么？"

林乔生嘴角露出一丝不易察觉的笑，他紧紧盯着黄大虎的眼睛，突然问："6月17日晚上你去哪儿了？"

黄大虎差点儿被口水噎住了，他干咳几声，眼神闪躲地说："这么长时间了，记不清！"

林乔生起身，在审讯桌前来回踱步："好好想想，如果没有事实依据，我们不会平白无故地抓你。"

真相

黄大虎皱着眉，故作镇定地说："我不知道你们要我说什么，我好好想想。"

林乔生将蒋长安发过来的视频播放给黄大虎看，看完后林乔生说："张兆龙已经交代了，你还有什么好说的？"

黄大虎急了，额上汗淋淋的，但他不断摇头否认："我没杀人！"

叶文婕逼视着黄大虎问："那是谁杀的？"

黄大虎像是从一只老虎变成了一只猫那般，声音里没了先前负隅顽抗的那股拗劲儿，而是软塌塌的："是龙哥……那女人，是被龙哥用刀捅死的！"

林乔生坐下来，说："这个态度嘛，很好……那么，在实施抢劫时，张兆龙用的什么凶器？"

黄大虎拿出一副一不做二不休的样子，声音硬朗起来："一把短刀！"

林乔生追问道："什么样的刀？刀呢？"

黄大虎回答道："就是农村人常用的杀羊刀，刀扔到附近的池塘里了。"

……

审讯完黄大虎，林乔生伸了个懒腰，神清气爽地说："终于突破一个了！"

叶文婕望着他笑，说："要不乘胜追击？"

林乔生朝外面管教喊："带张兆龙！"随即又笑着对叶文婕说："趁热打铁！"

张兆龙再次被带了进来，他眼神做贼心虚一般闪躲着。这回他可没那么嚣张了，蔫耷耷地，小心翼翼地察言观色着。

林乔生说："我们也不跟你费话，但张兆龙你要知道，在证据充足的情况下,你不承认,照样可以把你送上法庭。你不要有侥幸心理,现在黄大虎已经交代了,你要不交代,我们也不问了!"

说着林乔生就站起身来,叶文婕也起身收拾电脑。

张兆龙看着两人要往外走,吓得面如死灰,声音颤抖地说:"我交代!我都交代!"

林乔生跟叶文婕对视一眼,重新坐下来。

之后林乔生和叶文婕又马不停蹄地提审了沈龙科。

林乔生问坐在对面抓耳挠腮的沈龙科,他肥胖的脸瘦削了不少。林乔生非常严厉地问:"沈龙科,你详细交代一下6月18日凌晨3点,你从到达案发现场至离开案发现场,这段时间都做了些什么?"

沈龙科眨巴着一双溜圆的大眼,诧异莫名地说:"我都说了好几遍了,怎么还不放我走啊,你们这儿的饭一点儿也不好吃!"

林乔生差点儿要拍桌子,但忍住了,他虎着脸说:"沈龙科,这个案件马上就要开庭审理了,你可要想清楚了,杀人可是要判死刑的!"

沈龙科张皇得脑袋乱转,惊恐道:"我不想判死刑,我是冤枉的,我真的没用刀捅她,我就踢了她几脚啊!怎么就判我死刑啊?"

说着沈龙科便呜呜大哭起来。

10

　　张厚德打听到张兆龙招了,急得像是热锅上的蚂蚁,在办公室里转来转去。张兆森和张兆磊站在一旁没说话,眼珠子不停地随着他走动而转来转去。

　　张兆森憋不住开口了:"叔,现如今这样了,您也放宽心,咱们再想想别的办法!"

　　张厚德叹气道:"都是这败家子不听话啊,给他说过多少次了。这下完了!"

　　张兆磊插话道:"不见棺材不掉……掉泪,他这是撞在枪……枪口上了。"

　　张厚德指着他骂道:"你他妈的什么比喻,什么不见棺材不掉泪,撞什么枪口上,别他妈的说这些没用的丧气话!"

　　张兆磊低着头不满地辩解说:"我是说,兆龙兄弟不是嘴很……很硬吗?"

　　张厚德粗重地哼了一声,说:"别看他平时说话嘴硬,其实我了解他,也是个大软蛋,好汉还经不住三泡屎呢,何况他没见过那阵势,人家一吓唬,他不彻底地都招出来?"

　　张兆磊又忍不住接话:"叔,你不是找……找关系来摆……摆平吗?"

　　张兆森见弟弟张兆磊说话越来越不着调,便使劲儿拉了下他的衣服,谁知张兆磊很厌恶和不解地甩开他的手,小声嘀咕道:"你拽我做什么?"

　　张厚德冲张兆磊怒吼道:"我找……找他妈的个鬼啊!这时候,他都承认了,我还找谁来捂啊!"

　　张兆磊冲口而出:"您不……不是有钱吗?"

真相

五庭审风云

张厚德闻听暴跳如雷，指着张兆磊鼻子怒吼道："滚！给我滚！"

吓得张兆森赶忙拖着张兆磊退了出去。一出门张兆森就狠狠地给了张兆磊一巴掌，怒骂道："不会说话就别乱说，人不会当你是哑巴！蠢得跟猪一样！"

张兆磊委屈巴巴地杵在那儿抹眼泪，嘀咕说："我……我说的不都是大实……实话吗？咋说实话还……还要挨打挨骂呢！岂……岂有此理！"

张厚德瘫倒在沙发上，老泪纵横，他呜咽道："顶住啊，我的儿啊，你可是三代单传，老子不能没有你啊！"

流了半天泪，张厚德精疲力竭，但他还是勉强撑起身子来打了个电话。他在电话里跟对方说："……孩子的事情就拜托您了，看看需要多少钱，需要跑什么关系，给指条快速通道！"

对方在电话里不知道说了些什么，张厚德频频点头。打完电话，张厚德双手抱着头，抓着那稀疏的灰白头发，悲怆地说道："看样子，这次是要真'大出血'了！"

张厚德的电话是打给律师李必胜的，他早些年做生意应酬时在酒桌上与李必胜结识。这李必胜当年还是个初出茅庐、籍籍无名的小律师，很多同行看不上他，因为他不是科班出身，学历还低，也不是正经大学毕业，所以那时候他都接不到什么案子。同样草根出身，也在年轻时因家境贫寒而饱受世人冷眼的张厚德却与他一见如故，两人在饭桌上相见恨晚、惺惺相惜。

李必胜在因业务很少而难以维持生计时，曾找张厚德借过钱。张厚德平时很是吝啬，视财如命，这辈子就没借钱给过几个人，但唯独对李必胜，他是有求必应。因此，他跟李必胜之间的友谊在他看来是固若金汤、牢不可破的。

真相

张兆龙被抓后,他第一时间就联系了李必胜,希望他能想办法捞人,但李必胜很犹豫,说难度太大了,容自己想想办法,然后也就不了了之了。张厚德便想着可能是钱不到位,他心疼儿子,也心疼钱,便想等等看,后来见张兆龙招供了,他心里急得不行,便又找李必胜想办法走走其他路子,想着这回要大出血就大出血吧。因他主动提到了钱,李必胜这回倒是答应得挺爽快,说帮他尽量想办法。

张厚德挂上电话后,想安安静静地睡一会儿,他已经好几天没有合眼了。就在他闭上眼睛时,门外却传来张兆磊的声音。原来他挨完张兆森的打后一直生气,赌气蹲在张厚德办公室门口玩儿手机,心想,张兆森不来跟他道歉他就不去吃饭,饿死自己,让他张兆森一个人孤零零地活在这个世界上!

只听张兆磊接话道:"张爷不……不是家大业……业大,出点儿血怕……怕啥!"

张厚德简直被气炸了,他跑到门口狠狠踹了张兆磊一脚,跳脚狂骂道:"你……你给我滚!有多远给我滚多远,别再让我见到你,**蠢猪不如的东西**!"

等张兆磊屁滚尿流地滚远了后,张厚德一屁股坐在地上,泪水长流,他又哭了半晌,脑海里突然又冒出个主意。

他立即打电话叫上张兆森,犹疑了一下,让张兆森把那个二货侄子张兆磊也一并叫上,想着毕竟是亲信,人多点儿显得场面大,也容易办成事。

他带着张兆森和张兆磊驱车跑到杨大牛的商店。然后两只肩膀一耸,就把单衣子抖了下去,张兆森刚好接住。在店里的杨大牛见是这三位爷,丝毫不敢怠慢,赶紧跑出来堆满笑脸寒暄，又是递烟又是倒茶的。

杨大牛热情地打招呼："张爷您怎么来了？来，快坐！"

张厚德笑笑，在商店外小桌子那儿坐下来打量打量四周，然后说："大牛啊，你这商店的生意还不错吧？"

杨大牛腼腆地笑笑，说："小本买卖，承蒙张爷您的照顾，还凑合吧！"

张厚德微微点点头，然后盯着杨大牛，拿出一副与先前截然不同的和善面孔来："大牛啊，今儿叔托你个事。"

杨大牛心下一颤，心想，这"南霸天"从前可都是鼻孔朝天的，见到他们这种普通老百姓可是连看都不看一眼的，今天却说来求自己了。杨大牛狐疑，但心下也感到一阵快意，好像自己翻身做了主人一般。但他表面上还是热情应对，说："看您说的，有什么事您直接吩咐就是了。"

张厚德叹气说："你兴许也听说了，我家兆龙犯事被抓了，没什么大事。我听说兆龙常来你这儿消费，你帮我写一个证明材料吧，证明6月18日凌晨3点在你商店见过兆龙，这样兆龙就能放出来！"

杨大牛听到这儿，皱着眉，很是犹豫，说："叔，这事呀……你让我想想。"

张兆磊见不得杨大牛这副犹犹豫豫不爽快的样子，他一把冲上去抓住杨大牛的领子，威胁说："你……你小子别不……识抬举，张……爷亲自来……是给你面子！"

说完张兆磊就把杨大牛用力推到墙角，然后用力卡了一下他的脖子，再突然一把松开。杨大牛喘气不停，心里把张厚德和他侄子们及祖宗十八代问候了个遍，瘫坐在地上忐忑不安。

张厚德站起来冷冷道："杨大牛，叔也不是逼你，都乡里乡亲的,你也不想你们全家以后在村里不方便不是,话我给你撂下了,想好了你自己来找我。"

11

审讯结束后没过多久,在陈清海和几个民警的陪同下,林乔生、叶文婕带着张兆龙、黄大虎去案发现场进行指认。

林乔生问张兆龙和黄大虎:"你们说的那把短刀扔到哪儿了?"

张兆龙用手朝池塘一侧一指,蹙着眉说:"我也说不清,那晚上天黑,我们又慌又怕人发现,想着赶紧逃走,我记得我是随手朝这里一扔的,好像听到有东西掉水里的声音。"

没过多久,李必胜带着助手来市公安局会见张兆龙了。张兆龙虽然不太懂法,但他深知自己处境堪忧。平素趾高气扬、谁也不放在眼里的他,这会儿见到律师就像见到亲人、抓到一根救命稻草一般,竟然在李必胜面前哭得稀里哗啦。

李必胜安慰他说:"你父母已经委托我做你的辩护律师,事已至此,你也不要太着急。"

张兆龙用手揩了一把眼泪鼻涕,央求道:"李律师,你可得想办法救我,我还这么年轻……我可不想死啊!"

李必胜有点儿不耐烦地打断他,说:"你放心,我是律师,我会全力保护我当事人的利益的!"

张兆龙还是哭着央求:"李律师,我是一时糊涂嘛!您想想办法!您可一定要想想办法!我爹有的是钱!"

李必胜伸手做了个"停"的手势,打断了张兆龙的话。

真相 五庭审风云

开庭那天，林乔生和叶文婕端坐在公诉席上，郑岩和慕容曦则坐在旁听席上观摩。

这是林乔生成为员额检察官后第一次出庭公诉，他有点儿紧张，喝了几口水，把领带拽了拽。旁边的叶文婕拉拉他的衣袖，给了他一个鼓励的眼神，他便觉得心里淡定了很多。

出现在法庭上的张兆龙精神尚好，只是脸色有些苍白，脸颊瘦削，下巴很尖。他一进来就四处张望，先是看辩护席的李必胜，后是在旁听席上搜索张厚德的身影。当他看到了他想看到的人时，悬着的心似乎变得安定了许多。

审判长说："6月18日凌晨3点，被害人蒋桂枝在蒋家村村口，被张兆龙、黄大虎连捅三刀，刺穿肺部，失血过多死亡，2人犯罪情节恶劣，社会影响巨大，今在本院开庭审理。被告人张兆龙，你对起诉书指控的犯罪事实有无异议？"

张兆龙清清嗓子，显得理直气壮地道："这不是我干的，我没有作案时间！"

旁听席上的人们瞬间哗然一片，交头接耳，议论纷纷。

林乔生眉头一皱，他使劲儿攥了攥手中的签字笔，怒视着张兆龙。

张兆龙无意中看了一眼林乔生，见公诉人这样盯着他，他胆怯地低下了头，随即又装作若无其事地看着辩护席上的李必胜。

眼尖的人看到李必胜对着张兆龙微微点了点头。

林乔生盯着李必胜，以不可思议的语气低声说："怎么变化这么快？"

叶文婕一直在仔细观察李必胜和张厚德及张兆龙之间的

真相

眼神交流,她低声说:"看来这张兆龙跟辩护律师之间有猫儿腻。"

审判长说让公诉人对被告人进行讯问。

林乔生坐直了身子,逼视着张兆龙,眼里射出寒光利剑,问:"张兆龙,你说你没有作案时间,那6月17日晚上你在什么地方?"

张兆龙装作低头思索的样子,一会儿后他抬起头很是镇定自若地说:"我在老家张庄村。"

林乔生眉头紧蹙,语气里带着威严和怒气大声问:"你那时在做什么?"

张兆龙皱着眉作思索状,说:"时间太长,我记不清了!"

林乔生心里想,这兔崽子真能装!他说道:"好好想想。"

张兆龙小声说道:"我和虎子在一起。"

林乔生问:"虎子是谁?"

张兆龙回答:"黄大虎啊,我们两个是一起的!"

林乔生轻轻哼了一声,继续问:"起诉书指控你抢劫、杀人的事实是否存在?"

张兆龙说:"不存在,那不是我干的!"

林乔生厉声问:"那为什么以前要供述自己抢劫、杀人呢?"

张兆龙瞟了一眼李必胜,又瞥了瞥林乔生,眼神有点儿闪躲,说:"公安局的人打我,逼我承认的!"

林乔生说:"指控你二人抢劫、杀人都是你当天被抓获后自己供认的,另外,你们还带领公安机关的侦查员去犯罪现场,指认了作案地点,且有大量的证据与供述相符,证明你供认的犯罪事实确实存在,才认定你们涉嫌抢劫向检察机关提请公诉。你说公安局的人打你、逼你有什么证据?"

张兆龙显得紧张起来，他像个被逼急了而自觉理亏的小孩子那样无赖地狡辩说："反正……反正就是打我逼我来着，你看，这就是伤！"

说完，张兆龙挽起袖子，指着胳膊上一块拇指盖大小的瘀伤，展示给众人看。

林乔生冷笑了一下，说："这是否为公安人员所伤，缺少证据支持。"

张兆龙嘴巴张了张，终于没能说出反驳的话语来，只好勾着头。

林乔生又问："那我问你，在我们提审你时，是否对你进行逼供、诱供？"

张兆龙低着头轻轻摇摇头，说："你们倒是没有逼供、诱供。"

林乔生冷着脸非常严厉地说："在检察机关讯问阶段你已经如实供述自己抢劫、杀人，且有足够的证据证明你伙同黄大虎实施了上述犯罪行为！"

张兆龙狡辩道："我……我还以为你们和公安局是一回事呢，所以我没说实话。"

问到这儿，林乔生向审判长举手示意说："审判长，我的讯问结束。"

审判长微微点点头，转头问李必胜："辩护人还有问题要问吗？"

李必胜点头，对张兆龙说："张兆龙，你和黄大虎来滨海市的时间再重复一遍。"

张兆龙说："6月18日下午。"

李必胜问："那你们是什么时候离开的滨海市？"

张兆龙做认真思索状，回答说："6月20日。"

李必胜继续问："你们来主要是做什么？都去过什么地方？"

张兆龙说："我们是来玩儿的，就在水库附近走走，没去过任何地方。"

李必胜点了点头，问："你敢肯定你6月18日前一直在老家张庄村吗？"

张兆龙不等李必胜话音落，便马上点头应道："肯定，我可以发誓，我说出的话我自己负责！"

李必胜又点了点头，胸有成竹地说："审判长，如果是我的当事人杀的蒋桂枝，那么他们的作案工具是什么？现在作案工具在哪里？在缺少证据的情况下，仅因我的当事人在面对绑架为自保说出的谎言视频，就进行逮捕，这显然是不合理的。而且我的当事人刚刚被解救出来，还沉浸在被绑架的恐惧中，精神恍惚，就面对警察的讯问，难免在极度紧张、害怕的情况下说错话。我有两名证人杨大牛和张兆磊可以证明我的当事人不在犯罪现场，恳请审判长让其出庭作证。"

林乔生显得有些急了，他大声提出反对意见："我反对，证人出庭作证，应当在举证期限届满前十日前提出，现在出庭作证，不符合法律程序！"

李必胜微微笑了笑，一本正经地对审判席说："审判长，这两位证人的证言关系到我当事人的性命，为了不造成冤案错案，恳请审判长视情况而定，让两位证人出庭作证！"

审判长想了想，说："反对无效！传证人到庭。"

坐在后排的张兆森站起身来，低头走出庭审现场。

杨大牛被带进了法庭，面对庄严的法庭，他有点儿瑟缩发抖、忐忑不安。还没等他把法庭仔细观察个遍，一个威严声音响起，他才知道那就是审判长了。

审判长威严地说："杨大牛，你有如实作证的义务，刑事案件作伪证是一种犯罪行为，是要承担法律责任的，你听清楚了吗？"

杨大牛低着头，心里发怵，但脑海里一下又闪过张厚德的样子，便对审判长点点头。

审判长说："按照庭审程序，对于辩护方提供的证人，由辩护人对证人发问。"

李必胜便和气地问杨大牛："今年6月18日，你看见过张兆龙和黄大虎这两个人吗？"

杨大牛觉得这律师真是和善，于是他的心定了些，对于接下来要说的一些话内心也不那么硌硬了。他很是镇定冷静地说："见过，6月18日，张兆龙与黄大虎到我的商店买过酒还有零食。"

李必胜很是满意的样子，微微点头，问道："杨大牛，你见到被告人是什么时间？"

杨大牛作出一副思考的样子，说："就是那天半夜张兆龙满身酒气地叫我开门要买酒，半夜三更，我特意看了一下时间，3点多。"

李必胜顿了顿，看着杨大牛的眼睛，眼神里充满了鼓励，问："你肯定被告人是去你的商店了吗？"

杨大牛似乎很喜欢李必胜这样的神情和眼神，他从中似乎找到了很多力量，以至于一时间非常确信自己所说的每一句话，他非常坚定地说："肯定！"

李必胜很满意，心想，这杨大牛老实巴交的样子，作起证来还真是不容置疑的感觉，这对张兆龙可太有利了，回头让张厚德好好犒劳一下这小子才行。他这么胡思乱想着，然后又很认真地问："你说的这些都属实吗？"

杨大牛点点头，无比真诚地说："我说的句句属实！"

审判长说："杨大牛先下去，带另一个证人张兆磊出庭。"

叶文婕在桌子下拽拽林乔生的衣袖，轻声说："他们的证言，看来对我们很不利啊！"

林乔生眉头深深皱着，沉默不语。

法警把张兆磊带进法庭。只见张兆磊这个活宝一路走一路向众人频频鞠躬致意，就好像他来的不是法庭，而是要登台表演似的，引得旁听席上众人发笑。

审判长皱着眉看着张兆磊，然后敲着法槌道："肃静！"

张兆磊大概也知道自己刚才的小丑行为挑战了法庭规矩，便做了个鬼脸安静地杵在那儿。

审判长对张兆磊道："张兆磊，你有如实作证的义务，刑事案件作伪证是一种犯罪行为，是要承担法律责任的，你听清楚了吗？"

张兆磊急忙点头，结巴道："不就是说……啊说张兆龙去……啊去哪里了吗？他那天晚上跟我喝……啊喝酒呢，喝……喝到天……天亮！"

审判长先是皱了一下眉头，接着又表现出一副理解和接纳的样子，说："你说话有点儿……啊，不着急，你慢慢说。"

看到审判长对自己的口吃表示接纳，张兆磊便放宽了心。他给大家又鞠了一躬，脸上带着歉意地笑，说："不……不，好意思，我……说话顿……顿号有点儿多。"

不少人听到这话再次笑了起来。

审判长蹙着眉，再次敲法槌说："希望大家保持法庭秩序。请辩护人对证人发问。"

李必胜神情和蔼得像是对自己家人说话，他问："张兆磊，你肯定6月17日晚上，是和张兆龙一起喝酒的吗？"

张兆磊非常笃定的样子，点着头说："肯定！"

李必胜显出一副很是满意和自信的神态，对审判长说："审判长，我没有问题了。"

审判长又面向林乔生问："公诉人还有想问的吗？"

林乔生平静地说："没有！"

审判长环顾一圈儿，说："请法警将被告人张兆龙带下法庭，提被告人黄大虎到庭。"

12

等黄大虎到庭后，林乔生发问："黄大虎，你和张兆龙是什么关系？"

黄大虎原本魁梧的身形现在变得修长匀称不少，再也不是从前那个腆着大肚腩的形象了，他回答林乔生说："朋友。"

林乔生又问："你什么时间来的滨海市？"

黄大虎笃定地说："6月18日下午。"

林乔生顿了顿，喝了口水，紧紧盯着黄大虎的眼睛，接着问："你今年的生日在哪儿过的？"

黄大虎躲避着林乔生的眼神，说："在滨海市区的一家酒店。"

林乔生很是严肃，问："那你和谁在一起过的？"

黄大虎眼神闪躲着，说："张兆龙，还有几个哥们儿。"

林乔生逼视着黄大夫，问道："你确定？"

黄大虎点点头，说："能，这一天我记得最准。"

李必胜在那儿听着很是不悦，提出反对意见："我抗议，当事人在哪儿过生日与案件无关。"

审判长想了想，说："抗议有效！"

林乔生出其不意地说："审判长，被告人黄大虎身份证上的出生日期是6月17日，我特地打电话向黄大虎的父亲核实了，黄大虎的生日就是在6月17日，所以说，黄大虎在说谎！"

黄大虎赶紧勾下了头，紧紧盯着自己的脚趾头，脸红得像发烧。

林乔生和叶文婕脸上都显出一丝微笑。林乔生望了望旁听席上的郑岩和慕容曦，那两个人偷偷冲他竖了竖大拇指。林乔生笑了笑，然后很是严肃地对审判长说："好，我没有问题了，审判长，我现在申请讯问张兆龙。"

审判长对法警们说："将黄大虎押下去，带张兆龙到庭！"

黄大虎被两名法警带了出去。

张兆龙再次被带入了法庭，他看着李必胜笑笑，心想，这李律师的名儿可真吉利，希望他能带给自己好运。正当他胡思乱想时，公诉席上林乔生威严的声音响起："被告人张兆龙，6月17日，你确定与黄大虎在一起？"

张兆龙自信笃定地回答："确定！"

林乔生又问："张兆龙，你确定在6月18日下午和黄大虎到的滨海市？"

张兆龙点点头，一副毋庸置疑的表情，说："确定！"

林乔生嘴角浮现出一丝不易察觉的笑意来，他逼视着张兆龙，严肃地大声问："黄大虎说他6月17日在滨海市过的生日，你们谁说得对?"

张兆龙这下慌了,先前站得笔挺,这会儿一下子全垮了,他张口结舌:"我……我说得对。"

林乔生步步紧逼:"那么就是说,6月17日你和黄大虎待在一起,是假的?"

张兆龙回避着郑岩的目光,而此时所有人都屏住呼吸,等待着张兆龙的回答,法庭内出奇的安静。

沉寂了许久,张兆龙终于小声从嘴里艰难地吐出几个字:"对,没……没在一起。"

张兆龙的回答虽然声音不大,但每个字都清清楚楚地传入众人的耳朵。

此时的辩护律师李必胜已丧失了最初开庭时的那种胸有成竹的风范,他面无表情地坐在辩护席上。

林乔生意气风发地说:"审判长,我的讯问结束。"

审判长看看公诉席,又看看辩护席,说:"现在由控辩双方就指控事实向法庭出示证据。"

林乔生对一旁的叶文婕使了个眼色,意思是要她配合做多媒体示证。林乔生对法庭说:"现在,结合起诉书指控的犯罪事实,我分别向法庭出示被告人原来的有罪供述、证人证言、被抢物品的作价证明,以及被害人指认被告人的辨认笔录等大量证据。"

众人都专心致志地看着大屏幕,他们关注情节,但也都在等待着一个结果,好比看电视连续剧或者电影总期待看到主人公们的最终结局。

林乔生在这些证据展示完后,他总结道:"这些证据,向法庭展现了张兆龙、黄大虎穷凶极恶,抢劫、杀人的犯罪事实。"

法庭一片沉默，似乎连审判长都深陷在刚才的"情节"中而没能及时回过神来。几秒钟后，审判长才问李必胜："辩护方，是否还有新的证据？"

李必胜鼻孔重重出气，悻悻地回答："没有。"

审判长宣布："现在由公诉方和辩护方做最后的辩论。"

林乔生此刻心中豪情激荡，他快速甩了一下头，意气风发地站起身来，对法庭慷慨陈词："尊敬的审判长，各位审判员、人民陪审员，张兆龙和黄大虎二人在滨海市的时间出现重大矛盾，二人当庭所述谎言连篇，虽然被告人张兆龙、黄大虎二人在公安机关主动坦白了所犯抢劫、杀人的罪行，但被告人今天当庭推翻过去的供述，因此不应认定二被告人抢劫罪有主动坦白情节。"

旁听席上众人开始低声交头接耳，一片嘤嘤嗡嗡。人们认为结局已定，这张兆龙、黄大虎铁定要被重判了！

旁听席上的张厚德一脸不可思议的表情，他瞠目结舌，脸憋得通红，很是愤怒震惊地望着林乔生，同时又很是失望地望着李必胜。他此刻多么希望李必胜能够绝地反击，最好使出什么杀手锏来一着儿制胜！最后他只得在内心急切地求助于他一贯不放在眼里的神灵："菩萨啊，观世音菩萨呀，求求你保佑这可怜的败家子吧，他是独苗啊，我没了他不行啊……"

13

十多天后，身兼第一检察部党支部书记的郑岩找叶文婕谈心谈话。谈了一番支部党建工作后，两人的话题便转到了林乔生和"6·18"案件上来。郑岩问："大林刚成为员额检察官不久，我也忙得很，没时间顾上看他的各种表现，你算是经常近距离接触他，你觉得他这段时间表现怎样？"

叶文婕很是真诚地说："我看大林还是挺不错的，别看他是第一次独自挑大梁，但表现还是挺老练的。当然，他还很年轻，有时候还是经验不足，需要多加磨炼……对了，'6·18'案件的判决结果应该可以出来了，对这个案子，你怎么看？"

郑岩点了点头，说："根据这二人的罪行，肯定不会轻判的，虽然二人耍了点儿小花样，不过，应该不会影响定罪量刑。"

这时电话响了，郑岩一把抓起电话，听了没多久，他便"噌"地站了起来，差点儿把听筒都给摔了。只听得他大喝一声："什么？怎么会这样？！"

电话那边的审判长无奈地说："郑主任，本案被告人的父亲张厚德向法院提供了12名同村村民和7名矿工的书面证言，他们都说在18日凌晨2点到4点之间看见过张兆龙。碍于这些证据，我们只能暂时中止诉讼，建议你们重新补充证据。"

郑岩眉头紧锁，万分不解地说："我们向法庭提供了大量的证据，证明被告人黄大虎、张兆龙案发时就在滨海市区，而且18日凌晨还从事抢劫、杀人活动，这些证据都经过法庭质证，法庭应当根据这些证据来作出判决啊！"

审判长也很是为难，最后说："你们有有罪的证据，被告人家属有不在犯罪现场的证据，况且一旦认定黄大虎、张兆龙抢劫罪名成立，因他们在抢劫过程中把被害人蒋桂枝杀死，这两个人肯定得判重刑，这更得慎重呀！还有，作案的凶器和有关物证不完整。"

郑岩泄气地坐下来，手握着听筒，满脸阴郁，半天说不出一句话来。

审判长在电话里也沉默良久,最后他"喂喂喂"地叫了几次,说:"郑主任,你也要理解,我们必须尊重证据!"

郑岩似乎回过神来了,他手握拳头重重地在桌上捶了一下,像是作了一个很大的决定,他说:"黄大虎、张兆龙的案子存在这么多反证是实际情况,请你把证据转给我,再给我们一些时间,我们再去核实这些证据!"

审判长微微叹了口气,他能理解郑岩听到这事后的那种无奈、气愤、失望、震惊等多种情绪交织的复杂感受,所以他语气缓和地说:"可以给你们时间去核实证据。但我可要提醒你,如果这些证人要是作伪证的话,人家该串的早就串了,很难查清,你可要做好思想准备啊!"

郑岩苦涩地笑了笑,说:"你说得有道理,不过,如果这些证据不经核实,我们就撤回起诉,那跟在战场上一枪未发就缴械投降有什么区别?"

审判长沉思了一会儿,最后觉得自己也不知该说啥好,只得说:"好吧,那你们就继续调查吧。"

郑岩缓缓地放下电话,对叶文婕说:"看来,我们从重从快,还是有点儿操之过急了!"

没过多久,慕容曦抱着厚厚的一沓材料走进郑岩办公室。她把资料放在桌上,很是气愤地说:"主任,这些就是被告人家属的19份证据。"

郑岩接过来翻了翻,然后将这些证据材料重重地摔在桌子上,他头靠在椅背上,不停捏着鼻梁骨。

慕容曦更是气愤了:"怎么会这样呢?主任,这简直是太气人啦!"

郑岩睁开眼睛,重新拿起桌上的那些材料翻阅着,边翻边说:"看来,我们得亲自去一趟张庄村。"

郑岩思索了一会儿说:"那就大林和文婕一起吧,你们俩去过那个地方,相对熟悉一些!"

说着他拿起桌上那些资料对叶文婕和刚从外面进来的林乔生说:"这些证人的资料你们先仔细看一下,做好前期工作。这些证人长期生活在一个村子里,很有可能亲套亲、亲连亲,他们之间具有深厚的感情,而且在偏僻的农村,很难说具备什么法律素质。他们为了使自己的乡亲免受牢狱之苦,宁肯置法律于不顾。况且被告人张兆龙的父亲张厚德在当地很有势力,在他的串联下如果这些人达成攻守同盟,我们怎么才能查清事实的真相?你们要有思想准备。"

叶文婕和林乔生都不住地点头。

郑岩最后叮嘱说:"我和慕容留在家里继续调查,看从被害人那儿能不能再找到新的有利证据,另一方面,把物证、示证工作做扎实!"

14

等待法庭宣判的这些天,张厚德一刻都没闲着。庭审结束后的当天,他就立即放下手头的生意,跑回了张庄村,对着关系较为亲近的本家大打亲情牌。他让张兆森带了一些烟和酒,挨家挨户去送和做思想工作,然后又把他们用车子接到张庄村外的莉香酒店。

饭桌上,张厚德高高举杯,诚恳地对大家说:"你们大伙也知道,平时我太忙了,都没空儿跟大家聚一聚。今天请大家过来一起吃个饭小聚一下,我也没什么别的意思,就是咱们家兆龙的事情,开庭的情况大家可能也都听说了,咱是冤枉的,现在兆龙一天不出来,我就放心不下。你们也知道,我这几年开了这个小煤矿,得罪了不少人,我担心的就是怕有人会抓住不放。你们都是村里有头面的老少爷们儿,看着兆龙从小长大的,不能眼睁睁地看着兆龙让人给害了啊!"

大家你看看我,我看看你,不知该说啥好。最后还是年纪最长、跟张厚德做邻居的张广发站了起来,他诚恳地说:"张爷,有啥事情你尽管说,都是一个村子住的,低头不见抬头见,孩子的事情也是我们的事!"

张厚德赶忙过来搀扶着张广发的胳膊,扶着他坐下,很是客气热络。

张吉云也在场,作为从小跟张兆龙一起长大的发小儿,又是张兆龙邻居,他感觉自己不表个态有点儿说不过去,再说张厚德和张兆森也数次用眼神示意他带头。张吉云端起酒杯站起来笑道:"既然张爷都说到这份儿上了,我们就把兆龙当自己的亲人。咱们村大部分都是一个张姓,我们族里更应该讲团结,有了事情大家都扛着,不能让外姓人看我们的笑话!"

在场的人都点头表示赞同张吉云说的话。

张厚德很满意地点着头,赞许地望着张吉云和张广发,他举起酒杯面对着大家,显得很是诚恳地说:"是的,有句古话说得好,一笔难写出两个张字,为了兆龙的事情,大家都费心了。等兆龙回来,我带他给大家磕头啊!"

众人纷纷碰杯。

张厚德看了看人群,对一旁的张兆磊低声问道:"杨大牛怎么没来?"

真相 | 五庭审风云

张兆磊附在他耳边说:"他说他店里有……有点儿事情,我说你好汉不吃眼……眼前亏,他不听,我再……再去叫他。"

张厚德白了张兆磊一眼,说:"你去弄两条好烟,晚上我亲自去!"

这日晚上,张厚德带着张兆森、张兆磊出现在杨大牛的商店外。忙着整理上货的杨大牛见张厚德过来了,不敢怠慢,赶忙堆满笑脸迎了过去。

平素走路鼻孔朝天的张厚德把两条烟放在柜台上,热情地拍了拍杨大牛的肩膀,说:"给你带了两条好烟,这个烟可贵嘞,有钱都买不到的……你尝一下。"

杨大牛很不习惯张厚德的热情,他马上推辞道:"谢谢张爷,张爷您太客气了!"

张厚德满脸是笑,热情洋溢地说:"大牛啊,为了兆龙的事情,你可是帮了大忙了,我得谢谢你!今天老叔过来,还是你兆龙兄弟的事,我觉得这个事情还没有完,还需要你到时候来作证,证明你那天看到兆龙他们在你的商店。"

杨大牛微微皱了一下眉,看了看站在张厚德身后如同两座铁塔一般的张兆森和张兆磊,他发现如果他还想继续靠着这个小商店在张庄村养家糊口的话,除了任由张厚德摆布外别无他法。他只得装作热情地说:"放心吧张爷,我会的!"

在郑岩作出调查决定的当天下午,林乔生和叶文婕简单准备了一下行李就驱车赶往了康宏镇。他们径直来到镇上的里同派出所,所长魏庆贺也是滨海市人,对他们很是热情。

林乔生开门见山地说:"魏所长,我们这次来主要是为了张庄村张兆龙、黄大虎抢劫、杀人案取证的事,还希望你协助我们完成任务呀。"

魏庆贺伸出双手握了握林乔生的手,满脸都是热情洋溢的笑容,这让林乔生和叶文婕对他颇有好感。魏庆贺说:"放心吧,我一定会配合你们的工作!"

魏庆贺把他们带到了镇上一间卫生条件还算过得去的招待所,林乔生和叶文婕办理了入住。刚放下行李不久,林乔生便把材料拿出来研究上了,边看边喃喃道:"该从哪儿下手呢?"

正在他皱着眉头苦思冥想之际,门铃响了。他跑去开门,见到叶文婕一手抱着两盒泡面,另一手拎着个简陋的热水壶站在门口,她说:"还不饿吗?咱们先赶紧吃点儿垫垫肚子吧!"

林乔生抖抖手里的材料说:"要不你先吃吧,我再看看!"

叶文婕看着眉头深锁的林乔生,问:"怎么,还没头绪吗?"

林乔生把她让进屋子里,说:"被告人张兆龙没有作案时间的证言可以分为两类,12名村民在棋牌室看见张兆龙,7名工人下晚班的时候看见张兆龙和张兆磊在值班室喝酒,和杨大牛、张兆磊所说,时间和地点都对得上,毫无破绽,看来是事先早就串通好了的!"

叶文婕边泡方便面,边说:"那只能明天当面看看这些证人怎么说了,先别想了,赶紧吃吧,明天还有一场硬仗要打呢!"

15

正准备上床休息的张厚德突然接到张兆磊的电话:"叔,我刚听手下的兄弟们说……说检察院的人明天一大早就来咱……咱村里调查取证，今晚他们就……就住在镇上……镇上招待所！"

张厚德一骨碌从床上爬起来，手机好比烫手山芋，差点儿被他摔地上。他赶忙穿衣、穿鞋，然后急急忙忙出门。他边走边打电话给张兆森："赶紧给我带几个人出来，有急事！"

张兆森带着几个高大魁梧的汉子在村里一棵大树下等张厚德。张厚德一到便急急拉着张兆森朝张广发家去，边走边说："兆森，我还是不放心，赶紧召集大家到广发家开个会！"

张兆森便示意那几个汉子分头去找人。到张广发家不久，张庄村各家各户的代表人物都聚齐了，张兆森在张厚德的示意下，给每个来的人都送上500元红包。

张厚德满怀歉意地说："这么晚打扰大家，确实抱歉。但是事关重大，拜托各位父老乡亲，明儿检察院的人来，他们问什么，你们就照实回答，好不好？"

本来大家对这么晚还召集开会心里挺有怨言的，但有这500块钱红包后，众人心里的怨气也就消解殆尽了，一个个心照不宣，纷纷点头称是，说："张爷您就放一万个心吧。"

次日早上九点半，林乔生和叶文婕便在魏庆贺和一个叫李新雷的警察小伙带领下，风尘仆仆地驱车来到张庄村。当车停在村里集会的那棵大树下时，林乔生望着那一堆叽叽喳喳的村民们，不由得皱起了眉头。

叶文婕低声说："看来是有人通风报信了，他们已经知道我们要来，都准备好了。"

林乔生微微叹了口气，低声说："我们的工作还是不严密啊！等一会儿问话时，你仔细观察，见机行事。"

下车后,魏庆贺拉着张厚德向林乔生介绍道:"林检察官,这就是张兆龙的父亲张厚德,后面这些就是为张兆龙作证的村民和工人。"

说着他又指着林乔生和叶文婕对大家介绍:"乡亲们,这是滨海市来的林检察官和叶检察官,来调查张兆龙的案子的,希望大家配合啊!"

村民们没一个回应的,都沉默地望着林乔生和叶文婕,眼神里带着敌意,空气中似乎弥漫着一股硝烟的味道。

林乔生静静地看着这一切。说实话,他看到这一幕也是心里发怵的,他心想要是郑岩在就好了。不过,他又给自己打气,这是自己第一次挑大梁,要想不被人看低,就得把这些办案必经的过程都办好,不能怵,丑媳妇见公婆,总有这么一遭的!

这么想着,林乔生就舒了口气,镇定下来,他走到大家跟前说:"各位乡亲,我是滨海市检察院第一检察部的检察官林乔生,大家不要紧张,我这次来主要是了解一下情况,既然大家都来了,那我们就开始吧。"

安排好这一切,魏庆贺对林乔生说:"我所里还有事,让新雷留在这儿帮你们叫人!"

林乔生赶忙跟他握手,目送他离开,随后跟叶文婕一道走进了村委会会议室。

第一个进来的是张吉云,看上去很精神的一个小伙子。他搓着手嘿嘿笑了两声,在对面椅子上坐下。

林乔生和叶文婕朝他微微点头,就开始了询问。

张吉云说:"17日那天晚上,我在棋牌室里打麻将,看见过张兆龙和黄大虎。"

林乔生面无表情地望着张吉云,问:"你看见张兆龙、黄大虎的时间是几点几分?"

张吉云做出一副沉思状,然后说:"大概是夜里三点半,哥几个都说困了,不玩儿了,要回家睡觉。"

林乔生身子前倾,好奇而又试探地说:"怎么这么晚还在打麻将,你们是不是在赌博?"

张吉云这会儿眼睛都不敢与林乔生对视,只得看右上方,显得慌乱无措,他说:"没……没有,我们打一两块的,就是玩玩儿!"

又问了几个问题,虽然张吉云显得有些心虚,但总体而言还是能自圆其说的。

随后又叫来一些村民和工人,大家的说辞都差不多。林乔生和叶文婕听后面面相觑。沉默了一会儿,林乔生对门外的李新雷说暂停询问。

叶文婕走到门口,发现有不少群众围着在窃窃私语,还看到张兆磊拿了几包烟正在挨个发给那些男人。

张兆磊这时也看到了一身笔挺制服的叶文婕,他高兴地打招呼:"啊,美……美女啊!"

叶文婕惊诧莫名,杏眼圆睁,问:"你怎么在这儿?!"

张兆磊嘿嘿傻笑了几下,说:"我们张爷家的事,我能不……不管吗?"

叶文婕更惊讶了,问:"这么说,你一直就在这儿守着的吗?"

张兆磊递一支烟给旁边的男子,对叶文婕呵呵笑着说:"来了一……一会儿了!"

叶文婕刚想说点儿什么时,突然一个女人尖利的嗓音飘了过来,跟着就是一个年纪约三十出头的女人跑了过来。她蓬乱的头发扎着两根辫子,上身穿白底蓝花上衣,下穿一条松垮脏污的黑色裤子,拖着一双褐色透明凉鞋。她挤开人群,举着双手对叶文婕大嚷道:"我要作证!"

张兆磊这时迅速从口袋内摸出一张纸来,过来拉那女人,急得更加结巴了:"翠花,有……有你的名……名字,你等……啊等会儿!"

可是那女人并不理会张兆磊,使劲儿挣脱他,高高举起一个拳头大喊:"打倒张兆磊!"

众人都笑得东倒西歪起来。叶文婕既诧异,也感到有些好笑,便对那女人说:"你进来吧!"

那张翠花流着口水,龇牙咧嘴,时不时扭动着身体和脑袋,她东张西望了一会儿,然后问:"在哪儿领钱?"

李新雷感到莫名其妙,问:"领什么钱?你叫什么名字?"

张翠花在屋子里四处乱转,手在身上到处抓,甚至还伸进裤子后面去挠了挠屁股,再又掏出手来抠鼻孔,只听她说:"我是张翠花,棉花的花,棉花你知道不?"

说着就朝李新雷凑过去,一脸的鼻涕口水,可把李新雷给吓着了。

林乔生和叶文婕都皱着眉头观察着张翠花的一举一动。林乔生说:"张翠花同志,请坐!"

张翠花见有人喊她,赶紧朝林乔生走去,在他跟前站定,"啪"地行了个不正规的礼,大声说道:"知道了,长官!"

林乔生和叶文婕惊得目瞪口呆,林乔生定了定神,问:"张翠花,你最后看见张兆龙是什么时候?"

张翠花用袖子揩了揩脸上的鼻涕口水,眼睛直直地看着林乔生,有些得意地笑着说:"我就知道你会这么问,那天我见到张兆龙了!"

林乔生狐疑地问:"为什么你会记得这么清楚呢?"

张翠花满是污垢的手挠着头,把本来就乱的头发更是挠成了鸡窝,她笑着说:"人家给我交代了好多遍呢,就让我这样说。"

林乔生很认真地问:"具体是哪一天呢?"

张翠花扭着身子,好像身上很多虱子似的,说:"不知道……就是你们问的那一天。"

叶文婕跟林乔生对视一眼,问张翠花:"谁交代的你,给你多少钱?"

张翠花这时突然把头扭了过来,她目露凶光,好像要吃了叶文婕,恶狠狠地道:"你这个狐狸精,就是你把我家老公拐跑了!"

说着她就朝叶文婕扑过来,李新雷见状马上上前把张翠花一把抓住,喝道:"张翠花,你想干什么?"

张翠花使劲儿挣脱李新雷,大哭着道:"你们都跑吧!我也不想活了!"

林乔生叹了口气,好言相劝道:"好了,张翠花,你可以出去了。"

张翠花却突然收住了哭声,转而笑嘻嘻地问:"钱呢?不是说做证人都给钱的吗?"

见林乔生他们都没反应,张翠花伸手朝桌子上猛地一拍,嚷道:"我就知道你们都是骗子,说话不算数儿,好,我找我老公去!"

张翠花气呼呼地出去,将门摔得山响。

李新雷气呼呼地道:"真是胡闹,他们居然让这样一个人作证,这些人啊!"

正当林乔生和叶文婕想说点儿什么时，门被推开了，张厚德闯了进来。他满脸是笑，热情洋溢地说："你们工作也太认真了啊！看看都几点了，还不去吃饭？"

林乔生看了看手机上的时间，已经12点过了。

张厚德热络地说："我已经在街上安排好了，家常便饭，你们大老远的来，我也得尽点儿地主之谊不是？"

李新雷冷冷地道："不用了，我们派出所有安排。"

张厚德张口结舌地望着李新雷，但随后他又打哈哈说："那好，那好，说好了，下一顿我请！"

回到里同派出所，家常饭菜已摆好，魏庆贺问："怎么样，还顺利吧？"

林乔生苦笑了一下，说："还行，不过都是千篇一律，好像早就背好的台词。"

魏庆贺也笑笑，说："其实，我也料到这种情况，那个张厚德在我们这里也算一霸，仗着自己有几个钱，根本不把当地政府放在眼里。我和他交过几次手，他表面看着和善，背后心狠手辣！"

16

第二天一大早，林乔生和叶文婕又来到张庄村。

这回第一个进来的是张广发。他进来的时候满脸通红，醉眼迷离，还喷着酒气，打着饱嗝儿，路都走不稳。他坐在那儿怎么也坐不直，东倒西歪的。他指着林乔生和叶文婕的鼻子说："我……我只想问你们一下，你们为什么要对张兆龙逼供，屈打成招！"

林乔生皱起眉头，问道："你怎么这样说呢？是不是喝多了！"

张广发打了一个嗝儿，不住抚着胸口说："你别以为我们乡下人好欺负……你们犯人都抓住了，还赖人家张兆龙！"

林乔生让李新雷把张广发带出去，说："他可能喝高了，让他休息一会儿。"

张广发临走还回头义愤填膺地来一句："我们就是要打……打抱不平！"

接着又问了几个村民和矿上的工人，几个村民都说张兆龙是被屈打成招的，工人都说下班后见到张兆龙跟人在值班室喝酒。

林乔生眉头皱得越来越厉害了，他深感这是一团乱七八糟无从理清的毛线团，还越理越乱。在李新雷又要叫人进来时，林乔生叫停了。

他和叶文婕走出会议室的大门，来到大树下，众人都齐聚在那儿聊天嗑瓜子喝茶呢。林乔生站在众人跟前的空地上，大声说："乡亲们，张兆龙、黄大虎二人在滨海市犯下了抢劫、杀人案，情节极其严重。老百姓有句俗话，真的假不了，假的真不了。我们这次来，主要是要调取大家的证词，希望大家能如实提供。我还想告诉大家，根据法律规定，任何了解案件真实情况的单位或个人都有如实作证的义务，故意隐瞒真相作伪证的，是要依法追究法律责任的！"

正跟人打牌的张吉云这时丢下手里的牌，"噌"地站了起来，嗓门高高地道："办案也不能屈打成招。你们应该给兆龙他们一个说法，人家真正的凶手都承认了，还抓住兆龙不放！"

矿工贺大华站起来说："对，现在讲究的是公平、公正，你们不能因为我们不是你们滨海市的，就栽赃陷害，包庇你们当地坏人！"

听到这儿，村民们起哄起来。

张厚德忽然不知从哪儿钻了出来，他走到林乔生身边，大声嚷道："静一静，静一静！"

众人便都住了嘴。

张厚德很严肃地对林乔生说："林检察官，你这说的是哪里话，我们乡里乡亲这么多年，靠的就是大家实在，从来不会藏着掖着，更不会作伪证，大家说是不是？"

有那么几个村民稀稀拉拉地附和说："是。"

叶文婕上前几步，对大家说："请大家不要误会，我们只是提醒大家要知法、守法，认识到作伪证的后果！"

林乔生微微笑了一下，对大家说："这几天打扰大家了，我们还有事，就先走了。"

张厚德连忙拦住林乔生的去路，热情地说："林检察官，你们对这儿不熟，我让人带你们出村。"

林乔生连忙摆手道："不用了，张总，你们也忙，我们怎么好总是麻烦你呢，我们自己出去就行了！"

张厚德满脸是笑，忙说："不麻烦，不麻烦，这是小事！"说着他便朝一旁的张兆森使眼色："兆森，还不赶紧过来给检察官带路。"

张兆森躬身上前，殷勤地应了一声："好嘞！"然后就问林乔生："林检察官，您这是要去哪儿，我带路！"

林乔生和张兆森在前面寒暄着什么，身后的张厚德像是突然想起了什么，他低声而又严厉地对走在身旁的张兆磊吩咐道："快，快，赶紧抄近路，去杨大牛家把监控拆了！"

张兆磊领命，迅速跑远了。

林乔生跟叶文婕、李新雷、张兆森一行四人沿着蜿蜒曲折的小村道往村外走着，这是要去村口的杨大牛家商店。林乔生边走边看录像机，发现录像机没电了，便转头对叶文婕说："录像机快没电了，备用电池给我一下。"

叶文婕便停下来，在装了材料的鼓鼓囊囊的包里掏了一阵，终于在包底掏出一块电池递给林乔生。林乔生换上电池后，对着四周的景色试着录了一段，突然他发现镜头里有个人飞快地跑着，他放大一看，原来是张兆磊，只见他在另一条村路上飞奔，而他要去的方向正是村口。

林乔生便不动声色地指着刚录的这一段给叶文婕看，两人看完又悄悄交换了一下眼色，然后加快脚步朝村口而去。

一向擅长长跑的张兆磊先于林乔生他们五分钟到达杨大牛家商店。他不管三七二十一，便搬了一个梯子爬到商店屋角去拆摄像头，也不管杨大牛追着他连声惊问"干啥呢"。

张兆磊刚拆了摄像头，远远看到林乔生几人走过来，便拔腿就跑。杨大牛虽然生气，但也没办法，只得进屋继续整理货架。

林乔生气喘吁吁地跑到杨大牛家商店门口，梯子还在那儿呢，他爬上去看了看摄像头位置的痕迹，伸手摸了摸那地方的灰尘，便从梯子上下来，走进商店。

李新雷已装好录像机，叶文婕把随身携带的微型录音机打开，放在小包内，然后打开便携式笔记本电脑准备记录。

林乔生问正在整理货架的杨大牛："知道我们为什么来找你吗？"

杨大牛瞥了一眼站在两人身后的张兆森，眼神闪烁地说：

真相

"知道,是作证的事情,该说的我都说了,现在没什么可说的了。你们要是没别的事就赶紧走吧,我还要做生意呢!"

林乔生看了一眼杨大牛,又回头望了一眼张兆森,耸了耸眉毛,叶文婕无奈地望着他,然后默默地合上了笔记本电脑。

在林乔生和叶文婕赶往杨大牛家商店的同时,村民们也散了,毕竟他们昨天和今天都是为着作证而聚在一起,平时大家伙都忙活自家的田间地头或者锅碗瓢盆。

但也有那么几个人没离去,他们像是心有灵犀一般,选择留下来,聚在大树底下继续嗑瓜子聊天。

张广发左右看了看,见没有别的人,更没有张厚德的眼线,又看了看众人的脸色,他揣度着低声说:"今天检察院的同志说,我们这是作伪证,是犯法的,弄不好要坐牢,我这心里没底啊!"

见到有人和自己有同样的担心,矿工贺大华似乎放心了,他也低声担忧地说:"哎呀,老张,我也跟你一样的想法啊……你说咋整?我也正琢磨这个事呢。"

其余几个人纷纷点头,大家都丢下瓜子,一心聊天。矿工汪国瑞说:"要不……我们去跟那两个检察官把实话说了吧?我可不想去坐牢!"

沈荷花也说:"我看我们还是说实话,这要是坐牢,咱们可不值当为他家卖命!"

这时张吉云却不知从哪儿突然冒了出来,他像是偷听到了众人的对话一般,跑过来像是提醒又像是警告地说:"你们都收了钱了,可要想好了,要是反悔的话,张爷肯定饶不了你们!"

他的出现把大家吓了一跳,大家立刻噤若寒蝉,你看看我,我看看你，都不知该说啥了。

林乔生和叶文婕回到招待所，两人在林乔生的房间里边回放录像边讨论着今天的取证。

看了一阵，一贯沉稳的叶文婕都不断摇着头说："真是头大啊，这19个人，证词好像事先沟通过一样，说得滴水不漏！你说这帮人也真够可以的，竟然还找来一个疯疯癫癫的女人添乱。"

林乔生这会儿可没觉得头大，他笑着说："文婕姐，我觉得这个疯女人可不是添乱，她疯，但我感觉她不傻。相反，她的出现给我们提供了一条很重要的线索，也就是说这些证人并非是发自内心地作证，极有可能是被利诱和威逼的！"

叶文婕缓缓点头。

林乔生说着便将录像后退到询问张吉云的时候，他指着屏幕说："文婕姐，你仔细看，这张吉云的手在不停地敲打着大腿，这说明他当时很紧张，你再看他的眼睛，人在说谎时，眼睛会不由自主地往右上方看，除非受过严格训练，否则很难控制。"

叶文婕叹口气，道："这我都知道……你说接下来咱们要怎么办呢，我心里都没底了。"

林乔生说："今天这19个人可能在张厚德的监控下，不敢说实话……这样吧，明天我们一个一个去击破！"

林乔生和叶文婕在招待所讨论取证事宜的同时，张厚德也召集几个心腹开小会。他不无担忧地问大家："今天情况怎么样？"

张兆森上前一步，恭敬地拿起桌上的烟，递上并给张厚德点着，有些得意地说："叔，今天这两个人在杨大牛家，什么也没问出来，灰溜溜地走了……还是叔高明，把这两个检察官耍得团团转！"

张兆磊在一旁笑着说："那……那是，咱叔是……老麻雀……了！"

张厚德回头狠狠瞪了张兆磊一眼，呵斥道："不会说话就别说！"说着，他又望了一眼这几个心腹，叮嘱并警告说："不要太小看他们，林乔生年纪轻轻就做到检察官，说明还是有一定能力的。兆森，你盯好这两个人，中间不要出岔子。吉云，其他证人那边都没说错话吧！"

张兆森点点头，退后站在一旁。张吉云弓着身子，上前一步，点头哈腰，说："说倒是没说错，就是张广发这老家伙，有点儿动摇，对其他人说了一些不利于我们的话！"

张厚德把茶杯重重地蹾在桌上，恶狠狠地说："兆磊，晚上去给他长点儿记性，杀鸡儆猴……你再给其他人说一下，让他们说话小心一点！"

17

第三天早上，林乔生和叶文婕在李新雷的带领下，来到了张广发家门口。李新雷敲着门，敲了好一阵，才听到院子里传来张广发颤抖的说话声："谁啊……别敲了……来了！"

张广发非常谨慎地拉开一条门缝儿，探头朝外面看了看。他这一看不要紧，倒把林乔生他们几个吓得不轻，因为他一脸鼻青脸肿。林乔生正想开口问他这是怎么弄的，可张广发不容他开口便迅速将门关上了，在门里头低声而急促地说："求求你们赶紧走吧,别再待在这儿了!"

林乔生和叶文婕面面相觑,满脸狐疑。几个人离开张广发家,叶文婕边走边皱着眉说:"昨天见他还好好的,怎么过了一夜就变成这样了?老张这是被谁打的,下手可真狠!"

林乔生叹气说:"文婕姐,我有种不好的预感,恐怕我们今天取证不会太顺利。"

林乔生几个朝贺大华家去,那贺大华家的门原本是开着的,远远看见他们几个过来,门却迅速关上了,李新雷敲了半天都不见他家有动静。

几个人又赶往村民沈荷花家去。那沈荷花原本正站在禾场上跟邻居聊天呢,隔着池塘见到林乔生几个人,转身便跑进了屋子,把大门一关了事。林乔生做了半天思想工作,也没能让她开门。

三个人叹气又摇头,只得转换目标。他们又往张吉云家而去。看见他家门开着,便走进院里,正好看见张吉云在扫地。

林乔生特别热情地说:"吉云同志你好,有些情况,我想向你仔细地了解一下,希望你能配合!"

张吉云可不领情,他拿着扫把,不住地在三人跟前扫着,逼迫得三人连连后退。他边扫还边极不耐烦地催促道:"赶紧走,赶紧走,赶紧走……"

李新雷一把抓住张吉云手中的扫把,瞪大眼睛怒视着他:"你……"

可是张吉云也身形高大,不是吃素的,他一把夺过扫把,把林乔生几个人赶到了门外,"嘭"的一声把大门关上了,还丢下一句:"狗皮膏药!"

叶文婕听了,哭笑不得,对林乔生和李新雷说:"我看我们不是狗皮膏药，是糨糊！"

林乔生边叹气边笑说："那不都一样，都是粘东西的！"

叶文婕嗔道："我说你还有心情笑，现在怎么办，所有人都躲着不见我们！"

林乔生看了看远处的太阳，说："走，再去剩下的几家看看再说吧！"

说着他们又走访了几家，可每一家都是大门紧闭，无人应声，就好像这是个无人居住的"鬼村"一般。

在林乔生他们四处走访时，张厚德悠闲地躺在沙发上喝茶，他问站在一旁的张兆森："那两个人今天都在干什么？"

张兆森脸上露出一丝奸笑，说："叔，今天那个小警察带着他们到每一家门口溜了一圈儿。"

张厚德喝了一口茶，又叹了口气："看来他们两个还没放弃……兆磊，你带几个人，把他们的车给砸了，给他们个警告，如果他们还不识相，就别怪我不客气了！"

张兆磊连连点头，说："好……好的。"

这天清晨，一贯有早起跑步习惯的林乔生在招待所门外的马路上跑着步。突然，他远远地看到几个人拿铁锤的拿铁锤，搬石头的搬石头，目标都是他和叶文婕开来的警车。他跑过去大喝一声："你们想干什么？！给我住手！"

那几个人回头一看，便撒手扔了工具，赶紧逃跑，其中一个人还边跑边向林乔生比了个中指。

林乔生脚底生风，紧追上去，无奈那几人跳上了一辆破吉普车，扬长而去，只剩一堆扬尘漫天飞舞。

回到招待所，林乔生拿出那些录像资料来回放着。就在他头昏脑涨想关机时，突然看到屏幕上出现这样一幕，杨大牛家商店拐角处有个人影儿手里提着一个东西跑过！他不记得这是什么时候录的，又是谁录的，想了想，可能是给录像机安装电池后试拍时无意中拍到的。他赶紧按倒退暂停，用电脑截屏放大，仔细辨认，发现那个模糊的人影儿像是张兆磊提着摄像头。

林乔生眼睛一亮，笑了起来，低声自言自语道："踏破铁鞋无觅处，终于让我发现破绽了！"

他赶紧叫来叶文婕，让她看了这段。看完后，叶文婕也很兴奋。林乔生又把车险些被砸的事告诉叶文婕，叶文婕感到惊讶的同时，也表示担忧，但她又说："如果就这么放弃，我们会很不甘心的！"

林乔生在屋子里踱来踱去，在想着办法。他走到窗边看着外面的山峦和晨间的太阳，忽然看到楼下拐角隐秘处有辆车，那车的外貌和车牌号似乎在哪儿见过。他叫来叶文婕一起看。

两个人回忆了一阵，叶文婕突然笑了，说："这不是张厚德矿上的车吗？你记不记得我们在他矿上调查时，一进大门就看到有辆车，我当时瞄了一下车牌尾号，我看这辆车就是他矿上那辆车！"

林乔生一掌拍在窗台上，狠狠地低声道："居然一直盯着我们！"

他沉默了一会儿，突然回头对叶文婕说："我有个想法，要不咱们试试来个将计就计！"

两人商议一通后，便拖着行李到招待所前台办理了退房。

他们拖着行李驱车离开招待所的一幕，被奉命悄悄蹲守在此的张兆森看见了，然后便赶紧打电话给张厚德报告。已经几天没怎么合眼的张厚德在沙发上翻了个身，闭上眼睛继续小憩，嘴里囫囵地说："他妈的，爷终于可以安心睡个觉了！"

18

汽车行驶在蜿蜒的山路上，路两旁山花烂漫，满眼的绿色、红色让人精神为之一振。

叶文婕打趣说："咱们这出戏唱的，感觉有损我们滨海市检察院的形象啊！"

林乔生两手紧紧把着方向盘，也笑了："这张厚德一直派人监视我们，不这样，怎么摆脱他们？现在，咱们给他来个回马枪！"

说着林乔生就在前方空地上急打方向盘掉头。

叶文婕赶忙抓住头顶扶手，惊讶地问："咱们刚出来就又返回去？"

林乔生笑笑，说："这叫出其不意！文婕姐，您先给魏所长打个电话。"

很快地，魏庆贺带着林乔生、叶文婕再次来到杨大牛家商店。

看到林乔生一行人，杨大牛惊得下巴都快掉了，他满脸恐慌又十分不悦地说："你们怎么又来了？我该说的都已经说了！"

叶文婕在商店外小桌子旁坐了下来，笑道："怎么，大牛，不欢迎我们啊？是不是心里有鬼啊！"

杨大牛满脸无奈地说："我求求你们了，不要再来找我了，我这儿现在麻烦已经够多的了！"

林乔生也坐了下来，仔细盯着商店屋檐下方，说："大牛啊，我看你里这安装过摄像头，应该前天刚被张兆磊拆掉吧！存储录像的硬盘现在在哪儿呢？"

　　杨大牛一听，神色更是慌张，他手足无措，抓耳挠腮，说："硬盘，硬盘坏了。"

　　魏庆贺说："坏了？！没事，我们新雷懂修理，你拿来，我让新雷给修一下！"

　　杨大牛急忙道："我已经扔了！"

　　林乔生鼻孔重重地出了一口气，非常严肃地说："杨大牛，真扔了？对于这个案件来说，录像是重要的物证，把物证给扔了，你知道该承担怎么样的责任吗？"

　　魏庆贺也很严肃地说："杨大牛，林检察官说得对。有些事情是不能开玩笑的。你要知道邪不压正！检察机关已经掌握了张兆龙和黄大虎一定的犯罪事实，希望你能配合他们的工作，说出事情的真相。"

　　叶文婕正色补充道："根据法律规定，作伪证要处三年以下有期徒刑，你要是再这种态度，阻碍我们破案，就属于情节严重，要处七年以下有期徒刑，为了你的家人，你也要好好考虑一下！"

　　杨大牛神色一瞬间变得忧伤起来，说："您说得正是呢，就是为了我的家人，我才不敢说实话啊！"

　　魏庆贺站起来，两手叉着腰，像座铁塔似的，他走到杨大牛身旁，拍拍杨大牛的肩膀，眼神里满是鼓励，说："大牛啊，我知道你是个老实人，向来为人正直。你放心，有我在这儿，有林检察官他们在，还有政府给你撑腰，只要你说了实话，我们肯定会把坏人绳之以法！"

真相

杨大牛沉默了，蹲在一旁，随后又挠着头说："怕就怕到时候人家花几个钱，把人放回来了，回头再报复我们……你想想，都一个村里住着，张姓这一族又是大户，我们外姓人不都得看人家的脸色吗？"

林乔生掏出手机，走到杨大牛跟前，也蹲了下来，把张兆龙承认杀人的视频播放给杨大牛看，说："你可要知道这是命案，所有涉案人员都要承担法律后果的，你可不要抱侥幸心理，助人为恶！"

杨大牛看完视频，抱着头在那儿沉默半天，突然他起身进了商店，走到货柜下，拿出硬盘，交给林乔生，说："视频都在这里面呢。那天，张厚德突然来找我，让我作证说6月18日凌晨3点见过张兆龙，我一开始没答应，他们把我打了一顿。后来，我就主动去张厚德家写了证明。我记得当时，还有一个姓李的律师在场。"

林乔生闻言一愣，问道："就一个姓李的律师在场？"

杨大牛说："对。就一个律师在场。按照那个律师说的，我写的。检察官同志，您得理解我，我是不怕张厚德，但是我的家人都在这儿，我没有办法！"

林乔生若有所思地点点头。

魏庆贺和叶文婕在一旁捣腾着将硬盘连接上监视器。

林乔生继续问杨大牛："那你见过张兆龙和黄大虎没？"

杨大牛说："见过，我确实在店里看见过黄大虎和张兆龙，不过，时间不是在凌晨3点多，而是在早上6点左右，那时我刚起床不久。"

杨大牛话音刚落，叶文婕兴奋地说："查到了！"

林乔生闻言，赶紧围到监视器前面，屏幕上显示着彩色画面，张兆龙和黄大虎6点06分来到杨大牛家商店，坐在商店外小桌旁泡方便面吃，6点24分提着一袋东西离开商店。

杨大牛指着画面上正在吃方便面的张兆龙和黄大虎说："张兆龙穿的那件衣服上有血，上面的血都凝固了，但稍微看仔细一点儿，还是能看得出来。我趁他们吃东西的时候偷拍了几张照片，你们看看有用不？"

林乔生接过开始浏览，是张兆龙、黄大虎两个人狼吞虎咽的照片。

林乔生接过杨大牛手机看了看那几张照片，脸上都是喜悦的神色，说："谢谢大牛，这个证据先固定下来，回头让技术部门鉴定一下。另外，你要对你说的话负责啊！"

杨大牛已经不像起初那样犹豫和胆小了，他果断地说："那是，我知道，作伪证也犯法，我说的是实情！"

林乔生又笑着鼓励地望着他，问："到时候你可以重新出庭作证吗？"

杨大牛沉默了一下，然后抬头无比坚定地说："可以，随叫随到！"

叶文婕用带来的设备把录像资料拷贝完成后，又小心翼翼地把监视器硬盘从监视器里取出，封袋装好。

几个人满脸笑容地走出杨大牛的商店，林乔生仰天长舒一口气，说："哎，总算是打开一个口子了！走，我们去老张家！"

三人来到张广发家门口，叶文婕正准备抬手敲门，门却突然开了。叶文婕被迎面泼了一盆水，她惊得嘴巴都张大了。随后门里就跑出来一个女人，那女人正是张翠花。

张翠花把那塑料脸盆狠狠一扔，嘴里嚷着："打死你们这些坏蛋，打死你们这些坏蛋！"

她出来定睛一看，发现被自己泼水的是叶文婕，便赶紧进门抄起门后的棍子，立马朝叶文婕头打去，嘴里还骂骂咧咧道："打死你这个狐狸精！我要报仇雪恨！"

魏庆贺和林乔生赶忙上前伸手抓住棍子，这时张广发听到动静，从屋里走了出来，他也忙上前来拉张翠花，又对林乔生他们说："对不起，都怪我女儿有精神病，不懂事！你们大人不记小人过！"

叶文婕掏出纸巾揩着头发和衣服上的水，安慰张广发说："没事的，大叔，我知道她不是故意的……原来你们两个是父女？"

张广发进屋拿了一条破旧的毛巾出来，递给叶文婕，说："姑娘，实在对不起，赶紧进屋擦擦。"

几人走入屋内，看见散落一地的坏家具，还有修理工具。

魏庆贺便问："老张，这是怎么回事？"他边说边弯腰拿起锤子。

这时张翠花一屁股坐在地上，双手拿起地上的凳子腿对着几人大叫："不要打我爹，不要打我爹，张兆龙不是杀人凶手，6月18日3点，他和我爹在打麻将。"

老张赶忙蹲下从后面抱住张翠花，把她搂在怀里，抚摸着她的头，像安抚一个小婴儿似的，充满怜爱地说："花儿，花儿，乖，乖，没事了，没事了！"

林乔生皱着眉头打量着这一切，问："张叔，您这伤，还有家里这个样子，是不是张厚德弄的？……都到这时候了，你还要包庇他们吗？"

张广发唉声叹气道："哎，一言难尽啊！"

真相

说着他拉着林乔生他们几个就在门槛上坐下来,说起了前不久发生的事。他清楚地记得,那天他正准备闩门睡觉,平时懒得理人的张厚德却带着张兆森几个人风风火火地跑了进来。

张厚德一进来就十分热络地抓住他的两只胳膊,热情但急切地说:"叔,今天过来有点儿事求您啊!"

张广发觉得很纳闷,心想,这张厚德一贯趾高气扬,鼻孔朝天,怎么还能求到自己头上来呢,事出反常必有妖!但张广发也不能不给张厚德点儿面子,便说:"张爷,您说什么求啊,有事您直接吩咐就行!"

张厚德便掏出好烟来,还亲自给张广发点上,说:"叔啊,你要救救我家兆龙啊,兆龙被滨海公安局抓去给别人顶罪了。叔,你只要证明在6月18日3点见过兆龙就行。"

张广发沉默了,但又不能不说点儿什么,便犹豫着问:"张爷,这样能行吗,不会有事吗?"

张厚德把胸脯拍得嘭嘭响,说:"你放心,咱家兆龙是被冤枉的,真要是出了事,我负责。一会儿我再找几个人去我家,希望叔能帮着兆龙说点儿好话!"

说着张厚德便拿出一沓钱塞到张广发手里,看上去十分真诚而关切地说:"叔,这是一万块钱,我这大妹子,这么多年这疯病也没见好,你到市医院,好好给我妹子看看,钱不够,再找我要!"

说到这里,张广发十分无奈地对林乔生和叶文婕说:"那天林检察官你说作伪证是犯法的,我就想说出事实了。那天我并没有见过张兆龙嘛,这么做全是为了我闺女啊!家里的收入就指望着一亩多地,我没办法没能力给闺女治病啊!"

林乔生缓缓点了点头,沉思着什么,然后说:"给女儿看

真相

病是大事,你可以带着翠花到滨海市专科医院看看,好好检查一下,到时候需要我们帮忙的话,我们给你联系一下。"

说着林乔生和叶文婕就开始翻自己的包,把包里带的一些傍身用的钱都掏出来给魏庆贺。魏庆贺自己也掏了些钱,对张广发说:"老张,赶紧给闺女看病吧!"

从张广发家出来后,叶文婕长舒了一口气,说:"现在案情一步步地明朗,终于可以松口气了!"

林乔生笑了:"文婕姐,我说你这口气松得太早了啊,还有17个钉子等着我们拔呢!"

叶文婕笑着说:"最坚硬的都松动了,就你这手劲儿,我相信很快就拔完了!这不,有主动上门的呢!"

林乔生定睛一看,原来是之前作过证的汪国瑞。汪国瑞上前抓住林乔生的胳膊急切又诚恳地说:"林检察官,对不起,给你们造成了这么大的麻烦。我以前的证言是假的,那天晚上我没有看见过张兆龙,是张厚德威胁我,如果不作证,就开除我,而且我也不知道张兆龙有没有杀人,才做的证。"

林乔生微笑着点头,又好奇地问:"那你现在为什么要说出真相?"

汪国瑞便把昨晚发生的一件事说了。

昨天晚上蒋长安来他家了。他看蒋长安的第一感觉就是瘦了不少,面容憔悴。他便问:"长安,你这段时间躲哪儿去了,怎么会做这么糊涂的事呢,为什么要绑架张兆龙呢,现在警察到处找你!"

蒋长安两眼血红地说:"张兆龙就是杀害我妹妹的凶手,要不是担心留下我娘一个人,我早就宰了这个畜生!"

汪国瑞忙安抚他，端了一碗饭和媳妇刚炒好的土豆丝过来，又递过一双筷子给他，说："快吃点儿，肚子饿了吧……那张厚德原先不是说真凶已经抓到了，要拉兆龙顶罪，这到底是怎么回事？"

蒋长安狼吞虎咽地吃起来，拳头捏得咔咔响，说："这一家子都是畜生，张厚德知道我去举报张兆龙，在矿厂派人将绳子隔断，想摔死我，我要是不躲起来，早让张厚德弄死了。我妹妹的仇还没报，我不能死，我要亲眼看着害我妹妹的人被执行死刑。张厚德是骗你们的，兄弟，你就算可怜可怜我那可怜的妹妹，不要再作伪证了！"

汪国瑞听到这里义愤填膺，他一掌拍在桌子上，说："兄弟，你放心，我知道怎么做了，肯定不会让杀害咱妹妹的凶手逍遥法外！"

说到这儿，汪国瑞对林乔生他们说："是长安告诉我，就是张兆龙杀了她妹妹。长安是我最好的哥们儿……"

林乔生忙打断汪国瑞的话："蒋长安去找你了，那他现在在哪儿？"

汪国瑞摇头道："他已经走了，我也不知道他去哪儿了。"

19

张厚德这些天命张兆森找了一张观世音菩萨画像挂在自己办公室墙上，有事没事就跪在画像前祈祷和烧纸钱，嘴里念念有词。

这日他又跪在画像前祷告着什么，张兆磊拎着一包东西闯了进来。张厚德看了他一眼，颇为不快，嫌弃他这样冒失会冲

真相

撞了菩萨。他赶紧用眼神示意张兆磊一同跪下。

张兆磊只得不情愿地跪下了。只听张厚德在菩萨像前作揖磕头说："求菩萨保佑我儿子张兆龙逢凶化吉，逃此劫难，事成后为您重塑金身，早晚跪拜。"

说完这个，张厚德虎着脸问跪在他身旁的张兆磊："什么事？"

张兆磊赶忙拉过旁边地上那个他带过来的塑料包，打开给张厚德看，说："这是刚才做饭阿姨打扫卫生时，在我们值……值班室床下发现的，我记得好……应该是兆龙原……原来穿过的，上面像是有血……血迹，我就给你拿……拿过来了！"

张厚德看了一眼，一脸嫌恶又不耐烦的表情，但又不得不想办法，他沉思了一下，说："你赶紧扔到废弃的矿井里吧，谁也不要说！"

张兆磊点头道："好的！"

张厚德再次匍匐跪倒在地，嘴里念念有词，张兆磊见状也赶紧狐疑地趴在地上跪拜。等到他累得腰都直不起来时，他像是突然想起了什么似的说："张爷，刚……刚那七个作……证的矿工，一……块儿出去……去了，您又吩……吩咐他……们做什么……了？"

张厚德一听这消息，"噌"地从地上爬了起来，脸色格外阴沉，吹胡子瞪眼地说："有这回事？你怎么不早点儿跟我说！"

说着他立即掏出手机给张兆森打电话："兆森，你现在看看这些证人在做什么，我有种不好的预感！"

趁着张厚德打电话的空当，害怕再被骂的张兆磊赶紧拎着那包东西溜出张厚德办公室。他在矿区的几口废井口之间徘徊了一圈儿，最终把那包东西扔到了最靠山脚下的那口废井。

真相

五庭审风云

他自以为没人发觉，便拍拍手上的灰，大步流星地跑回值班室继续喝酒去了。但他不知道的是，他的这些举动都被悄悄潜入矿区的蒋长安看在眼里。蒋长安没有选择从矿区大门进入，而是从矿区后山的一个小豁口那儿溜了进来。

彼时，张厚德正在办公室对几个矿工骂骂咧咧，他似乎要把作证矿工又去作证的这股邪火发泄出去，于是随便找了几个别的矿工一通乱骂，无非就是骂他们白眼狼，偷懒不下力啥的。

正在他大发雷霆之际，手机铃声大作，他接起，张兆森在电话里急切地说："叔，他们又回来了？"

张厚德丈二和尚摸不着头脑，虎着脸问："谁？谁又回来了？"

张兆森咽了一口唾沫，说："那两个检察院办案的，现在正在镇派出所呢！"

张厚德朝那些被训得头勾到了裤腰带的矿工挥挥手，让他们退下去。他叹了口气，神色凝重地说："你在那盯着点儿，我现在马上过去！"

挂了电话，张厚德凶狠地骂道："他娘的，都说'强龙不压地头蛇'，而今，我这地头蛇却被两只小青蛙给耍了！"

在张广发和汪国瑞的发动下，好些村民和矿工都愿意来镇派出所说明情况。魏庆贺便让李新雷开了一辆十三座的车把他们都接来镇里。

林乔生看着他们，脸上露出喜悦的笑容，他招呼着大家说："都快坐下，有话我们慢慢说。"

魏庆贺也拿出地主之谊的派头，说："今天把你们叫过来，是想再次核实一下你们所作的证言，我跟你们说，再给你们一次机会，作伪证是要负法律责任的！"

贺大华看看大伙儿，说："张厚德说他儿子没有罪，是公检法合伙逼供的，我们也是出于同情。"

魏庆贺严肃地说："检察机关批捕和起诉都是有充分法律依据和证据的。你们只是听信张厚德的一面之词，什么都不了解，就瞎作证，最后吃亏的还是你们自己！"

大家便都低下头去，心里都在盘算着，后怕着。

林乔生环顾四周，知道大家都在担心曾经作过伪证的后果，便安慰地说："我知道大家在村里多多少少都有受到张厚德的逼迫，我希望大家勇敢一点儿，说出真相，将坏人绳之以法！"

张广发首先站起来说："林检察官说得对，现在正好有这个机会，不为了那个可怜的女子，也为了我们以后不再受张厚德的欺负，我也要把真相说出来！"

沈荷花也站起来说："林检察官、魏所长，你们不知道，乡亲们都怕他，他给我们这几户都送了红包和烟酒，说是不按照他们说的出来作证，就让今后小心点儿，我们还是很怕的，才说了谎话！"

汪国瑞突然站起来举手大声道："我们不能让凶手逍遥法外！"

大家见状，你看看我，我看看你，然后纷纷举手高喊："对，不能让凶手逍遥法外！"

林乔生喜悦又苦笑着说："看！大家都是明白人，哪会办这种糊涂事呢？……那你们现在可以重新作证，你们在6月17至18日这两天，看到张兆龙和黄大虎了吗？"

众人异口同声道："没有看到！"

叶文婕看了一眼林乔生,又望了望大家,微笑着说:"那么,我可以按照你们现在所说的做好笔录,你们可以签字画押吗?"

众人齐声答:"可以!"

20

张兆森在电话里报告说镇派出所安排车把以前作证的几名矿工和村民都接去镇里重新作证去了。这可把张厚德吓坏了,更把他气坏了。

他让张兆磊赶紧开车带着他火急火燎地赶往镇派出所,跟等在这里盯梢的张兆森会合。

去镇派出所的路上他一直心绪难安,心潮起伏,一股巨大的恨意从心底升起,他咬牙切齿,恶向胆边生,最终作了一个决定!

会合后,他对张兆森说的第一句话便是:"兆森,我拖住他们,你赶紧去安排几辆车撞死他们……对了,'老鹰嘴'那段路,撒点儿'爆米花',到时候听我的号令!"

张兆森点头说:"是!"便领命离开了。

张厚德看见林乔生和叶文婕从镇派出所里出来,正跟魏庆贺等人寒暄,便赶紧带人围了上去。

张兆磊冲到叶文婕跟前,大声说:"你……你们不能……走!"

林乔生他们诧异地看着张厚德等人。

张厚德走到林乔生跟前,瞪着林乔生的脸孔,凶悍地说:"林检察官,我家兆龙从小就乖巧懂事,他不会做出杀人抢劫这种事的!你们不能因为收了别人的好处,就拉我家兆龙去顶罪!"

林乔生说:"老张,说话要负责!张兆龙杀没杀人,你自己最清楚!"

张厚德两手拍打着大腿,跳着脚,急火攻心,说:"我家兆龙就是被你们冤枉的,你们一定要把我儿子和大虎他们往死里整啊,我一定不会让你们得逞!"

说完张厚德径直向林乔生冲过来,他挥舞着拳头刚想动手,就被叶文婕手疾眼快地控制了。

不能动弹的张厚德大喊:"快看啊,检察官打人了,检察官打人了!"

张兆磊欲上前帮忙,却被叶文婕大喝一声,吓得不敢动弹,他注视着叶文婕惊讶地说:"啊!美……美女厉害啊!"

魏庆贺领人过来,对张厚德道:"张厚德,你这是聚众闹事,再胡搅蛮缠,就把你抓起来!"

魏庆贺说完,带人护送林乔生、叶文婕到车前面,说:"很快就要天黑了,晚上开车不安全,你们再住一晚,明早再走吧?"

林乔生举了举手里的文件袋,微笑着说:"不了,现在院里都在等这些东西呢,我得赶紧回去,向领导汇报!"说完,林乔生和叶文婕上车离开。

林乔生他们的车前脚刚走,张厚德的车便紧紧跟了上去。坐在后排的张厚德骂骂咧咧地说:"妈的,这次真的栽了,太大意了!"

开着车的张兆磊说:"叔,这次就这样算……算了吗?"

张厚德一掌拍在座位上,咬牙切齿地嚷道:"还没完呢,他们不想让兆龙活,那咱们就鱼死网破吧!我就不信我这条老命拼不过这两只小青蛙,我看他们能蹦多高!看看谁的命值钱吧！"

张兆磊皱起眉来，他心底有些发虚，说："你要拼……啊拼命啊！"

张兆磊向来开车快，没两分钟，他就开车超过了林乔生的车。张厚德急切地说："你猪脑子啊，咱是要跟着他们的车，不是要超他们的车……你开慢点儿啊，从后视镜里注意着他们的车过来！"

林乔生开着车在曲折蜿蜒的山间公路上小心谨慎地行驶着，突然，他发现有两辆大卡车迎面驶过来，他试图躲避，但前头那辆卡车却直直朝他们冲了过来。林乔生后背起了一层冷汗，他赶紧猛打方向盘，行驶到中间道后再急速回转方向盘，卡车像风一样从车旁擦过去，好惊险！

当第二辆卡车再次试图撞击时，有了心理准备的林乔生轻而易举就躲过了。他一手紧握方向盘，一手用力拍打了一下方向盘边框，怒道："疯了，他们真的疯了吗？"

就在林乔生以为已经摆脱了张厚德的卡车撞击大戏法后，没想到叶文婕突然低声惊呼起来："大林，后面有车跟踪！"

叶文婕的话音刚落，那辆轿车风驰电掣一般加速冲了上来，并且毫无缓冲地猛烈撞向林乔生开的车。

林乔生眼里满是恐惧，眼睛瞪得老大，但他急忙打了方向盘，然后油门加到最大，总算是躲过了这一致命撞击。

那辆轿车又跟上来，跟林乔生的车保持平行，但它时不时就挤过来猛撞林乔生的车。

林乔生对着叶文婕道："你坐好了！"

一直在车里随着急促的方向盘各种腾挪转向的叶文婕有点儿惊慌地说："我没事的，你看好路，开好车！"

真相

弯曲的盘山道上,两辆车不停地交替前后位置相互撞击。

最后,在一个非常急的弯道,林乔生把张兆磊的车彻底挤到了山道一侧。张兆磊的车轮卡在山道旁的沟里,熄火了,不能动弹。

张厚德和张兆磊只得下车。

张厚德看着远去的林乔生开着的汽车,狠狠地朝自己的车轮上踹了一脚,对张兆磊怒骂道:"你这个蠢货,关键时候掉链子!"

张兆磊委屈巴巴地说:"叔,是他们太……太……高人啊!"

张厚德狠狠地剜了他一眼,便不再理会他,而是拨打手机,歇斯底里地吼道:"兆森,开始执行,你这是最后一关了,千万不能让他们跑了!"

林乔生边开车边观察了一下周边的环境,他看到天空有几只苍鹰在盘旋,前方的山很高,山峰很像老鹰嘴,公路从老鹰嘴中间穿过,公路边就是悬崖。

就在老鹰嘴的上方,张兆森在那儿忙活着放炸药,他把炸药分别放在不同的位置。

张厚德和张兆磊经过好一番折腾,总算把车给重新发动了。

看着林乔生和叶文婕开的车越来越远,张厚德一屁股坐上了驾驶位,气急败坏地说:"我来开!"

张兆森的眼睛紧紧地盯着林乔生开着的警车,警车离老鹰嘴越来越近了,他手里紧紧握着爆破器,时刻准备引爆。

就在他专心致志要给林乔生他们好看时,一直跟踪他们的蒋长安不知从哪儿冒了出来。只见蒋长安猛地扑向张兆森,两个人厮打起来。这时他们俩都看到林乔生的车就快要靠近老鹰嘴了，蒋长安集中力量抢夺引爆器，两个人打得天昏地暗。

张兆森眼看引爆器落入了蒋长安手中，他不管不顾地扑上去，猛挥几拳，把蒋长安几乎要捶晕过去，随后张兆森拽过引爆器，猛地按下按钮。

就在爆炸的一瞬间，林乔生的车子飞一般穿过了老鹰嘴。可是紧紧跟着他们后面的张厚德的车就没这么走运了，炸落的大大小小的石头块如雨一般飞向他们的车，一块炸落的大石头还横在他们的去路上。由于车速太快，他们的车撞在了这块大石头上。

站在山顶的张兆森和蒋长安一下子都傻了眼，呆呆地望着山下刚刚爆炸的乱石堆。

不远处两辆警车呼啸而来，张兆森顾不上许多，拔腿就跑，蒋长安哪里会容许他就这么跑了？他紧紧跟在后面追赶，追上后，蒋长安从后面一把抱起张兆森，然后把张兆森从山坡上扔了下去。张兆森骨碌滚到了公路旁，由于速度太快，他的头磕到了坡上的石头，滚到公路上时已经晕了。蒋长安来到公路上察看张兆森的情况，然后迅速给林乔生发微信和位置图，微信内容是："爆炸凶手在爆炸现场旁边的公路边，已昏迷！"

警车上下来的人是魏庆贺和李新雷等人，他们从乱石堆里扒拉着，好不容易扯开了张厚德的车门，把张厚德和张兆磊从车身变形的车里拖了出来，魏庆贺吩咐大家："快送医院！"

送医的路上，慢悠悠恢复知觉的张厚德哭丧着脸，缓缓摇头，流着泪道："罪有应得！这次我认栽了！"

李新雷一脸嫌恶地说："魏所长知道你这家伙不会安好心的，害怕林检察官他们路上会出事，我们就赶紧跟了过来，可却没想到，你真是自作自受！"

魏庆贺对其他民警道："先给他们两个拉医院治疗，然后再算账！"

这时魏庆贺手机收到林乔生转发的蒋长安的微信和位置图，便把手机给李新雷看，说："按位置图寻找爆炸凶手！"

21

在林乔生和叶文婕在康宏镇和张庄村忙活的同时，郑岩和慕容曦也没闲着，他们跟陈清海带着宋晓光来到了案发的池塘边。

只见郑岩、慕容曦、陈清海、宋晓光及几位警察，一起站在池塘边，岸上围满了群众。

上回警方在带张兆龙指认现场时，安排几个小伙子下水摸了好久都没能找到张兆龙所说的凶器。

这回陈清海和郑岩是下了最大决心的，不把这作案凶器找到誓不罢休。

郑岩说："宋晓光，你再好好想想，他们的刀子到底扔哪儿了？"

宋晓光皱着眉头想了半天，然后说："当时是他们踢了我一脚以后，我就蒙了，真的想不起来了。"

陈清海环顾了池塘一圈儿，对郑岩说："老郑，大家伙都穿戴好了，咱就开始找吧，这回咱们来个地毯式搜索，实在不行，咱把这潭水给它抽干了！"

郑岩指着出村方向说："好，大家先从这边找起吧！"

说完几个穿着皮衣皮裤的人便小心下水，进到池塘里，开始翻找起来。

找了好一阵，池塘的水都变得浑浊了起来。就在众人垂头丧气想要放弃时，宋晓光突然从水里举起一把刀子，大声道："找到了，找到了！"

　　大家忙围了上去。

　　慕容曦看了一下那刀尖儿有些缺口的刀子，喃喃自语："这和在沈龙科家找的刀子还挺像的嘛！"

　　郑岩说："陈队，赶紧送物证鉴定中心！"

　　林乔生和叶文婕以最快的速度驱车回到了单位，这时郑岩和慕容曦也刚好回来。两拨人马见面格外亲热。

　　慕容曦跑上前揽着叶文婕的肩头说："文婕姐，你们辛苦了。怎么样？一看这架势，就知道很有收获！"

　　林乔生苦笑着说："一言难尽，但我们总算活着回来了！"

　　郑岩赶紧问："怎么回事？"

　　林乔生说："只不过虚惊一场，还是说说工作吧，这是包括杨大牛在内的20个证人证词，都证明在6月18日凌晨3点到4点之间没见过张兆龙，还有张厚德逼迫他们作伪证的经过。我认为我们应该马上提讯被告人黄大虎、张兆龙！"

　　郑岩觉得有道理，于是让林乔生和叶文婕赶紧休息一下，下午就去提审。

　　提审的结果还是老样子，张、黄二人还是一副死猪不怕开水烫的做派。

　　这日提审结束回单位后，林乔生就收到了法庭的开庭通知书。他想了想，便把准备好的示证提纲拿去给郑岩看，毕竟郑岩比他更有庭审经验，用他的话来说就是郑岩吃过的盐比他吃过的饭都多！

郑岩认真看了看，说："马上要开庭了，这回得把材料做扎实了！"

林乔生点点头，说："现在最关键的是那件红色血衣还没有找到，其他的材料已经搜集齐全。"

郑岩说："关键是作案时间，还有作案工具，一定要人证物证齐备，做到万无一失！"

林乔生说："明白！"

蒋长安也没歇着，这日一大早他就下到废弃的矿井里找寻张兆磊扔掉的带血的衣服。不一会儿，蒋长安被几个矿工用绳子从矿井里拉出来。他的脸被井里内壁的各种煤渣石块啥的刮碰得鼻青脸肿，浑身都黑漆漆脏兮兮的，躺在煤渣煤灰满地的地上，不停地喘着粗气。

两个矿工上前蹲在他身边，关切地问："蒋队，怎么样？"

蒋长安把身旁一个小包拉过来，缓缓打开，大家看到里面是一件红色的衣服。

蒋长安示意大家扶他坐起来，又让人把他手机拿过来，他虚弱地给林乔生发了一条信息："林检察官，那件血衣找到了！我现在就给你送过去！"

22

林乔生成为员额检察官后，第二次作为独挑大梁的公诉人坐在公诉席上。第一次庭审时，他是忐忑不安的，但这次不同，他变得胸有成竹。

在他整理着自己的领带和领带夹时，审判长浑厚的声音在法庭响起："滨海市中级人民法院第一法庭第二次开庭审理张兆龙、黄大虎抢劫、杀人案,现在开庭,带被告人张兆龙。"

被告人张兆龙被押进法庭,他看上去像个发起来的馒头,而且白了不少。

林乔生仔细观察着张兆龙,这时审判长又说:"由于上次开庭后,本案在证据上出现新的情况,故法庭现恢复法庭调查,公诉人对被告人有何要问的?"

林乔生清清嗓子问:"张兆龙,今年6月17日晚上至18日早上,你在什么地方?"

张兆龙抬起头,迎向林乔生的盯视,颇为镇定地答:"我在康宏县张家庄的老家。"

林乔生问:"你在老家都做了什么?"

张兆龙镇定自若:"干农活儿,玩儿,打牌,喝酒,啥都干。"

林乔生微微皱眉,继续问:"上次我提讯完你后,你又见过谁?"

张兆龙瞥了瞥辩护席上的李必胜,说:"见过我的律师。"

林乔生看了辩护席李必胜一眼,继续转过脸来问张兆龙:"这么说,你一直都在村子里了?"

张兆龙点头答:"是,我没有离开过村子。"

林乔生顿了顿,问:"你6月18日一大早出现在康宏县,是从什么地方来,又到什么地方去?"

张兆龙声音突然变得很低,大概只有他自己能听到,他说:"我从自己的村子里出来,准备回自己的村子。"

林乔生紧追着问道:"你当时穿的什么上衣?"

不等张兆龙回答,李必胜马上举手打断林乔生的问话:"我抗议,此话题与案情无关!"

审判长望望李必胜，脸上有些讶异，说："抗议无效，继续发问！"

张兆龙看着李必胜，希望在他脸上寻找到一个答案，可是李必胜此刻低眉垂眼，张兆龙只得答："我穿的红色上衣。"

林乔生紧紧盯着张兆龙的眼睛："那你的这件上衣呢？"

张兆龙勾着头，低声说："扔了。"

林乔生瞪着张兆龙，问："扔了？扔在什么地方？"

张兆龙想了想，摇了摇头，然后勾着头沉默不语。

与此同时，浑身脏污的蒋长安一边看表一边催促的士司机："师傅，能不能快一点儿？我有急事！"

司机师傅对于搭载满身脏污的他本来就十分抗拒了，一路上还不停被他催，就更加恼火了，说："催啥催？赶时间，你早干吗去了？超速要罚款的！"

蒋长安被噎得难受，就不再言语，只是不停地焦急地看表，把怀里的包攥得紧紧的。

滨海市中级人民法院的庭审依旧有序进行着。审判长此时宣布："现在由控辩双方向法庭出示证据，下面由辩护方向法庭出示证据。"

李必胜的助手运用多媒体示证的方式将杨大牛、张兆磊等19名证人的证言全部向法庭进行了出示，接着李必胜宣读杨大牛的证词，他站起来说："证人杨大牛证明曾经在今年6月18日凌晨3点在他商店见过二位被告……"

林乔生发现辩护人李必胜并不知道杨大牛改变证言的情形，仍然气宇轩昂地宣读着杨大牛原来的证言。

宣读完后，李必胜问二被告人："黄大虎，张兆龙，你们两人18日见到的一个人是谁？"

张、黄二人几乎异口同声地答："杨大牛！"

审判长转头问林乔生："公诉人对辩护人出示的有关证明被告人没有作案时间的证据有何意见？"

林乔生不慌不忙、声音洪亮地说："鉴于两名被告人均当庭说在 6 月 18 日凌晨见到的人是杨大牛，下面我首先宣读杨大牛的证言。"

李必胜闻言嘴巴都张大成了一个"O"型，张兆龙、黄大虎也是左顾右盼。

林乔生念道："证人杨大牛证实，6 月 18 日早上见到被告人时，发现二人十分疲惫，且张兆龙身穿的红上衣上有血迹和煤灰。"

叶文婕在一旁配合着出示杨大牛手机拍摄的照片和视频，以及杨大牛的证人证言和他的签字。

待众人看过示证后，林乔生又说："经公安、检察技术部门鉴定和公安机关调取的康宏县长途汽车站的监控录像显示，这些照片可以证实 6 月 18 日早上 6 点 06 分，张兆龙、黄大虎从一辆拉煤车上下来，进了杨大牛的商店。"

李必胜额角渗出汗来，眼镜片上也像是起了一层雾，导致他什么都看不清，他只得摘下眼镜，又低下了头，用手捂住脑袋，因为他觉得脑袋很痛。

面临如此情势，张兆龙、黄大虎二人也只得低头不语。

林乔生乘胜追击，说："审判长，下面我将宣读张广发等 19 人重新作证的证言，以证明辩护人向法庭提交的张吉云等 19 人第一次作证的证言是虚假的……刚才出示的证据证实，张兆龙和黄大虎在今年 6 月 17 日至 18 日期间，根本没在村里！"

李必胜此刻面无表情地坐在辩护席上，他没有对证言提出异议。

林乔生说:"张兆龙和黄大虎是6月17日来到滨海市的,中午他们一起在滨海市区吃的饭,晚上他们在蒋家村北的一个地下赌场参与赌博出来后,在路上碰见准备回家的蒋桂枝和宋晓光两个人,见财起意,在与蒋桂枝的对打中,用刀扎蒋桂枝,直接导致蒋桂枝动脉破裂,失血过多死亡。"

林乔生说着便拿起桌上的证物袋,出示宋晓光找到的刀子,问张兆龙:"被告人张兆龙,你还记得这把刀吗?"

张兆龙抬起头瞥了一眼,随即勾着脑袋,缓缓摇了摇头。

林乔生环顾法庭,说:"这是在蒋桂枝被害现场旁边的池塘里找到的凶器,经过技术部门的鉴定,从上面提取到了被告人张兆龙的指纹,同时还有被害人蒋桂枝的血迹。法医鉴定,正是这把匕首刺死了蒋桂枝!"

张兆龙此刻恨不能把头勾到裤裆里才好。

正在此时,抱着血衣的蒋长安匆匆忙忙地跑来,当他看见站在法庭门口的陈清海等人,便过去主动伸出双手。

陈清海用手铐铐住蒋长安,说:"走吧!"

蒋长安瞬间双眼通红,眼泪在眼眶中打滚儿,他说:"这是张兆龙杀死我妹妹那天穿的衣服,求求你们,等会儿带我走,让我把这铁证送进去,我要亲眼看见张兆龙判刑!"

陈清海想了想,便和法院方面协商了一下,由法院的法警带蒋长安进入了法庭。

众人回头看到一个人戴着手铐,双手捧着一件脏污的红色衣服,只听他流着泪,用颤抖的声音对法庭说:"法官,这是血衣,血衣找到了!"

一个法警过来拿过血衣,并将血衣向法庭展示。

看着这一幕，张兆龙浑身筛糠一般抖了起来。

审判长转过头对辩护人说："辩护人对这些证据有何意见？"

李必胜知道大势已去，无力回天，他仰天闭眼长叹一声，但还是勉强打起精神，说："证言之间虽然存在矛盾，但是仍然可以证明张兆龙确实在家。"

林乔生脸上呈现一丝冷笑，他转头向审判席说："审判长，我有个问题需要问一下辩护律师，可以吗？"

审判长点点头说："法庭允许，请公诉方提问。"

林乔生说："请问张兆龙的辩护律师，你向法庭出示的证人证言都是经过合法程序取得的吗？"

李必胜一怔，顺口答道："是呀，当然是经过合法程序取得的！"

林乔生微微笑了笑，继续问："请问当时你们是几个人向证人取的证言？"

李必胜颇为镇定地说："我们是两个人去取的证，还有一个律师跟我一块儿去的，他记录。"

郑岩冲他一笑："在你们向证人取证时，都谁在场？"

李必胜说："就我们两个律师和证人自己，没有别人在场。"

林乔生又笑了笑，说："审判长，下面我将宣读证人杨大牛等人的证言，用以证明张兆龙的辩护律师违法取证的经过。"

审判长点头说："准许！"

林乔生便把杨大牛等人的证言宣读了一遍，然后对法庭说："从这两份证言中，足以证明被告人张兆龙的辩护律师李必胜是在被告人的父母一直在场的情况下，由其一人向证人提取的证言。"

李必胜此刻面如死灰，后背和额头全是冷汗，他不得不拽了几张纸巾不停擦汗。

审判长严厉地问李必胜："公诉人说你取证程序不合法，对吗？"

李必胜脸涨得通红，表情十分尴尬，唯唯诺诺地点头道："对，对对！"

审判长厌恶又痛惜地道："你作为律师，怎么能这样做，而且还当庭说谎呢？！"

林乔生义正词严道："你的行为已经严重影响了司法公正，同时又违背了律师的职业操守，我们要在这个案子结束之后依法追究你的法律责任！"

李必胜一脸愧色，不再吭声，只是不停地擦着汗。

23

一周后的一天上午9时，滨海市中级人民法院第一审判庭里，全场起立等待着审判长宣布审判结果。

审判长宣布："经本院审核，证言之间存在明显矛盾，而且村里证人曾经明确证实，黄大虎、张兆龙无作案时间的证言，是受他人指使作的伪证。上述证据矛盾使辩护方出示的证据缺乏真实性，故对于辩护人出示的证明两被告人无作案时间的证据，本院不予采纳。对于被告人黄大虎、张兆龙未参与指控的犯罪的辩解，以及辩护人提出的本案事实不清、证据不足的辩护意见，本院亦不予采纳。滨海市中级人民法院对张兆龙、黄大虎抢劫致人死亡一案作出判决：认定被告人张兆龙犯抢劫罪判处死刑，剥夺政治权利终身，从犯黄大虎判处无期徒刑，剥夺政治权利终身。"

听到这里，张兆龙满脸都是绝望，他的视线越来越模糊，双腿不停地颤抖，最后他再也支撑不住，瘫软在地上，而一旁的黄大虎则瘫成一摊烂泥。

蒋母、宋晓光激动地拥在一起，泪流满面，宋晓光不停地说："桂枝，你听到了吗？坏人遭报应了，坏人要下地狱去给你偿命了！"

蒋母激动得差点儿晕厥过去，她紧紧抓住宋晓光的胳膊，又哭又笑，说："桂儿呀，我可怜的桂儿啊，检察官和法官给你报仇了，你可以瞑目了！"

他们的举动和话语吸引了旁听席上众人的目光，好些人都跟着一起流下了激动又同情的泪水。

林乔生、叶文婕则被热情的群众围在中间。郑岩和慕容曦眼里都是赞赏，他们鼓着掌走向林乔生和叶文婕。慕容曦来一句："我觉得此刻现场差了点儿意思！"

林乔生好奇地问："那是差了点儿什么呢？"

慕容曦神秘地笑笑，说："有这么闪耀的主角，当然要有亮瞎眼的镁光灯和香死个人的鲜花环绕才能衬托林大检察官的排面啦！"

林乔生伸手狠狠拍了她脑袋瓜一下，大家都笑了。

一审判决后，张兆龙、黄大虎很快就提出上诉，经过二审审理，被省高级法院裁定驳回，维持一审判决。次年3月25日，张兆龙被最高人民法院核准执行了死刑。

被告人张兆龙的辩护律师李必胜因在调查取证中违反规定，依照《律师法》《律师违法行为处罚办法》的规定，滨海市司法局于这年12月15日对李必胜吊销律师资格,作出了行政处罚。

沈龙科、沈铁头因入室盗窃分别受到治安处罚和判处有期徒刑三年。

张厚德、张兆磊、张兆森等人因涉嫌故意杀人罪(未遂)、教唆伪证罪、包庇罪,数罪并罚,判处张厚德有期徒刑10年,张兆森、张兆磊有期徒刑8年。

蒋长安因涉嫌非法拘禁罪判处有期徒刑1年,缓期两年执行。

后　记

这个系列作品的第二部《刑事检察官之真相》交付出版，我是很开心的。电视剧版早已完成，也数易其稿，最后所写的每个人物在面前都无比鲜活，好像认识多年的朋友。

当然，我是愿意这个系列被做成电影、电视剧的，主要的原因当然是影视作品受众面广，老少咸宜，比较形象直观，影响力大。但能否被拍摄成影视作品，受制约的因素太多，不是作家、编剧所能掌控的。

出版作品涉及的变量相对比较少。但纸媒市场一直不景气，导致现在作者出版作品时必须考虑到图书市场的尴尬。这是这个时代的局限，不是哪个人能左右的。

变成影视作品自然要面对的变量很多，想要坚持表达自己所表达的东西也不是一件容易的事，在叙事结构和风格、人物设置、事件设置、对话和语言等诸多方面，要照顾资本和制作者的意见。作者必须要学会沟通，学会妥协，以致最后形成的综合影视产品到底是什么玩意儿，也不敢确定。

但图书出版、影视制作都是有规律的，只要参与各方尊重该行业的规律，结果一般是相对公平的。

就检察题材而言，我们是较早一批开掘此类题材的检察机关法律人，开发得不够深入、不够精彩、不够大众化和商业化，有我们自身的原因。

鲜活的司法实践，不断给我们提供源源不断的素材和启发，如何在符合现有体制、政策、法律的前提下运作好这一题材，一直是摆在我们这些创作者面前的重要课题。

与一般作者不同，我是怀着使命与责任在从事这一题材的创作，从28岁进入司法机关工作，一晃快三十年了，这个行业、这支队伍、这些案件，我无比熟悉。我也只是写了自己熟悉的人和事，只是努力写好而已。

在给中国政法大学法治文化专业的研究生一次讲座课堂上，有学生问：检察官是什么样子的？老实说，这个问题很大，不是三言两语可以说清楚的。当然，回答起来也有很多回答的角度，历史的、比较的、学术的、现实实践的……作为创作者，我的回答是，首先，检察官是人——也有七情六欲，挨打也疼，喝多了也吐，没钱也着急，也会因为父母亲友生病、孩子上学就业、自身升职晋级等世俗的问题焦虑。其次，检察官一般是体制中的好人，他们大多正直、善良、坚持司法的原则和底线，在努力维护着公平和正义。对于这份检察官的职业，他们保持着足够的敬畏和热爱，他们是我们这个体制有效运作的不可分割的组成部分。第三，检察官是法律人，是法律职业共同体的组成部分，是有法律专业技能的好人，在行使权力时，会心怀悲悯。当然，光有一副慈悲心肠是做不了检察官的。我的同事、检察官刘哲说过"你办的不仅仅是案子，也是别人的人生"，如何面对疑犯及其家人、被害人及其家人，不单单是个法律问题，还要有司法的温暖和关怀……

有人把司法工作者比喻成"燃灯人"，我觉得是有一定道

真相 后记

理的。检察官、法官作为司法工作者,应该是一盏灯,一把火炬,将公平正义的光辉照进民众心里的阴暗角落,让公平正义看得见——虽然偶有迟到,但最终会到来,这无疑给无助者以光明,给罪恶者以救赎。

优秀检察官的一个重要品质就是同理心。他们透过大量的卷宗、证据材料,对嫌疑人、被告人的讯问,对证人和当事人的调查,努力还原案件的真相——一方面,要找寻被告人犯罪的动机,尤其是被告人走到成为囚徒的各种原因,有针对性地教育被告人,也为预防同类犯罪再次发生提供必要的警醒和参考;另一方面,他们还很较真儿,必须尽可能搜集被告人罪轻罪重的各种情节,并如实提供给法庭,这是作为检察官必须承担的"客观性义务"。这就与律师、警察等法律人的职业角色要求有很大的不同。

对真相的探寻与还原一直是检察官法律行为的内驱力所在。因为真相关乎公平正义,追寻真相是为了实现公平正义。尽管这一真相更多的是法律意义上的,各种证据所指向的法律意义上的真相才有司法上的意义——通过一系列司法活动,正义得以伸张……

正因如此,检察官们怀着同理心,怀着这份对法律的敬畏,对待每一起案件都无比较真儿。这种办案较真儿的精神,从大量检察官身上都有体现——譬如我的前同事、北京市人民检察院第一分院检察官张荣革。关于张荣革,我曾写过一篇几万字的报告文学《无悔青春志》,讲述其从一个"法律学徒"成长为一名优秀检察官的经历。也曾将张荣革检察官办过的有意思的十余起案子写成一本书,书名叫《命案指控》。很遗憾,我的工作岗位几经变化,这本书始终没有修改完毕。但其办理的

真相

"田玉绿灭门案""小四川被杀案",我把写成了电影剧本。其中,《身份疑云》已经拍成了电影,在央视电影频道播出,其素材原型就来源于"田玉绿灭门案"。我的朋友、《劳动午报》的记者张展还将此故事写成了一部八万字的长篇纪实文学《京东恩仇录》,在《劳动午报》上连载。当然,电影不是张荣革办理"田玉绿灭门案"的纪实叙述,而是在遵守电影创作规律的基础上,对素材进行了升华、提炼,融入了其他案件和一些现实时代元素,融入了编剧对这起案件的深入思考。从文学的角度来看,《京东恩仇录》和《身份疑云》是不同体裁,影响面也不同,但无疑都是传播法治文化精神的有益尝试。

写作检察官题材的文学作品是非常有意义的事情。检察官的忠诚和担当,坚守和执着,无私和无畏,纠结和焦虑,爱恨忧喜……通过一个个案件的具体办理过程,展现他们对真相的追寻,展现他们对正义的守护。

再回到一个话题:笔者为何要写这些检察官呢?

2008年是检察机关恢复重建30周年,我们单位搞了一个座谈会,请了很多退休的老同志来参加,其中一位便是刘奇光老人。老人是离休干部,抗日战争时期曾在山东跟日本鬼子拼过刺刀,干掉了七八个日本鬼子。就是这位带有传奇色彩的老人,1978年之后,做过北京市人民检察院的处长、副检察长,直到离休。2022年3月22日,老人走了,享年101岁,由于疫情原因没有追悼会,就这样离开了。单位也就是发了一个不足百字的"讣告"。像刘奇光这样的老人还有很多,他们曾经是检察机关乃至共和国的传奇,遗憾的是:有多少人知道他们的故事?甚至,有多少人知道他们的名字?

随着他们的离去,有多少他们为国为民奋斗的故事随风而去？有多少曾经对真相和正义的追寻，成为档案室尘封的资料？

他们不应该被忘记！

在检察院的历史中，有无数个英雄和传奇，正是在他们的引领下，创造了检察机关的辉煌。

在今天的检察院的现实实践中，也有无数个检察官，默默地立足本职，恪尽职守，正创造着他们的传奇，将法律监督事业带向新的高度。

刘奇光、方工、张荣革、徐达、刘哲等一批优秀的检察官应该被记住，应该被人民群众记住，应该被历史记住。他们是共和国的优秀执法者，他们为了心中坚守的这份职业信念，奉献了青春和一生宝贵的年华，他们是和平时代的英雄。

书写他们的故事，不仅仅告诉读者，这些前赴后继的探寻真相和维护正义的检察官也是有故事的人，更是要提醒即将步入检察官队伍的同人、战友，我们是在薪火相传前辈的伟大事业。

依法治国是党领导人民治理国家的基本方略，公平正义的事业业已成为我们终生为之奋斗的事业，前路漫漫，道阻且长，我们仍需不懈地努力。

海剑

2023-12-18